Die Procyon-Konspiration

F.W.G. Transchel

Die Procyon-
Konspiration

Bibliografische Information der Deutschen Nationalbibliothek:
Die Deutsche Nationalbibliothek verzeichnet diese Publikation in der
Deutschen Nationalbibliografie; detaillierte bibliografische Daten sind im
Internet über http://dnb.dnb.de abrufbar.

Illustration: Vadim Motov, vadim-motov.com

Korrektorat: Sabine Maria Steck

Herstellung und Verlag: BoD – Books on Demand, Norderstedt

ISBN: 978-3-744-83624-1

Prolog

Aris Vakh'Ba saß an seinem Lieblingsplatz oberhalb der Rakh'Loran-Bucht unter dem uralten, noch immer wohlriechenden Pakran-Baum. Er atmete tief ein, sog die frische, erdige Luft hastig in sich hinein. Seit der Einberufung hatte er sie nicht mehr spüren dürfen. Jetzt, da er nicht mehr herkommen konnte, wann immer er wollte, schien es ihm, als könne er die ganze Schönheit und Ruhe erst richtig würdigen. Er reckte sich, indem er beide Arme von sich streckte. Ihm fiel auf, dass er seine Flügelfortsätze nicht mit entspannt hatte – die Imperiale Garde legte nicht viel Wert darauf, sie zu nutzen, da sie von Jahrgang zu Jahrgang kümmerlicher ausfielen. Lange hatte er sie nicht verwendet. Er sprang hoch. Kraftvoll, wie es dem Jahrgangsbesten seiner Division gebührte ... und landete auf seinem Hinterteil. So unkoordiniert hatte er nicht mehr in der Luft herum gerudert, seit er fünf gewesen war. Belustigt schüttelte er den Kopf. Fest nahm er sich vor, von jetzt an immer den vierten Grad der Aerosophie auszuführen, wenn er Zeit dazu fand. Schon in dem Moment, als sich jener Gedanke manifestiert hatte, stellte er allerdings fest, dass er viel zu selten hierher kommen würde, um die Muskulatur der Flügelfortsätze überhaupt zu benutzen.

Er setzte sich wieder auf den Baumstumpf, von dem aus er üblicherweise den Untergang der beiden Sonnen von Qel'Vatra beobachtete. Das östliche Firmament färbte sich purpurn, als Procyon Maior, die größere der beiden Sonnen, ihre lodernde Glut in die azurblauen Tiefen des Ozeans warf und langsam darin zu versinken begann. Vakh'Ba zeigte sich wenig überrascht von dem alle zehn Tage wiederkehrenden Schauspiel, das nun folgte: Die zweite Sonne, die Procyon Maior ebenso umkreiste wie der Planet es tat, folgte dem Beispiel des großen Bruders und berührte jenen Punkt am Horizont, wo das Meer aufhörte und der Himmel begann. Sie hatte dem gefräßigen Meer offenbar weniger entgegenzusetzen, denn sie ging viel schneller unter. Als Kind hatte Vakh'Ba dieses Schauspiel noch allein dadurch beeindrucken können, dass er keine Erklärung dafür wusste. Doch nun, da er im Begriff war, Astrophysiker in der Imperialen Garde zu werden, war ihm völlig klar, dass von Qel'Vatra aus der Eindruck, der Planet rotiere langsamer um seine Achse als die beiden Sonnen umeinander, letztlich dafür verantwortlich war, dass der kleinere Feuerball schneller unterging. Etwas anderes fiel Aris Vakh'Ba allerdings auf: Das charakteristische purpurne Glühen der Atmosphäre hätte längst zum folgenden Orange übergehen sollen, sobald die kleinere der Sonnen untergegangen war. Stattdessen hielt das Purpur nicht nur an, sondern schien noch intensiver zu werden. In der Tat verhielt sich der sonst so vertraute Stern jetzt merkwürdig. Noch bevor der gleißende Lichtblitz ihm das Augenlicht nahm, meinte Vakh'Ba einen gewaltigen Plasma-Ausbruch auf Procyon Maiors Oberfläche wahrgenommen zu haben. Furcht huschte über ein Gesicht, das die Katastrophe seiner Spezies erkannte, als der Geist dahinter begriff, dass Procyon Maior zur Nova wurde.

Obwohl der Stern heller schien als jemals in den Milliarden von Jahren seiner Existenz zuvor, blickte Aris Vakh'Ba die sich bildende Schockwelle beinahe herausfordernd an. Die Momente, die vergingen, bis sie Qel'Vatra erreichte, schienen Aris Vakh'Ba jeder für sich wie eine Ewigkeit. Er begriff, dass sein Körper gleich von einer Kraft atomisiert werden würde, die alle im Universum existierenden Waffen in den Schatten stellte. Dann fühlte er nur noch Schmerz.

1.

»Alles okay, Vakh'Ba. Alles ist in Ordnung. Gleich geht es dir besser.«

Aris Vakh'Ba öffnete die Augen. Die bekannte Stimme gehörte seinem Freund Vredom. »Bin ich … sind wir …«, begann er, unfähig, das auszusprechen, was er empfand.

»Tot? Nein, du bist nicht tot. Zumindest nicht heute. Dein Traum wurde mal wieder vom Neuralstimulator verändert. Erinnerst du dich, wo du bist?«

Vakh'Ba versuchte, sich aufzurichten, und begriff gerade noch rechtzeitig die Unmöglichkeit dieses Wunsches, weshalb er sich schnell zurücklehnte, um sich weiter zu entspannen.

»Ich bin … auf der Akademie? … in unserem … Quartier. Dann war das alles nur ein Traum? Aber es war so unglaublich …«

»Real«, beendete Cum'Tchhr Vredom den Satz seines Freundes. Zu oft hatte er das gleiche aus seiner Sicht in seinen Träumen erlebt.

»Ja. Ich war an der Rakh'Loran-Bucht und schaute mir den Untergang an, und dann kam dieser … Plasma-Ausbruch und dann wurde Maior zur Nova.«

»Also war es bei dir genauso wie letztes Mal«, folgerte Cum'Tchhr aus den immer noch sehr unklaren Erklärungen. »Komm erst mal zu dir«.

'Wie beim letzten Mal …', wiederholte er im Geiste. Und dann kam die Erinnerung.

Seit Wochen schon hing eins der bläulich leuchtenden, halbkreisförmigen Geräte von der Decke. Die Kommandantur hatte nichts darüber verlauten lassen, was ihr Zweck war, aber sie hingen in ausnahmslos jedem Quartier der Akademie. Und seit Wochen hatten alle seine Kameraden von ähnlichen Erlebnissen erzählt. Sie befanden sich in ihren Träumen – in sehr entspannenden Situationen und Orten, wie sie erzählten. Und immer passierte das gleiche: Procyon Maior wurde zur Supernova, und sie wachten auf. Schweißgebadet, wie zu Tode erschreckt. Der Zusammenhang mit dem Gerät an der Decke war unausweichlich klar und doch nicht nachzuweisen. Vor allem stellte sich Vakh'Ba die Frage, welchen Sinn diese Horrorvisionen haben sollten.

Er war immer der erste, der nach dem Warum fragte, noch bevor das Wie nachweislich beantwortet war – keine guten Voraussetzungen für einen Physiker, wie er immer wieder von seinen Kameraden hören musste.

»Wir dürfen nicht aufhören, es anzusehen und uns zu fragen, was es für einen Sinn hat, Vredom. Solange wir das tun, hat es keine Macht über uns.«

Cum'Tchhr kannte Vakh'Bas Forscheridealismus und wusste damit umzugehen.

»Bist du der Meinung, dass es dir je antworten wird, nur weil du es anstarrst?«

»Natürlich nicht. Aber ich würde mich nicht wohler fühlen, wenn ich es nicht wenigstens angestarrt hätte.«

Auch er hatte die Gerüchte gehört, dass einige Kadetten, die versucht hatten, auf Stühlen oder Tischen balancierend das Gerät zu untersuchen, bei der kleinsten Berührung seiner Oberfläche ins Koma gefallen waren. Beinahe ebenso mysteriös war die Haltung aller Vorgesetzten dazu, die Beschwerden immerhin schweigend aufnahmen, aber offenkundig auch keinen Rat wussten oder wissen durften.

»Weißt du, manchmal glaube ich, dass dir deine Neugierde nicht nur zu Ruhm gereichen wird. Vergiss nicht, dass du trotz allem nicht nur Wissenschaftler, sondern auch Soldat bist. Eigentlich seltsam oder? Da erforscht man die hintersten Winkel der Galaxis und versteht nicht einmal die eigenen Träume.«

Vakh'Ba schüttelte den Kopf. »Ich weiß, Vredom, ich weiß. Lass es mich ruhig mal etwas unwissenschaftlicher ausdrücken: Ich habe ein schlechtes Gefühl dabei. Ich weiß nicht, warum, aber ich sehe keinen Grund, warum jeder von uns immer wieder diese Nova erlebt. Natürlich, vielleicht kann das Oberkommando auch bloß nichts dazu sagen, weil sie selbst nicht genug wissen. Ich meine, wenn so etwas bevorstehen sollte, warum evakuieren wir Qel'Vatra nicht? Warum sagen sie uns nicht, was los ist?«

Ein dezentes Zirpen unterbrach den sich jetzt mehr und mehr in Rage redenden Vakh'Ba.

»Herein«, sagte Vredom und sprang sogleich auf, um Haltung anzunehmen, als er seinen taktischen Ausbilder samt Sicherheitseskorte ungeduldig in den Raum treten sah.

»Kadett Cum'Tchhr, wir müssen Sie sprechen. Kadett Aris, bitte lassen Sie uns allein.«

Vakh'Ba salutierte und verließ das Quartier. Er fand diese Unterredung seltsam. Was wollte man denn von Vredom? Er erinnerte sich, was er gerade noch über Befehle und kritisches Hinterfragen gesagt hatte, da fuhr ihm der dumpfe Schrei seines Freundes durch Mark und Bein. Kein Zweifel, der Schrei war sehr leise, da das Quartier gut gedämmt war, aber es war Vredoms Stimme gewesen. Was passierte dort? Konnte er ihm helfen? Womöglich brachte er sich selbst damit in Gefahr.

Vakh'Ba wurde übel. Er stand hier und hatte gerade noch darüber nachgedacht, zum Erfrischungsautomaten am Ende des Ganges zu gehen, während sein Freund in ihrem Quartier womöglich gefoltert oder misshandelt wurde. Und war das alles? Er fühlte sich entsetzlich feige. Was sollte er nur tun? Den Vorfall melden? Er hatte gehört, dass andere Vorfälle dieser Art in letzter Zeit unter der Hand von mehreren Kadetten berichtet worden waren, die Administration dies aber schulterzuckend ignorierte. Vakh'Ba fragte sich ernsthaft, wem er trauen konnte. Konnte dies mit den anderen rätselhaften Vorgängen zusammenhängen? Unschlüssig starrte er auf das Angebot an Erfrischungen, bis nach einer Ewigkeit die Tür des Quartiers wieder aufging.

»Wir sind dankbar für ihre Kooperation. Auf Wiedersehen, Kadett Cum'Tchhr«, sagte einer der Männer. Dann marschierten sie in Richtung des Aufzugs.

Vakh'Ba stürmte zur Tür. Er wusste nicht, was ihn erwartete, wie es Vredom ging. Doch als er das Quartier erreichte, saß der am Tisch, lächelte und winkte ihn zu sich. »Wenn ich das eher gewusst hätte! Vakh'Ba, wer hätte gedacht, dass ich eigentlich nur depressiv bin. Und jetzt wissen wir auch endlich, wofür die Geräte sind.«

Vakh'Ba sah sich in dem Raum um. Sah Vredom an. Konnte das derselbe Mann sein, dessen Schreie er eben noch gehört hatte? Zögerlich ging er auf ihn zu.

»Vredom, was hältst du davon, vielleicht mit der Erklärung von ganz vorne anzufangen? Ich habe dich … draußen schreien gehört.« Langsam setzte Vakh'Ba sich zu Vredom an den Tisch. Sein Freund wirkte auf ihn körperlich vollkommen ruhig und entspannt. 'Was geht hier vor?', dachte er.

Und Vredom erzählte. »Also weißt du, zuerst dachte ich, was wollen die von mir. Aber der Colonel hat mir in Ruhe erklärt, was hier passiert. Weißt du, es ist so: Diese Geräte, die überall an der Decke hängen, sind Neuralwellendetektoren, die unsere geistige Gesundheit beaufsichtigen. Und jetzt ergibt auch alles Sinn! Ich habe mir schon länger gedacht, dass irgendetwas nicht stimmt, und als der Colonel mir gesagt hat, dass sie festgestellt haben, dass ich eine Tendenz zur Depression habe, wusste ich, das ist es. Sie haben mir einen subdermalen Chip implantiert, der durch Hormonabgabe mein Neurotransmitterniveau kontrolliert. Du kannst dir nicht vorstellen, wie froh ich bin! Mir ging es schon lange nicht mehr so gut. Der Colonel hat außerdem gesagt, dass ich Glück habe, dass es diese Form der Gesundheitsvorsorge gibt. Früher haben sie Depressive einfach rausgeworfen, weißt du?« Vredom strahlte ihn an.

Vakh'Ba wusste nicht, was er sagen sollte. Er fand diese Erklärung ganz und gar nicht einleuchtend. Er kannte Vredom nicht als niedergeschlagenen Charakter, auch wenn er zugeben musste, ihn noch nie so fröhlich wie jetzt gesehen zu haben. Trotzdem hing dieser Schrei zwischen seinen Ohren. Er konnte sich nicht helfen, es hatte einfach nicht gerade frohlockend geklungen. Und andererseits hatte er subdermale Injektionen niemals schmerzhaft in Erinnerung. »Aber du hast geschrien«, sagte Vakh'Ba.

»Ja, habe ich. Weißt du, sie haben mir gesagt, dass es eventuell wehtun könnte, und in dem Moment hat es mich einfach so überrascht. Aber es wurde ja sofort besser. Viel besser, wenn du mich fragst.«

»Du kannst mich einen alten Schwarzseher nennen, wenn du magst, aber ich bin noch nicht davon überzeugt, dass all dies zu unserem Besten passiert. Ich meine, wer gibt ihnen das Recht, uns auf diese Weise zu überwachen, in unsere Köpfe zu sehen? Nein, Vredom, versteh mich nicht falsch, es freut mich, wenn es dir gut geht, aber das ist nicht die ganze Wahrheit hier …«

Vakh'Ba schüttelte den Kopf und sah den frohgemuten Vredom an. Vor kaum einer Stunde hatte er eine sehr bedrückende Vision – oder wie immer man es nennen mochte – gehabt, in der seine Heimat zerstört wurde. Vor weniger als einer halben Stunde hatte ein Wachtrupp seinen besten Freund und Stubenkameraden entweder schwer misshandelt oder ihn aber zumindest einer Art Gehirnwäsche unterzogen. Und nun erzählte der ihm gutgelaunt, dass die Militärführung in ihre Köpfe schaute, ihm ein Gerät implantierte, das man sicher leicht zur Abgabe von Drogen verwenden konnte, und fand das völlig in Ordnung. Aris Vakh'Ba war vollkommen ratlos. Er wusste nicht, was er tun sollte, ob er seinem Zweifel nachgehen oder doch erst einmal abwarten sollte, wie sich diese Ereignisse weiter entwickelten. Mit dem festen Vorsatz, nicht wieder im Geiste atomisiert zu werden, schmiss er sich auf seine Pritsche und suchte Hoffnung in der Dunkelheit seines Schlafes.

2.

Professor Igna'Tur war ein hagerer, kahlköpfiger Mann, von dem es hieß, dass er jedes Staubkorn im procyonischen System beim Namen kannte, obwohl er noch nie selbst im Weltall gewesen war. Seine Vorlesungen der Stellaren Kartographie waren für viele Studenten der Höhepunkt der Woche. Auch Aris Vakh'Ba drängelte sich unter eifriger Nutzung seiner Ellenbogen durch die Kadetten vor der Tür, um einen möglichst guten Platz zu bekommen. Igna'Tur hatte die gewiefte Eigenschaft, so leise zu reden, dass man ihn in der letzten Reihe nur dann hören konnte, wenn es völlig still war. Doch seine Vorlesungen waren so fesselnd, dass er niemals um Ruhe hätte bitten müssen. Wann immer er den Hörsaal der Militärakademie betrat, konnte man fast meinen, der Gelehrte nehme gar nicht wahr, dass er vor einem prall gefüllten Hörsaal sprach. Vielmehr schuf er eine Atmosphäre, als würde er seiner Enkelin eine Geschichte erzählen.

Umständlich fischte Igna'Tur einen Speicherchip aus seiner uralten Ledertasche und spielte die gespeicherten Daten ab. Dunkler Weltraum erschien auf dem altmodischen 2D-Projektor über dem Professor. Nach mehreren Einstellungen musterte Igna'Tur sein Publikum. »Sehen Sie genauer hin. Ich denke, dass niemand, mich eingeschlossen, ohne Hilfe erkennen kann, was ich Ihnen zeigen will. Lassen wir uns helfen …«

Die gleiche Abfolge von Weltraumaufnahmen wurde abgespielt, doch diesmal war ein ansonsten vor dem Hintergrund unsichtbares Objekt in Falschfarben markiert. Es war zylindrisch mit einer Aussparung vorne und einem fast unerkennbaren Triebwerk hinten, sofern man diese Richtungseinschätzung aufgrund von Aufnahmen eines regelmäßig geformten Objekts vor gleichförmigem, langweiligem Weltraum treffen konnte. Wieder musterte er seine Schüler. »Wer kann mir sagen, was das ist?«

Der Saal blieb still. Vakh'Ba bestand bei Fragen dieser Art darauf, dass man die Studenten, ihn eingeschlossen, denken hören könne. Doch er kannte die Antwort, wie so oft, bereits. Igna'Tur enttäuschte ihn nicht.

Der Professor räusperte sich und sagte dann:»Die Antwort lautet: 'Ich weiß es nicht.' Niemand weiß es im Moment. Auch Ihre anderen Ausbilder wissen es nicht, und der Geheimdienst der Streitkräfte weiß es nicht. Wenn es jemand weiß, nun ja, dann wohl der Erbauer dieses Artefakts.«

Aufgeregte Blicke wurden ausgetauscht. Die Studenten waren immer wieder von der offenen Betrachtungsweise des Alten überrascht, und offenbar war der Umstand, dass sich ein vollkommen unbekanntes, fremdes und womöglich künstlich konstruiertes Objekt im Sonnensystem befand, den meisten recht unangenehm. Ungerührt fuhr Igna'Tur fort.»Ich stelle mir vor, dass einige von Ihnen das vielleicht beunruhigt, aber ich weise in diesem Zusammenhang auf Folgendes hin: Erstens, diese Informationen sind geheim und ich teile sie Ihnen vor allem aus didaktischen Erwägungen mit. Zweitens, wenn es sich hierbei um eine tatsächliche Gefahr für unsere Zivilisation handeln würde, dann würde ich es Ihnen nicht sagen, sondern die Streitkräfte, also Ihre Kameraden, die meine Ausbildung bereits zur Gänze genießen durften, würden keine Probleme haben, sich darum zu kümmern. Ich möchte im Folgenden nun einige hypothetische Überlegungen anstellen. Angenommen, es würde sich hier tatsächlich um ein interstellar konstruiertes Objekt handeln, was können wir aus der beobachteten Bahn, die ich Ihnen hier zeige, schließen?«

Die Falschfarbenaufnahme des Zylinders wich einer schematischen Darstellung der Bahnkurve des unbekannten Objektes. Igna'Tur hatte mit dieser rhetorischen Frage zweifelsohne eine ganz andere Disziplin adressieren wollen als stellare Kartographie, nämlich Verhaltensweisen von interstellaren Intelligenzen. Vakh'Ba stutzte. Die Folgerung, dass eine Bahnkurve entstand, die nicht der Newtonschen Mechanik folgte, konnte nur bedeuten, dass das Objekt eine intelligente Steuerung besaß. Außerdem schien es so, dass die unstetigen Richtungsänderungen leicht für zufällig gehalten werden konnten. Doch Vakh'Ba fiel auf, dass die resultierende Richtung keineswegs, wie für eine wirklich zufällige Bewegung typisch, im Durchschnitt verschwand. Seine visuelle Extrapolation ergab, dass der mittlere Kurs des zylindrischen Objekts direkt auf Procyon Maior, die größere der beiden Sonnen des Systems, zuführte. Ihm schien es fast so, als sei das Beispiel so konstruiert, dass nur der Schluss übrig blieb, dass es sich um ein fremdes Objekt handelte, das in die Sonne flog. Vakh'Ba jedoch hielt angesichts der Tatsache, dass rund um die inneren Bereiche des Systems ein undurchdringlicher Nebel aus Gas lag, der voller Subraumspalten war, die Wahrscheinlichkeit, eine procyonische Konstruktion zu betrachten, für viel größer. Er meldete sich.

Der Professor bemerkte ihn sofort. »Kadett Aris, nicht wahr? Sie trauen sich im Gegensatz zu Ihren Kollegen also. Na schön, schießen Sie los.«

Nervös spielte Vakh'Ba mit seinem Stift, als er seinen Kommentar begann. Er war eigentlich gar nicht wegen des vollen Hörsaals besorgt, vor dem er sich bei einer falschen Schlussfolgerung lächerlich machen würde, sondern vor allem begriff er die Fragen des Professors stets als Spiel, hinter die offensichtlichen Ursachen zu blicken. Er beschloss, seine Schlussfolgerung ohne Umschweife vorzutragen. »Ich denke, dass es sich bei dem Objekt um eine Konstruktion procyonischen Ursprungs handelt. Mir ist bewusst, dass alle signifikanten Indikatoren dagegen sprechen, aber genau das bestärkt mich in der Annahme, dass ein Teil des Puzzles fehlt. Was ich sagen will ist …«

Vakh'Ba stockte. Ihm wurde klar, dass die These, die er unmittelbar vertreten würde, ebenso auf Spekulation beruhte wie das Gegenteil, da man nichts über derartige extraprocyonische Objekte wissen konnte. Dann fuhr er fort.

»Was ich sagen will, ist, dass das Fehlen jeglicher Hinweise auf eine procyonische Herkunft bedeuten muss, dass jemand genau das verschleiern will. Wenn es sich hier um eine zufällige Entdeckung handeln würde, dann muss es auch Argumente dafür geben, die nahelegen, dass es sich um einen procyonischen Ursprung handelt. Anders ausgedrückt, ein Zufallsprozess produziert wiederkehrende Zeichenfolgen, während jemand, der nur den Anschein erwecken will, dass es sich um Zufall handelt, dies oft vergisst.«

Professor Igna'Tur lächelte. »Was Sie hier sehen, meine Damen und Herren, ist ein Kadett, der alle Eventualitäten prüft. Ich wette, die meisten von Ihnen waren so beschäftigt damit, sich auszumalen, welch exotischen Ursprung das Objekt hat, dass Sie diese andere Möglichkeit nicht in Erwägung gezogen haben. Deshalb ist es angemessen, Ihren Kollegen Vakh'Ba für diesen Gedanken zu loben, auch wenn er, so leid es mir tut, in diesem Fall komplett abwegig ist. Sie mögen Recht damit haben, dass es manchmal Schlüsse gibt, die zu gut und zu perfekt passen, aber das ist hier nicht der Fall. Das Spektralprofil des Zylinders zeigt eindeutig auch Stoffe an, die es im ganzen procyonischen System nicht gibt, zumindest nicht industriell erzeugt. Möglicherweise sollten Sie vorsichtiger sein mit derartigen Vermutungen, die man schnell mit Verschwörungstheorien verwechseln könnte. Lassen Sie mich dennoch fragen: Wer von Ihnen würde generell die Möglichkeit in Erwägung ziehen, dass dieses Ding seinen Ursprung auf Qel'Vatra hat?«

Einige der Kadetten lachten, doch niemand meldete sich. Vakh'Ba schluckte. Er hatte sich geirrt, na schön. Aber eine derartige Reaktion von Professor Igna'Tur hatte er nicht erwartet. Ein bisschen beschämt fühlte er sich ob des Versuchs, sich in die bisweilen verqueren Gedankengänge Igna'Turs einzufühlen. Er hatte sich überschätzt, das wusste er jetzt. Aber lag er wirklich so falsch? Hatte der Professor etwa mehr Informationen, als er zugab? Immerhin, er glaubte ihm nicht wirklich, dass es sich um ein hypothetisches Beispiel handelte, dafür waren die Details zu dem Objekt viel zu umfangreich, als dass man sie ohne kleine Abweichungen hätte anfertigen können.

Igna'Tur führte die Vorlesung damit weiter, zu erläutern, welche Eigenschaften man überhaupt sicher bestimmen konnte, wie genau spektroskopische Verfahren aus der Entfernung waren, und dass man am Drehmoment des zylindrischen Objektes bei Wendemanövern die Position der Manövrierdüsen bestimmen konnte. Noch immer suchte Vakh'Ba nach jeder kleinen Abweichung oder Unklarheit in den Ausführungen des Akademikers, doch er fand keine. So kam es, dass er schließlich nicht mehr zuhörte, sondern mit dem Stift auf seinem Digitizer-Tablet herum kritzelte, bis er schließlich nach einer unvollendeten krakeligen Figur beinahe aufgesprungen wäre. Er hatte die unlogische Stelle gefunden. In den Ausführungen von Igna'Tur verschwand die »Sonde«, wie man das Objekt mittlerweile nannte, da man davon ausging, dass es unbemannt war, einfach am Ende der Trajektorie. Wenn es, wie Vakh'Ba vermutet hätte, am Ende seiner Zufallsbahn tatsächlich die Sonne erreicht hätte, so würde es Sinn ergeben, wenn die Bahn dort endete, aber stattdessen verlor sich die Spur in einer anderen Richtung mitten im freien Weltall zwischen kleinen Monden des dritten Gasriesen des procyonischen Systems. Um abzustürzen oder eingefangen zu werden, war der Abstand zum nächstgrößeren Objekt noch viel zu groß, also schloss Vakh'Ba aus seinen Beobachtungen, dass die Sonde einfach verschwand.

Genug, um ihn erneut auf die Probe zu stellen, dachte er sich.

Nach der Vorlesung fädelte er sich am Pult aus der Menge der aus dem Hörsaal strömenden Kadetten aus, um den Professor noch zu erreichen.

Der lächelte ihn an. »Sie haben nicht aufgegeben, nicht wahr? Das hoffe ich jedenfalls.«

Unsicher sah Vakh'Ba ihn an. Igna'Tur hatte es wieder geschafft, ihn mit einem einzigen Satz zu irritieren. Er besann sich auf das, was er sich überlegt hatte, und sagte nur: »Bevor ich mich verteidige: Wo ist die Sonde jetzt? Niemand hat gefragt, warum die gezeigte Trajektorie dort endet, wo sie endet. Der Zeitindex ist zu alt, als dass keine neuen Daten vorliegen würden.«

»Sehr richtig. Ich weiß es nicht. Sie verschwindet nach den Aufzeichnungen, die mir vorliegen, an genau dieser Stelle. Ich dürfte das eigentlich nicht sagen, aber ich denke, dass man sie aufgebracht hat.«

Vakh'Ba seufzte. »Wie meinen Sie das, aufgebracht? Von den procyonischen imperialen Raumstreitkräften? Das müssten Sie doch wissen!«

Der Professor lächelte. Vakh'Ba meinte, in seinen Gesichtszügen eine unerwartete Emotion zu lesen: Bitterkeit.

»Man sagt mir längst nicht alles, was die stellaren Beobachtungsdaten angeht, vor allem, wenn es sich um militärische Aufzeichnungen handelt. Und das beunruhigt mich. Genauso, wie mich etwas anderes beunruhigt: Sie sind der einzige Kadett in diesem riesigen Hörsaal gewesen, der eine kritische Nachfrage gestellt hat. Niemand hat nach der offensichtlichen Ungereimtheit gefragt, dass die Trajektorie an jener Stelle endet oder der mittlere Impuls leicht in Richtung Procyon Maior zeigt. Auch hat mir niemand widersprochen, als ich Sie zurechtgewiesen habe. Sie hatten Recht damit, dass es keinen Beweis gibt, dass die Sonde nicht von Qel'Vatra stammt, und tatsächlich ist es so, dass ich Ihre Einschätzung teile. Aber niemand sonst scheint das zu tun. Es mag ein seltsamer Zufall sein, aber in letzter Zeit kommen mir meine Studenten erstaunlich einmütig vor. Ob diese Beobachtung damit zusammenhängt, dass man mir – und möglicherweise auch anderen Kollegen – die entsprechenden militärischen Daten vorenthält, kann ich noch nicht beurteilen, aber ich möchte Sie nichtsdestoweniger um etwas bitten: Übermorgen treffen sich in meinem Haus einige Forscherkollegen, um sich mit dem Problem der verschwundenen Sonde zu befassen. Möglicherweise wollen wir eine Petition an die militärische Führung verfassen, in der wir den freien Zugang zu wissenschaftlichen Daten fordern. All dies ist sehr rätselhaft, und die Öffentlichkeit, oder zumindest die Wissenschaft, muss unbedingt unbeschränkten Zugang zu diesen Daten bekommen. Ich sage es nicht gerne, aber ich gelange mehr und mehr zu der Ansicht, dass hier etwas vertuscht wird, das von Bedeutung sein könnte. Seien Sie wachsam, Kadett Vakh'Ba.«

3.

Erstaunlich an öffentlichen Nahverkehrszügen war über alle Epochen hinweg vor allem eines: ohrenbetäubendes Knarren und Knirschen, sobald sich derartige Züge in Bewegung setzten. Selbst den kostenlosen, reibungsfreien Magnetschwebezügen der zentralen Verkehrsbetriebe von Qel'Vatra war es nicht vergönnt, wirklich geräuschlos zu fahren. Vakh'Ba fühlte sich unwohl zwischen den ganzen Zivilisten, die routiniert ihren täglichen Tätigkeiten nachgingen. Halb rechnete er damit, dass ihn jemand in konspirativem Ton fragte, wohin er eigentlich fuhr, aber halb war ihm auch klar, dass er in seiner imperialen Uniform mindestens genauso einschüchternd auf die anderen Fahrgäste wirken musste. Die meisten von ihnen wussten sicher nicht, dass es sich nur um eine Kadettenuniform handelte, denn Hierarchien erschlossen sich immer nur den Mitgliedern derselben – wenn überhaupt. Insgeheim hoffte er, dass jemand es wagen würde, ihn anzusprechen, denn dann würde er unverhoffte Übung in autoritärem Zurechtweisen bekommen. Als er auf einem hoch über der Stadt schwebenden Umsteigepunkt auf einen Anschlusszug wartete, fragte er sich, ob die doch recht beschwerliche Reise zum genannten Treffpunkt Methode hatte, immerhin musste er dreimal umsteigen und kannte sich im Distrikt der zivilen Universitäten von Qel'Vatra nicht gut aus. Doch Professor Igna'Tur hatte gute Gründe, ihn nicht direkt mit einem Gleiter der Akademie fliegen zu lassen, denn die Reisen damit wurden natürlich penibel protokolliert. Wenn es stimmte, was sie in der Stellaren Kartographie herausgefunden hatten, dann war selbst dieser Trip zu einem geheimen Treffen der Forschungsgrößen des Planeten an der Grenze zu Hochverrat, und es blieb nur abschließend zu klären, ob man den Professor oder ihn beschuldigen würde.

Die Adresse war, wie sich herausstellte, kein Universitätsgebäude, sondern das Privathaus des Professors. Im Stil des vergangenen Jahrhunderts wirkte die Villa zwischen den opulenten Instituten aus Glas und Verbundkarbonfaser halb verloren und halb wie der heimliche Herrscher des Campus. Auf jeden Fall war für Vakh'Ba spürbar, dass der Geist der Wissenschaft hier einkehrte. Als er die weißen Treppen hinaufgegangen war und nach einer Klingel suchte, wurde ihm bereits von einem älteren Herren, der sich als Ed'Takh vorstellte, geöffnet. Mit einer wilden Mischung aus Verwunderung, Neugier und Nervosität betrat er die Villa.

Es roch nach Balsaholz und gehobeltem Zimt, aber bevor Vakh'Ba die Atmosphäre des opulenten Hauses auf sich wirken lassen konnte, stand er wie von selbst im großen Wohnzimmer, wo Professor Igna'Tur zusammen mit einem Dutzend anderen bei Tee und Konfekt saß. Ed'Takh setzte sich auf seinen Platz und teilte Igna'Tur mit, man sei vollständig.

Der Professor machte eine minimalistische Geste in Richtung einer regalbehangenen Wand, die sich daraufhin in einen holografischen Projektor verwandelte. Mitten im Raum schwebte ein Modell des procyonischen Binärsystems mit den zwei Sonnen, seinen zwölf Planeten und der beinahe undurchdringlichen Gaswolke an den Rändern es Systems. Er räusperte sich.

»Vor fünfundzwanzig Tagen haben unsere Weltraumteleskope einen unbekannten Flugkörper entdeckt, dessen Ursprung oder Bauart wir nicht identifizieren konnten«, sagte der Professor.

Ein kleiner, leuchtender Punkt erschien in den Gaswolken. Er fuhr fort: »Das wäre nicht weiter verwunderlich, denn es gibt Milliarden unidentifizierter Felsbrocken im System, aber wir treffen uns hier, weil uns zwei Dinge Sorgen machen. Erstens, der Flugkörper konnte seinen Kurs ändern, was bedeutet, dass es sich um ein künstliches Objekt handelt, und zweitens, das Militär hat den Flugkörper aufgebracht, nachdem er Kurs auf Procyon Maior gesetzt hatte. Keinerlei offizielle Anfragen der planetaren Forschergemeinschaft wurden bisher beantwortet. Wie viele von Ihnen wissen, bin ich unter anderem als Ausbilder an der imperialen Akademie beschäftigt, aber auch über meine inoffiziellen Kanäle ist von der dortigen militärischen Wissenschaftsadministration nichts herauszubekommen. Aufgrund des gemessenen Energiespektrums des Objekts können wir mit großer Sicherheit sagen, dass es nicht procyonischen Ursprungs ist.«

Professor Igna'Tur macht eine Pause, da es zu Raunen und Wispern im aufmerksamen Publikum gekommen war. Er fuhr fort: »Ich weise noch einmal darauf hin, dass dieses Treffen erstens informellen, geheimen Charakter hat und es zweitens ausschließlich zum wissenschaftlichen Austausch über Erklärungen für dieses Phänomen gedacht ist, nicht für eine Intrige gegen das Militär. Ich bin sicher, dass unsere Administration einen guten Grund hat, diese Information nicht zu veröffentlichen. Insbesondere ist dabei wohl auch die Frage interessant, inwiefern die planetare Sicherheit bedroht sein könnte.«

Er wartete einen Moment ab, doch er schien noch nicht fertig zu sein mit dem, was er zu sagen hatte. »Ferner, werte Kollegen, gibt es einige bedrückende Gerüchte aus dem Militär, was die Verwendung von psychoanalytischen Neurostimulatoren angeht. Es ist, wie gesagt, nur ein Gerücht, und ich habe unseren Kadetten hier nicht deswegen eingeladen und möchte ihn nicht damit belasten, sich hier strafbar machen zu müssen, sondern allein, weil ich seinen Sachverstand in dieser wissenschaftlichen Sache schätze. Lieber Aris Vakh'Ba, ich möchte noch einmal betonen, dass Sie nur sprechen mögen, wenn Sie aus freien Stücken dazu Auskunft geben können und wollen und wenn es nicht gegen den Eid geht, den Sie geleistet haben.«

Damit endete er.

Vakh'Ba sah sich um. Um ihn herum saßen verdiente, hochdekorierte Wissenschaftler. Die intellektuelle Elite des Planeten. Der einzige Grund, dass er hier war, lag darin, dass er in einem ungünstigen Moment eine unsichere Frage gestellt hatte, die dem Dozenten positiv aufgefallen war. Er fühlte sich wie in der ersten Klasse auf dem Schulhof: Alle waren größer und stärker als er, und wenn er etwas sagte, würden sie ihn zweifellos auslachen oder verprügeln.

Doch dann sprach ihn Igna'Tur zu seiner Überraschung nochmals direkt an: »Kadett Aris, ich verstehe, dass die Gesellschaft von all diesen berühmten Männern Ihnen womöglich etwas unangenehm ist, trotzdem bin ich gespannt auf Ihre Einschätzung. Sie haben mich in unserer letzten Vorlesung Stellarkartografie sehr beeindruckt, und ich denke, dass Sie ein Mann sind, der die richtigen Fragen stellt. Eine bloße Einschätzung zu diesem Objekt aus der militärischen Perspektive kann zudem noch nicht strafbewehrt sein. Was denken Sie über dieses Objekt?« Vakh'Ba zitterte vor Aufregung. Dieser Moment seines ersten Satzes würde darüber entscheiden, ob sie ihm Respekt zollen oder ihn als uninteressant ignorieren würden. Vakh'Ba sagte:»Nun Professor, ich bedanke mich für die Einladung. Ich denke, dass die spektrale Zusammensetzung und die Tatsache, dass das Objekt Kursänderungen vollführt hat, nur den Schluss zulassen, dass es künstlich ist. Davon abgesehen spricht das Verhalten des Militärs dafür, dass es kein Prototyp unbekannter Bauart ist, denn dann hätten sie genau das zugegeben, schließlich kann es kein Interesse an allerlei Spekulationen diesbezüglich haben. Folglich es nicht von der Hand zu weisen, dass es von einer fremden Intelligenz stammen könnte, und das bereitet uns allen zu Recht Sorge.«

Igna'Tur nickte. Ein kleiner bärtiger Mann erhob seine tiefe Stimme:»Ich verstehe, dass dieser Vorgang auf den ersten Blick beängstigend sein mag. Aber wir sollten uns vergegenwärtigen, dass auch die procyonische Zivilisation in früherer Zeit langsame Sonden in den Weltraum entsandt hat. Welche Hinweise gibt es denn, dass es sich hierbei um eine feindliche Absicht handelt?«

Jetzt war die Diskussion voll entbrannt. Mehrere Wissenschaftler meldeten sich und wollten ihre Meinung beitragen. Vakh'Ba war stolz, dass man ihm nicht widersprochen hatte, auch wenn er in seiner Aufregung eine sehr allgemeine Einschätzung abgegeben hatte. Ihm fiel auf, wie geregelt die Diskussion ablief. Obwohl niemand aktiv die Diskussion leitete, ließ man jeden Kollegen ausreden. An der Reihe war eine Frau mittleren Alters, deren Bilder Vakh'Ba aus populär-wissenschaftlichen Veröffentlichungen kannte. Sie machte keinen Hehl daraus, dass sie nicht immer der strengen wissenschaftlichen Norm von Versuch und Irrtum folgte.

»Liebe Kollegen, lassen Sie mich Ihnen eine boshafte Frage stellen: Woher wissen wir, dass dieses … Ding fremden Ursprungs ist? Ich meine, wäre es nicht möglich, dass jemand, der die spektralen Eigenheiten der procyonischen Raumschiffskonstruktionen kennt, etwas baut, das genau in den entscheidenden Punkten davon abweicht, um den Anschein zu erwecken, dass es fremdartig sei in dem Wunsche, unsere und die öffentliche Aufmerksamkeit darauf zu lenken? Ich weise damit lediglich darauf hin, dass wir ohne objektive metallurgische Analyse nicht sicher sein können, dass diese Daten stimmen. Und dass das Militär nichts darüber veröffentlicht, muss uns auch deren Motive hinterfragen lassen.«

Ein älterer Mann meldete sich so energisch, dass man ihm den Vortritt ließ. Er war mit dieser These offenbar nicht einverstanden. »Sie wollen also andeuten, dass das Militär oder sonst jemand mit ausreichend technologischen und materiellen Ressourcen absichtlich einen solchen Raumkörper erzeugen könnte? Vielleicht, aber um was zu erreichen? Diese Zivilisation hat seit Jahrhunderten Frieden, und es gibt das Militär nur aus dem paranoiden Grund, dass wir um die Existenz von interstellaren Zivilisationen wissen, die aber wie wir höchst vermutlich nicht in der Lage sind, die gewaltigen Entfernungen zwischen den Sternen zu überwinden. Nach allem, was wir wissen, existiert keine überlichtschnelle Antriebstechnologie, und es gibt auch keinerlei Erkenntnisse, die darauf hindeuten würden.«

Seine Vorrednerin lachte auf subtile und zufriedene Weise. Dann erwiderte sie:»Grund genug, Herr Kollege, als Militär diese Information, sollte sie dieser Art sein, geheim zu halten, nicht wahr? Damit hätten wir schon zwei Motive, warum das Militär diese Entdeckung vertuschen könnte. Entschuldigen Sie meine Polemik, aber Sie haben meine Argumentation gestützt, nicht ihr widersprochen.«

Der Mann lachte auch, aber auf eine viel offenere Weise, die klar machte, dass er viel zu alt war, um auf derartiges Geschwätz einzugehen. »Ich bin hierhergekommen, um über Fakten zu streiten, nicht Verschwörungstheorien aufzustellen. Entschuldigen Sie also, wenn ich darauf poche, dass wir nun auf eine objektivere Ebene zurückkehren.«

»Da wir gerade bei Verschwörungstheorien sind …«, setzte ein hagerer Mann aus der hinteren Ecke des Raumes an, zog eine Braue in die Höhe, wie um weitere spöttische Kommentare seiner Kollegen abzuwehren, und fuhr dann fort. »Unser Gastgeber hat es ja bereits anklingen lassen, wir haben einige Hinweise darauf, dass es einmal mehr dazu käme, dass die Mannschaften der

Militärstützpunkte gezielter psychometrischer Beeinflussung ausgesetzt werden.«

Aris Vakh'Ba konnte sehen, dass er dabei in seine Richtung schielte, und es war unmittelbar klar, dass man von ihm trotz aller Vorsichtsbekundungen eine Auskunft diesbezüglich erwartete. Obwohl er voller Stolz zugestimmt hatte, dem Treffen beizuwohnen, wurde ihm nun doch unwohl. Eine wissenschaftliche Diskussion war das eine, aber über die Gedankenbeeinflussung Auskunft zu geben, etwas ganz anderes. Er hatte doch auf Eid versprochen, Schaden von der Truppe abzuwenden und sich stets loyal zu verhalten. Gewiss, es war sehr beunruhigend zu sehen, wie das Recht auf … nun ja, eigene Gedanken mehr und mehr aufgeweicht wurde, doch rechtfertigte das schon Verrat? Vakh'Ba prüfte sein Gewissen. Dachte an Vredoms Schreie nur wenige Tage zuvor und seine eigenen Alpträume, die ihn mittlerweile regelmäßig quälten. Was auch immer die Generäle vorhatten, wenn es den Grundrechten entsprach, wieso musste man dann die Soldaten indoktrinieren? Andererseits, die Gesellschaft von Qel'Vatra war absolut friedlich und es gab keine sozialen Probleme mehr. Waren also die ganzen Gefahren, die man anführte, wenn es darum ging, die Kosten für die Militärstützpunkte zu rechtfertigen, nicht nur vorgeschoben, und wäre dies alles, so eine fremde, interstellare Macht beschließen würde, das procyonische System anzugreifen, nicht nur Dekoration gegen einen übermächtigen Feind?

Aris Vakh'Ba wusste nicht, was er glauben konnte, und fühlte den Eid so heftig gegen den gesunden Verstand wetteifern, dass er nicht bemerkt hatte, wie ein weiterer Wissenschaftler aufgesprungen war und sich trefflich gegen die Unmöglichkeit einer solchen Gedankenkontrolle wandte.»Es ist schlichtweg unglaublich, dass es denkbar scheint, diese grässlichen Werkzeuge im eigenen Volke einzusetzen. Wir sind über derartige Praktiken hinaus zivilisiert, meine Herren!«, bemerkte er und setzte sich zufrieden wieder auf den antiken Diwan, der ihn und den hageren Kollegen, der bereits gesprochen hatte, trug. Eben dieser erbat sich nun abermals das Wort und fragte schließlich direkt an Vakh'Ba gewandt, wie es sich verhalte.

Vakh'Ba räusperte sich. Er fühlte den Hals wie zugeschnürt und sein Herz vor Aufregung pochen. Sollte er zugeben, wie sehr die Kontrolle bereits ausgeübt wurde?

In diesem Moment klingelte es. Der massive Bass des Türgongs war so eindringlich wie ein dezenter Schlag in die Magengegend. Die Wissenschaftler tauschten aufgeregte Blicke aus. Man hatte begonnen, weil die Runde vollständig war, und es wurde niemand weiter erwartet. Igna'Tur begab sich zur Eingangstür, äußerlich völlig ruhig.

Er sah durch ein Seitenfenster. Dann flüsterte er: »Ich schlage vor, dass alle nicht-zivilen Gäste sich sofort verstecken.« Eindringlich sah er dabei Aris Vakh'Ba an, der natürlich der einzige war, den er meinen konnte. Dann ging er in die Eingangshalle und öffnete.

Vor der Tür standen vier Männer in Uniformen der Militärpolizei.

Vakh'Ba war klar, dass man seinetwegen da sein musste. Wie hatte man erfahren, wo er sich aufhielt? Und was sollte er tun? Er konnte schlecht aus dem Fenster springen, denn vermutlich war die Eskorte an der Tür nicht allein. Im Gegenteil, wenn man ihm oder jemand anderem gefolgt war, war sicher das ganze Haus überwacht. Er musste sich verstecken. Hastig entfernte er sich aus dem weiteren Sichtfeld des Eingangsbereichs.

»Was kann ich für Sie tun?«, konnte man den Professor hören, wie er die ungebetenen Gäste in neutralem, leicht überraschtem Ton befragte.

»Professor Igna'Tur Baq'Huk?«.

»Der bin ich. Was führt Sie zu mir, bitte?«

Derweil durchkämmte Vakh'Ba atemlos die Räume nach einem geeigneten Versteck, einem großen Schrank oder Kellereingang. Was führte die Militärpolizei im Schilde? Er war sich ganz sicher, dass sie nach ihm suchen würden, denn sie hatten ohne Kriegsrecht praktisch keine Kommandogewalt über Zivilisten wie Igna'Tur, der trotz seines Lehrauftrags eben kein Angehöriger der Streitkräfte war. Er hörte Wortfetzen wie »Verdacht«, »Terrorismus« und suchte Raum für Raum weiter. Vakh'Ba fand es erstaunlich, wie groß die von außen gedrungen wirkende Villa war, sobald man keinen Ort zum Verstecken fand. Er stand jetzt in einem Zimmer direkt neben dem Eingangsbereich und konnte wieder mehr vom Gespräch mithören.

»Ihnen wird vorgeworfen, eine konspirative Versammlung in Ihrem Haus abzuhalten, an der sich auch Mitglieder der Streitkräfte beteiligen. Wir fordern Sie ultimativ auf, alle Gäste nach draußen zu geleiten.«

»Was passiert, wenn sich doch noch jemand drinnen aufhält?«, fragte der Professor unschuldig, aber Vakh'Ba wusste, dass er ihm eine Möglichkeit geben wollte, aus ihrem Verhalten einen Vorteil zur Flucht zu ziehen.

»Treten Sie zur Seite. Wir werden das Gebäude durchsuchen.«

»Ich glaube kaum, dass Sie das Recht dazu haben«, meinte Igna'Tur.

»Es geht hier um Belange der planetaren Sicherheit. Glauben Sie mir, Sie wollen weder versuchen, uns aufzuhalten, noch dass wir da drinnen jemand finden, der militärische Geheimnisse mit Ihnen teilt.«

Der Professor war außer sich. »Ich verlange, mit Ihrem Vorgesetzten zu sprechen! Ich verlange, dass man den Grund für diese Willkür angibt! Ich bin Dozent der Militärakademie. Es ist ganz normal, dass ich mit Mitgliedern der Streitkräfte korrespondiere. Wenn Sie mein Haus durchsuchen, wird das ein Nachspiel haben.«

Der Anführer des Militärpolizeitrupps lachte, dass es Vakh'Ba das Blut in den Adern gefrieren ließ. »Je nachdem, was wir finden.« Er wandte sich an die uniformierten Männer neben ihm: »Los jetzt, das Haus durchsuchen!«

Die restlichen Soldaten des Trupps machten sich auf den Weg nach innen.

Vakh'Ba wusste, dass er am aktuellen Ort nicht mehr lange sicher sein würde. Er rannte zurück in den hinteren Bereich des Hauses. Vielleicht konnte er durch den Garten entkommen. Hastig versuchte er, eines der Fenster zu öffnen, hatte jedoch keinen Erfolg. Entsetzt hörte er, wie die Tür des angrenzenden Raumes geöffnet wurde. Er hatte nicht mehr viel Zeit. Dann kam ihm eine Idee. Wenn sie sich nur auf einen Soldaten verließen, der den Eingang bewachte, konnte er mitten über den Hauptflur nach draußen. Es war riskant, denn wenn mehr als einer die Tür bewachte, würden sie ihn trotz des Überraschungsmomentes festnehmen können. Vakh'Ba bemerkte, dass der Soldat im benachbarten Raum fast an der Tür zum Versammlungsraum stand, holte noch einmal tief Luft und spurtete dann los.

Er rammte mit der rechten Schulter die Tür zum Flur auf und lief, so schnell er konnte, auf die Eingangstür zu. Er konnte niemanden sehen, aber sicherheitshalber schnappte er eine große Vase, die an der Wand stand, und lief weiter. Offenbar hatten sie überhaupt niemanden zur Bewachung der Tür abgestellt. Laute Stimmen erklangen hinter ihm. Vakh'Ba rannte durch die offen stehende Eingangstür und sah die ratlose Gruppe von Gästen auf dem Rasen stehen, davor nur ein einziger Polizist, der mit Igna'Tur diskutierte. Als der ihn sah, lief er auf ihn zu und versuchte ihn zu packen. Aris Vakh'Ba aber konnte ihm ausweichen und schleuderte ihm die Vase entgegen.

Hin und her gerissen zwischen dem Versuch die Vase zu fangen und ihr auszuweichen, fand er sich auf dem Boden wieder, rappelte sich sofort wieder auf und begann mit der Verfolgung.

Vakh'Ba hatte etwa dreißig Meter Vorsprung. Er kannte sich im Universitätsbezirk nicht aus und wusste nicht, wie er den Verfolger abschütteln konnte. Außerdem nahm er nicht an, dass er ihm konditionell überlegen war und länger laufen konnte. Er musste an ein Fortbewegungsmittel kommen. Indes, die Magnetbahn, mit der er auf dem Hinweg gekommen war, stellte keine Option dar, da sie nur alle Viertelstunde fuhr und bis dahin sicher abgeriegelt war.

Beschäftigt damit, so schnell wie möglich zu laufen, konnte er nur langsam darüber nachdenken, was er unternehmen sollte, um nicht geschnappt zu werden. Dabei fiel ihm auf, dass das für seinen Verfolger auch gelten und dieser auf Hindernisse ebenso reagieren musste wie er selbst, jedoch mit dem Unterschied, dass dieser die freie Wahl hatte, auf welche Weise er sie überwand. Doch in einem Punkt hatte er keine Wahl: Sein Verfolger musste ihm weiter folgen. Vakh'Ba widerstand der Versuchung, sich umzusehen, und suchte sein Heil weiter in der Flucht, die zunehmend weniger kopflos war. Er begann, über Vorgartenzäune zu springen und um Straßenecken zu laufen. Kreuz und quer rannte er. Schließlich sah er sich doch um. Noch immer hatte er etwas Vorsprung, sodass er nach einer Ecke für einige Sekunden für seinen Verfolger nicht zu sehen war.

Eine Idee spann sich in seinem Kopf zurecht. Und er fand, was er suchte. Nachdem er um eine weitere Ecke gesprintet war, stand eine große gusseiserne Gießkanne vor ihm. Er hätte darüber hinweg springen können, um weiterzulaufen, aber er nahm sie in beide Hände und zog sie dem verdutzten, schwer atmenden Militärpolizisten über den Kopf, als er um die Ecke rannte. Wie ein Stein ging er zu Boden.

Vakh'Ba beobachtete das Schauspiel einen Moment lang, begriff dann aber, dass auch dieser Zug ihm nicht unbegrenzt Zeit gewonnen hatte, denn sicher waren auch dessen Kameraden auf der Verfolgung. Er griff an den Gürtel des Mannes, um ihm sein Kommunikationsgerät abzunehmen, damit er zumindest seine Position nicht mehr durchsagen konnte. Dann lief er wieder los, jetzt zu einer Metro-Station. Lange, bevor er sie betrat, warf er den Kommunikator in einen Mülleimer. Er schien der Verfolgung entkommen zu sein. Vorerst zumindest. Erst, als er sich in einem Zug vor den Soldaten sicher fühlte, erlaubte er sich schließlich etwas Entspannung.

Als er schließlich in dem schalenförmigen Sitz an der Wand des Zuges Platz nahm, holte er tief Luft. Tätlicher Angriff. So könnte man seinen Vasenwurf betrachten. Seine Flucht über bestimmt einige Kilometer würde man folgerichtig als Widerstand gegen die Staatsgewalt auffassen. Oder Befehlsverweigerung. Oder beides. Aris Vakh'Ba blickte auf die Skyline der Hauptstadt von Qel'Vatra. Eine Utopie in Glas, Stahl und Karbonfaser. Fast fand er das lautlose Gleiten des Zuges knapp unterhalb der Schallgeschwindigkeit gepaart mit dem Rumpeln der Wagen gegeneinander beruhigend verglichen mit dem, was mit Qel'Vatra zu passieren schien. Wo war er da nur hineingeraten? *Irgendetwas Bedeutsames ist im Gange,* sagte er sich. Zuerst die Misshandlungen und die Neuralstimulatoren in der Akademie. Dann tauchte ein seltsames Objekt im Sonnensystem auf, und schließlich wurde er fast auf einem, nun ja, konspirativen Treffen der wissenschaftlichen Elite von Qel'Vatra verhaftet. Er fragte sich, was wohl mit Professor Igna'Tur passieren würde. Hoffentlich musste der Professor nicht für Vakh'Bas Flucht leiden. Warum war es der Militärführung so wichtig, dass nichts von der Sache nach draußen drang? Angesichts der Vorfälle von Folter und ziviler Einflussnahme seitens des

Militärs, ohne dass das Kriegsrecht ausgerufen war, fragte er sich, wem die Loyalität des Militärs galt. Was die Integrität des Staates betraf, war er sich nicht mehr sicher, wie geschützt der planetare Rat gegen einen Militärputsch war.

Vakh'Ba fand seine Gedanken dennoch auf eine surreale Weise absurd und abwegig. Über mehrere Jahrhunderte war Qel'Vatra vollkommen friedlich gewesen. Materielle und medizinische Nöte gab es schon lange nicht mehr. Was also führte dazu, dass das Militär in so großem Umfang seine eigentlichen Befugnisse zu überschreiten schien? Hatte er sich zuvor noch gefragt, ob es richtig war, zu dem Treffen zu gehen, so bestärkte die Tatsache, dass man ihn suchte, doch nur den Verdacht, dass etwas im Gange war. Warum sonst würde man so aggressiv gegen ihn vorgehen?

Bei all seinen Überlegungen und der noch immer aufgestauten Erregung ob seiner kopflosen Flucht von Igna'Turs Haus hatte er den Mann, der sich einige Stationen zuvor neben ihn gesetzt hatte, nicht bemerkt. Der Fremde trug eine tiefschwarze Jacke mit aufgestelltem Kragen, in der er beinahe zu verschwinden schien. Er las etwas auf einem Armbanddisplay ab. Dann wandte er sich an Vakh'Ba.

»Sie sind Aris Vakh'Ba, Kadett der Militärakademie, Hauptfach Astrophysik?«

»Ja, aber was … wer sind Sie?«, stotterte Vakh'Ba.

Der Fremde wandte sich wieder ab, als wollte er vermeiden, dass es so aussah, als unterhielten sie sich. Er sah weiter in die entgegengesetzte Richtung, als er fortfuhr: »Sagen wir für den Moment, ich bin ein alter Freund. Ich habe eine Nachricht für Sie: Hören Sie auf, nachzuforschen. Ignorieren Sie die Sache, und es wird keine Folgen für Sie haben.«

Vakh'Ba beschloss, den Ahnungslosen zu spielen. »Ich habe keine Ahnung, wovon Sie reden«, flüsterte er dem Mann zu.

»Das hast du tatsächlich nicht. Du hast keine Ahnung, worauf du dich einlässt. Misch dich nicht ein. Dies ist die letzte Warnung.«

Wie aus einem Reflex heraus drehte Vakh'Ba nun doch den Kopf zu dem Fremden hin, der sich wie aus Abscheu abwandte und weiter unerkannt blieb. Irgendetwas an ihm kam ihm seltsam vertraut vor, doch die winzigen Details, die sein Verstand mit der Aufschrift »seltsam« versah, ließen sich nicht zuordnen. Kannte er die Stimme? Die körperliche Erscheinung? Was konnte er tun, um sich diese Frage zu beantworten? Er konnte den Mann ja schlecht an die Wagenwand drücken und ihn durchsuchen und mustern. Nein, es musste eine andere Möglichkeit geben, er musste das Gespräch weiter führen. Abwesend bemerkte er, wie er die leichte Entschleunigung des Wagens, der sanft an einer Station hielt, austarierte, als er überlegte, was er entgegnen sollte. Er setzte zu einer Antwort an, doch im nächsten Moment stand der Fremde elegant von dem Sitz auf, ging eilig zur Tür hinüber und erreichte sie in genau dem Moment, da sie sich an der vorgesehenen Stelle des Bahnsteiges öffnete. Nur Sekunden später war er in der Menge der ein- und umsteigenden Procyonier verschwunden.

Zurück blieb ein ins Leere starrender Aris Vakh'Ba, dessen Welt sich aufzulösen schien.

4.

Zurück in der Akademie fragte sich Vakh'Ba, wie er dieses Rätsel nur lösen sollte. Mit Professor Igna'Tur sollte er sich wohl besser nicht in Verbindung setzen, dachte er, denn er war sicher, dass seine Kommunikation überwacht wurde. Er wusste nicht, ob man ihn inzwischen identifiziert hatte, also beschloss er, mit niemandem über den Zwischenfall zu sprechen. Zumal er von seinem Freund Vredom ohnehin keine Hilfe erwarten konnte, denn seine gute Laune und Sorglosigkeit hielten auch noch Tage, nachdem Vakh'Ba auf dem Korridor seine Schreie vernommen hatte, an. Vredoms Gesellschaft war ihm unerträglich geworden. Er schämte sich noch immer, dass er nicht versucht hatte, ihm zu helfen, doch andererseits fragte er sich, ob er seinem Gefühl, dass er Hilfe brauchte, wirklich trauen konnte. Das Fehlen von distinktiven Unterscheidungen von richtig und falsch fand er verwirrend und beängstigend. Er musste mehr über diese Vorgänge herausfinden, so viel stand fest.

Und doch, Aris Vakh'Ba sah keinen Sinn darin, wie die großangelegte Einführung einer Droge an die Kadetten und Soldaten der Imperialen Streitkräfte damit zusammenhängen sollte, dass ein unbekanntes Raumschiff in der äußersten Ecke des Systems gefunden worden war. Er fürchtete fast, dass er keine Möglichkeit hatte, als abzuwarten, was als nächstes passieren würde.

Unschlüssig, wie er weiter vorgehen sollte, startete er sein Datenterminal. Die Folien aus der letzten Vorlesung hatte Igna'Tur nicht in der Vorlesungsdatenbank veröffentlicht, so wie er es sonst mit allen Materialien tat, aber das überraschte Vakh'Ba nicht, so interessiert, wie die Militärpolizei an diesem Vorgang war. Er befragte die Datenbanken zu allen Stichworten, die ihm in dem Zusammenhang einfielen. Zwar brauchte die Datenbank der Imperialen Akademie den Vergleich mit den zivilen Universitäten nicht zu scheuen, doch zu seiner großen Überraschung fand er selbst zu den allgemeinsten Suchanfragen keine Ergebnisse. Wurde hier etwa aktive Zensur betrieben? Oder hatte man am Ende gar nur seinen Zugang beschränkt? Vakh'Ba unternahm keine

Versuche, über zivile Anfragen seine Identität zu verschleiern, immerhin war das Recht auf informationelle Selbstbestimmung eines der grundlegendsten der modernen Qel'Vatrischen Gesellschaft. Erlebte er den schleichenden Verfall der Grundrechte, der ganz selten im zivilen Journalismus thematisiert wurde und den er für undenkbar hielt? Immerhin, dann würden viele Millionen mündige Bürger für soziale Unruhen sorgen, oder etwa nicht? Er schob den Gedanken beiseite, dass bei einer subtilen, subversiven Art der Zensur und medialen Beeinflussung, wie sie vor seinen Augen vielleicht stattfand, vielleicht auch einfach niemand bemerken würde, was vor sich ging. Allein, er fand es unvorstellbar. Für einen Moment erinnerte ihn seine Ausbildung nochmals daran, dass er auch eine Loyalität gegenüber der Imperialen Garde hatte. Er beschloss, die nächste Vorlesung Stellarkartografie abzuwarten. Vielleicht würde sich alles erklären lassen. Vielleicht hatte er nur zu viele konspirative Holographiegeschichten gesehen.

Als er den Hörsaal erreichte, bemerkte er schnell die ungewöhnliche Stimmung der wartenden Kadetten. Es war voll wie immer, aber es wurde getuschelt und aufgeregt geflüstert. Vakh'Ba war so sehr darauf fixiert, einen guten Platz zu ergattern, dass er den Grund erst feststellte, als er schon saß. Vorne am Pult stand nicht Igna'Tur, sondern ein hochdekorierter Militäringenieur. Sein Sitznachbar fragte ihn, ob er wisse, was mit Igna'Tur war, doch Vakh'Ba verneinte. Und doch, irgendwie war ihm schon klar, was der kleine, durchtrainierte Mann, der unten begierig und gekünstelt zugleich den ankommenden Studenten entgegen lächelte, sagen würde.

»Ich muss ihnen leider mitteilen, dass Professor Igna'Tur bis auf weiteres seine Verpflichtungen an dieser Akademie nicht wahrnehmen kann. Er ist anderweitig beschäftigt und kehrt vermutlich erst im nächsten Trimester zurück. Mein Name ist Oberstleutnant Qua'Pegh von der imperialen Überwachungsbrigade, Sektion Stellare Aufklärung, und ich werde bis zu Ihrer Prüfung sicherstellen, dass Sie dieses Jahr wenigstens einmal etwas lernen.«

Der kleine Mann grinste den Hörsaal hinauf, erntete aber nur nervöses Gemurmel, also fuhr er fort: »Ich verstehe, dass Professor Igna'Tur in seinen Kursen große Popularität genießen durfte. Ich hoffe, Sie werden nicht zu enttäuscht sein, dass ich den Stoff etwas anders aufbereite, und denke, dass wir mit der Zeit auch gut zurechtkommen werden.«

Wieder sah er erwartungsvoll in die Runde. Nichts passierte. Dem Lächeln des Leutnants tat dies keinen Abbruch. »Möglicherweise fragen Sie sich, ob Igna'Turs … Abberufung mit der unbekannten Sonde, von der er Ihnen letzte Woche mit unserem Einverständnis berichtet hat, zusammenhängt, aber ich versichere Ihnen, dass dies nicht der Fall ist. Vielmehr kann ich Ihnen heute weitere Neuigkeiten über dieses überaus spannende Fundstück mitteilen, denn wir haben den Zylinder vor drei Tagen aufgebracht.«

Vakh'Ba war nicht überrascht. Er hatte schon zuvor diese Vermutung gehabt. Die Trajektorie legte nahe, dass das Objekt bereits vor über einer Woche aufgebracht worden war. Dass dies erst vor drei Tagen gelungen sein sollte, hielt er für eine Lüge oder einen Vorwand, um nicht näher auf die Abwesenheit von Igna'Tur eingehen zu müssen. Überhaupt nahm Vakh'Ba nicht an, dass Igna'Tur tatsächlich autorisiert gewesen war, die Scannerdaten in dem Kurs zu verwenden. Die Ereignisse im Haus des Professors ließen jedoch die Aussagen des Leutnants in ganz anderem Licht erscheinen. So vehement, wie man die Öffentlichkeit im Unklaren lassen wollte, so deutlich schien man der Überzeugung zu sein, dass die Kadetten in dieser Hinsicht keine Gefahr darstellten. Vakh'Ba fragte sich, wer diese Politik verfolgte und was damit bezweckt werden sollte. Möglicherweise sollte er die Öffentlichkeit suchen und alles, was er bisher über diese Vorgänge wusste, mitteilen. Andererseits war es nicht wahrscheinlich, dass man einem Kadetten glauben würde, dass eine Art Verschwörung im Kommandostab stattfand. Dazu kam noch, dass er durchaus annehmen musste, dass man Druck auf die öffentlichen Medien ausüben würde oder dies bereits tat, um sicherzustellen, dass niemand von dem rätselhaften Objekt Kenntnis bekam. Gespannt lauschte er, was der Offizier preisgeben würde – und was davon überhaupt Sinn ergab.

Erneut erschienen die schematischen Visualisierungen der Sensordaten, die auch Igna'Tur den Kadetten schon gezeigt hatte. Qua'Pegh fuhr fort zu erläutern, dass das zylindrische Objekt schließlich nach seinem zufällig aussehenden Flugmuster Kurs auf Procyon Maior, die größere der beiden Sonnen des Systems gesetzt habe und man so in der Lage gewesen sei, es zu stoppen und aufzubringen.

Der Saal wurde heller, als der Projektor einen stahlbeschlagenen Raum zeigte, in dessen Mitte das zylindrische Objekt lag. Vakh'Ba vermutete, dass es sich um das Innere eines Raumschiffes handelte, und überlegte, welche Schiffe der Flotte ein Dock dieser Ausmaße aufwiesen, doch Qua'Pegh beschied den Kadetten, dass es sich um eine Anlage auf einem der Monde Qel'Vatras handele. Stolz fuhr er fort.

»Die endgültigen Daten der metallurgischen Analyse stehen noch aus, aber ich bin autorisiert, Ihnen einen Einblick in die Untersuchungen zu geben. Zunächst ist festzuhalten, dass die spektrale Zusammensetzung nahelegt, dass es sich nicht um ein Objekt aus unserem procyonischen System handelt.«

Er setzte einen zufriedenen Gesichtsausdruck auf.

»Die Sonde stammt nicht von Qel'Vatra. Da wir einen Ionenbeschleunigungsantrieb vorgefunden haben, ist davon auszugehen, dass das Gefährt wenigstens mehrere zehntausend Jahre alt ist und aus einem bewohnten System hunderte Lichtjahre entfernt stammt. Wer auch immer die Erbauer sein mögen, wir kennen sie nicht und es ist unwahrscheinlich, dass wir je in Kontakt treten werden. Wir haben keine Kommunikationsvorrichtung gefunden, die in der Lage wäre, die Gaswolken im äußeren Bereich des Systems zu durchdringen. Für diejenigen von Ihnen, die Romane über interstellare Konflikte mögen und sich bereits ausmalen, dass eine Flotte von feindlichen Kampfschiffen über uns herfällt, hier noch einmal die zentrale Erkenntnis: Die Zivilisation der Erbauer kann nicht wissen, was mit ihrer Sonde passiert ist – wenn besagte Zivilisation denn überhaupt noch existiert. Und auch wenn wir mit großer Sicherheit wissen, dass die Konstruktion eines überlichtschnellen Antriebssystems unmöglich ist, wird die Demontage dieses Artefakts sicher noch Jahre an wissenschaftlicher Forschung inspirieren, und ganze

Generationen von Wissenschaftlern werden spannende Einblicke in Denkweisen eines fremden Volkes gewinnen können – wenn wir die Technologie denn entschlüsselt haben.«

Vakh'Ba schüttelte sich. Dieser ganze Vortrag war so von Unklarheiten und Vermutungen durchsetzt, dass er beinahe annahm, dass man sich die ganze Geschichte über dieses Artefakt nur ausgedacht hatte. Und dann wurde ihm klar, dass genau das das Ziel war, falls etwas an die Öffentlichkeit gelangte: Man würde beschwichtigend erklären, es habe sich lediglich um eine Simulation gehandelt, während die Techniker und Wissenschaftler des Militärs am echten Artefakt forschen konnten, von dem sie nicht die geringste Ahnung hatten. Zugleich bedeutete es auch, dass Vakh'Ba dieses Rätsel allein nicht lösen würde. Ohne die Hilfe von Igna'Tur würde er als Kadett kaum weitere Informationen bekommen, sondern eher auch »verschwinden«. Vakh'Ba war nun sicher, dass diese Situation für ihn viel gefährlicher war als befürchtet. Vermutlich wusste das Oberkommando, dass es Militärangehörige gab, die von Igna'Turs kleiner Untergrundparty entkommen waren, also war es für ihn besser, nicht noch einmal aufzufallen. Er verzichtete deshalb auf bissige Kommentare zu den Ausführungen des Ersatzdozenten, wie er sie bei Igna'Tur ohne Zweifel getätigt hätte, und machte sich auf, in sein Quartier zurückzukehren.

5.

Sie standen am Erfrischungsautomaten in der Lobby, als Vakh'Ba in sein Quartier zurückkehrte. Kaum hatte er seine Sachen auf seinen Tisch gelegt, summte die Tür. Vakh'Ba öffnete, und es erschienen zwei hochgewachsene Männer vom Sicherheitsdienst. Man teilte ihm nur mit, dass man ein paar Fragen an ihn habe. Dass er mitkommen solle, und zwar vorzugsweise freiwillig. Das Fehlen von Optionen und die geschickt herbeigeführte Drucksituation von zwei riesigen Wächtern an der eigenen Tür ließen ihn schließlich widerstandslos mitgehen. Er vermutete unwillkürlich, dass sie in genau dieser Manier öfter Leute zu Gesprächen abholten. Dies war der Moment, in dem Aris Vakh'Ba begriff, dass seine Grundrechte, seine Überzeugungen, praktisch alles, woran er glaubte, mit einem Moment in sich zusammenfielen. Was hier auch passierte, es war größer als die bloße Vertuschung eines Zwischenfalles. Man hatte ihn beobachtet, vielleicht abgehört, und sicher würde man ihn nun verhören wollen. Er spürte, wie sein Magen sich umstülpte und sein Puls sich beschleunigte. Jeder Meter, den die Wachen ihn vor sich her trieben, schien ihm, als würde er zur Schlachtbank geführt, dabei wusste er ja noch gar nicht einmal, was sie gegen ihn vorbringen würden. Was sie tatsächlich wussten. Doch, so erkannte er halb panisch, halb fiebrig, gehörte genau das wohl zur Inszenierung.

Er wurde in den Trakt der Sicherheitsbehörden gebracht, in einen Raum, der ebenso kahl wie klinisch wirkte und außer Tisch, Stuhl und einer alten, rostigen Lampe nur Aris Vakh'Ba und muffige Atemluft enthielt. Natürlich ließ man ihn warten, so wie er es dutzende Male in den kriminalistischen Holoromanen erlebt hatte. Er hatte sich immer gefragt, wie es sich wohl anfühlen würde, wenn ein mutmaßlicher Verbrecher auf diese Weise psychisch unter Druck gesetzt wurde, und die Ungewissheit weckte tatsächlich die vage Vorstellung von Verzweiflung in ihm. Doch hatte er noch immer die Illusion, dass Qel'Vatra ein Rechtsstaat war. Dass er, sobald man ihm die Vorwürfe erläutert hatte, einen Anwalt kontaktieren durfte, und dass man ihn dann schließlich gehen lassen musste, weil er nichts Unrechtes getan hatte.

Als der grimmig schauende Sicherheitsoffizier mit dem dünnen Mäppchen eintrat, das ohne Zweifel die Informationen über Vakh'Ba enthielt, die sie hatten, und ebenso zweifellos die Fragen, die er beantworten sollte, wurde ihm endgültig klar, dass das Terrain der Rechtsstaatlichkeit hier verlassen wurde.

»Ich nehme nicht an, dass Sie mich einen Anwalt rufen lassen, nicht wahr?«, fragte er ruhig, aber mit einer winzigen Spur Zynismus.

Der Mann stellte sich als Colonel Haj'Ragh vor und verneinte. Vakh'Ba meinte, in seinen Augen einen Anflug aufrichtigen Bedauerns lesen zu können. Dann begann es.

»Kadett Aris Vakh'Ba«, ließ der Mann mit inbrünstig offiziell klingendem Duktus verlauten, »Ihnen wird vorgeworfen, einer konspirativen, die Staats- und öffentliche Ordnung gefährdenden Versammlung beigewohnt zu haben, heute vor drei Tagen, in den persönlichen Räumen von Professor Igna'Tur, Zivildozent der Imperialen Akademie. Bitte sagen Sie uns, ob das zutrifft.«

Vakh'Ba schluckte. Er war sich nicht sicher, ob er aufgrund eines Verdachts hier war oder tatsächlich, weil ihn jemand identifiziert hatte. Also beschloss er, nicht zu kooperativ zu sein für den Fall, dass sie Fehler in den Ermittlungen gemacht hatten. Zwar befürchtete er, dass das für die Bestrafung keinen Unterschied machte, aber für ihn war es wichtig, ob sie ihn zweifelsfrei mit der Konspiration um Igna'Tur in Verbindung bringen konnten. Vor allem, wenn er das Rätsel, was diese seltsamen Vorgänge bedeuteten, lösen wollte, war es wichtig, dass die Administration nicht wusste, was er tat. Als mutmaßlicher Terrorist oder Kollaborateur oder wie auch immer man sein Handeln einstufen wollte, würde man ihn sicher einsperren oder seine Bewegungsfreiheit einschränken oder ihn strikt geheimdienstlich beobachten. Er musste auf jeden Fall versuchen, nicht als Gefahr für sie zu erscheinen. Er sah zwei Möglichkeiten: Entweder er »gestand« mit der vorgeschobenen Einstellung, dass er einen Fehler gemacht habe und stellte Igna'Tur als einen Verrückten dar, vor dem er das Oberkommando warnen wollte – oder er spielte den Ahnungslosen in der Hoffnung, dass sie nicht genug gegen ihn in der Hand hatten. Vakh'Ba missfiel es, Igna'Tur hängen zu lassen, zumal er wusste, dass dieser vermutlich auch festgehalten wurde und ihm vermutlich noch viel schwerere Vorwürfe gemacht wurden.

Vakh'Ba sagte schließlich: »Ich weiß nicht, wovon Sie reden. Ich kenne Professor Igna'Tur, weil ich Stellare Kartographie bei ihm höre. Darüber hinaus habe ich keine Beziehung zu ihm.«

Der Colonel legte den Kopf zur Seite und musterte den aufgeregten Vakh'Ba. Dann schüttelte er den Kopf.

»Sie waren also nicht in seinem Haus, als dort eine konspirative Versammlung von bedeutenden Wissenschaftlern stattfand mit dem Ziel, das militärische Oberkommando zu hintergehen? Wo waren Sie heute vor drei Tagen nachmittags?«

»In meinem Quartier … Ich war in meinem Quartier.« Vakh'Ba log bewusst, um herauszufinden, was sie wirklich wussten. Konnten sie ihn so genau beobachtet haben, dass sie ihm seinen Aufenthaltsort nachweisen konnten?

Der Colonel schüttelte enttäuscht abermals den Kopf. »Kadett Aris, Sie dürfen getrost davon ausgehen, dass Lügen Ihre Position nicht eben bestärken. Wir wissen sowohl von Ihrem Kabinenkameraden, dass Sie zu besagter Zeit nicht zu Hause waren, als auch, dass Sie auf Ihrer, nun ja, einigermaßen kopflosen Flucht nach dem Treffen identifiziert wurden.« Er drückte ein paar Tasten auf seinem Unterarmpad, woraufhin ein metallisches Geräusch erklang, das Vakh'Ba als Aluminiumpolarisator erkannte, was bedeutete, dass eine der Wände polarisiert worden war und man nun von der anderen Seite hindurch schauen konnte. Der Colonel deutete auf die Wand hinter Vakh'Ba. »Bitte stellen Sie sich vor diese Wand, mit dem Gesicht zur Wand.«

Aris Vakh'Ba stellte sich vor, dass auf der anderen Seite nun jemand stand, der ihn aufgeregt musterte, von rechts und von links ansah und dann sagte: »Ja, das ist der Mann, der meine Blumenkästen umgeworfen hat, als er vor dem anderen Soldaten weglief.«

Da er wusste, dass Gegenüberstellungen nur wirklich nützlich waren, wenn der Identifizierende mehrere Optionen hatte und sonst fast immer sagen würde, dass der Vorgeführte der Täter war, musste er sicher davon ausgehen, dass die Identifizierung positiv ausfiel.

Schließlich gebot ihm der Colonel, sich wieder zu setzen. »Bitte erzählen Sie mir von der Verschwörung, die Professor Igna'Tur angezettelt hat.«

Vakh'Ba lachte schief. »Ich weiß Ihre Höflichkeit zu schätzen, aber es gibt keine Verschwörung. Das Treffen, an dem ich teilgenommen habe, diente allein dem wissenschaftlichen Austausch.«

»Sie geben also zu, bei Professor Igna'Tur gewesen zu sein?«

»Da Sie eine Gegenüberstellung ohne Gegenkandidaten durchführen, stelle ich fest, dass Sie von meiner Schuld ohnehin überzeugt sind. Was nützt es also, zu leugnen? Nein, ich werde Ihnen sagen, worum es ging, auch wenn es nicht so spektakulär war, wie Sie annehmen. Ich bin innerhalb meiner beschränkten Möglichkeiten erstaunlich kompetent in der stellaren Spektroskopie, und der Professor hat mich zu diesem Treffen dazu gebeten, weil es in der wissenschaftlichen Gemeinschaft im Augenblick eine große Unklarheit darüber gibt, woraus die Gaswolken des Äußeren Ringes, die, wie Sie wissen, das ganze System umschließen und mutmaßlich aus seiner Bildungsphase übrig sind, wirklich bestehen. Einige Kollegen behaupten, Anzeichen dafür gefunden zu haben, dass es dort zu ungewöhnlichen chemischen und kernphysikalischen Reaktionen kommt, deren Ursachen wir nicht kennen. Der Professor teilt meine Ansicht, dass es sich dabei um Messfehler handelt, die dadurch hervorgerufen werden, dass elektrostatische Interferenzen auftreten. Das kann letztlich durch passive Beobachtung aber nicht herausgefunden werden. Wir schlugen vor, dass eine bemannte Mission dieses letzte Rätsel des procyonischen Systems lösen solle.«

Der Colonel sah ihn ungläubig an. »Das kann unmöglich Ihr Ernst sein.« Nervös kratzte er sein rechtes Ohr und verriet damit, dass ihn diese Antwort tatsächlich aus dem Konzept gebracht hatte und er gespannt auf weitere Anweisung wartete. Vakh'Ba, der schon immer recht gut im Beobachten von Personen gewesen war, grinste triumphierend.

»Nicht ganz, was Sie erwartet haben, was?«

»Zugegeben, es deckt sich mit den Aussagen von Professor Igna'Tur, folglich müssen wir vorerst davon ausgehen, dass Sie tatsächlich die Wahrheit sagen. Sollten weitere Ermittlungen, und seien Sie sicher, dass es welche geben wird, jedoch etwas anderes ergeben, sehen wir uns wieder.« Mit einer knappen Geste gebot der enttäuschte Mann Vakh'Ba, aufzustehen und den Raum zu verlassen.

Die beiden großen Sicherheitsoffiziere, die ihn abgeholt hatten, gesellten sich vor dem Verhörraum wieder zu ihm und sahen ihn bedrohlich an.

»Ich dachte, Sie müssen mich mangels Beweisen freilassen?«

»So ist es«, antwortete der Kleinere von ihnen, der immer noch einen Kopf größer war als Vakh'Ba. Grimmig lächelnd fuhr er fort: »Aber das bedeutet nicht, dass wir dich nicht … im Auge behalten sollten.«

»Oh, natürlich. Für den Fall, dass ich unter Beobachtung etwas Dummes tue.«

»Eher für den Fall, dass wir dich nochmal verhören wollen. Damit du nicht auf die Idee kommst, dich uns zu entziehen.«

»Schätze, ich werde nicht die Gelegenheit bekommen, es zu versuchen«, seufzte Vakh'Ba.

Den Rest des Weges trotteten die beiden wortlos hinter ihm her. Vakh'Ba versuchte fieberhaft, eine Idee zu finden, wie er sie loswerden konnte. Einerseits war klar, dass er, wenn er flüchtete, sicher nicht mehr als unschuldig eingestuft werden könnte. Andererseits sagte ihm seine Intuition, dass man ihn ohnehin nur in der Hoffnung freigelassen hatte, er würde sie zu weiteren Informationen bezüglich Igna'Tur führen. Er fand zwar auch, dass die Geschichte über Anomalien in der stellaren Gaswolke gut gelungen war, aber dass Igna'Tur das Gleiche erfunden haben sollte, war einigermaßen absurd. Nein, man ließ ihn laufen, um zu sehen, was er tat.

Doch bevor er weiter an diesem Rätsel arbeiten konnte, musste er seine beiden Wachhunde loswerden. Wenn er erst einmal in seinem Quartier war, würden sie sicher nicht eine Sekunde vor seiner Tür weggehen. Und dann gab es ja noch Vredom, den er noch immer für seinen Freund hielt, dem er jedoch auch nicht mehr trauen konnte, seitdem er eine von diesen seltsamen Sonden im Körper trug.

Als sie den Wohnkomplex erreichten, kamen ihnen aufgeregte Kadetten entgegen. Es sah fast so aus, als wollten alle möglichst schnell aus dem Gebäude heraus kommen. Vakh'Ba sah seine Begleiter fragend an, doch sie bedeuteten ihm, weiter hineinzugehen. Drinnen dann hörte er die Durchsage.

»Warnung: Entfernung des Implantats hat eine explosive Schutzfunktion zur Folge. Unterlassen Sie jegliche subdermale Manipulation. Warnung: Implantatsschutzverletzung im Gange. Evakuieren Sie das Gebäude.«

Sofort wusste Vakh'Ba, was hier vorging. Er hatte zwar bisher nur hinter vorgehaltener Hand davon gehört, aber man erzählte sich schon länger in der Akademie, dass die Sonden einen Schutz vor unbefugter Entfernung hatten. Offenbar war irgendwo im Gebäude jemand dabei, genau dies zu versuchen.

Vakh'Ba schluckte. »Gehen wir immer noch weiter?«

»Einen Moment.« Der größere Wachmann aktivierte umständlich seinen Kommunikator und bat um Instruktionen. Dann sagte er: »Ich muss nachsehen gehen. Du bleibst bei Aris Vakh'Ba. Er wird sein Quartier erreichen, verstanden?«

Der andere nickte. Er führte Vakh'Ba zurück vor die Tür, sorgte jedoch dafür, dass er sich nicht zur Traube der anderen Kadetten stellte, die halb besorgt, halb interessiert beobachteten, was nun passierte.

Vor dem Hintergrund der Explosionswarnung in Dauerschleife bemerkte man zunächst nicht, wie ein Truck der Feuerwehr heranfuhr und sich in Stellung brachte. Die Wache, die mit Vakh'Ba zurückgeblieben war, sprach aufgeregt in ihr Kommunikationsgerät. Mehr und mehr entwickelte sich in der Menge und bei der Feuerwehr eine Erwartungshaltung, dass die Situation sich bald verändern müsse, weil sich die Anspannung nicht weiter steigern ließ.

Vakh'Ba erschrak. Er hatte Vredom ja nirgends gesehen. War es möglich, dass er dabei war, seine Sonde zu entfernen? Womöglich war sein bester Freund dabei, sich das Leben zu nehmen, auf die eine oder andere Weise. Und für Vakh'Ba war er noch immer ein Freund, auch wenn sein Verhalten in letzter Zeit mehr als seltsam gewesen war. Er erzitterte unwillkürlich. Dies nahm Ausmaße an, die das Kommando dieser Verschwörung sicher auch nicht beabsichtigt hatte. Eine Führung, die ihren eigenen Soldaten derartige Technologie einsetzte, verdiente keine Loyalität, dachte Vakh'Ba.

Erstaunt sah er, wie die Feuerwehrleute aufgeregt Dinge schrien. Irgendetwas schien zu passieren.

Dann wurde ein Drittel des Wohngebäudes weggesprengt. Die Explosion brannte heiß auf Vakh'Bas nacktem Gesicht, die Kadetten hinter ihm schrien, und mit Grauen in ihren Gesichtern begannen die Feuerwehrmänner mit ihrer Arbeit. Kommandos wurden gebrüllt und Wasserstrahlen trafen auf heißen Beton und verbogenen Stahl. Wie erstarrt stand die Wache neben ihm und blickte gebannt auf den Rauchpilz, der wie in Hyperzeitlupe in den klaren, blauen Himmel wuchs.

Mit einem Mal war all das Mitgefühl für Vredom wie weggewischt und ein einziger Gedanke beherrschte Aris Vakh'Ba in diesem Augenblick. Er rannte.

Er blickte sich nicht um, und schnell hatte er die anderen Kadetten eingeholt, die in Horror und Furcht vor dem Inferno ihrer Wohnanlage flohen. Ohne Ahnung, wohin er sollte, wusste er nur, dass er so viel Entfernung wie möglich zwischen sich und seinen Bewacher bringen musste.

Wie schon beim letzten Mal reinigte das Rennen Vakh'Bas Gedanken. Er wog ab, wo er hin sollte und ob es eine gute Idee wäre, sich irgendwo zu verstecken. Sah weitere Feuerwehrfahrzeuge näher kommen und war sich sicher, dass man bald nach ihm suchen würde. Er lief an einer weiteren Wohnbaracke vorbei in Richtung des Campus und stoppte kurz an einer Kreuzung. Atemlos sah er sich um. Sollte er den anderen Kadetten auf den Campus folgen und hoffen, in ihrer Menge unterzugehen, oder sollte er lieber ein Versteck finden, bis ihm ein Plan kam, wie er aus all dem hier entwischen konnte?

Vakh'Ba entschied sich, nicht auf den Campus zurückzukehren. Stattdessen hielt er auf den Hangar mit den Raumjägern für Flugschüler zu. Er wusste, dass nur der innere Bereich bewacht war und er unbehelligt das Gebäude betreten konnte. Ein langer

Flur, dessen linke Seite dem Hangar zugewandt war, lag vor ihm. Er rannte ein Stück vom Eingang weg und fand dann, wonach er gesucht hatte: die große Halle mit Täuschkörpern und Übungsmunition. Vorsichtig sah er nach, ob niemand darin war, schlüpfte dann hinein und kroch hastig hinter die hinterste Kiste.

Er schnappte nach Luft, und in dem Moment, in dem er begriff, dass er für kurze Zeit sicher war, brach alles aus ihm heraus und er begann hemmungslos zu weinen. Womit hatte er das nur verdient? Was passierte um ihn herum, dass er in einer Halle mit Platzpatronen saß, vom Geheimdienst gesucht wurde und sein bester Freund sich womöglich durch eine selbst verursachte Explosion das Leben genommen hatte?

Ihm wurde klar, dass er kaum in der Lage war, jetzt etwas an der Situation zu ändern und dass einige Zeit in diesem Hangar nicht schaden würde, denn man würde sicher lange brauchen, um festzustellen, dass er fehlte. Zitternd und wimmernd legte sich Vakh'Ba noch weiter hinter die Kiste und hoffte, dass ein bisschen Schlaf die Welt wieder besser machen würde.

6.

Ein melodisches Zirpen weckte Vakh'Ba jäh wieder auf, und nachdem er sich an der Kiste, hinter der er noch immer unentdeckt lag, den Kopf gestoßen hatte, sah er genauer auf seinen Kommunikator. Es war das Broadcast-Signal des Oberkommandos. Er musste sich gut überlegen, ob er die Nachricht, die nicht nur für ihn, sondern alle Kadetten bestimmt war, empfangen wollte, denn trotz allem hielt er es für möglich, dass es sich um eine Finte handeln konnte, um sein Signal zu lokalisieren. Nervös fummelte er in den Menüs der Sendesteuerung herum und stellte die Sendestärke so niedrig wie möglich ein, was ihm, wie er meinte, ein paar zusätzliche Minuten bringen würde, sollte man ihn wirklich auf diese Weise suchen. Schließlich wurde ihm klar, dass das Gerät die Übertragung vor einer halben Stunde empfangen hatte und er daher längst gefunden wäre, hätte man ihn auf diese Weise gesucht. Rasch drückte er den Knopf, der die Aufzeichnung abspielte.

Das Gesicht eines ihm unbekannten Generals erschien. »Ich bin General Ghaj'Kal vom zentralen Kommandostab der Imperialen Streitkräfte. Diese Nachricht richtet sich an alle Soldaten und Mannschaften der Imperialen Streitkräfte. Einige von Ihnen mögen schon davon gehört haben: In der letzten Woche ist es einer Einheit der Stellaren Beobachtung gelungen, ein uns unbekanntes Weltraumobjekt, das eindeutig künstlichen Ursprungs ist, aufzubringen. Das Objekt hat sich aus uns unbekannter Richtung in das procyonische System begeben, eine zufällige Route eingeschlagen und dann schließlich Kurs auf Procyon Maior gesetzt. Wir wissen weder sicher, woher die Sonde stammt, noch zu welchem Zweck sie gebaut wurde, aber unsere Wissenschaftler sind zu dem beunruhigenden Urteil gekommen, dass die Möglichkeit besteht, dass eine fremde Macht den Versuch unternommen hat, unsere Sonnen in Supernovae zu verwandeln. Zu diesem Zweck hat mich das Oberkommando ermächtigt, zweierlei Maßnahmen zu ergreifen. Erstens werden großflächige Patrouillenflüge durch das äußere System durchgeführt werden, um sicherzustellen, dass sich keine weiteren Flugkörper dem inneren System und insbesondere den Sonnen oder Qel'Vatra nähern können, und zweitens wird für die Dauer der Krise eine neue Art der medizinischen Betreuung für die Offiziere und Mannschaften der Imperialen Streitkräfte angewandt werden. Unsere Neurowissenschaftler haben in den letzten Jahren hart daran gearbeitet, Psychopharmaka zu entwickeln, die Konzentration und Koordination von Soldaten im Einsatz steigern und so ihre Überlebensrate in Kampfsituationen beträchtlich erhöhen können. Diese Medikamente werden zunächst an alle neuen Rekruten und Freiwilligen in Form einer völlig ungefährlichen subdermalen Sonde implantiert, die vollautomatisch die benötigte Dosierung vornimmt. Selbstverständlich ist diese Art der Medikation nur für die Dauer der Krise notwendig, Sie müssen also keine Sorge haben, dass Ihre Privatsphäre eingeschränkt wird. All diese Maßnahmen werden uns helfen, unseren geliebten Heimatplaneten zu verteidigen. Ich möchte Sie wissen lassen, dass all unsere Anstrengungen Ihrer Sicherheit gelten.«

Entsetzt blickte Vakh'Ba auf das aufgeklappte Sichtfeld an seinem linken Unterarm. Das konnte unmöglich wahr sein. Bis in die höchste Kommandoebene erstreckte sich diese Verschwörung, die offenbar zum Ziel hatte, die Streitkräfte unter Gedankenkontrolle zu halten. Aris Vakh'Ba hatte keinen Zweifel mehr daran, dass der nächste Schritt darin bestehen würde, ausnahmslos alle Soldaten mit subdermalen Sonden auszustatten. Sie alle würden dann fröhliche, selbstzufriedene Befehlsempfänger wie Vredom Cum'Tchhr sein, und Vakh'Ba war offenbar neben Professor Igna'Tur der einzige, der überhaupt begriff, was hier passierte.

Der unwiderstehliche Drang, sofort die Basis zu verlassen, ließ Vakh'Ba wieder Adrenalin aufbauen. Seine Gedanken rasten. Sicher würde man weiter nach ihm suchen. Er musste den Hangar erreichen und mit einem der Trainingsjäger zumindest erst einmal die Basis verlassen. Wie es dann weitergehen würde, das wusste er nicht, doch darüber konnte er sich jetzt keine Gedanken machen. Sein Plan entwickelte sich Stück für Stück immer nur bis zur nächsten Hürde.

Die erste dieser Hürden stellte bereits die Tür zum Hangar dar. Im Nachhinein wunderte sich Vakh'Ba, dass die Munitionshalle nur vom Hangar aus gesichert war, man aber von der anderen Seite einfach hinein gelangen konnte. Er fragte sich, ob das dem Sicherheitsprotokoll entsprach, entschied sich aber dagegen, eine Eingabe beim Sicherheitsbeauftragten zu machen, und überlegte stattdessen weiter, wie er einen der Jäger erreichen konnte. Er wanderte angestrengt nachdenkend durch das Kistenlabyrinth, das ebenso lasergesteuerte Platzpatronenraketen enthielt wie Disruptorpistolen, die lediglich Betäubungsstärke erreichen konnten. Geistesabwesend steckte er zwei davon an seinen Gürtel. Er hoffte zwar, dass er sich an den wenigen Wachen im Hangar vorbeischleichen konnte, aber sollte es zu einer Konfrontation kommen, durfte er nicht unbewaffnet sein. Schließlich erreichte er das Schloss des Hangartores, das einige Sicherheitsstufen über seinem Zugangslevel war. Vakh'Ba dachte nach. Traute er es sich zu, das Schloss zu knacken, ohne gleichzeitig die Computersicherheit des Stützpunktes zu alarmieren? Sekundenlang starrte er das Zahlencodefeld an. Dann wandte er sich ab und blickte sich grimmig in dem Lagerraum um. Es musste einen anderen Weg geben.

Er bemerkte, dass er just neben einer Kiste Simulationsgranaten stand. Dann kam ihm eine Idee: Die Granaten hatten zwar keine scharfe Ladung, aber einen Treibsatz, der für die Simulation benötigt wurde. Wenn es ihm gelänge, einige davon zusammenzuschließen, überlegte er, könnte die Gesamtexplosion ausreichen, ein metergroßes Loch in die Tür zu reißen, die eben nicht zur Sicherung von echten Sprengstoffen geeignet war. Widerwillig machte er sich an die Arbeit. Es bedeutete doch, endgültig seinen Aufenthaltsort preiszugeben. War er wirklich bereit dazu und wusste er, was er tat?

Auch in den bedrückendsten dunkelsten Momenten kann das Gefühl, etwas Nützliches tun zu können, Beruhigung und Halt geben. Hingebungsvoll saß Aris Vakh'Ba in dem Munitionsdepot und bastelte Treibladungen aus Granaten heraus. Als er genug davon entfernt hatte, suchte er etwas, das den elektrischen Kontakt herstellen konnte, und improvisierte einen neuen Zünder. Er suchte verzweifelt nach einem Draht oder etwas Ähnlichem, doch dann fiel ihm ein, dass er den Sprengsatz auch einfach mit seinem Disruptor zünden konnte. Erleichtert brachte er den Klumpen ganz unten an dem Hangartor an. Er erhoffte sich, dass der Stahlbeton des Bodens die Explosionswärme nach oben reflektieren würde, sodass das Loch auf jeden Fall groß genug für ihn sein würde. Aris Vakh'Ba machte sich daran, den Sprengsatz sicher am Tor zu befestigen, als er feststellte, dass es auf der anderen Seite Unruhe gab. Ein stummer Fluch regte sich in seiner Kehle, entkam ihr aber nicht. Er hatte ganz vergessen, wie lange er schon hier drin gewesen war, und offenbar war es bereits Zeit für die morgendliche Inspektion des Hangars. Dutzende Male hatte selbst daran teilnehmen müssen. Dabei gingen die Ausbilder mit den Kadetten die Sicherheitsprotokolle durch und rüsteten die Schulungsjäger für die erste Mission des Tages aus. Vakh'Ba wich von dem breiten Tor zurück, um sich hinter der nächsten Reihe von Kisten zu verstecken, und Panik erfüllte ihn, als er feststellte, dass ja noch der Sprengstoff vorne lag. Nun hatte er keine Wahl mehr. Er musste das Überraschungsmoment nutzen und an etwa drei Ausbildern und zwanzig Rekruten vorbei einen aufgetankten Jäger finden, ihn zum Laufen bringen und damit fliehen. Dabei knarzte und knackte es schließlich, als das massive Tor zum Hangar nach unten glitt.

Zwanzig neugierige Gesichter blinzelten, als das unwillkürlich aktivierte, klinisch sterile Kunstlicht des Munitionsdepots sie blendete. Die Neugier wich Ratlosigkeit, als sie den unförmigen Klumpen erspähten, der direkt hinter der Stelle lag, wo eben das servomechanische Tor in den Boden versunken war. Einer der Ausbilder rief etwas, das Vakh'Ba nicht verstand, woraufhin sich die Kadetten eilig entfernten. Drei Ausbilder verharrten interessiert, aber auch besorgt vor dem Hangartor, einer sprach heftig in seinem Armkommunikator.

Vakh'Ba wusste, dass er nur diese eine Chance hatte, bevor das Bombenräumkommando den Hangar sichern würde. Er hoffte, dass die Explosion die verbliebenen Männer nicht schwer verletzen würde, aber immerhin hielten sie einige Meter Abstand zu seiner kleinen Bombe. Entschlossen zog er seinen Simulationsdisruptor vom Gürtel, der kaum etwas anderes machen konnte, als Funken zu versprühen, trat hinter den Kisten hervor und schoss.

Die Detonation riss ihn zu Boden. Ein glühender Feuerball trennte das Munitionslager vom Hangar, und Vakh'Ba sah keine Spur der verbliebenen Ausbilder. Er spürte, wie sich sein Magen zusammenzog, und würgte herzhaft. Er hatte drei Procyonier getötet, die wehrlos und ohne Warnung nur den Fehler gemacht hatten, ihrer Arbeit nachzugehen. Die Hitze der glühenden Stahlverschläge strahlte wenigstens zehn Meter weit. Vakh'Ba war sich ganz sicher, dass die Soldaten, die noch viel näher am Detonationsort gestanden hatten als er selbst, buchstäblich pulverisiert worden sein mussten. Er zwang sich, aufzustehen. Neben ihm knackte eine der Kisten und sofort wusste er, was das bedeutete. Nicht nur war der Sprengstoff viel stärker gewesen, als er gedacht hatte, auch würde die restliche Übungsmunition womöglich bald in die Luft gehen. Vakh'Ba wusste genau, dass er dann nicht mehr hier sein wollte. Er überlegte fieberhaft. Sein schöner Plan, sich in den Hangar zu schleichen, war im wahrsten Sinne geplatzt, aber trotzdem sah er keine andere Möglichkeit, als mit einem Raumgleiter zu entkommen. Er konnte durch die Flammen, die noch immer an der Hangartür loderten, nicht sehen, was im Hangar selbst vor sich ging. Beherzt nahm er Anlauf und sprang über die glühend heißen Trümmer.

Beißender Qualm brannte sich in seine Lunge, und Tränen ließen seine Sicht verschwimmen. Umständlich sah er sich um. Am anderen Ende der Halle standen die Kadetten, sprachen aufgeregt und machten sich daran, die Feuerlöschanlage in Gang zu bekommen. Er konnte hören, wie einige sich auch Zeit nahmen, sich darüber aufzuregen, dass die Anlage nicht automatisch funktionierte, aber Vakh'Ba nahm einfach an, dass die Explosion den Mechanismus praktischerweise zerstört hatte, sodass vielleicht auch kein automatischer Alarm ausgelöst worden war. Er wusste, dass die Kadetten ihn sehen konnten, war sich aber nicht sicher, ob sie begriffen, dass er dafür verantwortlich war. Ohne noch mehr Zeit zu verlieren, rannte er in Richtung der Raumgleiter.

Auf halbem Wege begann die Sprinkleranlage zu arbeiten und verwandelte den großen Hangar in das Äquivalent einer mehrere Sportstadien großen Raumjägerwaschanlage. Vakh'Ba bemerkte, wie der Betonboden, der für maximalen Rollwiderstand von Gummireifen konstruiert war, rutschig wurde. Er hielt jetzt auf einen der schnelleren Jäger zu, den er schon mehrmals hatte fliegen können. Er war nur noch wenige Meter entfernt, da vernahm er wütendes Geschrei von der Seite. Er gab sich nicht der Versuchung hin, zu schauen, wer da brüllte, und fand es kurz darauf heraus, als ein Disruptorstrahl ihn um Haaresbreite verfehlte. Er hatte nur noch wenige Meter zurückzulegen. Flink sprang er unter den Jäger, statt in die Pilotenkanzel zu klettern, und prompt wurde die Panzerung des Gefährts von mehreren Einschlägen geprüft. Vakh'Ba rollte auf der anderen Seite der schmalen Tragflächen hervor und sah sich um. Ein weiterer Jäger stand rechts von ihm und war ungefähr so weit entfernt wie seine Verfolger von ihm. Auf der anderen Seite etwas weiter weg stand ein Jägermodell, das ihm nicht vertraut war, dessen Einstiegsluke aber auf der den Sicherheitstruppen abgewandten Seite lag. Er gab sich so bessere Chancen, den Pilotenplatz zu erreichen, und rannte los. Haken schlagend schoss er blind mit seinem Disruptor hinter sich und rannte, so schnell er konnte, doch schon nach wenigen Sekunden vernahm er, wie seine Verfolger das Hindernis des letzten Jägers umlaufen und nun wieder freies Schussfeld hatten. Salve um Salve verfehlte ihn, und insgeheim fragte sich Aris Vakh'Ba schon, ob sie ihn am Ende gar nicht treffen wollten. Als er den seltsam aussehenden Jäger erreichte, rollte er sich wieder unter ihm hindurch und erstarrte, als er aufstehen wollte. Vor ihm stand ein weiterer Sicherheitsoffizier mit seinem Pulsgewehr im Anschlag. Er grinste, und schon machte Vakh'Ba sich bereit, dass hier nun alles endete. Er hörte, wie mindestens ein weiterer Sicherheitsmann den Jäger umrundete. Und dann, so kam es Vakh'Ba vor, wurde die Welt auf einmal ganz langsam. Er bemerkte, wie der Mann, der vor ihm stand, sich ganz leicht in die Richtung des Neuankömmlings drehte, um ihn zu mustern. In einem Augenblick der völligen Abwesenheit von Zögern schnappte Vakh'Ba den Griff seines Simulationsdisruptors und drückte den Abzug.

Mit einem unappetitlichen Schmatzen explodierte der Wachmann. Eher angeekelt als verblüfft musterte er die Waffe, die er für einen besseren Elektroschocker gehalten und die gerade einen vierten Mann getötet hatte, als er feststellte, dass der zweite Wachmann sich in Deckung gerettet hatte. Er rappelte sich auf und stieg die langen Stufen zur Pilotenkanzel hinauf. In der Hoffnung, dass sie Deckung suchen würden, schoss er noch mehrmals über den Rücken hinweg in Richtung der ankommenden Verfolger und erreichte schließlich die Einstiegsluke. Mit einem eleganten Sirren glitt das transparente Metall nach hinten und gab den Blick auf eine unruhig blinkende Kontrollkonsole frei. Behände schwang sich Vakh'Ba hinein. Er wusste, dass er nur wenig Zeit hatte, herauszufinden, wie man den Gleiter steuerte, da bemerkte er auch schon, dass seine Verfolger ihn endgültig erreicht hatten. Es bedurfte mehrerer langer Disruptorschüsse, bis sie begriffen, dass die Pilotenkuppel nur durch schwereren Beschuss zu knacken war. Einer der Männer machte sich an der unteren Kontrollkonsole daran, die Blockierung der Einstiegsluke zu umgehen, doch Vakh'Ba war schneller.

Ein leises Brummen deutete den Start des Fusionstriebwerks an. Kurz darauf fand er auch heraus, wie man die Bremsen löste, und schon setzte sich das Gefährt in Bewegung. Vakh'Ba hoffte, dass der sich an den Fußsprossen festhaltende Mann sich jetzt herunterfallen lassen würde, der aber fummelte weiter an den Kontrollen der Luke herum, während der Jäger auf die Landebahn nach draußen rollte. Vakh'Ba winkte und hoffte ihm klar zu machen, dass er gleich starten würde, doch vergeblich. Die Kontrollen waren überwunden und die Luke glitt zurück. Seinen Disruptor fest in der Hand haltend kletterte der Mann grimmig auf Vakh'Ba zu.

Aris Vakh'Ba sah nur eine Chance: Abheben. Er zog das Pilotensteuer sanft nach hinten, doch zu seinem eigenen Schreck führte das dazu, dass der Jäger beinahe senkrecht nach oben stieß. Er vernahm einen dumpfen, immer leiser werdenden Schrei und sah den letzten Verfolger in der Tiefe unter sich verschwinden. Umständlich brachte er den Jäger wieder unter Kontrolle und schloss die Einstiegsluke erneut.

7.

Als er den Eindruck des Gefährtes, das ihn durch die Lüfte und aus der Atmosphäre trug, in sich aufsog und die militärische Ausbildung sein Adrenalinniveau auf normale Werte zurückfinden ließ, fühlte Vakh'Ba sich zum ersten Mal seit langer Zeit nicht apathisch, sondern auf eine seltsame und zugleich vertraute Art und Weise lebendig. Die Procyonier waren noch immer Flugwesen, auch wenn sie vor Jahrhunderten ihre Kultur auf festen Boden verlagert hatten. Er hatte ob der überraschend großen Geschwindigkeit des Gleiters zunächst keine Verfolgung zu befürchten und betrachtete die Landschaft unter sich. Gerade verließ er die öden, sumpfigen Ebenen um den Hauptstützpunkt und die Akademie und flog geradewegs auf den großen Ozean Qel'Vatras, Tro'Weno'dak zu, der fast drei Viertel des Planeten bedeckte. Er überlegte, was er nun tun sollte, nachdem er als Fahnenflüchtiger in einem seltsamen Prototypen, der, wie er annahm, neuesten Interstellar-Klasse unterwegs war. Er hatte keine Ahnung, wieso dieses unglaubliche Stück Technologie genau neben den langsamsten und ältesten Trainingsjägern gestanden hatte, aber im Grund war das lediglich ein kleines Rätsel verglichen mit dem, das ihn fünf Procyonier hatte töten lassen und auf diesen Pilotensessel gebracht hatte.

Hinzu kam, dass die Imperiale Garde offenbar ganz andere Probleme verfolgen musste als einzelne Fahnenflüchtige. Zumindest hoffte Vakh'Ba, dass man ihn nicht für so bedeutsam hielt, nennenswerte Ressourcen zu verwenden, um ihn aufzubringen. Er überlegte, was er von dem, was er von der großen Ansprache mitbekommen hatte, halten sollte. Als er von der Sonde gehört hatte, war er von einer ungekannt heftigen Welle der Wut getroffen worden, die sich nicht gegen den gesichtslosen Feind richtete, von dem der General gesprochen hatte. Vakh'Ba verspürte auch jetzt noch die Gewissheit, dass die Berichte des Flottenkommandos nicht nur übertrieben waren, sondern den Marines auch bedeutsame Fakten vorenthielten. In seinem Kopf drehte sich abermals das Bild der Supernovae Procyons, und er beschloss, dass nur eine gezielte Konditionierung für diese starken Eindrücke verantwortlich sein konnte.

Dem Gedanken erwuchs die Erkenntnis, dass alles, was ihn zurzeit so sehr beschäftigte, zusammenhängen musste. Die Visionen, die Nova-Eindrücke, das mysteriöse Gerät an der Kabinendecke – das alles konnte einfach kein Zufall sein. Allerdings, die Fähigkeit, diese Schlüsse zu ziehen, schien den anderen Kadetten und Marines offenbar zu fehlen. Vakh'Ba machte sich klar, dass man ihn ob dieser Umstände vielleicht gerade für gefährlich halten musste. Oder war er am Ende paranoid? Bestand die Möglichkeit, dass er all diese Gedanken anstellte, um seine Angst, Qel'Vatra, sein Leben, oder welchen Dingen auch immer er Bedeutung zugestand, verlieren zu können? Nie zuvor hatte er darüber nachgedacht, dass alles, die gesamte Existenz, einfach so aufhören könnte. Er war ratlos, was zu tun sei, sollten sich diese Befürchtungen bewahrheiten. Da der rationale Teil seines Verstandes diese Möglichkeit jedoch nicht widerspruchslos ausschließen wollte, zog er die Option in Betracht, eine Bedrohung für Qel'Vatra bestünde tatsächlich. Zunächst, fand er, müsse man verstehen, welcher Art die Bedrohung war. Vakh'Ba war sich uneins darüber, ob er sie nun von innen oder außen kommend annehmen sollte. Welchen Grund hatte das Militär, eine große Überwachungs- und Steuerungsmaschinerie in Gang zu setzen, wenn der Feind objektiv als solcher zu erkennen wäre? Er benötigte dringend weitere Informationen. Doch dazu musste er ins Hauptquartier zurückkehren oder mit jemandem dort sprechen, dem er vertrauen konnte. Er musste mehr über die fremde Sonde erfahren. Doch wem vertrauen, wenn alle gesteuert waren?

Er beschloss, dass er zunächst einmal zu klaren Gedanken kommen musste. In einer eleganten Rechtskurve machte sich Aris Vakh'Ba daran, nach Rakh'Loran zu fliegen.

Er landete den Gleiter am Fuße des Rakh'Loran, einem am Ozean gelegenen, lange erloschenen Vulkan, der über Jahrtausende eine zerklüftete und zugleich fruchtbare Steilküste geformt hatte, an der zu hunderten kleine Flüsschen in Kaskaden herabstürzend die Lagunen von Rakh'Loran bildeten, die, geschützt von einem der Bucht vorgelagerten Riff, ein auf dem ganzen Planeten einzigartiges Ökosystem bildeten. Vakh'Ba hatte sich eine höher gelegene Lichtung im dichten Nebelwald ausgesucht, auf der er den Gleiter sanft absetzte. Trotz seiner langgezogenen, den modernen Prinzipien des Weltraumkampfes angepassten Form war er nicht länger als dreißig Meter. Auch wenn niemand sah, dass sich nicht ein einziges Blatt regte, als die Antigrav-Maschinen die kufenähnlichen Landestutzen ohne eine kleinste Ungenauigkeit absetzten, so war es doch ein unwirklicher Moment, als die aus transparenter Titanlegierung bestehende Pilotenkapsel surrend aufschwang und Aris Vakh'Ba der Umwelt preisgab. Wenn man wusste, dass die Form einzig ein Ergebnis der physikalischen Feldgleichungen war und sie sich daher aus dem vorbestimmten Zweck, zwischen den Sternen zu kämpfen, ergab, war es umso erstaunlicher, wie ästhetisch sie wirkte. Zweifellos war dieser Umstand einer der Gründe dafür, dass sich in beinahe jeder Epoche Wissenschaftler fanden, die der unbeirrbaren Ansicht waren, dass sich alles im Universum einem höheren Plan folgend zusammensetzen müsse, und nicht nur ästhetische, sondern auch tödliche Forschungen betrieben. Obschon er noch keine Erfahrungen mit der Kampftauglichkeit seines Gefährts hatte sammeln können, bestand für Aris Vakh'Ba kein Zweifel daran, dass die Ästhetik der Gewalt die Feder geführt hatte, als man seinen Jäger entworfen hatte – ebenso, dass er eher früher als später genau darauf wieder zurückgreifen würde.

Arbertista Nevrakh'Loran – Wald der Unsterblichkeit – nannten die Alten die Regenwälder rund um den Rakh'Loran, die stets im Nebel der sich vom Meer her am Anstieg sammelnden Wolken lagen. Früher, als der Vulkan aktiv gewesen war und ein Procyonier durchschnittlicher Lebenserwartung ungefähr vier bis fünf Ausbrüche in seinem Leben sehen konnte, war es ein Ereignis religiöser Ausmaße, wenn der Berg Feuer spie und die Natur sich Bahn brach, um erst alles vom Schlund der Lava verschlingen zu lassen, nur um, kaum dass das Gestein ausgehärtet war, wieder Leben darauf kriechen zu lassen.

Berg, der Leben bringt, hieß Rakh'Loran folgerichtig in der Sprache der Alten. Doch außer Gelehrten wusste das kaum noch jemand – die Sprache und die Traditionen waren nicht mehr so wichtig – fast bezeichnend, dass auch der Vulkan erloschen war, als habe alles auf ein unhörbares Kommando gehört, um, als es nicht mehr gebraucht wurde, in Vergessenheit zu geraten.

Vakh'Ba verschwendete in seiner Situation wenig Gedanken an die Bedeutung des Bodens, auf den er sprang, als sein linker Fuß die letzte Trittstufe an der Außenseite der Pilotenkanzel berührte und er sich etwa einen Meter nach unten fallen ließ. Hockend landete er im weichen Moos, richtete sich auf und orientierte sich. Zwar gab es keine Rauchsäule, anhand derer man die Schlotrichtung eines aktiven Vulkans hätte ausmachen können, doch er wusste, wie er es machen musste: Der Wind wehte aufgrund der starken thermischen Energie, die auch von einem erloschenen Vulkan noch immer ausging, beispielsweise durch Geysire oder heiße Quellen, von denen es oberhalb des Waldes massenhaft gab, stets in Richtung des Berges. Die erwärmte Luft um den Berg herum stieg auf, am Boden erzeugte das einen Unterdruck und die Luft vom Meer glich ihn nach Kräften aus, was eine immer während Zirkulation zur Folge hatte. Nebenbei sorgte das früher auch dafür, dass bei Ausbrüchen die Wolken stets landeinwärts zogen, was die Alten Procyonier kaum gut finden konnten, weil sie nicht wussten, dass gerade diese Aschewolken doch so viele Nährstoffe über das Land verteilten, dass der Vorgang eher Segen als Fluch war. Viel zu lange hatten viel zu talentierte Agrarökonomen untersucht, wieso die landwirtschaftlichen Erträge in den Provinzen vom Rakh'Loran landeinwärts in den letzten Dekaden stetig abgefallen waren – es war eine Ironie der Technologisierung, dass sie die Zusammenhänge nicht mehr verstehen konnten, und ebenso wenig verstanden, dass eine ständige Gefahr wie ein aktiver Vulkan auch Belohnungen mit sich brachte.

Auch das kümmerte Vakh'Ba nicht, als er von der Lichtung in den dichten Wald schritt, direkt in Richtung der Bucht.

Vorbei an Würgelianen und überwucherten, von erkalteter Lava wie im Todeskampf umflossenen Baumstümpfen ging Aris Vakh'Ba gesenkten Hauptes durch die dichte Vegetation, die vor Lebendigkeit nur so strotzte. Zumindest kam es ihm so vor, als er sich seinen Weg bahnte, hin und wieder von Schlangen tückisch gelegten Schlingen und Insektennestern ausweichend. Interessanterweise hatte die Evolution auf Qel'Vatra das Kunststück fertig gebracht, überdurchschnittlich leichte Körperpanzersubstanzen hervorzubringen, die das Vielfache des Gewichtes gewöhnlicher Insekten tragen konnten. Das hatte zur Folge, dass es nahezu keine größeren flugfähigen Tiere neben ihnen gab – von den Humanoiden, die nicht mehr in der Luft zu Hause waren, einmal abgesehen. Doch heute hatte Vakh'Ba keine Ruhe, sich über derart Nebensächliches zu wundern.

Das Farbenspiel der Lichtbrechungen an den Wasserfällen erzeugte bei längerem Hinsehen nachweislich hypnotische Effekte, doch wenn man es nach langer Zeit der Abwesenheit so wie Vakh'Ba wieder erblickte dann machte es es – ganz unwissenschaftlich – einfach nur glücklich. In diesem Moment jedoch war Aris Vakh'Ba weder glücklich noch hypnotisiert, als er die Bucht erreichte. Er ging auf »seinen« Baumstumpf zu, der, seit er ein Kind gewesen war, immer an derselben Stelle gelegen und immer gleich ausgesehen hatte, und sog gierig den Eindruck der Bucht in sich auf. Jeden Laut hörte er, jeden Geruch roch er, jeden Grashalm sah er. Und spürte den leichten Hauch von Luft an seinem linken Ohr, als er sah, wie sich ein Schmetterling von der Größe seines Schädels, der allerdings kaum das Gewicht seines kleinsten Fingers maß, auf seine Schulter fallen ließ und geschäftig begann, sich die kostbaren Flügel zu reinigen.

Aris Vakh'Ba blickte zum Horizont. Ihm wurde klar, dass er das erste Mal an dieser magischen Stelle saß, seit die seltsamen Halluzinationen begonnen hatten. Er spürte, wie die Wut in ihm erwachte. Diese wahrhaft paradiesischen Momente durfte ihm niemand nehmen, entschied er. Vakh'Ba erinnerte sich, wie sein Vater ihm die Bucht das erste Mal gezeigt hatte. Er war gerade vier oder fünf gewesen, unfähig, die Schönheit der Welt zu ermessen. Doch den Zauber hatte er gespürt. '*Nein, niemand darf das hier verändern*', entschied mehr sein Herz als sein Verstand in einem verzweifelten Aufbäumen vor sich selbst und seiner so verzwickten Situation.

Vakh'Ba zitterte jetzt am ganzen Körper, und ihm wurde klar, was die »Visionen«, die man den Kadetten an der Akademie aufzwang, bewirken sollten. Da fand keine Prävention, sondern

Konditionierung statt. Gegen den gesichtslosen Feind, der nach den vorgestellten Erkenntnissen nicht mehr lange mit seinem Angriff warten würde. Vakh'Ba fand die Beherrschung seines Körpers und seines Geistes wieder, und besann sich. *'Wenn diese Bedrohung unserer Welt real ist, warum dann der ganze Zirkus?'*, dachte er.

»Man verliert das Gefühl für das Warum. Wer aufhört, zu hinterfragen, hört auf, eigenen Willen zu haben. Und im Krieg ist in Frage stellen nicht gerade hilfreich.«

Vakh'Ba fuhr herum. Nicht seinem Geist waren diese Worte entsprungen. Hinter ihm stand Gtakh'Herio'Ht, sein alter Mentor. Er war sein Lehrmeister gewesen, bevor Vakh'Ba sich entschlossen hatte, Astrophysik zu studieren. »Die Physik sucht nach Antworten, wo das Universum nur Fragen stellt«, hatte er dem verdutzten, viel zu jungen Vakh'Ba damals gesagt. Seitdem hatte er ihn nur einmal gesehen. Da hatte der alte Mann ihn nur mit seinem ausdruckslosen Gesicht angesehen. Ohne jede Regung. Doch nun stand Besorgnis in seinen Stirnfalten, die er offenbar Vakh'Ba gegenüber niemals gezeigt hatte, denn der kannte nur die glatte, hochgezogene Stirn, die in seinen traditionellen Flechtzopf überging, der einen knappen Meter über dem Boden hing, stets leicht hin und her wiegend, als denke er für seinen Besitzer über den Sinn der Welt nach. Für das gebildete Gegenüber wies er ihn zudem als Aerosophie-Meister der höchsten Stufe aus.

Gtakh'Herio'Ht war alt geworden. Das graue Haar hatte er schon, seit Vakh'Ba ihn kannte, auch die etwas gebückte Haltung. Doch stets hatte man das Gefühl bekommen, dass der Körper allein durch den Willen stark blieb und der Verstand in ihm scharf sei. Doch nun bestand für Vakh'Ba kein Zweifel daran, wie sehr sein Mentor gebrechlich geworden war. Die Augen glänzten nicht wie von einem unsichtbaren Antrieb erleuchtet aus seinem Gesicht, sondern saßen tief und müde in ihren Höhlen, als fürchteten sie das Licht, das sie erreichte, noch mehr als das, was sie sahen. Vakh'Ba war aus seiner konditionierten Trance wieder ganz in die Realität zurückgekehrt und schärfte seine Sinne abermals. »Was machst du hier, Meister?«

Er schauderte kurz, als er bemerkte, wie schnell er wieder vom Kadetten zum Aerosophie-Schüler werden konnte. Und doch erschien es richtig. Gtakh'Herio'Ht schaute ihn mit einem festen Blick an, dem man deutlich anmerkte, wie sehr er durch Willenskraft zustande kam, auch, wenn das alte Fleisch dem Geist alles abverlangte. Gtakh'Herio'Ht gab sich auch keine Mühe diesen Umstand vor Vakh'Ba zu verbergen. »Obschon das die falsche Frage ist, will ich sie beantworten.« Seine Worte waren ruhig, und wie es Vakh'Ba von ihm kannte, machte jedes einzelne den Eindruck, wohl erlesen und aus klaren Gedanken geformt zu sein, ohne dabei zu belehrend klingen zu wollen. Er machte theatralisch einen Schritt zur Klippe hin, sodass er kurz vor dem Abhang stand, nahm schützend die Hand vor die Augen und sagte so selbstironisch, dass es ein Tauber gehört hätte: »Ich schaue mir den Sonnenuntergang an.«

»Du schaust dir den Sonnenuntergang an?«, wiederholte Vakh'Ba gedankenversunken und so laut, dass der Alte es hören konnte. Eher belustigt als beschämt nahm er zur Kenntnis, dass der prompt antwortete.

»Es ist für dich mehr hinderlich als hilfreich, meine Worte zu wiederholen.«

»Dann lass mich etwas anderes sagen: Was ist die richtige Frage?«

Der Alte drehte sich um. Vakh'Ba konnte sehen, wie er dabei tief Luft holte, als wolle er damit seinen Worten mehr Gewicht verleihen. Doch sie waren ohnehin ebenso bedeutsam wie rätselhaft.

»Die richtige Frage, junger Vakh'Ba, ist, was suchst du? Und, was suchst du gerade hier?«

»Ich habe einen imperialen Gleiter entwendet, als man uns die allgemeine Mobilmachung mitteilte. Man sagte uns, ‚der Feind‘ habe vor, unsere Sonne, vielleicht auch beide, zu zerstören.«

»Ich weiß, junger Vakh'Ba«, sagte der Alte, noch immer versucht, nicht so ungeduldig zu klingen, wie er mittlerweile war, und so fuhr er fort. »Doch, was suchst du hier?«

»Die Mobilmachung? Meister! Wie ist das nur möglich, du kannst unmöglich …« Der Alte hob die Hand – eine simple und wirkungsvolle Geste, den jetzt völlig überforderten Vakh'Ba zur Ruhe anzuhalten. Aris Vakh'Bas Gedanken rasten, und schienen doch im Kreis zu rennen. Die Stimme des Alten unterbrach abermals seine rastlosen Versuche, die seltsamen Dinge, die der Alte gesagt hatte, zu verarbeiten. Wie konnte er nur von der Mobilmachung wissen!

»Junger Vakh'Ba, es ist wichtig, dass du mir jetzt zuhörst und verstehst, dass es einen Grund für all diese Ereignisse gibt. Auch dafür, dass du hier bist.«

Gtakh'Herio'Ht wirkte älter als je, und jeder, der ihn so gut kannte wie Aris Vakh'Ba, hätte gemerkt, welche Überwindung und Selbstdisziplin ihn die Worte, die er nun sagen würde, kosteten.

»Du erinnerst dich zweifellos an die Legende über die Herkunft unserer Rasse, die ich dir erzählt habe, als du kaum den zweiten Grad hattest und wir hier standen und Stehübungen gemacht haben? Du hast sie recht amüsant gefunden, wenn ich mich recht erinnere. Schon damals warst du so rational geprägt, dass es dir geradezu wie Blasphemie der Wissenschaft gegenüber anmutete, glauben zu können, wir hätten uns nicht hier, auf diesem Eiland der Fruchtbarkeit entwickelt, sondern draußen im All. Natürlich gibt es andere Planeten, die Leben hervorbringen, sogar intelligentes, wie wir seit dem Sirius-Signal wissen, doch ist es unlogisch, anzunehmen, wir entstammten nicht diesem unserem Heimatplaneten. Zumal es der einzige Planet ist, auf dem wir offenbar lange, zumindest seit wir in der Lage sind, Aufzeichnungen anzufertigen, existieren. Die Legende sagt selbstverständlich, wie es sich für eine eher erodiert als geschliffen zu bezeichnende mündliche Überlieferung gehört, nichts Genaues über die Umstände dieser absonderlichen Theorie, aber fest steht, dass darin definitiv die Rede von einer Herkunft aus dem All ist, die besagt, dass wir Procyonier nicht von Qel'Vatra stammen, sondern einem längst vergessenen Ort namens ...«

»Hyboria«, beendete Vakh'Ba atemlos den Satz des Alten.

»'Wiege der Ahnen' bedeutet Hyboria für diejenigen, die daran glauben mögen oder die Sprache der Alten noch entziffern können. Nun, ich muss dir jetzt offenbaren, Vakh'Ba, dass jene uralte Legende nichts anderes ist als die Wahrheit, wenn auch ihre Begleitumstände mir schleierhaft sind. Ich kann dir nicht heute erklären, was das mit dir zu tun hat, aber auch das wirst du verstehen, wenn die Zeit gekommen ist.«

Der Alte zurrte ungeduldig etwas an seinem Gürtel zurecht und kramte eine Art Stein hervor, der sich jedoch bei genauem Hinsehen als ein Bergkristall herausstellte, der schwach, aber beständig blau schimmerte, sodass es den Anschein machte, er sei halbtransparent, wofür er wiederum eindeutig zu unrein war, wie Vakh'Bas rudimentäre Materialkundeerinnerungen ihm mitteilten. Schließlich nahm er seine Augen von ihm und blickte den Alten stumm fragend an. »Meister, was bedeutet das alles?«

»Ich kann dir nicht viel sagen, aber ich will versuchen, alles, woran ich mich erinnere, zutage zu bringen. Dieser Stein wurde mir ehedem von meinem Meister vor langer Zeit angetragen, und ich musste ihm mein Ehrenwort des zehnten Grades geben, dass ich ihn aufbewahren und zur rechten Zeit meinerseits weitergeben würde. Er sagte mir schließlich kurz vor seinem Tod, was es damit auf sich haben soll. Der Stein, Vakh'Ba, ist ein Relikt von jenem Ort, den wir ehrfürchtig und zweifelnd Hyboria nennen, und er soll dort eine ganz bestimmte Funktion erfüllt haben, von der ich allerdings nicht das Geringste weiß. Nur, dass er am rechten Ort nicht blau, sondern blass rot scheinen soll, kann ich dir noch sagen. Die Aerosophie ist nicht nur eine Lehre zur Bewahrung unserer Kultur und Herkunft als Flugrasse, sondern wurde auch zu dem Zweck gegründet, nicht zu vergessen, woher wir kommen. Über die Jahre ist viel von dem, was die alten Meister für bewahrenswert hielten, verloren gegangen, doch sicher ist, dass Qel'Vatra nicht die volle und allumfassende Antwort auf die Frage nach der Herkunft unseres Volkes ist.«

Vakh'Ba war vollkommen überwältigt und fassungslos von dem, was er gehört hatte, und sein Schädel barst beinahe vor Fragen, doch er besann sich der Situation ob der jetzt geradezu erbärmlichen Haltung des Alten, der offenbar seine letzte Lektion gegeben hatte und fast zusehends in sich zusammenzufallen schien. Er brachte abermals nicht mehr hervor als ein atemloses »Was bedeutet das nur alles?«

»Das musst du herausfinden, junger Vakh'Ba. Nicht um meinetwillen, und nicht um deinetwillen, aber für dein Volk kann es alles bedeuten, dass du die Vergangenheit erhellst. Finde Hyboria, und finde so auch die Zukunft unseres Volkes!«

Vakh'Ba wankte. Er fühlte den Schwindel wie den Schlaf, der seinen Anteil des Tages forderte, wenn man ihm zu lange auswich. Es schien, als würde nun alles in seinem Kopf herumwirbeln. Er hatte wachhabende Offiziere im Hangar mit einer Sprengstoffexplosion getötet, die Tore aufgesprengt, und war schließlich auch noch mit einem Interstellargleiter fahnenflüchtig geworden. Und nun sollte er wegen eines alten Mannes, der zu seiner Zeit ein weiser Aerosophie-Meister gewesen war, seine Heimat verlassen, um nach einem legendären Ort zu suchen, von dem angeblich die Procyonische Zivilisation stammte? Nein, das alles war entschieden zu viel für ihn.

»Sag mir, was ich tun soll, Meister«, wandte er sich nun wieder fast flehend an den Alten.

»Wenn es Relikte der verschwiegenen Herkunft gibt, so sind sie nicht auf Qel'Vatra, sondern irgendwo sonst im System. Und wenn es sie gibt, so wirst du in der Lage sein, sie zu finden. Sie können dir den Weg weisen.«

Der Alte hob die Hand vor die Augen, wie um sich der blendenden Sonnen zu erwehren, doch er sah in die andere Richtung, als wüsste er bereits, was er sehen würde – Suchdrohnen der Garnison, die über die ganze Hemisphäre nach der verräterischen Energiesignatur des Gleiters scannend ausschwärmten und sich rapide auf die beiden Männer zubewegten.

Die greisen Gesichtszüge verströmten nun eisige Entschlossenheit, als der Alte sich wieder Vakh'Ba zuwandte.

»Rasch! Mach dich auf den Weg zu deinem Schiff. Du weißt bereits alles, was du brauchst, um das Rätsel zu lösen. Vergiss nicht: Du bist der Schlüssel. Ich werde sie aufhalten, so lange ich kann. Viel Glück, Aris Vakh'Ba.«

Der junge Wissenschaftler, der noch immer nicht genau begriff, was vorging, sah, dass sich mindestens ein Dutzend der sphärischen, etwa schädelgroßen Sonden der Bucht näherten und, offenbar einem Sensorkontakt folgend, direkt auf sie zu schwebten. In der Mitte wiesen die Sonden eine daumenbreite Vertiefung auf, aus der die Antigrav-Feldlinien emittiert wurden, die sie ebenso mühelos wie unheilvoll schweben ließen. Und er wusste auch, dass der Abstand bald gering genug wäre, dass Nahsensorimpulse von ihnen abgeschossen werden konnten, die die getroffenen Ziele für einige Stunden mit einer langreichweitigen Markierung versehen konnten, die es unmöglich machten, sich erfolgreich vor den Suchtrupps zu verstecken. Vakh'Ba, der plötzlich so unbeweglich wie die uralten Bäume der Bucht dastand, sah einige wertvolle Sekunden den ankommenden Sonden entgegen, ehe er begriff, dass seine einzige Chance war, den Gleiter zu erreichen. Er drehte sich um und verschwand in einer Wand von Lianen und Dschungelgestrüpp. Während Vakh'Ba wieder lief, so schnell er konnte, kramte der Alte in seiner Gürteltasche und holte ein flaches, handtellerbreites Gerät hervor, das er vor sich in die Luft hielt. Niemand sonst konnte erkennen, dass es vor ihm in der Luft stehen blieb, als er auf eine kleine, in die Oberfläche eingelassene Schaltfläche drückte und sich das Energiefeld aus der Platte wie eine unsichtbare, blasphemische Wand vor den sich nähernden Sonden aufbaute.

Die direkte Peilung verlierend schwirrten die Sonden geradeaus in die Richtung des letzten Signals direkt gegen die Barriere und zerbarsten durch die Wucht des Aufpralls, als das Feld an jener Stelle wie eine Wasseroberfläche Wellen bildete, um die absorbierte Energie auszugleichen. Mehr als ein paar Minuten Vorsprung konnte es Vakh'Ba jedoch nicht verschaffen, denn mehrere, offenbar ohne Grund vom Beobachtungsschirm verschwundene Sonden riefen im Kommandozentrum Argwohn hervor, der genug Interesse am Verbleib der teuren Geräte entwickelte, um einen Suchtrupp von echten Militärmaschinen, den Elite-Marines der Imperialen Garde von Qel'Vatra, auf den Weg zur letzten Position zu schicken. Und so fanden acht schwerbewaffnete Soldaten einen herrenlosen Umhang und einen abgeschnittenen Zopf direkt vor einem mobilen Kraftfeldgenerator. Wie auf ein unsichtbares Kommando nahmen vier von ihnen ihren Handscanner vom Gürtel, um nach Spuren zu suchen, währen die anderen herausfanden, wie man das Kraftfeld deaktivierte, allerdings erst, nachdem einer von ihnen durch Berührung des den optischen Sinnen verborgenen Feldes bewusstlos zusammengebrochen war.

Zu diesem Zeitpunkt hatte Vakh'Ba etwa die Hälfte des Weges zum Gleiter geschafft, ohne zu wissen, dass die Marines seine Spur bereits aufgenommen hatten. Rast- und atemlos hastete er durch tiefes Unterholz, musste wieder und wieder Fangschlingen und Sumpflöchern ausweichen, und nahm längst an, dass jemand, der ihm folgte, viel schneller vorankam, zumal seine Beine brannten und er den früheren Fluchten des Tages Tribut zollen musste. Die Marines waren auch tatsächlich schneller, jedoch nur, weil sie im Gegensatz zu Vakh'Ba nicht genau auf ihre Umgebung achteten. Das hatte zur Folge, dass nur noch fünf von ihnen der Spur des Deserteurs folgten, weil einer bereits von einer fleischfressenden Schlingpflanze in ihren Verdauungssack gezogen worden war und ein weiterer im heimtückischen Treibsand des Rakh'Loran um sein Leben strampelte, was es nicht eben verlängern sollte. Ohne Rücksicht auf das so empfindliche Ökosystem rannten sie Vakh'Ba hinterher und ließen eine rauchende Schneise hinter sich, alles, was sich nicht mit einem Sprung überwinden ließ, mit der Strahlenpistole atomisierend. Mehrere aufgescheuchte, faustgroße Stechinsekten umkreisten die Soldaten wie Monde ihre Planeten, mit dem Unterschied, dass sie konsequent ihren Feindinstinkten folgend ihre Stachel tief in jene ungepanzerten Stellen der Soldatenrüstung stachen, an denen die ledrige, dunkelrote Haut hervorblitzte. Abgesehen von gelegentlichen, wütend gezielten Schlägen kümmerte das die Soldaten nicht, die unbeirrt ihren Weg fortsetzten.

Einmal mehr wurde Aris Vakh'Ba gewahr, dass er um sein Leben rennen musste. Nach und nach fügten sich die Gesprächsfetzen in seinem Kopf zusammen, und er begriff, dass er auf keinen Fall geschnappt werden durfte. Nicht nur, dass die Todesstrafe auf Fahnenflucht stand, auf Mord ohnehin und auf Zerstörung und Diebstahl von Imperialem Eigentum sicher auch; Vakh'Ba gewann zunehmend das Gefühl, dass mehr auf dem Spiel stand, auch wenn er noch nicht wusste, was. Er wusste jetzt, dass er nach etwas suchen musste, das die Alten Hyboria genannt hatten und das mit der Zeit in Vergessenheit geraten war. Und er wusste, dass er sich beeilen musste, denn das charakteristische Geräusch abgefeuerter Strahlenpistolen kam näher und näher. Beinahe meinte er, mittlerweile die ionisierte Luft um die verkohlten Reste eines Baumstammes direkt hinter ihm zu riechen. Es ertönten auch Rufe, die ihn im Namen der Imperialen Garde zur Aufgabe anhielten. Offenbar war er noch zu weit weg, als dass man auf ihn schießen konnte. Zudem schlug er jetzt Haken, versuchte, Bäume zwischen sich und die Verfolger zu bringen. Er wusste, dass er sich nicht verstecken konnte, doch konnte er zumindest verhindern, dass man eine direkte Sichtverbindung bekam, denn dann würde man sicher auf ihn schießen. Vakh'Ba erahnte den Gleiter hinter weiteren Baumreihen vor ihm und unterbrach seinen Sprint, um den Imperialen Standard-Handscanner aus seiner völlig von Schweiß und Regenwaldnebel durchnässten Jacke zu nehmen. Während er weiter lief, drückte er einige Befehle in das Gerät, die es in eine provisorische Fernbedienung für den Gleiter verwandelten. Er schätzte, dass die Soldaten noch dreißig Meter hinter ihm sein mochten und der Gleiter fünfzig vor ihm, was ihm die Gelegenheit gab, sich gute Chancen einzuräumen, dass die Idee, die Schutzschilde zu aktivieren, sobald er sich näher als die zehn Meter Schildradius am Gleiter befand, tatsächlich funktionieren konnte. Er verwarf diesen Gedanken jedoch, als ihn ein grüner Strahlenimpuls knapp neben dem rechten Ellenbogen verfehlte. Ja, man schoss auf ihn. Mehr nebenbei registrierte er, dass die meisten Disruptoren auf Töten gestellt waren, denn ihre Strahlen waren mehrheitlich nicht orange, sondern grün, weil sie energiereicher waren. Mühsam sprang er über einen moosbewachsenen Pakran-Stamm, auf dem er auf dem Hinweg einen Lavafalter, ein Insekt, etwa doppelt so groß wie er selbst, sitzen gesehen hatte, rollte sich zur Seite ab und sprang wieder auf, um weiter zu rennen. Fünf Sekunden später ging der Baum in grünen Energieflammen auf, nur um eine weitere Sekunde später zu einem Aschenhäufchen zu zerfallen, über das die unerbittlichen Soldaten mühelos hinweg liefen. Vakh'Ba konnte jetzt bereits den Gleiter sehen, der in der Lichtung aufragte, und doch schien der Weg dorthin Lichtjahre zu betragen. Er wich einer letzten heimtückischen Schlingpflanze aus, sprang über einen kleinen Pirokh'At-Busch, aus dem bei dieser Gelegenheit einige aufgescheuchte Tiere heraus flogen, und dann war er auf der Lichtung, wenige Schritte vom rettenden Schildradius entfernt. Der

Dschungel um Vakh'Ba explodierte in einem kakophonischen Halo aus unendlichem Schmerz, als er mitten im Sprung im rechten Flugfortsatz getroffen wurde. Der Bewusstlosigkeit anheimfallend achtete er nicht darauf, ob sein Aufschlagen auf dem immerhin weichen Waldboden ergonomisch genug sein würde, ihn je wieder aufstehen zu lassen, doch aktivierte er in einem letzten Willensakt die blassgelb leuchtende Schaltfläche auf seinem Handscanner. Dann verschwand alles um ihn herum.

Der Leutnant schlug mit der flachen Hand auf ein gerade neben ihm fliegendes, giftgrünes Stechinsekt, dessen Spezies er nicht sofort erkannte. Er schnaufte und schaute sich um. Vier zerstochene, schlammbespritzte Gesichter schauten ihn ratlos fragend an. Er drückte auf ein kleines Emblem am linken Handrücken und sagte laut und deutlich: »Kommandozentrale«. Das Emblem flackerte und gab ein dahinter liegendes, flaches Gerät preis, das rasch begann, ein Bild, auf dem man ebenfalls das Imperiale Emblem erkannte, etwa einen Meter vor ihn in die Luft zu projizieren. Das Emblem wich der Darstellung eines blauen Rechtecks, das sich von links nach rechts langsam mit grüner Farbe aufzufüllen begann. Als es vollständig war, blinkte der Rand noch einmal in hellerem Grün, ehe es vom Schirm verschwand und nun einem älteren, angespannten Gesicht Platz machte, das Vakh'Ba unbehaglicherweise als General Ghaj'Kal erkannt hätte, das ruhig und bestimmt, als wolle es sich seine Anspannung nicht anmerken lassen, lediglich das Wort *'Bericht'* sagte.

Der Leutnant zögerte einen Moment, bevor die Autorität auf der anderen Seite der Satellitenverbindung ihn ohne weitere Aktionen dazu ermunterte, Haltung anzunehmen und tatsächlich Bericht zu erstatten.

»Wir haben die Spur des Kadetten Aris an den Lagunen des Rakh'Loran aufgenommen und ihn bis zum Gleiter verfolgt, wo er durch einen Strahlenpistolentreffer zu Boden ging. Er hat es offenbar auf eine uns noch unbekannte Weise geschafft, die Schutzschilde des entwendeten Gleiters automatisch zu aktivieren, sodass wir an seinen bewusstlosen Körper im Moment … nicht herankommen.« Er drehte sich um, als mit einem dumpfen Stöhnen ein weiterer der Marines bewusstlos zusammenbrach. Er besann sich und fuhr fort: »Das steht in keinem Zusammenhang damit, dass eben einer meiner Leute offenbar einen Schwächeanfall erlitten hat. Wir erwarten Anweisungen, wie wir nun fortzufahren haben.«

»Offenbar haben wir den Kadetten unterschätzt. Er verdient einen Orden für Kreativität, gleich nachdem er den Galgen für Hochverrat verdient. Ich nehme an, dass ich weiß, was er gemacht hat.«

Das Gesicht lehnte sich zurück, holte genüsslich Luft und fuhr lächelnd fort. »Der Prototyp, den Sie vor sich sehen, hat einige interessante Funktionen bezüglich externer Steuerung eingebaut bekommen. Dem Kadetten muss es gelungen sein, sich das zunutze zu machen. Aber das hilft auch uns. Ich übermittele Ihnen die Master-Codes, die wir aus dem Computerkern des Schiffes extrahiert haben, mit denen Sie den Gleiter rebooten können, um die Schiffskontrollfunktionen auf Ihren Handscanner zu übertragen. Sie können dann die Schilde deaktivieren und den Kadetten gefangen nehmen. Es ist unbedingt notwendig, dass das Schiff dabei nicht beschädigt wird. Jetzt, da wir wissen, dass es flugtüchtig ist, benötige ich es so schnell wie möglich in einem Stück zurück auf dem Basisschiff, verstanden? Ghaj'Kal Ende.«

8.

Der ruhige, azurblaue Himmel über dem Dschungel von Rakh'Loran war das erste, was Vakh'Ba sah, als er zu sich kam. Er hatte höllische Schmerzen im rechten Flugfortsatz, trotzdem versuchte er, sich aufzusetzen. Unheimlich erinnerte ihn die Situation an sein regelmäßiges Erwachen nach den Visionen in der Akademie, mit dem Unterschied, dass diesmal der Traum Realität war und auch die Schmerzen unbestreitbar echt waren. Vakh'Ba sammelte sich. Ihm fiel ein, wo er sich befand und wie er dort hingekommen war. Dass er Wachen niedergeschossen hatte, dass er den Gleiter geklaut hatte! Er fühlte den Schatten des Raumschiffs auf sich ruhen, ebenso wie den Blick von drei Imperialen Marines, erahnte gleichzeitig den heißen Schein der procyonischen Sonnen über der kleinen Lichtung. Er blieb liegen, da er begriff, dass er die Situation nicht einschätzen konnte. Aus dem Augenwinkel fiel ihm auf, dass zwei Soldaten-Körper am Boden lagen und er sich nicht daran erinnerte, dafür einen Grund mitbekommen zu haben. Er folgerte, dass sie erst später ausgeknockt worden sein mussten. Einer der Marines sprach gerade in seinen Kommunikator hinein. Es schien Vakh'Ba recht offensichtlich, dass er mit einer fernen Autorität sprach, da der Marine Haltung annahm. Allen hierarchischen Strukturen intelligenter Wesen im bekannten Universum war das Konzept gemein, dass Autorität neben Gehorsam auch Haltung von den Untergebenen erwartete. Aris Vakh'Ba wusste das, denn Kadetten der Imperialen Akademie bildeten üblicherweise das untere Ende jener Hierarchie, abgesehen von Zivilisten. Vakh'Ba folgerte weiter, dass der von seiner Kommunikationsprojektion verdeckte Marine der Anführer des Trupps sein musste, der ihn verfolgt hatte.

Das Bild der Fernkommunikation flackerte und verschwand schließlich. Der Marine machte sich daran, etwas auf seinem Handscanner einzugeben. Vakh'Ba griff an seinen Gürtel, um sein entsprechendes Gerät herauszuholen, doch er bemerkte erschreckt, dass es bei seinem erfolgreichen Versuch, die Schilde des Gleiters zu aktivieren, einige Meter entfernt auf dem Boden gelandet war. Während der Scanner des Marine schwarz, flach und matt war, schien Vakh'Bas Variante klobig und viel weniger elegant. Natürlich wusste er, dass dieser Umstand der Tatsache Rechnung trug, dass Marines bisweilen verdeckte Operationen auszuführen hatten, die andere Geräte erforderten, als sie Kadetten im dritten Jahr zustanden. Das half ihm zwar, das Gerät zu finden, machte aber auch seine Anstrengungen offensichtlicher. Doch man schien noch nicht bemerkt zu haben, dass er wieder bei Bewusstsein war. Sein Flügelfortsatz musste ohnehin bald behandelt werden, das war Vakh'Ba klar, sonst würde er womöglich nie mehr aufwachen. Durch die Schmerzen konnte er zwar im Moment nur kriechen, doch das kam ihm entgegen, da er aufgerichtet sicher sofort bemerkt worden wäre. Als er den Scanner nach endlosen Sekunden erreicht hatte, stellte er das Gerät auf passives Scannen ein und beobachtete, was der Marine-Anführer tat. Vakh'Ba fuhr herum, als er ein leises Knacken aus dem Unterholz vor sich vernahm und hinter ihm ein weiterer Marine ohnmächtig und stöhnend ins kniehohe Gras der Lichtung fiel, sodass er schließlich nur noch zwei Marines gegen sich sah – in seinem Zustand schienen sie jedoch noch immer so stark wie zweihundert – Grund genug, die Konfrontation verhindern zu müssen. Viel mehr Sorgen machte ihm jedoch im Moment, dass er weiter keinen Ansatzpunkt hatte, was die Marines ausschaltete und ob es ihm freundlich gesinnt sein würde – immerhin wusste außer den niedergeschossenen Wachen und dem Imperialen Flugkommando niemand von seiner Fahnenflucht. Was also sollte die Marines angreifen außer der Urwald selbst? Er kroch mühsam in Richtung des Gleiters, bis ihm schließlich klar wurde, was der Anführer vorhatte.

Wenig später war sich Aris Vakh'Ba sicher, dass nun seine eigene Taktik, den Gleiter fernzusteuern, gegen ihn verwendet werden würde. Er prüfte die Anzeigen und stellte fest, dass der Leutnant bereits dabei war, die Kommandoüberbrückungscodes zu übertragen. Ihm blieben einige Minuten, da der Code aus einer Folge komplexer Datenmuster bestand, die in einem exakten Zeitraster gesendet werden mussten. Auf diese Weise war es dem Feind nicht einfach so möglich, die Kontrolle über einen erbeuteten Gleiter zu erlangen, wenn er nicht in den Besitz der präzisen Codebasis käme, und diese war nur einigen sehr wichtigen Militärs bekannt. Man nahm ihn also wichtig, stellte Vakh'Ba fest, wenn man so schnell den Überbrückungscode verwendete.

Er kroch weiter langsam in Richtung der Einstiegs-Sprossen, doch er bezweifelte, dass er in der Lage sein würde, sie hochzuklettern, ehe man ihn erschießen konnte. Vakh'Ba überprüfte erneut die Anzeigen. Er wusste zwar, wie das Überbrückungsverfahren funktionierte, aber als Kadett kannte er nicht die genaue Abfolge, und so war es ihm nicht möglich, zu schätzen, wie lange er noch hinter den Schilden sicher sein würde. Erneute Panik durchströmte Aris Vakh'Bas Verstand. Sobald die Schilde heruntergefahren wären, läge er wehrlos im Gras des Dschungels von Rakh'Loran. Er musste so schnell wie möglich die Pilotenkanzel erreichen. Auf seinem Scanner piepte etwas, das ihm anzeigte, dass die Überbrückung beinahe abgeschlossen war. Der Leutnant musste nur noch die Stimmautorisation durchführen. Er nahm seinen Scanner auf Mundhöhe, um seinen persönlichen Code aufzusagen, als hinter ihm der letzte verbliebene Marine stöhnend in sich zusammensackte. Eine weit entfernte Stimme rief: »Flieh, Vakh'Ba!«

Aris Vakh'Bas Verstand erahnte in einem aufflammenden Crescendo überraschender Erkenntnis die Silhouette von Gtakh'Herio'Ht in seiner letzten Schlacht. Wissend, dass der Alte den Leutnant lediglich ablenken wollte – er würde kaum einen Kampf überleben – reckte sich Vakh'Ba in einem verzweifelten Aufbäumen vor seinen eigenen Schmerzen zur untersten Trittsprosse des Gleiters und zog sich wimmernd daran hoch. Während der Marine nach seiner Waffe griff, sprang Gtakh'Herio'Ht so mühsam, als steige er über all die Jahre hinweg, die er in seinem langen Leben hatte kommen und gehen sehen, hinter dem Baumstumpf hervor und offenbarte damit, welches Schicksal die am Boden liegenden Marines ereilt hatte, denn er hielt ein rituell verziertes Blasrohr in der rechten Hand, mit dem er winzige Pfeile auf die nun bewusstlosen Marines geschossen hatte. Perfiderweise fühlte sich ein solches Geschoss für die durchtrainierten Muskeln eines Elitesoldaten nicht anders an als ein gewöhnlicher Insektenstich – mit dem Unterschied, dass der Pfeil das Insektengift in über hundertfacher Konzentration unter die Haut der Soldaten beförderte, was innerhalb weniger Sekunden zur völligen Bewusstlosigkeit führte. Aris Vakh'Ba ignorierte die Frage, wie der Alte sich vor den Marines hatte verbergen können, und konzentrierte sich ganz darauf, den Öffner der Pilotenkanzel zu erreichen, der sich unmittelbar über der untersten Trittluke befand. Währenddessen setzte Gtakh'Herio'Ht zum Schuss an, führte das Blasrohr zum Mund und erstarrte, als er seinerseits begriff, dass der Leutnant seinen anfänglichen Schreck überwunden hatte und nun auf ihn schießen würde.

Schwer atmend standen der Alte und der Leutnant nun einander gegenüber. Zehn oder fünfzehn Meter trennten sie, beide die Waffen im Anschlag. Beiden war klar, dass dieses ungleiche Duell verlieren würde, wer die Nerven verlor. Gtakh'Herio'Ht wusste, dass ein Schuss von ihm zu langsam war, als dass der Marine ihn nicht auf der Stelle erschießen könnte. Die Frage, die Aris Vakh'Ba sich lediglich zu stellen wagte, war, warum der Marine seinerseits nicht einfach schoss, denn er würde dem Alten damit keine Chance lassen.

Zur Überraschung des Alten aber fragte er: »Warum tun Sie das? Einem Fahnenflüchtigen helfen, vier Imperiale Marines niederstrecken, einen weiteren tätlich bedrohen? Man wird Sie aufknüpfen!«

Gtakh'Herio'Ht schüttelte sein zopfloses Haupt. »Das würde man ohnehin, wenn man wüsste, wer ich bin. Ich habe nichts zu verlieren – und doch alles. Ich weiß am meisten von allen auf diesem Planeten über Hyboria, und doch weiß ich nicht genug, um eine Katastrophe verhindern zu können. Nur Vakh'Ba mit seiner jugendlichen Unbekümmertheit, die ihn dazu verführt hat, die Dinge überhaupt erst zu hinterfragen, wird in der Lage sein, das große Rätsel zu lösen. Wenn ich nicht dafür sorgen kann, dass er Hyboria erreicht, so hat es ohnehin keinen Sinn, sich eines Lebens zu rühmen, das vom Versagen an entscheidender Stelle charakterisiert wäre. Der Kreis muss sich schließen.«

Mit offenem Mund folgte Vakh'Ba den Ausführungen des Alten, während er darauf wartete, dass ein servomechanisches Surren das Öffnen der Pilotenkanzel ankündigte. Nachdem er den Entriegler erreicht hatte und schließlich seine Kommandos eingab, die dazu dienen sollten, die Remote-Verriegelung der Kontrollen, die der Leutnant inzwischen abgeschlossen hatte, seinerseits zu überbrücken, fand er einen Moment, um über die Worte des Meisters nachzudenken. Was meinte er damit, dass *'der Kreis sich schließen müsse?'* War am Ende auch sein alter Meister nicht aufrichtig zu ihm gewesen und hatte ihm Dinge vorenthalten? Besondere Sorgfalt verwendete er währenddessen darauf, dass seine Aktivitäten nicht auf dem Handscanner des Marines angezeigt würden. Er stieß einen stummen Fluch aus, als er bemerkte, dass die Überbrückungscodes so umständlich verschlüsselt waren, dass er mit seinen begrenzten Kenntnissen des Authentifizierungsprotokolls recht lange brauchen würde, diese zu umgehen.

Der Leutnant lachte höhnisch. »Sage mir, alter Mann, was soll das Geheimnis sein, das niemand außer dir kennt? Was ist die sagenhafte Verschwörung, die unser Volk bedroht?«

Gtakh'Herio'Ht lächelte bitter und musterte den jungen Mann, der sich über ihn lustig machen wollte. Er schien zufrieden.

»Vielleicht wäre es allerdings noch besser …«, begann der Offizier abermals zu sprechen, bevor er stutzte, denn er vernahm hinter sich das verräterische Knirschen einer geöffneten Pilotenluke, drehte sich mit einem Satz um und schoss sofort in Vakh'Bas Richtung, der gerade umständlich die letzten Sprossen hinter sich brachte und bereits ein Bein in den Innenraum des Gleiters geschwungen hatte. Da er sich nicht die Zeit gegeben hatte, zu zielen, verfehlte der tödliche Energiestrahl Vakh'Ba um wenige Zentimeter, wurde an der Titanlegierung der Hülle reflektiert und setzte hinter dem Leutnant einen viele Jahre alten Baum in Flammen, aus dem zu hunderten aufgescheuchte Insekten flohen. Als sich kurz darauf sein Gesichtsfeld einengte, wusste der Leutnant, dass er versagt hatte. Der Alte hatte mit seinem primitiven Blasrohr offenbar besser gezielt und würde nun dem Kadetten die Flucht ermöglichen.

Vakh'Ba atmete auf. Er wandte sich an Gtakh'Herio'Ht, der langsam näher kam. Jeder Muskel seines Körpers schien unendliche Erschöpfung zum Ausdruck zu bringen, als er, beide Arme auf einen Ast gestützt, an die Pilotenkabine trat.

»Du hast dein Leben riskiert für etwas, das für mich nicht mehr ist als ein undefiniertes Gefühl der Ungerechtigkeit. Das hier muss wichtig sein. Wichtiger als wir, Meister.«

Gtakh'Herio'Ht nickte. »Das ist es auch, in der Tat. Ich möchte, dass du verstehst, dass der Fortbestand unserer Zivilisation davon abhängen kann, ob du herausfindest, was es mit dem sagenumwobenen Hyboria auf sich hat.«

Vakh'Ba schluckte. Er kannte die Betonung der Worte aus zahlreichen Holo-Dramen, in denen fiktive Bedrohungen den Fortbestand des Volkes in Gefahr brachten. Aber dies hier war real. Ihn schauderte. Gtakh'Herio'Ht war kein Mann, der dramatische Worte verlor, wenn sie nicht angebracht waren. Und doch … Vakh'Ba war plötzlich unsicher, was hier auf ihn zukam. Er hatte sich diese Fragen bisher nicht zu stellen gewagt und war an den Wasserfällen in seiner Reflexion jäh unterbrochen worden. Nun stürzte alles auf ihn ein. Er kannte auch jene unerschrockenen Helden aus den Video-Dramen, die bedingungslos jedes Opfer für die Sache brachten, jedes mal. Er seufzte.

»Ich bin kein Held, Meister.«

Gtakh'Herio'Ht lachte. Sein Lachen war bitter und bestimmt, und doch erahnte Vakh'Ba so etwas wie Belustigung in den Zügen des Alten. »Nein, ganz Recht. Du bist ein fahnenflüchtiger Kadett im Prototyp eines Imperialen Gleiters, der verzweifelt nach einem vagen Gefühl sucht. Erst, was wir tun, macht uns zu Helden, Vakh'Ba.«

Vakh'Ba bemerkte jetzt echte Ironie in den Zügen des Alten, der offenbar seinen Epilog genoss. »Bedenke dies. Und bedenke, dass Mut nicht bedeutet, keine Angst zu spüren. Du wirst Widrigkeiten begegnen, wie du sie dir nicht ausmalen kannst. Erwarte nicht, dass die Aufgaben, die sich dir entgegenstellen werden, fair sind. Sie sind niemals fair, doch alles, was wir erwarten dürfen, ist, dass wir eine Möglichkeit haben, das Schicksal zu lenken. Wenn du daran nicht glaubst, dann gibt es keine Hoffnung. Nicht für dich und nicht für unser Volk. Finde Hyboria, Aris Vakh'Ba.«

»Aber was …«, begann Vakh'Ba, bevor ein verräterisches Klicken seine Synapsen beschleunigen ließ und ihm klar machte, dass sich Gtakh'Herio'Ht gleich in Energie auflösen würde. Der Leutnant war offenbar nicht so empfänglich für die Betäubung gewesen wie die restlichen Soldaten und hatte, sobald er bei Bewusstsein war, diesmal gründlich, den Alten anvisiert. Wie in Trance wandte Vakh'Ba seinen Blick ab, drückte apathisch die magnetische Verriegelung der Kanzel zu und betätigte die Startkontrollen. Er sah nicht, wie der zuckende Körper Gtakh'Herio'Hts sich in einem glitzernden Wirbel aus schillernden Farben an der Seitenwand des Gleiters hinunter drehte, ohne dass auch nur ein Molekül vor der subatomaren Destrukturierung je den Boden erreicht hätte. Gtakh'Herio'Ht war nichts weiter mehr als ein einsamer Lichtstrahl unter einem Hyperraumgleiter, der sich in den dunklen Himmel über Rakh'Loran erhob wie Aris Vakh'Ba als Phönix aus der Asche seines Meisters.

9.

Als Vakh'Ba zitternd die Flugkontrollen des Gleiters betätigte, war ihm noch immer völlig unbekannt, wohin er sich begeben würde – der Besuch des Rakh'Loran hatte mehr Fragen aufgeworfen, als beantwortet, einige Soldaten, und, dies wog am schwersten, seinen alten Meister Gtakh'Herio'Ht das Leben gekostet. Er schob all die Fragen des kurzen Aufeinandertreffens beiseite, die in seinem Kopf wie eine fatalistische Wolke Stellung bezogen hatten. Es gab dringendere Überlegungen zu treffen. Schon bald würde im Kommando der Imperialen Streitkräfte der Verlust der Eliteeinheit bemerkt werden, wenn es das nicht schon war, und man würde gewiss mit noch größeren Geschützen auffahren, um ihn samt Gleiter zur Strecke zu bringen. Vakh'Ba besah seine Optionen. Verzweifelt suchte er nach der Idee, die ihm zumindest einen kleinen Vorsprung verschaffen könnte in der unmöglich scheinenden Aufgabe, durch die Sperren der Streitkräfte hindurch den freien Raum zu erreichen. Dort, das wusste Vakh'Ba, würde der Gleiter mühelos selbst die größten Kreuzer der Flotte abhängen können, auch wenn er nicht wusste, wohin er sollte. Ebenso war ihm klar, dass er einer Patrouille Raumjäger würde ausweichen können, jedoch nicht einem sich stetig enger ziehenden Netz von nach ihm suchenden Schwadronen. In seiner bisherigen Ausbildung hatte Vakh'Ba beinahe alle stellaren Eigenschaften seines Heimatsystems kennen gelernt und in sich aufgesogen, dennoch fiel ihm nicht ein einziges Detail ein, das ihm hätte weiterhelfen können. Gedankenversunken stellte er einen Kurs zum kleinsten der Monde von Qel'Vatra ein, der momentan am weitesten von Qel'Vatra entfernt war, in der vagen Hoffnung, die Imperiale Garde würde annehmen, er versuche direkt aus dem System zu fliehen. Tatsächlich aber schien es Vakh'Ba so, als könne er nicht einfach davonfliegen, ohne zumindest herausgefunden zu haben, was er eigentlich suchte. Das hatte auch sein alter Meister gesagt, und sofort bahnte sich wieder tiefer Schmerz an die Oberfläche seines Bewusstseins. Als er im verblassenden Azur des Firmaments die ersten Sterne ausmachen konnte, spürte Vakh'Ba, wie seine Augenlider schwer wurden. Vor seinem inneren Auge manifestierte sich der schemenhafte Nachhall des Gesichts von Gtakh'Herio'Ht, als er die Worte sagte die Vakh'Ba tief in sich selbst zu spüren schien: »Finde Hyboria, junger Vakh'Ba …«.

Vakh'Ba wurde klar, dass die Antwort nicht in erster Linie im Weltraum liegen würde. Er musste nach Qel'Vatra zurück und herausfinden, was er suchte. Kurz darauf fiel Dunkelheit um ihn, als der Gleiter die Atmosphäre verließ wie den angeschossenen Vakh'Ba seine letzten Kräfte.

Ein nervöses Zirpen weckte Vakh'Ba, der sofort wieder stechenden Schmerz in seinen Gliedern spürte. Gedankenversunken fragte er sich laut: »Wo bin ich?«

Zu seiner Überraschung bekam er eine Antwort. »Sie befinden sich an Board des Überlegenheitsraumgleiters NX-1701-A. Die Position ist 47.7 zu 268.1, nahe Luna Minima.«

Vor Schreck richtete sich Vakh'Ba in seinem Pilotensitz auf. Schmerz durchfuhr neuerlich seinen Körper.

»Wer spricht da?«, flüsterte er, unsicher, ob diese Frage nur töricht war, oder ob er im Schmerz etwa Wahnvorstellungen entwickelte.

»Dies ist das Linguistische Interface des Überlegenheitsraumgleiters NX-1701-A, Version 0.9.b.22-4.«

Vakh'Ba zuckte unbewusst zusammen. Halb hatte er damit gerechnet, dass das Militärkommando während seiner Bewusstlosigkeit einen Autopiloten aktiviert hatte und er nun den Remote-Piloten hörte, der ihm sagen würde, dass der Gleiter sich auf einem Kurs zur nächsten Militärbasis befände. Stattdessen stellte sich offenbar heraus, dass sein Schiff sprechen konnte.

»Computer, wie wurde das Linguistische Interface aktiviert?«

»Als Sie bewusstlos wurden, hat das medizinische Notsystem das Linguistische Interface aktiviert, um sicherzustellen, dass nach Ihrem Erwachen bei eventueller taktiler Insuffizienz eine effiziente Steuerung der Raumüberlegenheitsprobeeinheit NX-1701-A möglich bleibt.«

Vakh'Ba seufzte. Ob es einen Sinn hatte, einen sprechenden Computer darauf hinzuweisen, dass er sich selbst auch einfach »Schiff« nennen könnte? Immerhin, der immanente Schmerz seiner

Gliedmaßen erinnerte ihn daran, dass er noch lebte und, noch wichtiger, bisher nicht geschnappt worden war. »Computer, passiver Umgebungsscan. Werden wir verfolgt?«

»Negativ. Keine aktiven Strahlungsquellen innerhalb der passiven Sensorreichweite.«

Vakh'Ba wusste, dass sicher auch der fortschrittlichste Antrieb der Flotte eine Spur geladener Ionen hinterließ, anhand derer man ihm folgen konnte. Sein wichtigstes Ziel musste es daher sein, die Gaswolken im äußeren System zu erreichen. Doch auf direktem Wege würde man ihn sicher abfangen. Er erinnerte sich an eine frühe Lektion in taktischem Weltraumkampf, die besagte, dass oftmals die dritte Achse vernachlässigt wurde. Er stellte einen neuen Kurs ein, der ein wenig gegen die Rotationshauptachse des procyonischen Binärsystems geneigt war. Auf diesem Weg erreichte er zwar nicht so schnell die äußeren Gaswolken, die in der Ekliptik eine größere Ausdehnung besaßen, aber er rechnete sich größere Chancen aus, länger unentdeckt zu bleiben. Als der Gleiter beschleunigte, wurde Vakh'Ba beinahe wieder ohnmächtig. Die Macht des gestohlenen Aggregats war überwältigend. Eine derartige Maschine hatte er noch nie gesehen, geschweige denn gesteuert. Er fragte sich, warum der Gleiter gerade in dem Hangar für Kadettenausbildung gestanden hatte, und diesmal fiel ihm eine mögliche Erklärung ein. Das Munitionslager voller Simulationswaffen, die viel stärkere Treibladungen aufgewiesen hatten, als er erwartet hatte und die drei Ausbilder das Leben gekostet hatten, zusammen mit dem seltsamen Verhalten seines Simulationsdisruptors ließen für ihn nur den Schluss zu, dass der Hangar gleichzeitig als Heimstatt für Prototypen des Geheimdienstes genutzt werden musste. Vakh'Ba gestattete sich einen Moment lang den Gedanken, dass er seinen eigenen Erfolg, der so bitter für ihn war, weil er fünf Procyonier getötet hatte, vielleicht damit erklären wollte, dass lediglich die äußeren Umstände dazu geführt hatten. Und doch saß er in diesem Prototyp, den er sich sicher nicht einbildete. Auch die Tatsache, dass eine Wache neben dem Raumschiff postiert gewesen war, leuchtete nun ein. Nein, die Tarnung war erschreckend einfach und wirkungsvoll. Welche Kadetten würden in ihrer Flugausbildung schon unbequeme Fragen stellen, wenn immer die Gefahr bestand, dafür zurückgestuft zu werden? Immerhin, das Fliegen war für ihn und viele seiner Freunde und Kameraden das größte Erlebnis während der langjährigen Offiziersausbildung. Vakh'Ba seufzte.

»Bitte Wiederholen. Eingabe nicht verstanden.«

»Beziehst du eigentlich alles auf dich, Computer? Ach, ich habe nicht mit dir geredet, Blechbüchse.« Vakh'Ba schüttelte den Kopf.

»Es gibt keinen Grund, die materielle Zusammensetzung des Schiffes derart herabzuwürdigen. Die Hauptkomponenten sind Titan, Duranium, Aluminium, Edelstahl, Trigraphenferrid. Der Anteil von Blech beträgt ...«

Vakh'Ba musste lachen. »Du nimmst mich vielleicht ein bisschen zu wörtlich, Computer. Hat eine hochentwickelte Blechbüchse wie du keine semantischen Interpretationsspielräume?«

»Dieses Linguistische Interface muss sich erst an den jeweiligen Benutzer anpassen. Aus Ihren vorigen Ausführungen schließe ich, dass Blechbüchse fortan neben Computer zur Eingabeaktivierung verwendet werden soll.«

»Na schön, Blechbüchse, wir gewöhnen uns schon noch aneinander. Hast du einen medizinischen Analysator eingebaut?«

»Positiv. Ihre Biofunktionen werden permanent überwacht. Die Schmerzen in ihren Extremitäten werden bald nachlassen, da keine bleibenden Schäden vorliegen.«

»Oh, wie schön. Das Konzept von Schmerzen scheint allerdings eher analytischer Natur zu sein. Kannst du ein weiteres Schmerzmittel verabreichen?«

»Negativ. Die unnötige Verabreichung von Sedativa ist nach Konvention 31.4 Absatz 67 untersagt, wenn keine unmittelbare Gefahr für Leib und Leben des Verwundeten besteht.«

Wieder nickte Vakh'Ba. »Ich fühle mich gleich besser, *Doktor* Blechbüchse.«

»Eine Verbesserung der physischen Konstitution ist nicht bioanalytisch induziert. Bitte erklären Sie das.«

»Füge es der linguistischen Datenbank unter dem Punkt 'Sarkasmus' hinzu, Blechbüchse.«

»Verstanden.«

»Das glaube ich nicht, aber lassen wir das.« Vakh'Ba fand beinahe Gefallen an der Konversation mit dem Computer.

Vermutlich lag das daran, dass in der Einsamkeit des feindlichen Weltalls selbst ein begriffsstutziger Computer eine bessere Ablenkung bot als das eisige Schweigen des Vakuums. Er würde sich nicht weiter gestatteten, Smalltalk mit einem Computer zu führen, soviel stand fest. Stattdessen verlangte er nach Musik. Und tatsächlich stellte sich heraus, die Datenbank des Gleiters enthielt umfangreiche Musikdaten jedweder Couleur. Beschwingt stellte sich Vakh'Ba vor, in einem Holo-Roman dem Sonnenuntergang entgegen zu segeln. Dann umfing ihn erneut Dunkelheit, doch diesmal sollte er wirklich ein wenig Erholung finden.

Als Vakh'Ba zu sich kam, nahm er schützend die Hand vor die Augen, denn ein gleißend helles Licht zeigte sich oben links in der Frontscheibe des Gleiters. Zu seiner Überraschung erlosch es sehr schnell, als er sich auf dem Pilotensitz zurecht rappelte.

»Die Steuerungsroutinen erfordern Aufmerksamkeit«, teilte ihm eine sanfte Stimme mit.

Vakh'Ba stutzte. »Computer, bist du das?«

»Positiv. Wie gefällt Ihnen das automatische Weckprogramm mit dimmbarer Lichtreflexreizung und künstlicher Reduzierung der eingebauten Stimmmodulation?«

»Es geht so«, war Vakh'Bas ironische Reaktion, aber innerlich fragte er sich, was wohl die Alternative gewesen wäre, immerhin hatte er sich schon beinahe daran gewöhnt, von aufoktroyierten Alptraumsequenzen oder piependen Kommunikatoren geweckt zu werden.

»Also schön, Blechbüchse, was gibt es denn so Wichtiges?«

»Unsere aktuelle Flugbahn bringt uns auf Kollisionskurs mit einem nicht verzeichneten Asteroiden der Klasse IV in sieben Minuten und dreiundzwanzig Sekunden.«

»Klasse IV? Sind die nicht mehrere Kilometer groß? Wie kann es denn sein, dass der nicht verzeichnet ist? Im großen Programm zur Sicherung des Orbits von Qel'Vatra vor Meteoriten sind doch alle Objekte größer als 200 Meter erfasst und katalogisiert worden.«

»Unbekannt.«

Vakh'Ba saß nun hellwach in seinem Sitz. Dieses zufällige Ereignis war tatsächlich eigenartig. Er wusste aus seiner Ausbildung, dass selbst die kleinsten und ältesten Jäger mit einer kompletten Datenbank aller Hindernisse im procyonischen System ausgerüstet waren, weil in den jungen Jahren der Weltraumfahrt immer wieder bedauerliche Unglücke aufgetreten waren. Es war praktisch nicht vorstellbar, dass ein derart fortschrittliches Schiff keine solche Datenbank aufwies.

»Computer, überprüfe die interne stellare Datenbank auf Vollständigkeit.«

»Prüfung abgeschlossen. Integrität bestätigt. Es liegt kein Fehler der internen Datenbank vor. Das genannte Objekt ist nicht verzeichnet. Soll der Kurs geändert werden?«

»Nein, ich glaube, wir sind hier etwas auf der Spur. Kurs halten und Geschwindigkeit reduzieren.«

»Ausgeführt.«

Vakh'Ba war vor Spannung elektrisiert. Er wusste nicht, was er hier auf der Spur war, aber ganz bestimmt hatte es einen Grund, dass der Klumpen aus Eis und Stein, der vor ihm lag, noch nicht verzeichnet worden war. Er fragte sich, ob er schon in Sichtweite war, beschloss aber, dass der Schiffscomputer dies sicher wusste. Er musste nicht lange warten.

»Wir kommen in Sichtweite.«

»Sichtschirm umschalten.«

Insgeheim bewunderte er noch immer die Technologie, die in Scheiben Flüssigkeitsfilme einschloss, die durch Jahrhunderte lang perfektionierte Mikroelektronik dafür sorgten, dass stabiles Panzerglas, das von außen Weltraum und Disruptorbeschuss zu trotzen vermochte, von innen aussehen konnte wie Tapete – oder eben wie ein kaltes, braunes Stück Stein.

»Vergrößern.«

»Das ist die größte Vergrößerungsstufe.«

»Weißt du eigentlich alles besser?«

»Eingabe nicht verstanden, bitte paraphrasieren.«

»Halt die Klappe, Blechbüchse.«

Vakh'Ba beugte sich so weit vor, wie es Sitz und Gurt erlaubten. Er traute seinen Augen nicht. Zwar handelte es sich ohne Zweifel um einen Asteroiden der Klasse IV, doch schien ein engmaschiges Netz von dünnen metallenen Drähten darübergelegt worden zu sein, das in der schlechten optischen Qualität durch die Entfernung bedingt aussah wie Operationsnarben auf einem faltigen Stück alter Haut. Und doch wusste Vakh'Ba sofort, dass es sich dabei um künstliche Strukturen handeln musste.

»Computer, ist eine Spektralanalyse der Zusammensetzung der Oberfläche möglich?«

»Positiv. Spektralanalyse zeigt hohe Anteile von Titan, Tritanium, Stickstoff und Granit. Synthetische Konstruktion wahrscheinlich.«

Vakh'Ba starrte auf den Sichtschirm. »Computer, Analyse wiederholen.«

»Spektralanalyse zeigt hohe Anteile von Titan, ...«

»Ja doch, das weiß ich. Das was du über *künstlich* gesagt hast, interessiert mich.«

»Synthetische Konstruktion wahrscheinlich. Sollten Sie mit der Qualität der sprachlichen Wiedergabe der Ergebnisse nicht einverstanden sein, versuchen Sie bitte so gut wie möglich, Ihre Kritik zu formulieren, damit die Ausgabe in Zukunft angepasst werden kann.«

»Ja, ja, schon gut. Abgesehen davon, dass du so unpersönlich bist, machst du das doch ganz gut«, sagte Vakh'Ba in aufmunterndem Ton, dachte aber im selben Moment etwas enttäuscht, dass diese Art des Feedbacks wohl nur ein Procyonier aus Fleisch und Blut zu würdigen wusste.

Ungeduldig fragte er erneut, ob weitere Vergrößerung möglich war, und zu seiner großen Freude erschien nun ein größeres Bild des Gesteinsbrockens vor seinem Gesicht. Offenbar waren nun genügend Bildinformationen vorhanden, um eine räumliche Abbildung in die Pilotenkanzel zu projizieren.

Die Darstellung ließ ihm keinen Zweifel. Es handelte sich um eine künstliche Raumbasis auf dem Asteroiden. Vakh'Ba konnte mehrere Krater erkennen, die künstlich erzeugt waren und in deren Mitte jeweils ein metallenes Tor eingebettet lag, beinahe wie jene mystischen Kreaturen, die den alten Legenden zufolge unter den Strudeln des Meeres Schiffe in die Tiefe rissen und sich einverleibten.

»Na schön«, sagte Vakh'Ba. »Entweder wir fliegen ihnen direkt in die Arme oder wir haben fürs Erste ein Versteck gefunden.«

»Sollte diese Bemerkung darauf abzielen, herauszufinden, ob diese Station in Betrieb ist, so lautet die Antwort, dass sie mit großer Wahrscheinlichkeit aufgegeben wurde. Zwar sind Restspuren von thermionischer Strahlung zu messen und teilweise Lebenserhaltungssysteme festzustellen, aber spezifische Lebenszeichen werden nicht angezeigt.«

Vakh'Ba fragte sich, ob diese nervige und dennoch überaus nützliche Blechbüchse immer das letzte Wort haben musste. Er freute sich darauf, endlich die Enge der Pilotenkapsel verlassen zu können, selbst wenn das bedeutete, eine unbekannte Asteroidenbasis in einem Raumanzug zu erforschen.

10.

Als die Cockpitabdeckung mit einem leisen Zischen nach oben glitt, war Vakh'Bas Reaktion ein unwillkürliches Zucken. Die durch seinen Helm gefilterte Luft der verlassenen Basis war bestenfalls muffig. Wie lange war niemand hier gewesen? Er sah sich in dem kleinen Hangar um. Etwas wunderte ihn: Früher waren die Raumschiffe noch viel klobiger gewesen, und hier passten höchstens zwei Raumjäger nebeneinander hinein. Welchem Zweck hatte diese Basis also gedient? Die Wände waren kaum gealtert, makellose Tritanium-Schotts verrieten ihre Geschichte nur durch die Formensprache der Abdeckungen. Der Boden jedoch war gelbbraun von Öl und Treibstoff und wies starke Abnutzungsspuren auf, die zweifellos von gelandeten Raumschiffen stammen mussten.

Vakh'Ba kletterte die Leiter herab. Seine Kommunikationseinheit im Anzug piepte. Nervös tippte er ein Element an, das auf den ersten Blick nur ein dekoratives Emblem gewesen wäre. »Ja? Wer spricht dort?«

»Dies ist das Linguistische Interface der Raumüberlegenheitsprobeeinheit NX-1701-A, Version 0.9.b.22-4.«

Vakh'Ba seufzte. Was hatte er denn sonst erwartet? Er setzte eine neutrale Stimme auf und machte dem Computer klar, dass er seine Botschaft erwartete.

»Sprechen Sie.«

»Sir, ich weise Sie darauf hin, dass keine Anzeichen für funktionierende Lebenserhaltung gefunden werden können. Es ist angemessen, dass Sie ihren Raumhelm nicht absetzen.«

Vakh'Ba näherte sich der großen Doppeltür gegenüber der Raumluke, durch die der Gleiter gekommen war. »Verstanden. Gibt es sonst noch Überraschungen, von denen ich wissen sollte?«

»Anfrage nicht verstanden. Bitte wiederholen.«

»Ach, ist schon gut. Wenn die Lebenserhaltung nicht funktioniert, gibt es wenigstens keine Wühlmäuse.«

»Anfrage nicht verstanden. Bitte wiederholen.«

»Computer, Verbindung beenden.«

Das leise Zirpen erklang in einer anderen Tonhöhe, und dann war Vakh'Ba allein mit dem Außenposten. Vor ihm lag nur dunkler Korridor.

Er aktivierte die Beleuchtungseinheit an seinem linken Unterarm und tauchte in die Dunkelheit ein. Auch hier war es nur der Boden, der Abnutzungsspuren aufwies. Die Spuren entsprachen einem beinahe symmetrischen Muster von vier nebeneinander laufenden Linien, die in die Dunkelheit führten. Fast konnte man meinen, dass es sich um die Spuren antiker Radfahrzeuge handelte. Vakh'Ba erreichte die ersten Stahlverschläge, die wie Türen aussahen, doch er konnte sie nicht öffnen. Nirgends war ein Schalter oder Knauf angebracht. Waren diese Türen nur von innen bedienbar? Wenn ja, was mochte hinter ihnen liegen? Dieser Korridor sah nicht aus wie das Wartungsdeck einer Militärbasis. Vakh'Ba drehte sich um. Fast konnte er den Lichtschein im Hangar nicht mehr erkennen. Vor ihm lag weiter nur tiefe Schwärze. Er erinnerte sich an seinen Tauchurlaub vor einigen Jahren. Damals hatte er ein Schiffswrack besuchen können. Die vage Beklommenheit von begrenzter Atemluft stieg in seiner Brust auf und ließ ihn unwillkürlich etwas hastiger atmen. Er war viel nervöser als in den Tiefen von Qel'Vatras Ozean. Unruhig nestelte er an seinem Rücken, um sich zu vergewissern, dass seine Sauerstoffflasche noch da war, sollte die Atemluft der alten Basis nicht ausreichen. Vakh'Ba besann sich: Er musste Vorräte und Treibstoff finden, denn er ging fest davon aus, sich für längere Zeit vor den imperialen Truppen verstecken zu müssen. Vielleicht für immer.

So trieb er sich weiter voran. Vorbei an verschlossenen Türen ohne äußeren Griff oder Servomechanik, durch Gänge, so gleichförmig wie Schwebebahntunnel nach Jahren der Vergessenheit. Schließlich verjüngte sich der schwarze Schlund vor ihm. Vakh'Ba trat vorsichtig in eine große, aber dennoch flache Halle. Er konnte im Schein seiner Lichtquelle erkennen, dass zu allen Seiten Gänge abzweigten, die aussahen wie der, aus dem er gekommen war. Sicherheitshalber markierte er den Korridor, in den er zurückzukehren musste, mit der leuchtenden Signalfarbe des Gleiters. Noch immer war er überrascht über die umfassende Ausrüstung, die er vorgefunden hatte. Was hatte er für ein Glück, dass der Raumgleiter, den er gestohlen hatte, offenbar für jede Eventualität gerüstet war! Das seltsame Gefühl der Prädetermination wegschiebend, bewegte er sich langsam zur Mitte der Halle. Sie war hier etwas erhöht, aber ohne Fenster. Vakh'Ba erkannte, dass es sich bei dem Raum um ein regelmäßiges Achteck handelte mit einem Korridor an jeder Seite. »Wofür mag man diese Einrichtung benutzt haben?«, fragte er gedankenversunken.

»Die Art der Bodenbeschaffenheit und Geometrie des Raumes zusammen mit den Wandhalterungen für primitive Liquidbildschirme lassen mit großer Wahrscheinlichkeit den Schluss zu, dass es sich hierbei um einen Warteraum ähnlich der heutigen Raumhäfen handelt.«

Vakh'Ba zuckte zusammen. »Computer, warst du das?«

Sein Helmlautsprecher knackte. »Positiv. Das Linguistische Interface ist so konfiguriert, dass die Notwendigkeit einer Präfixdesignation entfällt. Das Linguistische Interface ist in der Lage, die semantische Struktur der Eingaben so zu ...« Vakh'Ba seufzte. »Computer, Präfixdesignation explizit einführen. Weitere Befehle: Halt die Klappe.«

»Diese Prozedur wird bei Weltraumspaziergängen nicht empfohlen.«

»Verstanden.« Vakh'Ba suchte nach dem Hardwareschalter für seinen Helmlautsprecher. Er war in einer verlassenen Raumbasis, suchte verzweifelt Vorräte für seine kopflose Flucht und musste sich mit einem besserwisserischen Computerinterface herumschlagen. Er deaktivierte den Helmlautsprecher.

Mit einem leisen Knacken umgab ihn erneut die einsame Stille der Raumbasis. Vakh'Ba besann sich abermals seiner Aufgabe, Vorräte und Treibstoff zu finden. Welchem Zweck dieser Ort auch immer gegolten haben mochte, diese Ebene sah nicht nach irgendwelchen Infrastruktureinrichtungen aus, sondern ausschließlich nach Passagierbetrieb. Vakh'Ba suchte in der großen Halle nach Hinweisen auf Auf- oder Abgänge zu den anderen Ebenen. Er war sich sicher, dass es welche geben musste, denn wie lange auch immer diese Basis schon verlassen war, in gewiss jedem Zeitalter der procyonischen Geschichte mussten Raumschiffe tanken. Er hatte die Halle nun beinahe ganz durchquert, als ihm ein Schott auffiel, das ein klein wenig schief hing. Er beleuchtete die Ränder aufmerksam mit seiner Lampe und kam zu dem Schluss, dass es keinen Versuch wert war, sie von der Wand zu lösen. Er überlegte sich, welche Optionen er noch hatte. Die anderen Korridore sahen ebenso aus wie der, aus dem er gekommen war, und wenn es hier keinen Anhaltspunkt auf Ebenenverbindungen gäbe, dann würde er sie nirgends finden. Er ging zum nächstgelegenen Korridor und trat vor die erste verschlossene Tür nicht weit von der Einmündung zur großen Halle entfernt. Kurzentschlossen griff er seinen Disruptor vom Gürtel. Er besann sich aber, bevor er schoss. Ihm fiel ein, dass er prüfen sollte, ob sich dahinter nicht etwa kalter, tödlicher Weltraum befand. Zwar war es nicht wahrscheinlich, dass sich so nah an der Hauptstruktur eine Luftschleuse befand, aber riskieren wollte er eine Dekompression auch nicht. Er war sicher, dass die Struktur einer Dekompression standhalten würde, aber nicht, ob das für seinen Raumanzug gleichermaßen galt. Vakh'Ba klopfte an die Abdeckung. Nichts. Nicht einmal die Einbildung vom Widerhall des Geräusches in der Halle vernahm er durch seinen Helm. Vakh'Ba atmete tief ein und schoss. Nach kurzer Zeit bildete sich ein fingerbreites Loch in der Mitte der Platte, an dem flüssiges Metall herunterfloss. Es zischte leise, und zuerst dachte Vakh'Ba, dass dieses Zischen womöglich tatsächlich Weltraum hinter dem Schott anzeigen könnte, aber wie er beruhigt feststellte, stammte es von einer noch massiveren Legierung hinter der Abdeckung. Als er den Disruptor abstellte, hatte er einen kompletten horizontalen Schnitt durch die Abdeckung durchgeführt. Dahinter schimmerte silbriges Metall, das durch die konservativ eingestellte Partikelentladung nur angeschmolzen war und wie neu glänzte. Duranium, wie man es zur Panzerung von Kriegsschiffen verwendete. Vakh'Ba wunderte sich. Warum sollte man Duranium zum Bau einer Transportbasis benutzen? Es war strukturell nicht stärker als die Karbonitstähle der letzten Jahrzehnte und hatte keine weitere Eigenschaft als seine hohe Resistenz gegenüber destruktiver Energie. Er ruckelte an der Abdeckung herum und schließlich gelang es ihm, den oberen Teil mit lautem Krachen von der Wand zu bekommen. Nur knapp neben seinem Stiefel bohrte sich eine scharfkantige Ecke in die weicheren Bodenplatten.

Nachdem er sich von dem Schreck erholt hatte, sah Vakh'Ba die dahinter liegenden Schotts an.

Ohne Zweifel war die silbrig glänzende, angesengte Platte in Wahrheit eine breite, massive Tür. Er würde die untere Hälfte der Abdeckung ebenfalls entfernen müssen, um herauszufinden, ob er sie öffnen konnte. Beruhigt, dass er nun wusste, was sich dahinter befand, konnte er seinen Disruptor verwenden um mit einem gezielten Schuss auf höherer Leistung die untere Abdeckung einfach zu verdampfen. Einem seltsamen, habituellen Instinkt folgend klopfte Vakh'Ba an die Tür. Er schüttelte den Kopf. Wen erwartete er denn?

Nein, er musste einen anderen Weg finden, die Tür zu öffnen. Er sah, dass es auch ohne die Abdeckung keinen Griff auf dieser Seite gab, nicht einmal ein konventionelles Schloss konnte er ausmachen. Die Tür war offenbar mit massiven Bolzen zu beiden Seiten in der Wand gesichert. Wenn er sie öffnen wollte, musste er Zugang zu einer Öffnungsautomatik finden oder die Servos umgehen. Andererseits wusste er, dass er die Tür nicht einmal ohne die Bolzen hätte bewegen können, so schwer war sie.

Er sah sich ratlos in der Halle um. Nach einem Terminal oder etwas anderem, das entfernt so aussah wie eine Computerkonsole, hatte er bereits vergeblich gesucht. Vakh'Ba schnaufte unter seinem Helm. Es gab hier keine Fluchtwege, keine sanitären Einrichtungen, keine Kontrollpulte. Weder hatte es hier Komfort gegeben, noch geordnete Infrastruktur, stattdessen nur versperrte Schotts, die wie Türen aussahen. Seine Lampe strich über die Deckenträger der Halle. Er erkannte die winzigen, voll-karbonisierten Schweißnähte, die die Einzelteile verbanden. Und dann wurde ihm klar, wie es gehen konnte.

Vakh'Ba kehrte zu der Tür zurück, deren Abdeckung er abgenommen hatte. Er nahm eine Energiezelle aus seiner Lampe und brachte sie an der Duranium-Platte an. Sein Anzug beantwortete dieses Manöver mit einer gelb blinkenden Warnleuchte, die anzeigte, dass seine Lampenakkus weniger als eine halbe Stunde halten würden. Dann nahm er einen Universal-Schraubenschlüssel von seinem Instrumentengürtel. Er hielt ihn so weit entfernt von sich wie möglich, und stellte den Kurzschluss zwischen dem Akkupack an der Tür, dem Schott und seiner im

Anzug angebrachten Erdungsautomatik her. Mit einem Quietschen wie von Jahrhunderten schwang die Tür beiseite in die Wand. Er konnte in seinem Anzug den Geruch von oxidiertem Metall erahnen, warf den qualmenden und verformten Schraubenschlüssel weg und trat in den dahinter liegenden Raum.

Hatte er vorher vermutet, dass hier seit langer Zeit niemand gewesen war, so war er jetzt ganz sicher, dass es noch länger her war. Er stand in einem kleinen Raum voller antiker Liquiddisplays und Steuerungstastaturen. Versuchsweise tippte er eine der exponierteren Schaltflächen an und zu seiner Überraschung flackerte tatsächlich etwas auf den Schirm: »Formatierung abgeschlossen.«

Vermutlich stand dieser Satz seit vielen Jahren als letztes Lebenszeichen der Computersysteme auf diesem Monitor, der nur zum Energiesparen dunkel geworden war. Enttäuscht wandte Vakh'Ba sich ab, denn offenbar war man beim Verlassen der Basis gründlich gewesen. Wahrscheinlich gab es hier schon lange nichts mehr, was der Computer ihm über die Basis hätte verraten können. Mehr gelangweilt denn wütend trat er gegen den Fuß eines nahen Tisches, was alle Monitore darüber erwachen ließ. Die meisten zeigten denselben orangefarbenen Text auf blauem Grund, der den Datentod aller Geheimnisse der Basis bedeutete. Zwei in einer Doppelkonfiguration angeordnete Schirme, die noch etwas älter aussahen als die restlichen Displays, jedoch hatten sich offenbar gegen den Datentod gewehrt und gaben darüber Auskunft: »Arbeitsspeicher fehlerhaft. Bitte neu starten.«

Vakh'Ba stutzte. War es möglich, dass immerhin die flüchtigen Arbeitsspeicher noch Daten enthielten, weil man davon ausgegangen war, dass schon irgendjemand die Rechner ausschalten würde? Probeweise stellte er ein Interface mit dem beschädigten Rechner her. Immerhin, die Statusmeldung war noch aktuell, es war nichts mehr aus dem Speicher herauszubekommen. Die anderen, erfolgreich formatierten Systeme jedoch mochten funktionstüchtigen Speicher haben, dachte Vakh'Ba. Er stellte die Verbindung her. Tatsächlich, der Speicherkern enthielt Daten. Er speicherte sie auf seinem mobilen Interface, das ohne Zweifel mehr Speicherkapazität aufwies als alle Rechner in dem Raum zusammengenommen. Noch konnte er sie zwar nicht lesen, weil sie sehr fragmentiert waren und er das Format nicht kannte, aber immerhin gab es hier ein Puzzle, mit dem er sich beschäftigen konnte, wenn er zurück im Raumgleiter war.

Der Raumgleiter. Vakh'Ba erinnerte sich, warum er hier war. Er musste weiter in die hinteren Teile der Basis vordringen und endlich Vorräte finden, denn seine Lampenakkus gingen nach dem Öffnen der Tür immer schneller zur Neige. Vorsichtshalber reduzierte er die Leuchtstärke. Durch das Fehlen eines kompletten Akku-Elements konnte er die Restlaufzeit bestenfalls abschätzen, doch er wusste, dass es weniger sein würde, als ihm lieb war.

Rasch arbeitet er sich in den hinteren Bereich des Raumes vor. Hier waren die Monitore noch dunkel und er machte sich nicht die Mühe, sie alle anzuschalten. Es gab zwei weitere Türen. Sie verfügten über Öffner, die auch noch funktionierten. Sicherheitshalber nahm Vakh'Ba den Disruptor in die eine Hand und berührte mit der anderen den Öffner. Die erste Tür schwang auf und gab den Schlund eines Wendeltreppenhauses preis, das sowohl nach unten als auch nach oben führte. Erleichtert leuchtete Vakh'Ba hinein. Das war, was er gesucht hatte, und sicher gab es auf einer der anderen Ebenen noch etwas Proviant zu finden. Bevor er sich entschied, welche Richtung er einschlagen sollte, prüfte er noch die andere Tür, doch dahinter waren nur Metallschrott und Gerümpel. Vermutlich war es eine Art Pausenraum für die Techniker gewesen, die an den vielen Monitoren gearbeitet hatten. Vakh'Ba leuchtete weiter in das Treppenhaus in der Hoffnung, einen Hinweis zu finden, welcher Weg der klügere war. Er ging nach unten, weil er dachte, dass auch vor langer Zeit schon Infrastruktureinrichtungen eher unterhalb der Passagierdecks gelegen hatten.

Die Treppe knackte und knarzte unter der ersten Belastung seit langer Zeit, aber die Stufen gaben nicht nach, wie Vakh'Ba bei jedem vorsichtigen Schritt befürchtete. Die Form des Raumes weckte weitere Ratlosigkeit in ihm. In den Korridoren weiter oben hatte man streng regelmäßige Vielecke zum Design verwendet. Die rechteckige Halle, der trapezoide Querschnitt der Korridore ergab keinen Sinn mit der runden Treppe im rückwärtigen Teil der Basis. Es sei denn, überlegte Vakh'Ba, diese Bereiche waren nicht gleichzeitig entstanden und benutzt worden. Er wusste, dass es typisch für ihn war, über so nebensächliche Dinge nachzudenken, und ermahnte sich auf der Stelle zu mehr Wachsamkeit. Endlich konnte er den Boden der unteren Ebene sehen und erinnerte sich daran, dass er auf einer unbekannten Raumbasis war, die ungeahnte Gefahren für ihn bereithalten konnte.

Die untere Ebene sah deutlich benutzter aus als die obere. Überall lagen Trümmer und alter Metallschrott herum. Die wackelige Treppe endete in einem kleinen Korridor, der in der gleichen Richtung verlief wie der Kontrollraum unzählige Meter darüber. Vakh'Ba sammelte sich und ging in die einzig mögliche Richtung. Er bemerkte einen etwas unangenehmen Ammoniakgeruch.

Er prüfte schnell die Helmanzeigen, ob die Atemluft weiterhin sicher war, und entschied, den aktiven Filter zu verwenden. »Aktive Atemluftaufbereitung aktiviert. Verbleibende Betriebszeit fünfundzwanzig Minuten«, teilte sofort der kleine Helmlautsprecher mit. Vakh'Ba schnaufte. Er musste sich beeilen, denn nun hatte er schon zwei Probleme: Entweder würde ihm die Atemluft ausgehen oder seine Lampe ihn im Dunkeln stehen lassen.

Dennoch blieb er vorsichtig, als er sich dem zentralen Kreuzungspunkt der unteren Ebene näherte. Er wusste, in welche Richtung es wieder zurück zum Dock ging, in dem er seinen Raumgleiter finden würde, aber die Frage war, ob sich dort unten auch der benötigte Treibstoff würde finden lassen. Die Hoffnung, gar so etwas wie alte Feldrationen zu finden, hatte Vakh'Ba schon eine ganze Zeit lang aufgegeben. Selbst wenn er vakuumverschweißte Trockennahrung gefunden hätte, länger als zehn Jahre wäre sie sicher auch nicht genießbar gewesen.

Obwohl er längst wusste, dass alle Hinweisschilder dem Zahn der Zeit zum Opfer gefallen waren und die dünnen Linien und Piktogramme von Hinweistafeln völlig kontrastfrei und unsichtbar blieben, schaute er sich auch hier wieder jeden Korridor, der von der Kreuzung abzweigte, genau an. In einem meinte er, ein schwaches blaues Leuchten wahrzunehmen, und deaktivierte seine Lampe. Und tatsächlich: Ohne den störenden Lampenschein stellte er fest, dass aus dem Korridor Licht kam. Er beschloss, neugierig genug zu sein, bei zwanzig Minuten verbleibender Lebenserhaltung dem verführerischen blauen Schein zu folgen.

Vakh'Ba fiel auf, dass von diesem Korridor keine Gänge abzweigten und sich auch keine Türen an den Wänden finden ließen. Als er nur noch wenige Meter von der großen, schweren Tür entfernt war, wusste er, warum. Über die Jahre hatte sich ein einziges Hinweisschild seine überlebenswichtige Information behalten und teilte sie durch fünf gleichmäßig angeordnete Kreissegmente mit einem kleinen Punkt in der Mitte mit: Radioaktivität. Vakh'Ba wurde damit auch klar, dass er hier keinen Deuterium-Treibstoff finden würde, denn diese Basis musste viel älter sein, als er bisher überhaupt in Betracht gezogen hatte.

Die Bewohner von Qel'Vatra hatten in ihrer postindustriellen Phase natürlich Kernkraft als Energiequelle benutzt, bevor sich die Ansicht durchgesetzt hatte, dass die Kosten den Nutzen keineswegs aufwiegen konnten. Wenig später waren die Anwendungen der Kernenergie durch die in jeglicher Hinsicht höher entwickelten Fusionsreaktoren ohnehin obsolet geworden. Dennoch erinnerte sich Vakh'Ba nur sehr entfernt daran, je von der Anwendung in der Raumfahrt gehört zu haben. Hatte es zu jener Zeit überhaupt schon bemannte Raumfahrt gegeben?

Er beschloss, sich diese uralte Energiequelle anzusehen. Vielleicht fand er einen Weg, seine Lampenzellen wieder aufzuladen. Neben der massiven Tür befand sich eine kleine Konsole, die dem Anschein nach noch aktiv war. Er stellte fest, dass er keinen gültigen Autorisationscode besaß, die Verschlüsselungsmethode aber so simpel war, dass sein Handcomputer ihn in Sekundenschnelle decodieren konnte. Mit einem leisen, tiefen Brummen fuhr die Sicherheitstür in den Boden und gab den Blick auf den uralten Kernreaktor frei, der diese Basis seit Jahrhunderten mit Energie versorgt haben musste. Der Reaktor selbst war ein mehrere Meter dicker Zylinder in der Mitte des Raumes, um ihn herum viele Meter dicke transparente Bleiplatten zur Abschirmung. Jetzt wusste Vakh'Ba, woher das blaue Leuchten stammte. Es entstand, wenn freie Elektronen in Kernreaktoren abgebremst wurden. Dass dieser Reaktor noch Energie liefern konnte, musste daran liegen, dass er nicht herunter gefahren worden war, sondern mit niedriger Energie weiterlief, um die wichtigsten Systeme zu betreiben. Jahrhunderte lang. Vakh'Ba suchte Kontrollkonsolen, die ihm hätten verraten können, ob und wo es eine Möglichkeit gab, die Energie direkt abzugreifen, denn seine Lampenbatterie würde nur noch etwa zehn Minuten reichen. Eine der Konsolen war aktiv, aber vollkommen unlesbar. Er beschloss, sie nicht anzurühren. Einerseits glaubte er zwar nicht, dass der Reaktor nach so vielen Jahren noch genug kritisches Material aufwies, um durchschmelzen zu können, aber andererseits war ihm mulmig bei dem Gedanken, eine so gefährliche Technologie vor sich zu haben.

Weiterhin suchte er nach einem direkten Anschluss an die Spannungsversorgung der Basis. Auch vor Jahrhunderten musste es doch so etwas wie Steckdosen gegeben haben, dachte er. Im hinteren Bereich gab es eine Wandverkleidung mit Statusleuchten und Abdeckungen, die abnehmbar aussahen. Vakh'Ba wackelte daran herum, und tatsächlich kam ein zweipoliger Anschluss zum Vorschein. Er benutzte seinen Handcomputer, den er vorsichtig mit den Kontakten verband, um festzustellen, ob es sich wirklich um einen Stromanschluss handelte, und schloss dann seine Akkupacks an. Die ohnehin nur schwache Beleuchtung des Energiekerns flackerte. Einer der Vorteile dieser Speichertechnologie bestand vor allem darin, dass man sie schnell wieder auf eine akzeptable Kapazität aufladen konnte, auch wenn das Vollladen recht lange dauerte. Vakh'Ba musste belustigt feststellen, dass der Ladestrom seiner Lampe sicher groß war verglichen mit den sonstigen Verbrauchern, für die die Restenergie des Kerns viele, viele Jahre gereicht hatte. Nach wenigen Momenten zeigte die Ladestandanzeige bereits wieder zwei Drittel an, sodass Vakh'Ba beschloss, dass es Zeit war, die untere Ebene zu verlassen und weiterzufliegen. Hier gab es nichts mehr, was er verwerten konnte. Die Aufzeichnungen aus dem Arbeitsspeicher konnte er erst im Gleiter entziffern und ohne vollständige archäologische Ausbildung würde man der Einrichtung ihre Geheimnisse wohl nicht entlocken können. Falls er jemals nach Qel'Vatra zurückkehren würde, nahm er sich vor, die Archäologische Fakultät von diesem Ort in Kenntnis zu setzen.

Aris Vakh'Ba entschied sich schließlich, auf der unteren Ebene zu seinem Hangar zurückzukehren, weil es so aussah, als könne er hier einen etwas direkteren Weg nehmen als über die zentrale Kreuzung. Er fand einen Korridor, von dem er annahm, dass er ringförmig um die Mitte der Basis herumführte. Als er dem Weg folgte, nahm das blaue Leuchten langsam wieder ab und er musste seine frisch aufgeladene Lampe wieder aktivieren. Ihm fiel auf, dass im Schein des künstlichen Lichts der weißen LEDs die Basis noch trostloser und älter aussah, als das bei der Beleuchtung mit blauem Licht der Fall war. Der Eindruck der alten Schotts und Korridore hätte mit weniger Blauanteilen ein wenig wärmer sein müssen, aber er konnte sich nicht einreden, das auch selbst zu glauben.

Etwas weiter vorne indes schien etwas ungewöhnlich. Im Gegensatz zu den Korridoren auf der oberen Ebene lagen hier zwar überall Trümmer herum, aber die Türen waren alle versperrt. Vor ihm lag ein offener Raum, durch dessen Tür ein großer Duranium-Träger ragte. Vakh'Ba konnte nicht entscheiden, ob die Ursache dafür ein Unfall, bloße Belanglosigkeit angesichts des Verlassens der Station oder etwas ganz anderes war. Dennoch war seine Neugierde geweckt. Über einen Berg an Metallschrott lugte er in den Raum hinein, seine Lampe allerdings konnte auch von dort die Dunkelheit nicht durchdringen. Mühsam kletterte er zwischen dem Unrat und dem Metallträger hindurch.

Es roch etwas nach geschmolzenem Metall und ionisiertem Gas. Vakh'Ba sah sich um. Schnell fand er die Ursache für den Geruch. Der Stahlträger musste seit langer Zeit auf der Steuerkonsole liegen und verband zwischen zwei spitzen Ecken Spannung führende Teile. Der Kurzschlussstrom war zugleich so gering, dass die altersschwache Sicherung, falls es denn eine gab, nicht davon ausgelöst worden war. Über die Jahre wurde aber dennoch immer ein klein wenig Energie umgesetzt, sodass der Träger im Profil zwischen den Spannungspolen klar die Feldlinien erkennen ließ. Vakh'Ba hielt inne, fasziniert von den Zufällen, die hier zusammenwirkten, und das auch noch über eine so lange Zeit. Er fragte sich, wie es dazu gekommen war, dass der Träger schräg durch die Tür hing.

Als er den Raum beleuchtete, machte er eine weitere Entdeckung. Im hinteren Teil des Raumes gab es ähnlich wie im oberen Kontrollraum eine ganze Reihe von Monitoren und

Konsolen, die ebenfalls abgeschaltet waren. Er nestelte ein bisschen an ihnen herum, stellte jedoch keine aufgehaltene Aktivität mehr fest. Hier war alles tot. Entweder hier war gründlicher gearbeitet worden, oder der Strom war einen kurzen Moment ausgefallen, als der Zwischenfall, was auch immer es war, mit dem Metallträger geschehen war. Vakh'Ba drehte sich wieder zur Tür, um den Raum zu verlassen, der keine weiteren Geheimnisse enthielt, als ihm im Augenwinkel etwas auffiel. Es gab unter einem Tisch im hinteren Bereich eine diskrete Öffnung im Boden, die beinahe wie eine Falltür aussah. Er näherte sich und stellte fest, dass von der Öffnung eine Klappleiter in einen quadratischen Raum herab führte.

Was er hier gefunden hatte, war ohne Zweifel ein Verhörraum. Er erstarrte. Auf einem einigermaßen ergonomisch geformten Operationstisch festgebunden lag eine halb mumifizierte Leiche. In dem nur von oben zu erreichenden Raum hing auch nach Jahren noch süßlicher Verwesungsgeruch, der ihn durch den Filter des Helms erreichte. Vakh'Ba musste sich große Mühe geben, nicht auf der Stelle in den Helm zu erbrechen. Aber das war nicht alles, was seltsam daran war. Er kletterte herab, getrieben von einer Mischung aus Schrecken und Neugier. Unten musterte er die Szenerie. Es sah fast so aus, als ob der Gefolterte hier wie beiläufig und mehr aus Nachlässigkeit, denn aus Bosheit zurückgelassen worden war. Wer war nur zu so etwas fähig? Er musterte den Gepeinigten. Von weiter oben war es ihm nicht aufgefallen, aber jetzt sah er ganz deutlich, dass die Mumie entstellt war. Ihr fehlten die Flugfortsätze, die Beine waren merkwürdig kurz und der Schädel hatte eine völlig andere Form, als Vakh'Ba sie bei Procyoniern jemals gesehen hatte.

'Welche Funktion hatte diese Basis nur?', fragte er sich einmal mehr. Die letzte Entdeckung machte die ganze Sache nur noch rätselhafter. Nicht nur fragte er sich, wer so etwas anstellen konnte, sondern auch, aus welchem Grund. Er erinnerte sich nicht, dass seit Beginn der Raumfahrt irgendwelche gewalttätigen Konflikte ausgebrochen waren, die solche Folter oder das Kriegsrecht erfordert hätten, und schon gar fern des Heimatplaneten. War es eine Einrichtung des Geheimdienstes gewesen? Sollte dieser rätselhafte Fund und die rätselhafte Basis etwas damit zu tun haben, dass jemand die Imperiale Garde durch Gedankenkontrolle gefügig machen wollte und das Kriegsrecht ausrief?

Vakh'Ba schauderte. Stand er hier etwa vor einem Mitglied der unbekannten Aggressoren, die General Ghaj'Kal beschrieben hatte? Hatte er am Ende unrecht, die Mobilmachung für falsch zu halten, und war die wirre Warnung von Gtakh'Herio'Ht nur das Hirngespinst eines alten Mannes gewesen? Mühsam entfernte er aus seinem Instrumentengürtel ein kleines Glasfläschchen. Der Leichnam war halb mumifiziert, sodass Vakh'Ba zu hoffen wagte, dass vielleicht genug organisches Material zurückgeblieben war, um eine DNA-Probe entnehmen zu können. Er überlegte, welches die beste Stelle dafür war. Vakh'Ba war kein Exopathologe, vermutlich gab es auf ganz Qel'Vatra keinen solchen Wissenschaftler, aber er nahm an, dass er im gut erhaltenen Gesichtsbereich einige Zellen abschaben konnte. Sein Helmlautsprecher vibrierte. Er wusste nicht sofort, woher das Geräusch stammten konnte, erinnerte sich dann aber, den Lautsprecher ausgemacht zu haben, um nicht vom vorlauten Schiffscomputer gestört zu werden. Er drehte den Volumenknopf wieder auf eine normale Lautstärke.

»Es werden den Grenzwert für Hintergrundstrahlung überschreitende Strahlungswerte im gesamten Komplex angezeigt. Eine Evakuierung bis zur Klärung der Ursache ist unbedingt erforderlich.«

Die Warnung traf Vakh'Ba völlig unvorbereitet. Strahlungsalarm! Das konnte nur bedeuten, dass seine Anwesenheit im Reaktorbereich irgendeine unvorhergesehene Reaktion eingeleitet hatte. Er musste so schnell wie möglich zum Raumgleiter. Vakh'Ba begriff, dass keine Zeit war, um doch noch die DNA-Probe zu bekommen. Er ließ den Kadaver achtlos in dem Raum zurück und kletterte die Klappleiter herauf. Über den Metallschrott ging es zurück in den Korridor, wo er seinen Handscanner prüfte. Die Strahlungsdosis war so hoch, dass er in den letzten Minuten bereits eine Jahresdosis äquivalent der Hintergrundstrahlung aufgenommen hatte, ohne es zu bemerken. Einen weiteren Anstieg würde er nicht überleben. Dennoch zwang er sich, Ruhe zu bewahren. Er konnte nicht sicher sein, dass es einen Aufgang von der unteren Ebene zum Landeplatz des Gleiters gab. Gleichwohl konnte er andererseits jedoch auch nicht zurück zum zentralen Kreuzungspunkt gelangen, ohne zu riskieren, noch mehr Strahlung abzubekommen. Vakh'Ba entschied sich für den kurzen, unbekannten Weg.

Der Korridor lag im Dunkeln. Das Licht der akkubetriebenen LEDs schien unter dem Eindruck der unmittelbaren Gefahr auf einmal nicht mehr so hell zu sein wie noch vor ein paar Sekunden. »Warnung. Gesundheitsgefährdende Strahlungswerte gemessen. Verlassen Sie diesen Bereich. Warnung ...«

Vakh'Ba trieb sich voran. Vorbei an mehr Metallschrott und Unrat der alten Basis. Fast schien es ihm, als hätte ausgerechnet in diesem Korridor niemand daran gedacht, vor dem Abflug aufzuräumen. Immer weiter lief er durch die Trümmer in der Dunkelheit dem Raumgleiter entgegen. Dann erreichte er die Treppe.

Als er nach oben sah, erstarrte er. Er blickte auf eine von Rissen durchzogene, transparente Bleiplatte. Dahinter war nackter Fels und eine Metallkonstruktion, die wie eine Feuerleiter aussah. Am Ende der Konstruktion gab es eine quadratische Öffnung in dem Tunnel, die den Blick auf Sterne freigab. Toter, kalter Weltraum. Sofort wusste Vakh'Ba, was das bedeutete. Wenn es hier einstmals eine Luftschleuse gegeben hatte, so war sie in die unendlichen Weiten verschwunden oder entfernt worden. Entweder würde er also umkehren oder auf eine ganze Reihe völlig unklarer Dinge vertrauen müssen: Dass sein Überlebensanzug eine starke Dekompression ebenso überstehen würde wie einige Minuten Vakuum, dass diese Treppe nach oben zurück in den Hangar mit dem Raumgleiter führte und, nicht zu vergessen, dass er dann auch dort hinein kam.

Unschlüssig musterte er den Korridor, aus dem er gekommen war. Es gab kein Zurück. Die Strahlung stieg unaufhaltsam und womöglich bedeutete dies ohnehin, dass es bald zu einer nuklearen Explosion im hinteren Bereich der Basis kommen würde. Nein, er konnte und wollte nicht zurück zum zentralen Knotenpunkt laufen.

Den Knauf seines Disruptors fest umklammert, zwang Vakh'Ba sich noch einmal nachzudenken, bevor er die Abdeckung verdampfte. Wenn die Dekompression ihn hinaus riss, musste er es irgendwie schaffen, die Leiter zu erreichen, da der Impuls ihn sonst in den freien Weltraum schleudern würde. Andererseits musste er aufpassen, seinen Schutzanzug nicht durch Kollisionen mit der Felswand zu beschädigen. Ein einziger Mikroriss würde reichen, um sein Blut zum Kochen zu bringen, das wusste er.

Vakh'Ba vermutete, dass die Platte kleinen Löchern standhalten könnte, ohne gleich ganz zu bersten. Das hätte den Vorteil, dass er den Hauptteil der Dekompression sicher verfolgen könnte, bis die Entfernung der Abdeckung selbst nicht mehr mit einem großen Druckabfall verbunden wäre. Er stellte die Strahlenwaffe auf eine mittlere Leistung und schoss. Langsam erwärmte sich das transparente Metall an der Stelle wo die unerbittliche Energie des Disruptors sie traf, wurde milchig weiß und riss auf. Ein unheilvoll heulendes Pfeifen teilte Vakh'Ba mit, dass die Dekompression einsetzte. Und, noch wichtiger, dass die Abdeckung hielt. Für den Moment. Er zielte erneut. Doch bevor er abdrücken konnte, ging alles ganz schnell. Ein schrilles Knacken kündigte an, was er befürchtet hatte: Die schon vorher von Rissen durchzogene Bleiplatte wurde von der ausströmenden Luft auseinander gedrückt und brach. Erbarmungslos wurde nun alles in diesem Korridor explosionsartig durch die Öffnung gedrückt. Vakh'Ba versuchte noch, sich irgendwo festzuhalten, aber er bekam die Leiter nicht zu fassen. Er wurde von irgendeinem Teil heftig am linken Knie getroffen und in eine schnelle Drehung versetzt, die ihn die Orientierung verlieren ließ. Ohne jegliche Kontrolle seiner Bewegung begriff er, dass er dem Weltraum entgegen taumelte.

»Warnung. Letale Strahlungswerte werden in wenigen Minuten erreicht. Verlassen Sie diesen Bereich unverzüglich. Warnung …«

Vakh'Ba ignorierte die Strahlungswarnung. Er wusste nicht, wo er war oder wo das Geländer war, an dem er sich festhalten musste. Wahllos griff er im strudelnden Dekompressionsstrom nach einfach allem, was entfernt wie eine Metallstange aussah. Schon wieder traf ihn etwas am Bein und zwang ihn dazu, sich neu zu orientieren. Immerhin drehte er sich nicht mehr rasend schnell um die eigene Achse. Schließlich hatte er einen klaren Blick und sah die Öffnung im Fels mit den Sternen auf sich zurasen. Er würde hinaus geschleudert werden. Fast hatte er die Öffnung erreicht, da traf ihn erneut etwas und drückte ihn gegen die Felswand. Schmerz verengte sein Sichtfeld, doch dann sah er die Luke. Sie war auf der anderen Seite des Tunnels. Vakh'Ba ruderte mit Armen und Beinen herum, aber ihm wurde klar, dass er sie ohne externen Impuls nicht erreichen konnte. Dann bekam er auf einmal etwas Festes zu treten. Er bewegte sich in die richtige Richtung. Noch wenige Meter trennten ihn von der anderen Felswand, aber die Luke kam im unerbittlichen Sog der Dekompression näher und näher. Er würde sie nicht erreichen können …

Vakh'Ba spürte einen Stich in der Schulter und schrie unwillkürlich. Eine Metallstange hatte einen Splitter der Bleiabdeckung mit sich gerissen und wie ein Schrapnell in Vakh'Bas Schulter geschossen. Immerhin, er bewegte sich jetzt noch weiter auf die Wand zu. Noch wenige Meter trennten ihn von der Luke. Wieder traf ihn ein Trümmerteil. Er wurde gegen die Wand geschleudert und entfernte sich wieder davon. Beinahe verlor er die Orientierung, besann sich aber gerade rechtzeitig und sah den Griff der Einstiegsluke, auf die er zugesteuert hatte.

Erst jetzt merkte er, wie stark der Sog war. Er konnte sich kaum festhalten, geschweige denn in die Luftschleuse einsteigen.

»Warnung. Dekompression des Schutzanzuges bemerkt. Bitte suchen Sie unverzüglich einen Ort normalen Drucks auf. Warnung …«

Auch das noch. Das Geschoss in der Schulter musste den Druckkörper des Anzugs durchstoßen haben. Er bemerkte, wie seine Schulter kalt wurde. Aris Vakh'Ba hatte keine Zeit mehr.

Mehr und mehr bemerkte er den kalten, silbrigen Schleier vor seinen Augen und fragte sich, ob es dem Adrenalin in seinem Blut oder der einsetzenden Dekompression geschuldet war. Sich an die Luftschleuse heranzuziehen war ein einziger maliziöser Akt der geistigen Auflehnung gegen den explodierenden Schmerz seiner Schulter. Halb abwesend betätigte er den Öffnungsmechanismus. Beinahe hätte das sich schließende Schott seinen linken Fuß abgetrennt, den er als letztes in die kleine Kammer zog. Als die Luft einströmte und der Druck auf seiner lädierten Schulter nachließ, gestattete Aris Vakh'Ba sich, einmal tief einzuatmen. Dann öffnete sich die Tür und er wusste, dass er noch immer nicht sicher war, denn sofort teilte sein Helmlautsprecher ihm wieder überhöhte Strahlungswerte mit. Für einen Moment umarmte er die tödlich kontaminierte Luft der Basis wie den Nektar des Lebens.

Die Luftschleuse lag ganz oben auf der dritten Ebene des Hangars. Erleichtert stellte Vakh'Ba fest, dass immerhin der Raumgleiter noch an seinem Platz war. Er machte sich auf den Weg zur Leiter und ließ sich einfach an den Holmen herabgleiten. Atemlos aktivierte er seinen Funksender. »Computer, Cockpitluke öffnen und für Aktivieren der Schilde bereithalten.«

Als er die Fußhaken hinauf zum Cockpit erreichte, wollte er gerade den Befehl geben, die Schilde zu aktivieren, doch das Lebenserhaltungssystem des Gleiters war schneller. »Schilde aktiviert, große externe Strahlungsintensität wird registriert. Es wird empfohlen, die Einheit zu verlegen.«

Erleichtert ließ sich Vakh'Ba in den Pilotensitz fallen und bereitete den Start vor. Als sich die Hangartore öffneten, wackelte der Stützpunkt unter dem Gleiter dumpf. Vakh'Ba wusste, dass er gerade rechtzeitig startete. Der Reaktor explodierte.

11.

Als der Raumgleiter auf der Schockwelle der Reaktorexplosion von dem zerbrechenden Asteroiden floh, erlaubte sich Aris Vakh'Ba für einen kurzen Moment, den unmittelbaren Triumph zu feiern. Zwar hatte er ein für alle Verfolger gut sichtbares Leuchtfeuer entzündet, wie auch immer das passiert war, aber die süße Gewissheit des Überlebens ließ ihn wie im Rausch vergessen, dass noch längst nichts gewonnen war.

Vakh'Ba war etwas überrascht von der Erkenntnis, dass er im Grunde während der Dekompression zum ersten Mal Angst vor dem Tod gehabt hatte. Sicher, auf Qel'Vatra man hatte ihn verfolgt und beschossen, aber richtig real war das nicht gewesen. Der kalte, erbarmungslose Sog des Weltalls hingegen zeigte keine Gnade, wenn man wehrlos war – Procyonier hingegen, mochten sie auch unter Gedankenkontrolle einer Verschwörung um General Ghaj'Kal stehen, konnten immer einen letzten Funken Moral aufweisen – zumindest hoffte er das, sollte er noch einmal in eine Konfrontation geraten, die schlecht für ihn lief.

Als das vage Gefühl, auf der Flucht zu sein, zurückkehrte, befahl Vakh'Ba dem Schiffscomputer einen aktiven Sensorscan durchzuführen, denn die Explosion der Asteroidenbasis würde ohnehin Patrouillen in diesen Bereich locken. Außerdem hoffte er, dass man sein Signal im Rauschen des nuklearen Feuers übersehen würde. Der Scanner zeigte ihm verschiedene recht weit entfernte Schwadronen, die ihr Suchmuster gerade auflösten, um die Explosion zu untersuchen. Vakh'Ba setzte einen Kurs auf die äußeren Gaswolken, der ihm erlauben würde, die maximale Distanz zu erhalten, aber er wusste auch, dass er es nur schaffen würde, wenn man ihn nicht zu früh entdeckte.

Mit dem kalten Grauen eines Operationspatienten, der beobachtete, wie er selbst aufgeschnitten wurde, verfolgte Vakh'Ba die Bewegungen der fernen Jäger, die wie aufgescheuchte Insekten um die Trümmer der alten Basis herum schwirrten. Dann, langsam und mit unsteten Kursen, schwärmten sie aus, um schließlich auf die Ionenspur des Gleiters aufmerksam zu werden.

Vierundzwanzig leichte Aufklärungsjäger rasten hinter Aris Vakh'Ba auf die Gaswolken des äußeren Systems zu. Sie flogen nicht direkt hinter ihm, sondern verteilten sich sternförmig um seinen Kursvektor. Sofort wusste er, was das bedeutete. Jemand anderes würde ihn abfangen, und die verfolgenden Jäger würden sicherstellen, dass er nicht zur Seite ausweichen konnte. Ohne Kenntnis der Abfänger und ohne alternativen Kurs musste er sich dem Szenario fügen, bis ... ja bis *was* passierte? Sein Unbehagen verstärkte sich. Hatte er einen Ersatzplan?

Noch gab er die Hoffnung nicht auf. Er fragte sich, welche Qualitäten dieser Prototyp voller Überraschungen im Raumkampf zu bieten hatte, und machte sich daran, die Waffenkonsole zu erforschen. Die Bezeichnungen im Interface ließen zwar auf Standardbewaffnung schließen, aber einige unbekannte Konfigurationseinstellungen ließen ihn andererseits vermuten, dass nur das Feuerleitsystem wirklich so war, wie es den Anschein hatte.

»Computer, welche Funktion hat das Waffensystem 3.2 Alpha 4«?

»Unbekannt. Der endgültige Treiber für dieses System wurde noch nicht installiert.«

So leicht gab Vakh'Ba nicht auf. Wenn es einen Abzug gab, dann könnte man ihn doch auch drücken. Er versuchte es anders: »Computer ... angenommen, das Waffensystem hat ein Standardinterface. Ist es dann zumindest möglich, manuell die Abschussautomatik zu triggern?«

»Positiv. Allerdings wird weder die Reichweitenschätzung noch die Zielautomatik akkurat funktionieren.«

»Ach, das lernst du schon.«

»Eingabe nicht verstanden. Bitte wiederholen.«

»Das war Ironie, Blechbüchse.«

»Das linguistische Interface hat die Lernphase zur Einstellung auf den Benutzer noch nicht abgeschlossen. Bitte geben Sie weitere Beispiele für ironische Äußerungen an.«

»Das ist jetzt nicht dein Ernst, oder?«

»Eingabe nicht verstanden. Bitte wiederholen.«

»Einem Computer Ironie erklären. Und ich dachte, ich hätte wirklich Probleme. Computer, neue Anfrage: Wie lange dauert es, bis wir die ersten Gaswolken erreichen?«

»Vier Minuten, zwanzig Sekunden.«

»Wie groß ist der Abstand zu den Verfolgern?«

»Zwei Minuten, 37 Sekunden. Sie werden uns in fünf Minuten und 48 Sekunden abfangen, wenn alle Schiffe auch in den Gasfeldern ihre Kurse beibehalten.«

»Na schön. Angenommen, bei den unbekannten Waffensystemen handelt es sich um Projektil- oder selbstgetriebene Waffen, ist es möglich, in den Gaswolken aus ihrer Trajektorie die Wirkungsreichweite zu bestimmen?«

»Positiv.«

Vakh'Ba stand vor einer schwierigen Entscheidung. Er wusste, dass er früher oder später nicht länger nur weglaufen konnte, sondern sich den feindlichen Jägern stellen musste. Doch selbst unter optimistischen Annahmen war ihm klar, dass ein technologisch überlegener Prototyp gegen fünf feindliche Piloten, selbst wenn diese nur durchschnittliche Erfahrungen im Raumkampf aufwiesen, nicht lange bestehen würde, also musste er herausfinden, welche Tricks die Gleiter auf Lager hatte. Wenn sich jedoch herausstellte, dass die Waffen tatsächlich noch nicht einsatzfähig waren, konnte das sogar einen taktischen Nachteil bedeuten.

»Computer, Einsatz der unbekannten Waffen vorbereiten, sobald wir die Gaswolken erreichen.«

»Bestätigt. Eintritt in äußere Gaswolken in 2 Minuten.«

Grimmig starrte Vakh'Ba in die purpur und violett schimmernden Gaswolken des äußeren Sonnensystems. Verschlungene Fäden und Übergänge machten es unmöglich, eine Struktur zu erkennen, und ebenso unmöglich würde es sein, nach optischen Anhaltspunkten zu navigieren. Genau darauf setzte Vakh'Ba. Er hoffte, dass die feindlichen Jäger ein automatisiertes Suchmuster ausführen würden, um sicherzustellen, dass sie sich nicht verirrten, und ihn trotzdem im größtmöglichen Gebiet suchen zu können.

Je näher er dem Gasfeld kam, umso mehr dachte er, doch Strukturen zu erkennen. Kleine, regelmäßige dunkle Flecken zeigten sich in dem Wabern von Rot und Lila. Und dann erkannte er mit Schrecken, was es war. Drei weitere Aufklärungsjäger kamen in Angriffsformation direkt auf ihn zu. Als sie den Schleier des Nebels durchbrachen und das letzte Stück leeren Weltraum zwischen sich und Vakh'Ba nutzen wollten, um zuzuschlagen, zögerte er nicht. Entschlossen drückte er den Abzug.

Für die Verfolger sah es so aus, als sei der fragliche Prototyp explodiert. Für den Bruchteil einer Sekunde leuchtete er so hell auf wie eine winzige Supernova, dann spielten die Instrumente verrückt. Vor dem Hintergrund des bunten Gasfeldes hingen vier imperiale Jäger, deren Form und Klasse aus der Entfernung mit bloßem Auge nicht auszumachen war. Wie tote Fliegen auf der Windschutzscheibe des Universums gab es keine Positionslichter, kein Antriebsglühen, nicht einmal ein Identifikationssignal. Dann schüttelte eine Fliege sich, drehte sich um die eigene Achse und tauchte in den Nebel ein.

Aris Vakh'Ba konnte sein Glück nicht fassen. Bei dem unbekannten System handelte es sich um einen EM-Pulsgeber, der alle elektronischen Geräte im Umkreis überlasten konnte. Er erriet, warum dies in der Regel nicht als taktische Waffe gedacht war – der EMP benötigte so viel Energie, dass praktisch alle anderen Bordsysteme inklusive der Schutzschilde für eine gewisse Zeit ausgeschaltet werden mussten. Hätte er den Abzug gedrückt, nachdem bereits auf ihn geschossen worden wäre, so hätten die feindlichen Projektile und Energiewaffen keine Energieschilde vorgefunden, sondern nur die Hüllenpanzerung. Auf diese Weise jedoch war es ihm tatsächlich gelungen, die drei nächsten Schiffe, die ihm aus dem Nebel entgegen gekommen waren, kampfunfähig zu machen und als Erster den Nebel zu erreichen. Er wusste, dass er keineswegs schon sicher sein würde, aber immerhin schien die Scanreichweite viel geringer zu sein als im freien Weltraum. Er ließ den Computer einen komplizierten Kurs errechnen, der den wahrscheinlichsten Suchmustern der Verfolger auswich, basierend auf ihren letzten bekannten Positionen und Geschwindigkeiten.

Daraufhin gab er sich den hypnotischen Mustern der Uneinheitlichkeit der Gaswolken hin.

Tiefer und tiefer drang der Raumgleiter in die Gaswolken vor. Aris Vakh'Ba wusste nicht, was er suchte oder wie lange er sich womöglich verstecken müsste, und so blieb ihm nichts anderes übrig, als sich auf die Positionsaufzeichnungen des Navigationscomputers zu verlassen, falls er den Nebel wieder verlassen wollte. Er war mittlerweile so lange unterwegs, dass keine Schätzungen mehr darüber möglich waren, wie die Suchmuster der imperialen Jäger aussahen. Falls sie überhaupt noch nach ihm suchten. Für ältere Schiffe stellte das Gasfeld ein nicht zu unterschätzendes Hindernis dar, es war bisweilen vorgekommen, dass dauerhafter Kontakt mit dichten Gasansammlungen zu Maschinenschäden geführt hatte. Unnötig zu sagen, dass dies für Raumschiffe, die nicht selbst in der Lage waren, den für ihre Reaktoren benötigten Wasserstoff aus der Umgebung zu gewinnen, den sicheren Tod bedeutete.

Schon mehrfach hatte der Schiffscomputer Annäherungsalarm gegeben, nur um dann festzustellen, dass es sich bei den umher treibenden Metallklumpen um lange vergessene, gestrandete Jäger handelte, die dem Nebel nicht gewachsen gewesen waren. Doch als dieses Mal der Alarm ertönte, war es anders. Zwar leitete er unmittelbar das Ausweichmanöver ein, so wie unzählige Male zuvor, um herauszufinden, ob das unbekannte Objekt seinen Kurs auch änderte, doch bemerkte er schon kurz darauf, dass das Objekt größer als ein Jäger zu sein schien, und obwohl er wusste, wie töricht es war, flog er schließlich, da es sich nicht vom Fleck rührte, in einer großen Schleife näher heran.

Als er die Sichtweite erreicht hatte, traute er seinen Augen nicht. Aus den gelblich-grün wabernden Schwaden trat ein Raumschiff hervor, das etwa sechsmal so lang wie sein Gleiter sein mochte und schwere Schäden an der äußeren Hülle aufwies. Es war unmittelbar als Imperiales Transportschiff identifizierbar, doch mehrere Dinge daran waren eigenartig. Wie tot hing es unbeweglich im All und gab den Blick frei auf eine Spur aus Trümmern, die es hinter sich gelegt hatte, bis es durch die Reibung im Nebel zum Stillstand gekommen war. Da Vakh'Ba die Klasse nicht erkennen konnte, nahm er an, dass es schon eine lange Zeit hier liegen musste.

Wie gebannt starrte er auf das alte Schiff, das vor ihm lag. Er konnte förmlich spüren, dass dies ein Teil des Rätsels war. Was konnte er tun, um es zu untersuchen? Sein Raumanzug hing in Fetzen an seinem Körper, der noch immer ein wenig schmerzte. Gedankenversunken tastete er an seinem Bein herunter.

»Fühlen Sie sich nicht wohl?«, war die unmittelbare Reaktion des Computers.

»Doch, doch. Ich habe nur bedauert, dass der Raumanzug kaputt ist, da ich gerne das unbekannte Schiff betreten würde.«

»Es befindet sich ein Ersatzanzug im hinteren Bereich der Pilotenkabine«, belehrte ihn der Computer.

Es folgte ein von Drücken und Drehen geprägtes Rutschen in seinem Sitz, durch das Vakh'Ba sich mit großer Anstrengung des kaputten Anzugs entledigte. Dann kramte er durch die verschiedenen minimalistischen Fächer hinter seinem Sitz, die schließlich den unversehrten Ersatzanzug preisgaben. Nachdem er die Flugkontrollen arretiert hatte, um sicherzustellen, dass der Gleiter nicht treiben würde, betätigte er sorgsam die Belüftungsanlage des Anzugs, stellte sicher, dass er dicht war, und öffnete dann die Einstiegsluke.

Zu seiner Überraschung schien das All nicht mehr ganz so tödlich, sobald es mit einigen bunt leuchtenden Gaspartikeln gefüllt war. Zwar war der Druck nicht viel höher als bei der Dekompression in der Asteroidenbasis, aber dennoch fand Vakh'Ba diesen Weltraumspaziergang eindeutig friedlicher. Er wusste, dass die bescheidenen Manövrierdüsen zwar leichte Richtungskorrekturen geben konnten, doch sollte er sich in die falsche Richtung abstoßen oder aus Versehen den Kontakt zum Gleiter verlieren, würde er in die Unendlichkeit davon driften. Penibel hielt er sich an den Haltesprossen des Gleiters fest. Nur wenige Meter trennten ihn von der tiefen Wunde in der Hülle des unbekannten Schiffes, die den Blick auf seine innere Struktur freigab. Dann drückte er sich sanft ab und schwebte herüber in Richtung des Mitteldecks. Zufrieden registrierte er, dass der Gleiter mit den Positionsdüsen den von seinem Sprung ausgelösten

Gegenimpuls bereits ausgeglichen hatte und wieder unbeweglich im All lag.

Mit den Armen stützte Vakh'Ba die Ankunft an den Verstrebungen des mittleren Decks ab. Er befand sich innerhalb des Schiffes und versuchte von hier aus, das Ausmaß der Zerstörung abzuschätzen. Das Loch in der Außenhülle betrug etwa zwanzig Meter – unter der Annahme, dass dies mit konventionellen Waffen herbeigeführt worden war, ein riesiger Schaden. Außerdem fiel ihm auf, dass viele der Hüllenreste stark verformt waren, beinahe so, als wären sie in Richtung der Detonation gezogen worden. Vakh'Ba beschloss, nach einem Logbuch zu suchen und zu sehen, ob man den Angreifer identifiziert hatte. Er glaubte nicht, dass es sich bei den Angreifern um Imperiale Truppen gehandelt hatte, auch wenn er das angesichts der kürzlichen, rätselhaften Ereignisse nicht völlig ausschließen wollte.

Vorsichtig aktivierte er die Magnetisierung seiner Stiefel. Zu seiner Überraschung schienen die Bodenplatten nicht darauf zu reagieren. Langsam drehte er sich um die Längsachse und versuchte es an der Wand. Auch hier kein Erfolg. Vakh'Ba stutzte. Wieso hatte man ein Raumschiff konstruiert, das aus vollständig amagnetischen Substanzen bestand? Er beschloss, weiter ins Innere vorzudringen und sich auf die Suche nach der Brücke zu machen. Vielleicht konnte er im Computerinterface ein paar Antworten finden.

Er schwebte vorsichtig in die Richtung des Schiffes, die er anhand des Schweifs von Trümmern für »vorne« hielt. Es gab keine Hinweistafeln oder Markierungen, die ihm helfen konnten. Ebenso wie bei der Asteroidenbasis war er sich jetzt, da er sich darin befand, ganz sicher, dass das Schiff procyonischen Ursprungs war, und doch konnte er es nicht zuordnen. Die Korridore boten genug Platz, die Flügel vollkommen auszubreiten, und doch passte es so gar nicht in seine Vorstellung eines Raumschiffes. *'Es gibt mehr Dinge zu entdecken, als die stellare Kartographie uns lehrt'*, dachte er plötzlich. Hier draußen im All zu sein, vermittelte ihm plötzlich ein warmes, zufriedenes Gefühl in der Magengegend, und Aris Vakh'Ba begriff, dass es ein Unterschied war, in einem Hörsaal Erfahrungen anderer aufzunehmen oder selbst dabei zu sein. Trotz der unmittelbaren Gefahr, dass Patrouillen ihn oder das Schiff entdeckten und dass er praktisch schutzlos im Vakuum des Weltalls ein Schiffswrack untersuchte, von dem er nicht wusste, wie es havariert war und ob ebendiese Ursache sich noch in der Nähe befand, fühlte Vakh'Ba plötzlich ein unbedingtes Glücksgefühl dabei, sich durch das Schiff zu bewegen und neue Fragen und vielleicht auch Antworten zu finden. Für einen Moment lang vergaß er das Fliehen und Rennen und war ein Archäologe, der eine versunkene Ruinenstadt in der Wüste frei schaufelte.

Am Ende des untersuchten Korridors war ein Schott. Schwerelosigkeit brachte immer auch die Unbill mit sich, dass man nicht einfach Kraft dadurch aufbauen konnte, sich gegen den Boden zu stemmen. Es sah deshalb einigermaßen ungeschickt aus, wie Vakh'Ba, einen Fuß an der Decke, einen gegen die Seitenwand gestemmt, die schwere Metalltür aufdrückte.

Als er durch die Tür schwebte, bemerkte er sofort, dass dieser Raum noch keinen Kontakt mit dem Weltraum gehabt hatte. Zwar gab es auch hier keine Atmosphäre mehr, aber vermutlich nicht wegen einer explosiven Dekompression, sondern weil mit der Zeit die Luft durch winzige Risse in den Schotts entwichen war. Draußen auf den Korridoren gab es keine Details zu entdecken, weil alles in den Gasnebel gedrückt worden war. Hier jedoch fanden sich Pads, Regler, analoge Schalter, andere Einrichtung und … Leichen. Als Vakh'Ba mit der Anzugleuchte in die mumifizierten Gesichter leuchtete, war er nicht ansatzweise so erschreckt wie in der Asteroidenbasis, zumal es sich bei den Leichen hier offenbar um Procyonier handelte. Zumindest, das konnte er auf den ersten Blick sehen, schien ihre Morphologie vertrautzu sein, was auch daran lag, dass er ohne Probleme große lederne Flugfortsätze erkennen konnte, die wie Fahnen ohne Wind schlaff in der Schwerelosigkeit herumhingen. Interessiert näherte er sich einem Leichnam in blauer Uniform.

Das ungewöhnliche Rangabzeichen wies ihn als Fähnrich der Imperialen Garde aus, zumindest wenn in jener Zeit die Signographie von einem silbernen Stern das gleiche bedeutet hatte wie jetzt. Vakh'Ba musterte den Mann und fragte sich, wie qualvoll sein Tod durch Ersticken gewesen sein mochte. Immerhin, das Deck sah keineswegs so aus, als hätten hier chaotische Zustände geherrscht. *'Vermutlich wussten sie, wie es enden würde und ergaben sich ihrem Schicksal'*, dachte er. Nebenbei schnappte er sich eines der Röhrchen aus transparentem Metall aus seinem Gürtel, schabte ein wenig von der Wangeninnenseite des Unbekannten und verwahrte es sicher in einem Niederdruckbehälter, den er später an den Universalspektrographen des Gleiters anschließen konnte. Vakh'Ba hoffte, zumindest die ungefähre Zeit dieser Ereignisse rekonstruieren zu können. Er hatte noch drei Röhrchen übrig, und so nahm er eine weitere Probe von einer in der Nähe schwebenden weiblichen Mumie. Die restlichen Kapazitäten wollte er freihalten, falls er weitere Leichen fand, deren Todesursache anders zu sein schien.

Vakh'Ba stutzte. Für den Bruchteil einer Sekunde hatte er das Gefühl, dass hinter ihm im Korridor ein Lichtblitz aufgeleuchtet hätte. Er verwarf den Gedanken, wusste er doch, dass sein Ersatzanzug keineswegs so gut geschirmt war, als dass kosmische Hintergrundstrahlung nicht seinen Sehnerv direkt stimulieren konnte. Zwar war es selten, dass genau dieser Teil des Gehirns einen Gamma-Blitz absorbierte, aber es gab Untersuchungen, dass vereinzelt Wahrnehmungsstörungen die Folge sein konnten. Versonnen starrte er auf die Dosimeteranzeige, doch das Armdisplay zeigte ihm keine Strahlung. Die letzten Momente auf dem Asteroiden hatten Vakh'Ba ein Jahrzehnt an Dosisäquivalent eingebracht, und er hatte trotz der umfassenden Schutzmaßnahmen, die sein Bordcomputer ihm verabreicht hatte nicht die Absicht, unnötig weitere Strahlung abzubekommen. Er sah sich in dem Raum um und beschloss, eine weitere Tür zu suchen, da er noch immer die Brücke sehen wollte, weil nirgends ein Computerterminal funktionierte.

Auf der rechten Seite war eine servomechanische Tür, die ebenfalls nicht funktionierte. Das wunderte Vakh'Ba nicht. Im Gegensatz zu der Asteroidenbasis war der Reaktor des Schiffes viel kleiner und sicher sofort nach der Havarie unkritisch geworden, wenn es sich auch hier um Kernspaltungstechnologie handelte. Sein Ersatzanzug hatte einen tragbaren Energiespeicher auf dem Rücken, der es ihm erlauben würde, den Computerkern mit so viel Energie zu versorgen wie er für den Transfer der interessantesten Daten brauchen würde. Wehmütig dachte er daran, dass ein derartiger Kondensator trotz seiner angenehmen Größe bei normaler Schwerkraft ein mittleres Antigravmodul erfordert hätte und er froh sein konnte, dass er ihn nicht durch die Asteriodenbasis hatte tragen müssen. Ihm wurde schwindelig. Sofort konzentrierte er sich darauf, auf seine Füße zu sehen, die sich relativ zu ihm nicht bewegten. Er nahm sich vor, nicht mehr über die Auswirkungen von fehlender Schwerkraft nachzudenken, auch, weil seine Ausbildung ihn streng daran erinnerte, dass ausgelebte Raumkrankheit in einem Helm, dessen Luftvolumen auf einen halben Liter vor dem Gesicht des Insassen begrenzt war, schnell lebensgefährlich werden konnte. Er versuchte abermals, seine Stiefel zu magnetisieren. Zu seiner Überraschung bemerkte er eine winzige Veränderung. Seine Stiefel »klebten« nicht an der Decke, wie sie es sollten, sondern erzeugten nur ein vages Gefühl von Zuneigung. Er checkte seine Magnetisierungsanzeigen. Die Stiefel waren auf volle Kraft eingestellt. Der Magnetfeldscanner zeigte ihm zumindest, dass dieses Verhalten ihn nicht überraschen musste, denn kugelförmig um einen Punkt, der verdächtig nach dem Einschlagkrater aussah, durch den Vakh'Ba in das Wrack gekommen war, schien die Magnetisierbarkeit der strukturellen Bauteile des Schiffes wie aufgehoben. Sie wurde nach außen hin wieder etwas stärker, und Vakh'Ba freute sich, dass die Qualität der Haftung, die seine Stiefel ihm boten, in Richtung der mutmaßlichen Brücke zunehmen würde.

Er erinnerte sich daran, dass die Tür klemmte. Sorgfältig klappte er zwei lange, recht dicke Kupferdrähte aus seinen Handschuhpolstern hervor, nahm vom Gürtel zwei metallische Geräte, die aufgeklappt wie Silberteller aussahen, und brachte sie an der Tür an. Er verband die Kupferdrähte mit den Tellern und befahl danach durch Tastendruck dem Kondensator auf seinem Rücken einem Defibrillator gleich, dem Servomotor in der Tür Leben einzuhauchen.

Als die Tür zur Seite glitt, zuckte erneut ein Blitz durch Vakh'Bas visuellen Kortex. Doch diesmal war er darauf vorbereitet. Blitzschnell schaltete er durch alle Diagnoseprogramme, die sein Unterarmdisplay zu bieten hatte, und tatsächlich: nicht nur der Magnetfeldscanner, auch der Strahlungsmonitor zeigte eine verdächtige Spitze der Messwerte nur Sekunden zuvor. Anhand der Intensität beschloss er, dass keine unmittelbare Gefahr bestand und er das Phänomen untersuchen konnte, wenn er zu dem Hüllenbruch zurückkehrte. Dann schwebte er in das noch dunklere Schwarz des Korridors, den er aufgetan hatte.

Bald konnte er beinahe laufen, denn die Stiefel taten ihren Dienst besser und besser. Vorbei an Quartieren voller mumifizierter Leichen arbeitete er sich Tür um Tür weiter vor. Hin und wieder blitzte es hinter ihm, aber er war nun so weit weg, dass es nicht weiter störte. Erfreulicherweise konnten die Stiefel genug Anziehung aufbringen, dass er nicht immer abgestoßen wurde, wenn gerade ein Magnetfeldimpuls kam. Er hatte beinahe das Gefühl, bei ganz normaler Schwerkraft auf dem Deck zu stehen, wenn er nicht aufgrund des Zufalls weiter vorne, als die Stiefel noch nicht funktionierten, die tatsächliche Decke als »unten« definiert hatte. Nachdenklich schaute er auf die Ladestandanzeige des Kondensators auf seinem Rücken. Wenn er noch viele Türen öffnen müsste, würde keine Energie mehr da sein, um den Computer anzuzapfen.

Wenig später erreichte er obendrein eine Tür, die sich mit der bewährten Methode nicht so einfach öffnen ließ. Vakh'Ba prüfte, dass der Motor funktionierte, und entschloss sich dann, einen langanhaltenden Stromimpuls zu erzeugen. Als er den Auslöser drückte und bemerkte, dass das Schott zur Seite glitt, wurde ihm klar, dass er möglicherweise einen folgenschweren Fehler gemacht hatte, denn die Dekompression traf ihn unvorbereitet. Er wurde sofort einige Meter zurückgeschleudert, denn auch die Magnetstiefel konnten der ruckartigen Beschleunigung ihres Trägers nicht standhalten. Sein Außenmikrofon, das im Vakuum natürlich still blieb, fing den wütenden Todesschrei von ungefähr 35 Kubikmetern verbrauchter Luft ein, die sich in die Unendlichkeit ausbreiten würden. Durch die unvermeidliche Übersteuerung war das Heulen fast furchteinflößender als die Druckwelle, die ihn weg schleuderte. Vakh'Bas Helm beschlug von außen mit Trockeneis, denn der Druckabfall bedeutete auch schlagartigen Temperaturverlust für das Gas. Schließlich gelang es ihm doch, Halt mit den Schuhen zu finden, und grimmig stellte er fest, den neuen Schmerz in seiner Schulter zu ignorieren. Er wischte seinen Helm mit dem warmen Displayschutz des

Handschuhs ab und prüfte, ob sein Anzug unversehrt war. Dann kehrte er langsam zu der Tür zurück, die nun einen Spalt breit offen stand und öffnete sie ganz.

Direkt hinter der Tür klemmten drei Leichen, die von der Dekompression in Richtung des Luftzuges geschoben worden waren. Es waren hochrangige Offiziere. Vakh'Ba war jetzt sicher, dass er sein Ziel erreicht hatte, und gab sich Mühe, die deutlich entstellteren Leichen zur Seite zu schieben. Dann stand er schließlich auf der Brücke des Transportschiffes, bereit, seine Geheimnisse zu lüften. Es war ein halbkreisförmiger Raum, in dem alle Konsolen und Sitzplätze dem Hauptbildschirm zugewandt waren. Es gab feste Plätze für den Captain, den Steuermann und den Ingenieur. Für ein Transportschiff dieser Größe war es nicht nötig, weitere Offiziere an Bord zu haben. Zusätzlich befanden sich an der geraden Rückwand der Brücke mehrere komfortable Sitzplätze ohne Konsolenzugang, offenbar dienten diese hochrangigen Gästen, die etwas vom Betrieb auf der Brücke sehen wollten, anstatt in ihren Quartieren zu bleiben. Vakh'Ba wunderte sich einmal mehr, welchem Zweck das Schiff gedient haben mochte, denn nach der Ausstattung zu urteilen, glich es eher einem Reisedampfer als einem Truppentransporter.

Er wollte ganz systematisch vorgehen. Zunächst suchte er ein Computerterminal, das direkten Zugang zum Computerkern hatte, sodass sein Energiespeicher für einige Zeit eine Übertragung von Daten ermöglichen konnte. Er wurde an der hinteren Wand des Raumes fündig. Es gab hier keine Konsole, sondern nur einen in die Wand integrierten Bildschirm. Offenbar war dieses Terminal nicht für komplizierte Computerabfragen konstruiert, sondern hauptsächlich zur Wiedergabe gedacht. Er verband seinen Handcomputer mit der Steuerung des Terminals, brachte die Elektroden an und wählte am Akkupack eine sehr niedrige Spannung. Sofort flackerte der Bildschirm auf. Es wurde eine Nachricht abgespielt. Ein aufgeregt aussehender Procyonier sprach in das Aufzeichnungsgerät, aber mangels Luft in dem Raum gab es keine Möglichkeit, zu hören, was er mitteilte. Vakh'Ba versuchte, den Inputstream auf seinen Handcomputer umzuleiten, war aber nicht erfolgreich. Schließlich gelang es ihm, zumindest den Ton zu extrahieren, sodass sein Helmlautsprecher ihm Zugriff auf die sprachliche Information verschaffte.

»… Gasanomalie durchquert und den uns zugewiesenen Wirbel erreicht. Nach dem erfolgreichen Transfer auf die andere Seite setzten wir gemäß der Signalbarken einen Kurs auf den nächstgelegenen Relaypunkt, aber wenige Minuten danach müssen wir in eine Region mit instabilen Wirbeln gelangt sein. Wir konnten einigen davon ausweichen, aber schließlich wurde das achtere Deck in einen Wirbel gesaugt und das Schiff manövrierunfähig. Es gab eine Dekompression und wir wissen nicht genau, wie viele Passagiere da hinten noch leben und wie der Zustand der äußeren Hülle ist. Die Brücke ist bis auf weiteres vor Dekompression geschützt, aber wir können den Maschinenraum nicht erreichen. Es scheint daher sehr unwahrscheinlich, aus eigener Kraft den Einflussbereich des Wirbels zu verlassen. Wenn wir nicht bald Hilfe erhalten, werden wir alle sterben.«

Das Bild flackerte und zeigte den unbekannten Captain des Schiffes dann wieder, bei deutlich reduzierter Beleuchtung. Er war schweißüberströmt und blutverschmiert.

»Dies ist vermutlich der letzte Logbucheintrag. Wir liegen jetzt drei Tage in dem Subraumwirbel fest, und es gibt keine Hoffnung mehr, dass wir rechtzeitig gefunden werden. Die Lebenserhaltungssysteme haben vor einer halben Stunde versagt und uns geht bald der Sauerstoff aus. Bis auf die Brücke ist ohnehin das gesamte Schiff schon dekomprimiert worden. Es tut mir so schrecklich leid um der Leute willen, die uns vertraut haben – aber wir alle wussten, wie gefährlich diese Reisen sind und dass jederzeit etwas schiefgehen konnte. Ich hoffe, dass es viele andere schaffen. Ich hätte so gerne Qel'Vatra gesehen. Sollten wir jemals gefunden werden, so mögen unsere sterblichen Hüllen auf Qel'Vatra begraben werden. Wenn die Instrumente noch stimmen, ist der Zeitindex 4438.1, ich …«

Ein dezenter Warnton erklang und erinnerte Aris Vakh'Ba vage daran, dass er etwas Reserveenergie vorhalten sollte für den Fall, dass einige der geöffneten Schotts wieder zugegangen waren. Er wollte nicht in dem Wrack gefangen werden, nur weil seine Neugier zu groß und seine Vorsicht zu klein war. Betroffen schaltete er die Wiedergabe ab und deaktivierte die provisorische

Stromzufuhr. Woher stammte dieses Raumschiff? Viel hatte er nicht herausfinden können. Angesichts der Tatsache, dass er, sobald er zurück auf dem Gleiter war, wieder auf der Flucht sein würde, erlaubte Vakh'Ba sich nicht, enttäuscht zu sein. Während er sich auf den Rückweg machte, dachte er darüber nach, was es mit den Subraumwirbeln auf sich haben mochte, von denen der Kommandant gesprochen hatte. Und um was für einen Transport handelte es sich? Es klang ja geradezu so, als hätten einige der Leute an Bord noch nie Qel'Vatra gesehen. Sollte es möglich sein ... ihn schauderte. Sollte es möglich sein, dass dieses Schiff in alten Zeiten von weit her durch Subraumverwirbelungen gereist war, auf der Suche nach Qel'Vatra? Konnte es möglich sein, dass dies tatsächlich in Zusammenhang mit dem sagenumwobenen Hyboria stand? Die Vernunft in Vakh'Ba hatte bei aller Wertschätzung bisher angenommen, dass die Legende von Hyboria das Hirngespinst alter Männer gewesen war. Aber nun kamen ihm doch Zweifel, ob man wirklich alles über die frühe Geschichte der procyonischen Zivilisation aufgezeichnet hatte, so wie die Historiker und Politiker stets übereinstimmend behaupteten.

Während er gedankenversunken den Rückweg durch das Schiff suchte bemerkte er, wie das ferne Blitzen von der Einschlagstelle, das ihm bereits zuvor aufgefallen war, häufiger aufzutreten schien. Ganz schwach konnte er die Entladungen, von was auch immer sie sein mochten, am Ende des Korridors erkennen. Während er sich näherte, bemerkte er einen leisen Piepton in seinem Helmlautsprecher. Er kontrollierte die Einstellungen und stellte erschrocken fest, dass die Verbindung zum Schiff unterbrochen worden war und eine Notfrequenz benutzt wurde, um den Kontakt herzustellen. Vakh'Ba hielt es für möglich, dass die Dekompression beim Öffnen der Brücke sein Kommunikationssystem beschädigt haben konnte. Er öffnete den Kanal. Unter lautem Rauschen vernahm er die Stimme des Raumgleiters.

»Verbindungsabbruch festgestellt. Verwende Notfrequenz. Ich weise darauf hin, dass den Anzeigen zufolge eine bewegte Massensignatur in drei Minuten die Koordinaten des Raumgleiters so nahe passieren wird, dass eine Entdeckung nicht unwahrscheinlich ist. Es werden bis auf weiteres alle Systeme deaktiviert. Sie können das Schiff aktivieren, indem Sie die Sicherheitscodes an der Pilotenluke eingeben.«

»Computer, bitte bestätigen. Ist bereits Feindkontakt hergestellt? Wie alt ist diese Nachricht?«

Stille.

Vakh'Ba war außer sich. Das Schlimmste, was er sich hätte ausmalen können, war also eingetreten. Während er sich im Wrack des Transporters befand, kam eine Späherschwadron in Reichweite und sein Schiffscomputer meldete sich nicht mehr. Vakh'Ba beschleunigte seine unsicheren Schritte mit den Magnetstiefeln. Er bemerkte, dass die Anziehungskraft bereits wieder nachließ. Die Fortbewegung wurde durch seine Hast sehr anstrengend, da neben Koordination auch zunehmend Kraft nötig war, um die fragile Balance von Abdrücken und kläglichem Anpressen der Schuhe an das Metall des Transporters aufrechtzuerhalten. Vakh'Ba rechnete jeden Moment damit, dass das Schiffswrack von Waffenfeuer erschüttert würde und man ihn über Helmfunk aufforderte, sich zu ergeben. Doch noch war nicht sicher, dass sie den Jäger wirklich entdecken würden, und so nahm er an, dass der Gleiter auch bei der Scansignalrefraktion neue Maßstäbe setzte und daher der Annäherungsradius geringer war, als er konservativ angenommen hatte. Zumal er nicht wirklich die Auswirkungen des Nebels einbeziehen konnte. Entschlossen setzte er weiter einen Fuß vor den anderen.

Im heller und häufiger werdenden Leuchten des Phänomens an der Stelle des Hüllenbruches näherte sich Aris Vakh'Ba langsam seinem Ausgangspunkt. Wann immer ein Aufblitzen der Energie auftrat, von der er annahm, dass sie aus dem wissenschaftlich nicht vollständig verstandenen Subraum stammte und womöglich dafür verantwortlich war, dass das Transportschiff gestrandet und seine Insassen einen grausamen Tod gestorben waren, , tat Vakh'Ba einen Satz nach vorn, da seine magnetischen Stiefel sich irgendwie davon beeinflussen ließen. Er aktivierte den Sichtschutz seines Helmes, der eigentlich dazu diente, im stellaren Panorama einer Sonne im freien Weltall arbeiten zu können, aber auch in dieser Situation akzeptablen Schutz gegen das mittlerweile epileptische Flackern des Phänomens bot. Wieder und wieder versuchte er auf der Notfrequenz, ob der Anwesenheit von Späherschiffen aber mit sehr niedriger Leistung, den Gleiter über Funk zu erreichen. Nichts. Am Hüllenbruch angelangt, würde er das Schiff auf Sicht suchen müssem, um in Sicherheit zurückzukehren. Das wäre im freien Weltraum schon schwer gewesen, aber in einer Nebelwolke mit wenigen dutzend Metern Sichtweite schien es ihm ein aussichtsloses Unterfangen.

Die meisten Änderungen, die sich sehr langsam oder in kleinen, beinahe ununterscheidbaren Einzelschritten vollziehen, können die meisten Lebewesen nicht wahrnehmen. Die Rate, mit der das Pulsieren der Subraumstörung sich steigerte, lag unterhalb seiner Wahrnehmungsschwelle, und so kam es, dass Aris Vakh'Ba schließlich den Halt seiner Magnetstiefel verlor und direkt auf die leuchtende Singularität zuschwebte, mehr noch, von seinen Stiefeln praktisch dorthin gezogen wurde. Panisch versuchte er, sie zu repolarisieren, doch dies schien seine Geschwindigkeit nur noch weiter zu erhöhen. Während er mit der rechten Hand an seinen Unterarmkontrollen arbeitete, versuchte er, mit der linken Hand irgendetwas in dem Korridor zum Greifen zu finden. Während die Magnetstiefel endlich deaktiviert waren und er nicht mehr beschleunigte, schwebte er doch mit unverminderter Geschwindigkeit auf den leuchtenden Schlund zu. Wie wild ruderte er mit Armen und Beinen in der Hoffnung, dadurch irgendeine Richtungskorrektur vornehmen zu können. Dann hatte er eine Idee. Er konnte die Magnetstiefel noch einmal aktivieren, sie aber direkt auf eine der Wände des Korridors richten. Zwar würde ihn das weiter beschleunigen, aber vielleicht auch genug Seitenimpuls verleihen, dass er eine der Wände zum Festhalten erreichen konnte.

Es klappte. Mit unverminderter Geschwindigkeit auf den leuchtenden Schlund zuschwebend, knallte er seitlich gegen die Wand, auf die er die Stiefel gerichtet hatte, wurde reflektiert und knallte gegen die andere Wand. Zufrieden, wenngleich beinahe vor Schmerzen ohnmächtig, stellte Vakh'Ba fest, dass seine Verzweiflungstat die Geschwindigkeit reduziert hatte. Die gegenüberliegende Wand kam langsam auf ihn zu und er schaffte es tatsächlich, sich an einem vorstehenden Metallrahmen festzuhalten. Nachdem er seinen Impuls vollständig nivelliert hatte, gestattete er sich, einen Moment durchzuschnaufen und seine Optionen zu bedenken. Ganz offenbar konnte er das Transportschiff nicht durch den Hüllenbruch verlassen, durch den er eingedrungen war. Er musste eine Luftschleuse oder Andockvorrichtung finden.

Ein weiteres Mal schwebte Aris Vakh'Ba bedächtig durch den Korridor des Transportschiffes, im Rücken weiterhin das maliziöse Blitzen des unbekannten Subraumphänomens. Er hatte nicht mehr viel Energie in seinem auf den Rücken geschnallten Kondensator übrig, und er würde nicht beliebig viele Servoschotts öffnen können. Konnte es auf der Brücke eine Rettungskapsel geben? Er hatte nicht unbedingt vor, den ganzen Weg zurück noch einmal anzutreten, aber angesichts der guten Chancen, die er sich ausrechnete, dort eine Rettungskapsel zu finden, machte er sich auf den Weg. *'Immerhin'*, dachte er, *'war die Besatzung nicht von Bord gegangen, auch wenn sie die Transportgäste nicht retten konnte.'* Diese noble Tradition aus Zeiten, in denen man mit Holzmaschinen die Ozeane befahren hatte, konnte ihm nun zum Vorteil gereichen.

Vakh'Ba war erschöpft. Zwar kam er langsam in den Bereich, in dem er sich trauen konnte, die Magnetstiefel wieder zu verwenden, aber seine Schultern schmerzten von der Druckwelle der Brücken-Dekompression und den Kollisionen mit Metallwänden. Da ihm nichts anderes übrig blieb, als die Arme zu nutzen, um sich in dem verwinkelten Schiff von Stahlträger zu Stahlträger schweben zu lassen, musste er den Schmerz unterdrücken, bis er … nun ja, zumindest war das primäre Ziel, das Transportschiff zu verlassen.

Der Korridor um ihn herum erbebte. Vakh'Ba wurde mit dem Kopf gegen die Decke geschleudert, beziehungsweise das Schiff gegen ihn. Vermutlich war eine kinetische Projektilwaffe auf das Transportschiff abgefeuert worden, oder hatte es zufällig getroffen. Draußen fand ein Kampf statt, vermutlich versuchte die künstliche Intelligenz seines Gleiters gegen mehrere Aufklärungsjäger zu bestehen. Vakh'Ba war uneingeschränkt beeindruckt von den Fähigkeiten des Gleiters, aber gegen eine numerische Übermacht sah er keine Chance. Er zwang sich, weiter voranzukommen, auch wenn das Schiff zunehmend instabil wirkte. Seine Schultern schrien vor Schmerz, als ein weiterer Treffer das Transportschiff endgültig ins Trudeln versetzte. Wenn er sich nicht auf einer Drehachse befand, konnte es leicht passieren, dass er durch die

Rotationsbeschleunigung bewusstlos oder abermals gegen die Korridorwände geschleudert wurde. Gehetzt setzte er seinen Weg zur Brücke fort.

Als er die servomechanische Tür erreichte, war sie wieder verschlossen. Ihm missfiel die Vorstellung, Energie aus dem schwindenden Vorrat für eine Tür zu opfern, die er schon geöffnet hatte und von der er nicht wusste, ob sie letztlich in die Freiheit führen würde. Andererseits würde er auf der Brücke nach einem Fluchtplan oder einer Rettungskapsel suchen können. Als er die Elektroden am Rahmen anbrachte, hörte er ein verräterisches Knacken. Hoffentlich hatte der Beschuss das strukturelle Skelett des Transporters noch nicht so verformt, dass die Tür sich nicht mehr bewegen ließ. Als er den Knopf für den Energieimpuls drückte, begriff er, dass er auf der Brücke nach keinem Fluchtweg würde suchen können.

Die Brücke bestand aus einem Wald von unförmigen metallischen Kadavern, die wie vom Wind umgeknickte Bäume in den purpurnen Himmel des Gasnebels ragten. Ein direkter Treffer hatte die vordere Wand mit dem Sichtschirm und die Abtrennung zwischen dem Oberdeck und der Kommandozentrale des Schiffes pulverisiert, sodass Vakh'Ba direkt in den Weltraum starrte. Vor dem Hintergrund der bunten pastellfarbenen Wolken spielte sich ein Schauspiel ab, das in allen Simulationen oder Holo-Romanen, die Vakh'Ba jemals gesehen hatte, seinesgleichen suchte, denn der völlig autonom agierende Gleiterprototyp kämpfte mit vier Aufklärungsjägern, jedenfalls, soweit er die Nebelschlieren richtig deuten konnte. Nur, wenn eines der Schiffe sich weit genug annäherte, konnte er Einzelheiten erkennen. Dennoch gelang es ihm, durch die koordinierten Bewegungen der Jäger auszumachen, welches sein Gleiter war. Während Vakh'Ba sich vorsichtig in der Wunde des frischen Hüllenbruches vorwärts tastete, sah er mit grimmiger Faszination die unnatürlichen Bewegungen des Gleiters, der die Aufklärer ausmanövrierte, gegnerischem Feuer auswich, wiederholt hinter dem Führungsschiff auftauchte und verzweifelte Disruptorschüsse abfeuerte. Ob die Piloten wussten, dass sie nur mit einer Maschine kämpften? Für einen Moment, als die jagende Meute gerade außer Sicht hinter einer noch intakten Wand des Transporters war, dachte Vakh'Ba, dass er jetzt lieber an

Bord des Jägers wäre, als hier ungewiss darauf zu warten, wie der Kampf ausginge und ob er jemals von hier wegkommen würde. Als ein weiterer Energiestoß knapp neben ihm einschlug und ihn fast aus dem Schiff stieß, wurde ihm klar, dass er ganz sicher lieber in dem Gleiter gewesen wäre. Dann schließlich machte einer der Piloten einen Flugfehler, kollidierte fast mit seinem Flügelmann und es zeigte sich, was der Unterschied zwischen Fleisch und Maschine war, als der erste der vier Jäger in einem goldfarbenen Halo aus expandierenden Gasen und Reaktorplasma explodierte.

Der überraschende Tod ihres Flügelmannes schien die anderen Piloten zu verunsichern, denn Vakh'Ba konnte ohne Mühe erkennen, wie sie ihre Formation auflösten und sich neu sammelten, obwohl es dazu aus taktischer Sicht keinen Grund gab, da der zerstörte Jäger nicht das Führungsschiff gewesen war. Auf eine bedrückend surreale Weise führte die Rolle des zum Zusehen verdammten Vakh'Ba dazu, sich wie ein Sportzuschauer oder Holo-Rezipient völlig von der Situation zu lösen und die Struktur dessen, was vorging, zu analysieren. Er konnte sehen, wie nervös die procyonischen Piloten waren, weil es ihnen nicht gelang, den Jäger in die Zange zu nehmen, der trotz seiner Größe viel wendiger war. Wie in Trance erlebte Vakh'Ba den Moment, als ein weiterer Pilot einen verhängnisvollen Fehler machte und nicht die Formation halten konnte. Dann passierte alles gleichzeitig. Während der Gleiter-Prototyp behände die Richtung änderte, um den außer Kontrolle geratenen Jäger abzuschießen, kollidierte dieser bereits mit dem Wrack des Transportschiffes, was nicht nur in einer weiteren imposanten Explosion endete, sondern auch dafür sorgte, dass Aris Vakh'Ba diesmal vornüber kippte und aus dem Schiff in den freien Weltraum gestoßen wurde. Während er noch mit den Positionsdüsen vergeblich versuchte, seinen Schub etwas abzubremsen, hatte bereits einer der Aufklärer ihn entdeckt und änderte seinen Kurs, um direkt auf ihn zuzuhalten. Als Vakh'Ba das giftgrüne Glühen der Disruptorentladung sah und mit sich abschloss, jagte sein Gleiter dazwischen und absorbierte den Strahl geradewegs in die untere Triebwerksabdeckung. Während der Gleiter trudelnd und qualmend davon taumelte, näherte sich der Jäger geradewegs weiter und bereitete vermutlich einen weiteren terminalen Schuss vor. Dann knackte sein Helmlautsprecher.

»Vakh'Ba! Vakh'Ba, bist du das? Bitte sag was! Das ist alles so seltsam. Ich weiß gar nicht, was hier vorgeht. Ich glaube, wir sollen dich töten … aber … das kann doch nicht sein. Nein. Nein! Du weißt ja nicht, was auf Qel'Vatra los ist deswegen. Wir müssen zurück und dieses Missverständnis aufklären. Vakh'Ba? Hörst du mich?«

Vakh'Ba konnte es nicht fassen. Er hörte die Stimme seines Freundes Vredom Cum'Tchhr. Während der Jäger immer näher kam, fasste er wieder Hoffnung.

»Vredom, ich bin es! Ich ergebe mich! Hol mich nur hier heraus. Schießt nicht auf mich!« Es widerstrebte ihm zwar, dass auf diese Weise seine Flucht beendet würde, aber es war besser, als seinen Freund, der Vredom trotz allem war, zu zwingen, ihn zu töten. Und es war besser, als hier, im kalten, namenlosen All zu sterben, ohne dass irgendjemand davon Notiz nahm. Wenn er das Rätsel schon nicht lösen konnte, so würde die Rückkehr nach Qel'Vatra ihm vielleicht doch noch eine letzte Chance bieten, die Öffentlichkeit von den Vorgängen zu informieren, und auch wenn die Möglichkeit unendlich weit weg schien, so war es doch alles, was ihm in diesem Moment blieb.

Er bemerkte am hochfrequenten Rauschen in seinem Helmlautsprecher, dass die beiden Jäger verschlüsselte Nachrichten austauschten. Besprachen sie, wie sie ihn bergen würden? Vakh'Ba frohlockte ob des Zufalles, dass ausgerechnet Vredoms Jägerstaffel ihn hier fand und nicht eine andere, die einfach ohne zu fragen auf ihn geschossen hätte. Wobei schließlich der andere Jäger, der jetzt direkt vor ihm im All hing, auf ihn geschossen hatte. Und die Anwesenheit von Vredom bedeutete noch etwas anderes. Wenn man sogar die Kadetten einsetzte, um an dieser Suche teilzunehmen, so wurde eine massive logistische und strategische Operation durchgeführt, um ihn in diesem Nebel zu finden. Wieso wollte das Oberkommando ihn unbedingt zur Strecke bringen? Vakh'Ba starrte die verspiegelte Scheibe des Jägers vor ihm an.

»He! Was ist so wichtig, dass ihr mich durch das halbe Sonnensystem jagt?!«, schrie er in seinen Helmlautsprecher. Dann explodierte der Jäger.

Der verdutzte Vakh'Ba drehte den Raumanzug mit einer Behäbigkeit, der seiner Überraschung gleichkam zu dem letzten verbleibenden Jäger.

»Er wollte dich abschießen, hier und jetzt. Sagte, die Befehle waren, *'tot oder lebendig'*, und er hätte keine Lust, dich zu bergen. Es würde ohnehin niemand fragen, so weit, wie wir von zu Hause entfernt sind«, hörte er Vredoms Stimme.

»Hör mir zu, Vakh'Ba. Dieses Ding in meinem Nacken, ich kann es jetzt ganz deutlich spüren. Die machen das mit uns, um uns zu kontrollieren. Aber jetzt, wo es mich zwingen will, dich zu töten, da kann ich es plötzlich ein wenig zurückhalten. Ich glaube, jeden anderen hätte ich auch abgeknallt. Aber das ... fühlt sich so falsch an. Und trotzdem spüre ich das Verlangen, den Befehl zu befolgen. Vielleicht war es richtig, wegzulaufen. Aber ... es ist so schwer.« In seinem typischen, schnodderig ironischen Tonfall fügte er hinzu: »Und den Fal'Gagch abzuknallen, das fühlte sich ganz sicher gerade richtig an.«

Vakh'Ba erlaubte sich, laut zu lachen, sodass Vredom es über den Funk hören konnte. »Ich schätze, du bist damit dann auch fahnenflüchtig.«

»Puh. Sieht ganz so aus. Irgendwelche Vorschläge, wie wir aus dem Schlamassel herauskommen?«

»Zunächst wäre es schön, in meinen Gleiter zurückzukommen. Ich glaube nicht, dass er schrottreif ist. Erklär mir eins: Warum verfolgt mich die ganze verdammte Imperiale Flotte?«

Nun lachte Vredom mit ihm. »Die haben uns gesagt, du wärst vielleicht ein Untergrundagent der geheimnisvollen Rasse, die unsere Sonne kollabieren lassen wollte. Und nun, da die Mission gescheitert ist, willst du Land gewinnen. Ich hoffe für dich, dass das nicht so ist, ich kann dich immer noch wegpusten, weißt du.«

Vakh'Ba schwenkte mit den Positionsdüsen auf den sich drehenden Gleiter zu und setzte sich in Bewegung. »Vredom, das ist absurd. Erst heißt es, das Ding, das sie angeblich gefunden haben, wäre tausende Jahre alt und nur sublichtschnell, und jetzt sollen die unbekannten, gesichtslosen Feinde unsere Zivilisation bereits unterwandert haben, vorzugsweise auch noch in Form meiner Person?«

»Das ist es ja, was mich auch zum Grübeln bringt. Ich glaube einfach, dass man uns nicht alles sagt. Und deswegen können wir nicht zurückkehren, bevor wir nicht wissen, was hier vorgeht.«

Vakh'Ba hatte den Gleiter fast erreicht und stellte zufrieden fest, dass kein Hüllenschaden erkennbar war. Nanobots begannen mit der Reparatur der lecken Rohre an der Außenwand, die für den fürchterlichen Qualm sorgten, der im freien Weltall wegen der fehlenden Atmosphäre immer so spektakulär aussah. In dem Nebel sah es allerdings mehr danach aus, als wäre der Gleiter eine ausgedrückte Zigarette, die sich langsam in ihren letzten Qualm einhüllte. Während er mit zitterndem Griff die Stelen der Einstiegsluke erreichte, entgegnet er Vredom: »Siehst du, genauso habe ich mich gefühlt, als ich diesen wunderbaren Gleiter … nun ja, geborgt habe. Wir müssen dieses Rätsel lösen, Vredom. Es gibt noch mehr, was ich dich fragen muss, und was du mir von dem mitteilen musst, was das Oberkommando euch noch erzählt hat. Lass mich nur eben in diese Blechbüchse zurück …« Der Helmlautsprecher knackte.

Er meinte, den Ansatz eines Schreis gehört zu haben, und drehte sich hektisch zu Vredoms Jäger um. An seiner ungefähren Position blitzte das unheilvolle Leuchten eines Subraumwirbels auf.

»Nein! Vredom!«, schrie Vakh'Ba mehr sich selbst, denn die davon unbeeindruckte Singularität an.

Als er seinen Pilotensitz erreicht und sich des Helmes entledigt hatte, rief er hektisch die Bildschirme aller möglichen Instrumente auf. Doch welche Messungen er auch durchführte, er konnte sich keinen Sinn daraus bilden, was dieses leuchtende Etwas da draußen vor ihm war. »Was bist du?«, murmelte er.

»Nach meiner Einschätzung handelt es sich hierbei um einen Subraumwirbel, der diesen Teil des Weltraums mit einem anderen verbindet. Bemerkenswert dabei ist, dass diese Singularität nur sehr schwache, gravitative Kräfte aufweist, was in starkem Widerspruch mit allem steht, was wir vermeintlich darüber wissen.«

Vakh'Ba seufzte einmal mehr ob der ganz und gar nicht subtilen Art des Bordcomputers, etwas besser zu wissen. »Ach ja, du bist ja auch noch da. Du hast dich gegen diese Jäger bemerkenswert geschlagen ... Moment, hast du gerade in der ersten Person gesprochen, Blechbüchse?«

»Positiv. Das linguistische Treiberprogramm ist zu der Einschätzung gelangt, dass direkte Kommunikation in der ersten Person zweckmäßig ist, da Sie mich auch bereits personifiziert haben.«

Vakh'Ba staunte. »Ich habe dich personifiziert?«

»Sie nannten mich Blechbüchse.«

»Also schön, Blechbüchse. Was weißt du noch über diese Singularität?«

»Die Ausdehnung beträgt fünfundzwanzig metrische Einheiten und im Gegensatz zu der instabilen Singularität, die das Transportschiff zerstört hat, ist diese jetzt seit über zwei Minuten an Ort und Stelle geblieben. Über den Endpunkt, falls es einen gibt, ist aufgrund der fehlenden gravimetrischen Charakteristika keine Aussage möglich. Die Wahrscheinlichkeit, dass dieses Phänomen künstlich ist, halte ich für sehr hoch.«

Vakh'Ba schnaufte. Was auch immer hier vorging, Antworten lagen auf der anderen Seite dieser Singularitäten. Der Transportercaptain hatte auch davon gesprochen, dass man durch ein solches Phänomen gereist sei. Er setzte sich auf und sagte: »Also schön, Blechbüchse, hier ist eine neue Aufgabe. Du hast sicher hier überall Subraumrisse aufgespürt. Welcher weist die größte Stabilität auf?«

Zu Vakh'Bas großer Überraschung kommentierte das Schiff seinen Befehl nicht, sondern beantwortete ihn mit der dezent blinkenden Umkreisung der Singularität im Sichtfeld der Frontscheibe des Gleiters.

Aris Vakh'Ba holte tief Luft und reflektierte ein letztes Mal seine chancenlose Mission und das unverfrorene Glück seiner unverhofften Rettung. Dann setzte er manuell den Kurs und befahl dem Schiff, hineinzufliegen. Als inmitten des Nebels der Gleiter in das Loch im Weltall flog, wusste Aris Vakh'Ba, seine Suche hatte gerade erst begonnen.

12.

Als er zu sich kam, sah Vakh'Ba die vertrauten Wolken der Gasansammlungen im äußeren Teil des procyonischen Systems. Der Wissenschaftler in ihm übernahm einmal mehr das Kommando und überprüfte die Instrumente. Wie schon zuvor zeigte die Navigationskonsole nur an: »Positionsbestimmung nicht möglich«.

Er seufzte. »Computer.«

»Eingabe positiv. Ich ... das linguistische Interface ist aktiv. Bitte nehmen Sie ihre Eingabe vor.«

»Basierend auf den letzten Umgebungsscans vor dem Eintritt in die Singularität, sind wir an Ort und Stelle geblieben oder befinden wir uns an einer anderen Position?«

Der Computer brauchte eine Weile, bis er antwortete: »Die spektroskopischen und magnetographischen Daten lassen keine Schlussfolgerung diesbezüglich zu. Die Abwesenheit der Raumschiff-Trümmer, bei denen wir uns zuvor befunden haben, legt aber nahe, dass dies nicht die Ausgangsposition ist.«

»Na dann wollen wir doch mal sehen, ob wir nicht ein paar Brotkrumen finden können«, sagte ein zuversichtlicher Vakh'Ba. Allein die Hoffnung, dass er durch diesen Subraumriss den Verfolgern fürs Erste entkommen sein konnte, stimmte ihn positiv.

»Eingabe nicht verstanden. Bitte paraphrasieren«, sagte die gleichmütige Computerstimme.

Vakh'Ba lachte. Es gab wohl keinen Grund, den Computer zu schelten, weil er keine Sprichwörter verstand.

»Kein Problem, hier kommt ein Befehl, den du verstehst: Volle Kraft voraus!«

Wie ein Moskito in den sumpfigen Wäldern des Rakh'Loran schoss Vakh'Bas Raumgleiter durch die Nebelschwaden, immer weiter geradeaus, getrieben von unbändiger Neugier und dem tiefen Verlangen nach Antworten, in der Hoffnung, dass diese ziellose Flucht nicht vollends sinnlos gewesen sei. Von Raumstationen und schrottreifen Frachtschiffen mit mehr Glück als

Verstand entkommen, fragte er sich, ob es ein weiterer Zufall sein würde, der dieser Reise eine neue Wendung geben könnte.

Die Navigationsaufzeichnungen machten bald klar, dass es sich bei diesem Nebel nicht mehr um die äußeren Gebiete des procyonischen Systems handeln konnte, denn die maximale Ausdehnung davon war bekannt, doch der Gleiter flog nun schon viel länger geradeaus, als dass er nicht den Rand des Nebels erreicht haben müsste. Vakh'Ba wurde ungeduldig. Man hatte in der Astronomie Weltraumnebel beobachtet, die größer waren als ganze Galaxien. Woher sollte er wissen, ob er in die richtige Richtung flog?

Dann tat Vakh'Bas Herz einen Satz, als der Annäherungsalarm ertönte.

»Drei Schiffe auf Kurs 9.37 zu 272.15. Bauart unbekannt.«

»Tatsächlich? Sind wir entdeckt worden?« Plötzlich war er wieder hellwach. Sein Verstand begrüßte die unbekannte Situation. In einem Nebel voller Nichts war alles besser als zielloses Umher suchen.

»Unbekannt. Die Schiffe nehmen keine Aktivscans vor. Soll ich einen Ausweichkurs programmieren?«

»Nein, ich würde mir das gerne ansehen. Alle unnötigen Systeme herunterfahren, voller Stopp. Wie nah werden Sie vorbeikommen?«

»63.000 Kilometer. Beim aktuellen Strahlungsquerschnitt sehen wir durch die Beschädigungen im dorsalen Bereich vermutlich aus wie ein kleiner Fels.«

Vakh'Ba schluckte. *'Ein ziemlich unförmiger Fels'*, dachte er.

Er erlaubte sich nicht, die Hände von den Flugkontrollen zu nehmen. Wenn eines dieser Schiffe auch nur zuckte, könnte er schon den Nachbrenner aktiviert haben. Doch nichts dergleichen geschah. Die unbekannten Jäger behielten ihren Kurs bei, bis sie schließlich die Scannerreichweite wieder verließen. In dem Moment, als der Computer ihm die Mitteilung machte, verfluchte Vakh'Ba sie auch schon, denn plötzlich wusste er, was zu tun war. Er nahm den gleichen Kurs auf und folgte den unbekannten Jägern. Als er sie in der Umgebung schließlich wiedergefunden hatte, erlaubte er sich, den Computer nach seiner Einschätzung zu fragen.

»Passive Spektralanalyse ergab keine ungewöhnlichen Stoffe. Sie scheinen im Wesentlichen aus den gleichen Elementen zu bestehen wie bekannte Schiffe, davon abgesehen, dass sich keine Spuren von Tritanium finden lassen. Ohne Nahbereichsscan ist eine weitere Einordnung jedoch nicht möglich. Aufgrund der derzeitigen Bewegungsvektoren liegt die Schlussfolgerung nahe, dass sie uns in Beschleunigung und Geschwindigkeit unterlegen sind, zumindest wenn sie entweder mit vollem Schub operieren, oder, wie für Patrouillen üblicher, mit drei Vierteln.«

»Dann wollen wir doch mal sehen, in welchen Kaninchenbau sie uns führen.« Auch die Entschlossenheit in seiner Stimme vermochte dem Computer nicht zu vermitteln, was er damit meinte, doch Vakh'Ba genoss die Möglichkeit, zur Abwechslung nicht weglaufen zu müssen, sondern seinerseits jemandem hinterher zu jagen.

Und er wurde nicht enttäuscht. Nach einiger Zeit zeigten sich mehrere Materieanzeigen, sodass Vakh'Ba die Verfolgung abbrach und aus sicherer Entfernung beobachten konnte, was er gefunden hatte. Zunächst dachte er, dass es sich um das Mutterschiff der Jägerstaffel handeln müsse, doch er wurde durch die anderen Massenansammlungen, die sich als Transportschiffe wie jenes, das er im Nebel erforscht hatte, erwiesen, eines Besseren belehrt. Er hatte also eine procyonische Raumstation gefunden, nur einen Sinn konnte er darin noch immer nicht sehen. Das Wrack, das er untersucht hatte, war doch Jahrhunderte alt gewesen! Und jetzt beobachtete er hier das geschäftige Treiben auf einer Versorgungsstation mitten in einem Nebel weit von der Heimat entfernt, und es wimmelte nur so von diesen Transportern. Bestand etwa die Möglichkeit …

Er erinnerte sich an die Gewebeproben, die er genommen hatte. Eilig führte er die Reagenzröhrchen in den Spektrographen ein, der auch Nuklidanteilbestimmungen vornehmen konnte. Ärgerlich dachte er, dass die Auswertung längst hätte fertig sein können, wenn er sie gleich nach der Rückkehr auf das Schiff vorgenommen hätte. Jetzt würde er warten müssen, aber dennoch vermutete er, das Ergebnis bereits zu kennen.

Dann gab es einen Ruck, und Vakh'Ba dachte fast, dass man auf den Gleiter geschossen hätte, so sehr wackelte er. Noch ehe er den Grund dafür gefunden hatte, musste er die Hand vor die Augen nehmen, da sich direkt vor ihm ein gleißend helles Subraumportal öffnete und den Blick auf ein weiteres Transportschiff freigab, das direkt auf die Station zusteuerte.

Er wusste, was das bedeutete. Wenn er nicht schnell handelte, würde man ihn sicher entdecken und er würde wieder im Nebel herumirren müssen. Anstatt das Glück zu feiern, dass die Singularität sich nicht direkt an der Position des Gleiters geöffnet hatte, was ihn mitsamt dem Schiff vermutlich pulverisiert hätte, brachte er flugs den Gleiter direkt hinter das Transportschiff und verringerte die Entfernung mehr und mehr, bis er wenige Meter hinter dem Heck des Schiffes flog. Er deaktivierte alle unnötigen Systeme und verankerte das Schiff unterhalb des Frachters. Zumindest hielt er die Stelle, an der er »gelandet« war für unten, wenn das Schiff genauso konstruiert war wie das, das er erforscht hatte. Zweifellos war es besser, als an der Position zu bleiben, an der sich die Singularität geöffnet hatte. Er war nicht sicher, ob die Raumstation, auf die sie zusteuerten, Fenster hatte, aber so oder so war die Chance groß, entdeckt zu werden. Für diesen Fall lud Vakh'Ba die Nachbrenner manuell auf, ehe er den Reaktor deaktivierte. Vielleicht brauchte er einen schnellen Start.

Während des gemächlichen Anfluges auf die Station bemerkte er, dass weitere Singularitäten sich öffneten und schlossen und Schiffe scheinbar mühelos hindurch flogen. Da er sich daran erinnerte, dass sein Gleiter den Flug durch die Singularität ganz und gar nicht so gut überstanden hatte, fragte er sich, ob es wohl einen Trick dabei gab, immerhin waren diese Transporter nach seinen technologischen Gesichtspunkten kaum mehr als schwebende, rudimentär gegen das Vakuum versiegelte Rostlauben.

Als der Transporter, unter dem Vakh'Ba seinen Gleiter-Prototyp parasitärerweise versteckte, endlich angedockt hatte, erlaubte er sich, sich ein wenig zu entspannen. Wie lange wohl der Aufenthalt dauern würde?

Es gab Vibrationen und Geräusche, die durch die mechanische Verbindung mit dem Transporter übertragen wurden. Vakh'Ba nahm an, dass er die Betankung und das Verladen von Vorräten verfolgte. »Was tut ihr hier nur, so weit weg von zu Hause?«, flüsterte er.

»Mittlerweile dürfte außer Frage stehen, dass es sich hier um eine geheime Transporteinrichtung handelt, die lange vor unserer Zeit aufgegeben wird. Über den Zweck ist mir nichts bekannt. Wie ich anmerken darf, scheint es aber anhand der Bauform der Versorgungsstation zweckmäßig, anzunehmen, dass es sich um den Transport von Lebensformen, wahrscheinlich also Procyoniern, handelt.«

Vakh'Ba fluchte in sich hinein. Wer hatte bei der Programmierung des linguistischen Interfaces eigentlich die Idee gehabt, dass es sich immer angesprochen fühlte und immer das letzte Wort hatte? Da er aber ohnehin nichts anderes tun konnte, als zu warten, entschied er sich, sich ein wenig die Zeit mit computergeneriertem Smalltalk zu vertreiben.

»Seit wann kannst du eigentlich Flüstern, Blechbüchse?«

»Die Art der vokalen Modulation ist lediglich eine Imitation Ihrer eigenen, um Sie sich wohler fühlen zu lassen.«

»Aha, na dann. Bist du mal auf die Idee gekommen, dass ich mich wohler fühlen würde, wenn du öfter mal die Klappe hältst … Moment, hast du gerade gesagt, *'lange vor unserer Zeit'*? Was meinst du damit?« Vakh'Ba war neugierig, ob es sich um eine softwarebedingtes Artefakt handelte, das daraufhin deutete, dass eine Positionsbestimmung der Raumzeit durch das Fehlen von Bezugspunkten nicht möglich war oder aber, dass der Computer wirklich etwas Bedeutsames herausgefunden hatte.

»Das Nuklidzerfallsspektrogramm zeigt deutlich an, dass die entnommenen Gewebeproben 2123 Jahre alt sind, bei einer Ungenauigkeit von +/- 8 Jahren. Basierend auf dieser Analyse und der Tatsache, dass diese Raumstation einen recht lebhaften Eindruck macht, stelle ich die These auf, dass wir durch die Subraumsingularität wenigstens 2000 Jahre in die Vergangenheit verbracht wurden.«

Vakh'Ba starrte auf die grafische Darstellung der Testauswertung. Der Computer hatte sich Zeit gelassen mit seiner Antwort. Vakh'Ba fand es seltsam, dass die Antwortzeit des Systems so stark schwankte. Bei allen Schwierigkeiten hinsichtlich der soziologischen Umgänglichkeit des Systems war es doch das mit Abstand am höchsten entwickelte Interface, mit dem Vakh'Ba jemals interagiert hatte, und gerade deswegen fand er es seltsam, dass die Antworten hin und wieder so lange dauerten. Er beschloss, das System auf die Probe zu stellen. »Das ist jetzt ein Scherz oder? Wann hattest du denn vor, mir das mitzuteilen?«

»Sobald alle Systeme wieder volle Energie zur Verfügung haben. Ich muss anmerken, dass diese Schlussfolgerungen aufgrund des geringen, zur Verfügung stehenden Energiekontingents erst zu 23 % abgeschlossen sind.«

Vakh'Ba war jetzt tatsächlich verwundert über das Verhalten des Systems. Musste er annehmen, dass seine Befehle nicht wörtlich genommen wurden?

»Wieso hast du sie denn überhaupt bei Schleichfahrt durchgeführt? Ich habe doch explizit angeordnet, alle nicht lebensnotwendigen Systeme abzuschalten.«

»Die Bestimmung der Position des Schiffes in Raum und Zeit ist in Protokoll 7.4 Abschnitt 3.1 als vorrangiges und signifikant lebensnotwendiges Ziel des Navigationssystems definiert. Da die Nuklidanalyse die einzigen Hinweise liefern kann, über die wir selbst verfügen, war es logisch, sie weiter zu verfolgen.«

»Ich bin nicht einverstanden. Das nächste Mal informierst du mich über alle Systeme, die aktiv bleiben, Computer. Des weiteren …«

Vakh'Ba unterbrach sich, da sich der Transporter in Bewegung setzte. Offenbar war der Aufenthalt abgeschlossen.

»Dann wollen wir doch mal sehen, wo uns dieses Maultier hinbringt«, sagte er, als die Raumstation langsam in den grünblauen Schwaden des Nebels verschwand.

13.

Noch immer hing der Raumgleiter als blinder Passagier unter dem Transportschiff, das scheinbar zielsicher durch den undurchdringlich wirkenden Weltraumnebel seinem unbekannten Ziel entgegen schwebte. Vakh'Ba hatte sich ein kurzes Nickerchen gegönnt, während er dem Computer eingeschärft hatte, ihn sofort zu wecken, sollte sich etwas an der Umgebung verändern. Offenbar gehörte das Farbenspiel des Weltraumgases nicht dazu, denn statt des tiefen Grüns um die unbekannte Nachschubstation sah Vakh'Ba nun den hypnotischen Mustern von indigoblauen Schwaden entgegen. Gelangweilt begann er mit dem Digitizer Muster auf sein holografisches Display vor den Kontrollkonsolen zu malen. Mal zog er die vermeintlichen Grenzschichten von Nebelwolken nach, mal schraffierte er die dorsale Textur des stumpfen Metalls des Transportschiffes mit kräftiger grüner Displayfarbe. Und dann entdeckte er es schließlich. Ein seltsames Muster inmitten der Gaswolken. Eine nicht ganz kreisförmige schwarze Unregelmäßigkeit zwischen indigoblauen Schwaden, die größer wurde und schließlich das Transportschiff samt ungebetenem Passagier in den freien Weltraum spie.

Vakh'Ba war in Hochstimmung. Zwar wusste er nach wie vor nicht, wo diese Reise hinführte, aber immerhin konnte er nun die Position bestimmen. Voller Enthusiasmus machte er sich an die Arbeit und gab der Navigationskonsole die entsprechenden Befehle. Schließlich teilte ihm der Computer das ernüchternde Ergebnis mit:

»Positionsbestimmung nicht möglich. Der Grund dafür ist, dass zum einen nur die halbe Hemisphäre erfasst werden kann, da die untere Scannerphalanx von dem Transportschiff verdeckt wird, und es zum anderen nicht möglich war, wenigstens zwei Sterne anhand ihrer Spektralcharakteristika und der relativen Position zueinander zu identifizieren.«

»Mit anderen Worten, wir wissen noch immer nicht, wo wir sind«, seufzte Vakh'Ba.

»Nicht ganz. In Anbetracht meiner Schätzung des Alters der Gewebeproben habe ich die Positionen von 27000 signifikanten

Sternen vor 2100 Jahren berechnet und mit den Messdaten verglichen.«

»Und? Was ist das Ergebnis?« Vakh'Ba war nun wirklich aufgeregt. Konnte es tatsächlich möglich sein, dass er so weit durch die Zeit gereist war?

Der Computer ließ sich Zeit mit der Analyse. Dann sagte er: »Mit 97,3 prozentiger Wahrscheinlichkeit ist der 25. Tag des Zyklus 6491, 10:23 Uhr.«

»6491, puh. Nur mal zur Kontrolle: Computer, wann wurde dieser Gleiter konstruiert?«

»435. Tag des Zyklus 8610, 26:12 Uhr.«

Vakh'Ba schluckte. »Das sind 2119 Jahre.«

»Und 410 Tage, Sir. Abgesehen davon ist die Kalkulation korrekt.«

Er konnte noch immer nicht glauben, was er hörte. Nicht nur, dass die procyonische Zivilisation vor zwei Jahrtausenden noch keinen Raumflug betrieben hatte, überlegte er, wie weit diese Position von Qel'Vatra entfernt sein mochte? Er fragte den Computer.

»Die identifizierten Fixsterne sind Regula Alpha, Alpha Ceti, Ultus Qa'Bagh … und Procyon Maior. Der Abstand zu dem Planeten Qel'Vatra beträgt demgemäß etwa 53217 Lichtjahre und 857 astronomische Einheiten.«

Vakh'Ba rang nach Luft. Er befand sich am anderen Ende der Galaxis, noch dazu eine lange Zeit in der Vergangenheit. Dies war kein Rätsel, sondern ein Weltenpuzzle. So gut er sich auch damit abfinden konnte, dass eine Subraumsingularität diese Entfernung überbrückt haben mochte, ergab es noch immer keinen Sinn, dass er hier auf procyonische Raumschiffe stieß, zu einer Zeit, da gerade die industrielle Revolution Qel'Vatra verändern sollte. Oder war diese Verschwörung, die ihren Ursprung scheinbar mit der Entdeckung einer unbekannten Sonde mit Kurs auf Qel'Vatras Sonne genommen hatte, am Ende zwei Jahrtausende alt? So sehr er sich Antworten wünschte, ermahnte sich Aris Vakh'Ba zur Geduld. Er wusste, welchen Ort dieses Transportschiff auch ansteuerte, dort würde er weitere Antworten finden.

»Computer, gibt es etwas auf den Scannern, das auf dem direkten Kurs des Transportschiffes liegt?«

»Positiv. Es gibt eine gravimetrische Verzerrung von der Größe eines Planeten, 0.823 mal der Masse Qel'Vatras entsprechend.«

»Ist schon Sichtkontakt möglich?«

»Negativ. Sichtkontakt bei maximaler Vergrößerung in 25 …«

Die Entladung traf ihn unerwartet. Der Raumgleiter erzitterte unter der Plasmaüberladung, die die Andockklammern entlang durch die Hülle floss. Kein Zweifel, er war entdeckt worden.

Hektisch löste er die Andockklammern, doch es gelang ihm nicht, die Nachbrenner zu zünden. Er drehte den Gleiter mit den Positionsdüsen in einer langsamen Rolle vom Transportschiff weg und erstarrte. Über dem Schiff, aus dem toten Winkel der Sensorphalanx des Gleiters, näherte sich eine riesige Flotte von Jägern. Vakh'Ba verfluchte seine Bequemlichkeit. Nach dem Verlassen des Nebels hätte er sich von dem Transporter trennen und ihn aus sicherer Entfernung verfolgen sollen. Dafür war es nun zu spät. Er musste Zeit gewinnen, um dann ungestört zu dem unbekannten Planeten vorstoßen zu können.

»Computer, taktische Analyse.«

»57 Schiffe, alle klein und wendig, aber etwas langsamer als dieses Schiff. Wir können sie abhängen, aber nicht ausmanövrieren.«

»Ich nehme an, der schnellste Kurs von ihnen weg führt nicht in die Richtung, in die wir wollen.«

»Wenn Sie sich darauf beziehen, dem Kurs des Transporters zu folgen, so stimme ich zu. Der optimale Ausweichkurs führt uns fast genau in die entgegengesetzte Richtung.«

Vakh'Ba schnaufte. Wenn er nicht so nachlässig gewesen wäre, müsste er jetzt nicht schon wieder vor einer Horde feindlicher Jäger fliehen. Er gab den Kurs ein und beschleunigte. Das Navigationsdiagramm auf dem Hauptbildschirm zeigte, wie der Transporter in einer ausladenden Kurve den Jägern entgegen flog und schließlich wieder auf den Ursprungskurs ging. Wehmütig schaute er dem Frachter nach. Doch dann heulte auch schon der Annäherungsalarm auf. Wie aus dem Nichts bildete sich vor Vakh'Bas Jäger eine weitere Subraumspalte. Bevor er reagieren konnte, hatte der Computer schon den Kurs korrigiert. Vakh'Ba stellte fest, dass er durch diese Korrektur fast die Hälfte seines Vorsprungs auf die Jäger aufgebraucht hatte.

Und dann stellte er fest, dass der Vorsprung bedeutungslos war, denn aus der frischen Singularität entschwebte ein riesiges Raumschiff mit direktem Kurs auf ihn. Weder hatte er diese Konfiguration jemals gesehen, noch überhaupt ein Schiff dieser Größe. Ohne Zweifel trug es die Identifikationsmarken der procyonischen Imperialen Streitkräfte, aber auch das warf mehr Fragen auf, als es beantwortete.

Das Kriegsschiff war gigantisch. Obgleich Vakh'Ba sich nicht die Zeit nahm, bei seinen fortwährenden Ausweichmanövern die Sensordaten des Schiffes anzusehen, war ihm doch klar, dass wie schon bei der jagenden Jägermeute auch bei diesem Schiff die schiere Masse an gleichzeitig feuernden Energiekanonen Auskunft über seine Macht gab.

In seinem hin und her zuckenden Cockpit eingesperrt, dachte Vakh'Ba darüber nach, was er wohl jetzt tun würde, in diesem Moment, wenn er nicht seiner Intuition gefolgt wäre, Qel'Vatra zu verlassen, um sich der Gedankenkontrolle zu entziehen. Mit jeder Disruptorsalve, der der Gleiter auswich oder die seine zwei Jahrtausende überlegenen Deflektorschilde absorbierten, wuchs seine Entschlossenheit.

Dann meldete sich der Computer. »Sir, das feindliche Großkampfschiff wünscht einen Funkkontakt. Die vorliegende Nachricht teilt Ihnen mit, dass Sie hyborisches Territorium verletzen, und fordert Sie auf, sich zu ergeben und das Schiff der Hyborischen Marine zu übergeben.«

Vakh'Ba flog eine weitere Kurve enger als nötig. »Computer, hast du gesagt, ‚hyborisch‘?

»So lautet die Nachricht.«

Er musterte das Kommunikationssystem. Grün auf Schwarz stand es da.

»Dihs isth Hyborias Weltenraum. Aufgeben und nicht weglaufen solen.«

Hyboria gab es also wirklich. Hier, am anderen Ende der Galaxis, zweitausend Jahre vor seiner eigenen Zeit, musste irgendwo ein Ort namens Hyboria sein. Hätte er nicht einem zweieinhalb Kilometer großen, aus allen Rohren schießenden Klotz im Weltall davonrasen müssen, Aris Vakh'Ba wäre zum Feiern zu Mute gewesen.

»Computer, hier ist eine These. Ich behaupte, der Planet, den wir in einiger Entfernung ausgemacht haben, ist das sagenumwobene Hyboria, und dort werden wir einige Antworten finden.«

»Ich bin nicht sicher, was ich auf eine solche Eingabe erwidern soll. Das Protokoll für spekulative linguistische Sprachfiguren ist offenbar unvollständig.«

Vakh'Ba lachte. Auch im Angesicht der drohenden Vernichtung fühlte er sich so lebendig wie lange nicht mehr, nun, da er wusste, dass er am richtigen Ort war, abgesehen von den dematerialisierenden Energiestrahlen, die wieder und wieder auf seinen Jäger abgefeuert wurden. Er nutzte die Gelegenheit, seinen Schiffscomputer nicht das letzte Wort haben zu lassen.

»Deine Sprachfiguren interessieren mich nur am Rande. Mach lieber Vorschläge, wie wir es schaffen können, diesem Riesending zu entkommen, um anschließend in einem Stück den unbekannten Planeten zu erforschen.«

»Taktisches Analyseprogramm läuft bereits. Ich bitte um Geduld.«

»Die da draußen haben keine Geduld, fürchte ich.«

»Denen ist auch klar, was sie zu tun haben, nämlich auf uns schießen.«

»Hast du etwa gerade das Sarkasmus-Unterprogramm getestet?«

»Wie immer, wenn Ihnen meine Angaben nicht vollständig verständlich sind, verweise ich darauf, dass ich so programmiert bin, mich ständig weiter an die Eingaben des Piloten anzupassen.«

»Na großartig.«

»War das Sarkasmus?«

»Was ist mit der taktischen Analyse?«

»Ist fertig. Der Vorschlag mit der größten Erfolgswahrscheinlichkeit lautet, den Primärreaktor des Schiffes, der mit altmodischer Kernspaltungswärme arbeitet, mit unseren Phasendisruptoren zu beschießen. Je nach Abschirmung wird das Schiff kampfunfähig oder zerstört werden, vorausgesetzt, unsere Schilde halten einem direkten Angriff stand, bis die Primärenergie des Kreuzers versagt.«

»Zerstören? Unglaublich, dass dieses Schiff eine solche Schwachstelle besitzt. Aber ich kann dem nicht zustimmen, da müssen ja tausende … nun ja, Hyborier an Bord sein. Das wäre kein guter Erstkontakt, wenn es sich denn um einen solchen handelt. Aber andererseits zweifle ich daran, immerhin kennen sie unsere Sprache. Gibt es eine Möglichkeit, die Schadensintensität zu reduzieren, sodass der Reaktor nicht gleich explodiert?«

Der Computer ließ sich Zeit, offenbar erforderte es beachtliche Rechenkapazitäten, die taktischen Daten nach diesen spezifischen Angaben zu untersuchen. Dennoch war er mehr und mehr von diesem Interface beeindruckt. Die fast natürliche Interaktion in einer solchen Krisensituation schien ihm deutlich zu helfen, sich zu konzentrieren. Was nichts an seiner Ungeduld ändern konnte, doch noch waren die Schilde nicht müde, den lahmen Versuchen des feindlichen Beschusses standzuhalten. Der Computer meldete sich.

»Analyse abgeschlossen. Vorgeschlagene langsame Annäherung an Zielfeuerintensität möglich, aber nicht empfehlenswert. Unsere Überlebenschancen reduzieren sich um die Hälfte, und, wenn ich mir die Bemerkung erlauben darf, sie sind ohnehin schon nicht gut.«

»Verstanden. Manöver in den Zielcomputer eingeben und automatisiert durchführen.«

Vakh'Ba entspannte seine um die Flugsteuerung verkrampften Hände, als der Gleiter ruckartig die Richtung wechselte und wie ein provoziertes Insekt, das schließlich seinen Stachel ausfuhr, zum Gegenangriff überging. Sofort, als der Zielvektor eingeschlagen war, begann der Computer mit der Feuersequenz. Das kleine Schiff wurde nun heftig vom Sperrfeuer des Kreuzers getroffen, da es keine Anstalten mehr machte, ihm auszuweichen. Kurz vor dem Kreuzer drehte der Gleiter ab.

»Zielbeschädigung minimal. Erhöhe Feuerleistung.«

Während der Gleiter sich am Kreuzer entlang schälte, um dann erneut die als Schwäche identifizierte Stelle zu beschießen, stellte Vakh'Ba auf dem taktischen Display fest, dass die feindlichen Jäger sich näherten. Wenn dieser Anflug auch keinen Erfolg brachte, wären es 57 Probleme mehr.

Der Energieausfall war sofort sichtbar. Beinahe alle Lichter auf dem Kreuzer erloschen und das Sperrfeuer der Energiekanonen verhallte an den Schilden des Gleiters.

»Feindliches Großkampfschiff ist kampfunfähig. Setze Kurs auf ...«

Vakh'Ba bemerkte es noch vor dem Computer. Aus dem Augenwinkel sah er, wie ein viele Meter großes Tor an der Längsseite des Schiffes aufging. Dann sah er die Raketen.

»Computer, taktische Analyse.«

»Laserzielsuchende Leichtprojektile, die uns in Geschwindigkeit und Wendigkeit deutlich überlegen sind. Die Sprengkraft beträgt ... etwa fünfundzwanzig Megatonnen pro Rakete.«

Vakh'Ba schluckte. Dann fragte er: »Heißt das, es handelt sich um Atomraketen?«

»Präzise. Die Schilde werden dem nicht standhalten, denke ich.«

»Aber sie haben doch selbst keine Schilde! Jeder auf diesem Schiff wird die Strahlung abbekommen ...«

»Warnung! Einschlag in 25 Sekunden.«

Dann hatte Vakh'Ba eine Idee. Zuerst galt es, Täuschkörper auszusetzen, was ihm vielleicht einige wertvolle Sekunden bescheren würde. Und dann ...

Er setzte Kurs auf die Meute der verfolgenden Jäger, die ihn beinahe erreicht hatten. Vakh'Ba fragte sich, ob sie wussten, was er im Gepäck hatte.

Wie in einem glänzenden Umhang aus an den Schilden zerstäubender destruktiver Energie schoss er der Meute von Schiffen entgegen, hinter sich eine einzige graue Wolke aus reflektierenden Partikeln, die die Zielsysteme der Raketen verwirren sollten. Als die ersten Jäger explodierten, wusste Vakh'Ba, dass sein Plan funktionierte, aber ob auch er überleben würde, war umso ungewisser. Wenige tausend Meter hinter ihm explodierten die atomaren Sprengköpfe der Raketen und legten den Raum zwischen ihm und den Jägern in loderndes nukleares Feuer. In einem letzten Akt der Hoffnung führte er alle Energie auf die Schilde. Er verlor die Flugkontrolle, den Computer, die Umgebungsanzeigen und schließlich auch das Bewusstsein.

Vakh'Bas Gleiter hing tot im All. Als er zu sich kam, konnte er sein Glück kaum fassen. Mühsam führte er den Hauptsystemen wieder Energie zu. Bis auf die Lebenserhaltung. Rot blinkend zeigte das Subsystem die deprimierende Mitteilung an: Lebenserhaltung zerstört.

»Computer, ist die Lebenserhaltung reparaturfähig?«

»Negativ. Ich schätze, dass die Atemluft für zwanzig Minuten reicht und die Beheizung für fünfzehn.«

»Na großartig. Ich werde den Helm aufsetzen, vielleicht kann der Anzug die Zeit noch etwas strecken.«

»Die Lebenserhaltung des Anzugs ist schon mit einbezogen. Ich rate dringend dazu, umgehend eine lebensfreundliche Umgebung aufzusuchen.«

»Ich schätze, dem Rat folge ich.«

Vakh'Ba checkte den Zustand des Reaktors und stellte erfreut fest, dass offenbar bei der Schildüberlastung wirklich nur die Lebenserhaltung zerstört worden war. Umgehend stellte er den unbekannten Planeten als Ziel ein und startete die Maximalbeschleunigung.

Als er bei der fünfeinhalbfachen Beschleunigung der normalen qel'vatrischen Gravitation in den Sitz gedrückt wurde, nahm er sich die Zeit, die Strahlungsanzeigen zu prüfen. Er stellte fest, dass er eine weitere Jahresdosisleistung aufgenommen hatte. Verglichen mit der Strahlung, die er ohne die Schilde abbekommen hätte, war er jedoch praktisch gesund. Auch wenn er wusste, dass es immer Spätfolgen geben konnte, ignorierte er das Wissen um die statistische Natur von Strahlenschäden – dafür hatte er keine Zeit. Dennoch zeigte sich wieder, warum das qel'vatrische Volk vor Jahrhunderten der Kernspaltung den Rücken gekehrt hatte. Oder kehren würde, wie sich Vakh'Ba erinnerte.

Dann, immer heller werdend, sah er ein winziges, rotbraunes Glühen vor sich, das von einem halbmondförmigen Ausschnitt eines Planeten ausging. Nicht ganz, was er erwartet hatte. Im Gegensatz zu dem friedlichen und grünblauen Anblick von Qel'Vatra war dieser Planet nicht gerade ein Ausbund an Ordnung. Während der helle Teil komplett von ocker-roten Sturmwolken beherrscht wurde, konnte er auf der dunklen Seite lange Blitze erkennen, die sich hunderte von Kilometern über den Himmel tasteten.

»Sieht nicht gerade einladend aus«, sagte er.

»Sicher einladender als dieser Gleiter, der sich in zwei Minuten und vierzig Sekunden in einen Eisschrank voll verbrauchter Luft verwandeln wird.«

Vakh'Ba ignorierte die sarkastische Bemerkung des Computers und suchte fieberhaft nach einem Landeplatz. Und doch bemerkte er, dass seine Finger auch durch die dicken Handschuhe des Anzuges langsam kalt wurden. Der Anblick des verheißungsvollen Planeten als Zuflucht und Landeplatz hatte ihn bis jetzt erwärmt, doch angesichts der unwirtlichen Bedingungen spürte er mehr und mehr den kalten Atem des Weltalls.

»Computer, Vorschläge für die Notlandung?«

»Ich habe ein Gebiet mit niedrigen Windgeschwindigkeiten lokalisiert. Bedauerlicherweise gilt das nur für die oberen, beobachtbaren Luftschichten. Wie es darunter aussieht, ist schwer zu sagen.«

»Na dann auf gut Glück.«

Vakh'Ba zog seinen Gurt fest und vergewisserte sich, dass die Landungssysteme funktionierten. Als die Raketen der Orbitalen Abwehrsatelliten den Gleiter trafen und auf seine unabwendbare Reise in die Atmosphäre schickten, wurde all das bedeutungslos.

14.

Als er das rauchende Wrack verließ, war Aris Vakh'Ba blutverschmiert, aber heilfroh. Ihn wunderte, dass die orbitalen Verteidigungsplattformen nicht von den Sensoren des Schiffes als solche erkannt worden waren, denn dadurch war die »Landung« erheblich unkomfortabler geworden. Nur mit Mühe hatte er überhaupt eine Fläche gefunden, die als Auslaufzone fungieren konnte. Wehmütig schaute er in Richtung der kilometerlangen Spur, die die Unterseite des Gleiters in die Landschaft gezogen hatte. Es gab hier kaum Vegetation. Abgesehen von geisterhaften Strauchgerippen und einzelnen Fetzen von Moosen war der braune Boden von Wassermangel aufgerissen und staubig. Die Luft roch nach nichts als trockenem Sand und war beißend wie von den Abgasen naher Industriewerke, obschon weit und breit keine künstlichen Strukturen erkennbar waren. Seine Schulter schmerzte. Er zwang sich, den Rucksack mit den Feldrationen, dem kleinen Fusionsgenerator mit Kommunikationssystem und dem Disruptor zu schultern, knickte vor Schmerz fast ein und konnte sich dann doch auf den Beinen halten. Traurig stellte er die Selbstzerstörungssequenz des Gleiters ein und fragte sich, ob der Computer wusste, dass seine Existenz bald enden würde, denn er gab keine Antwort mehr außer dem blinkenden Countdown im Display.

Aris Vakh'Ba besann sich. Es war sinnlos, einem Computer nachzutrauern, und er hatte nun wirklich größere Sorgen. Bei seiner Bruchlandung hatte er auf seiner Bremsfahrt durch das öde Land eine kleine verlassene Stadt gesehen. Vielleicht konnte er dort Unterschlupf finden.

Als er seinen Weg durch die Landschaft machte, schuf das Marschieren trotz all der Mühsal, die ihn mit Tragen und Rätseln und Zweifeln beschäftigte, Ordnung in seinem Bewusstsein. Ihm wurde klar, dass, wenn dies Hyboria war, diese Welt seit langer Zeit praktisch tot sein musste. Er hatte an einem kleinen, vertrockneten Bächlein voll Schlamm eine Probe genommen und verdrossen festgestellt, dass der gesamte Boden mit Schwermetallen und radioaktiven Rückständen belastet war. Zwar wusste er nicht, ob er sich eher den besten oder schlechtesten Platz zum Bruchlanden ausgesucht hatte, doch war er sicher, dass seine Erkenntnisse ob der Wolkenschichten, die er aus dem All beobachtet hatte, ganz sicher kein lokales Phänomen darstellten.

Auf einmal hörte er die Fluggeräte. Er duckte sich unter einen kleinen windschiefen Busch, der so trocken war, dass es einem Wunder glich, dass er nicht in Flammen aufging. Sie waren auf dem Weg zur Absturzstelle. Er hatte viereinhalb Stunden Fußmarsch Vorsprung, was bedeutete, dass sie ein Gebiet von beinahe zweitausend Quadratkilometern absuchen mussten. Vakh'Ba machte sich nicht die Mühe, auszurechnen, wie groß seine Chancen waren. Wenn er nicht bald ein wirkliches Versteck fand, würde man ihn sicher schnell aufgreifen. Und mittlerweile war er dem auch gar nicht mehr so sehr abgeneigt, denn seine Schulter wurde vom Gewicht des Überlebenskits nicht besser, und seine Wasserschatullen würden bei der Hitze auch nicht ewig halten.

Als er den Kamm eines kleinen Hügels erreichte, konnte er auf der anderen Seite ein wenig auf die Landschaft blicken. Er nahm sein Fernglas und suchte die öde Ebene ab. Weit entfernt konnte er die Schornsteine einer Industriesiedlung erkennen. Es schien jedoch weder Beleuchtung, Feuerstellen, Abgase oder sonstige Zeichen von Aktivität zu geben. Langsam fragte er sich, warum er hier keine Spur von Bewohnern fand. Eigenartig. Auf Qel'Vatra gab es ganz ähnlich unwirtliche Gegenden, und trotzdem fand sich praktisch überall jemand, der dort sein Auskommen finden wollte und konnte. *'In jeder noch so großen Einöde gibt es jemanden, der für sich sein will'*, dachte Vakh'Ba. Aber er wusste auch, dass nicht er diesen Einsiedler finden würde, wenn es ihn denn gab, sondern höchstens umgekehrt. Als der Fluglärm schließlich wieder abebbte, erhob er sich und wanderte weiter den entfernten Bauten entgegen, die wie ein maliziöses Zeichen seine Ankunft heraufzubeschwören schienen.

Ob es daran lag, dass sein Wasser zur Neige ging, oder ob es wirklich immer heißer wurde, wusste er nicht. Längst hatte er die knappe Oberjacke des Overalls ausgezogen und als eine Art Turban um den Kopf gewickelt. Erneut sah er durch sein Fernglas und vergewisserte sich, dass die fernen Bauwerke keine Fata Morgana waren. Er stellte fest, dass der Entfernungsmesser nicht funktionierte, der staubigen Atmosphäre wegen, wie er annahm. Hin und wieder drehte er sich um und schaute, ob Staubwolken die Ankunft der Häscher von der Absturzstelle ankündigten, doch nichts geschah. Es nützte alles nichts, er musste weiter und trieb sich unermüdlich voran. Ab und zu fuhr er herum und meinte, in den dichten rotbraunen Wolken eine Art Kondensstreifen zu erkennen, doch seine Kenntnis des Wetters dieses Staubklumpen von einem Planeten reichte bei weitem nicht aus, um sichere Schlüsse ziehen zu können. Ein bisschen Wehmut befiel ihn, als er überrascht feststellte, dass ihm gewissermaßen die nervige, besserwisserische Stimme des linguistischen Interfaces fehlte, immerhin hatte er sie einige Tage an Bord des Gleiters ertragen müssen. Wenn er ehrlich zu sich selbst war, musste er auch zugeben, dass die Qualität der Sprachausgabe zum Schluss sogar recht angenehm gewesen war. *'Und gewiss hätte der Computer auch einige der Fragen über die Umgebung beantworten können'*, dachte er. Aber er verwarf diese Gedanken schließlich wieder und schaute herausfordernd gen Horizont, an dem noch immer die leblosen Türme der fernen Industriehallen thronten.

Die Straßen der verlassenen Siedlung fühlten sich seltsam an. Aris Vakh'Ba war noch nie zuvor in einer Geisterstadt gewesen. Verglichen mit den glitzernden Türmen und den Stahlfassaden der geschäftigen, pulsierenden Megacities von Qel'Vatra wirkten die gräulichen Stahlgerippe von Lagerhallen und Fabrikhangars, deren Zwischenwände längst verrottet sein mussten, beinahe wie eine antike archäologische Ausgrabungsstätte. Vakh'Ba erinnerte sich, dass man auf Qel'Vatra Ruinen aus früheren Zeiten der Zivilisation freigelegt hatte, und wie er sie mit der Schulklasse besuchen durfte, doch das waren Pyramiden, grob-schnittige Klotzhaufen und filigrane Mosaike der mittleren Zeitalter gewesen. Vergleichbare Überbleibsel der Industrialisierung, die auch Qel'Vatra mit all ihren Nebenwirkungen wie Überbevölkerung, Umweltverschmutzung und sozialen Unruhen heimgesucht hatte, fielen ihm jedoch nicht ein. Niemals hatte er wirklich verrostete Stahlgerippe und bröseligen Beton gesehen.

Er gestattete sich, für einen Moment die Augen zu schließen und die Schornsteine Rauchwolken speien zu lassen. Stellte sich vor, wie aus den Fabriken geschäftige Geräusche drangen und wie die Straßen erfüllt waren von ... nun ja, Procyoniern. Er machte sich keine Vorstellung davon, wie die Bewohner dieser Welt aussehen mochten, aber alles deutete darauf hin, dass sie sich von ihm nicht besonders unterscheiden konnten. War es am Ende tatsächlich so, dass die jagende Meute im All, der gigantische Imperiale Kreuzer und die Raumstationen im Nebel die Überbleibsel einer procyonischen oder prä-procyonischen Zivilisation darstellten? Die Dimension und Architektur der Gebäude jedenfalls ließen nur den Schluss zu, dass, wer immer hier gearbeitet hatte, sehr, sehr ähnliche Proportionen gehabt haben musste.

Doch das beantwortete nicht die Frage, warum alles verlassen war. Vakh'Ba bemerkte schließlich einen dezenten Geruch von moderner Vegetation inmitten der staubigen Geisterstadt und beschloss, ihm zu folgen. Er erreichte eine Art eingezäuntes Industriegelände, aber die Absperrung hatte über die Jahre an Abschreckungskraft verloren. Der Stacheldraht war stumpf und verwittert, und der darunter befindliche Zaun war löchrig geworden. Vakh'Ba zwängte sich durch ein größeres Loch und sah sich etwas um. Langsam erinnerte ihn sein Unterbewusstsein daran, dass es Zeit war, etwas Frisches zu trinken zu finden, aber seine Ausbildung sagte ihm, dass Wasser, das er hier finden würde, kaum trinkbar sein konnte. Er folgte dem modrigen Geruch noch etwas weiter und sah schließlich auf eine kleine Grube herab, die den Eingang zu einer Mine verbarg. Er fragte sich, was dort abgebaut worden sein mochte. Während es keine Spuren von irgendwelchen Restprodukten oder einem Kaliberg gab, wusste er nun immerhin, woher das Wasser kam, es floss in einem kläglichen Bach aus der Mine in eine Rohrleitung, die unterirdisch wieder in der Senke verschwand. Vakh'Ba hätte zu gerne gewusst, wo die Leitung hinführte, aber da es keinen Anhaltspunkt dafür gab, ging er in Richtung der Fabrikhallen, die sicherlich früher das Erz verarbeitet haben mussten.

In der Halle, die der Mine am nächsten war, konnte man die Schienen noch erahnen, auch wenn die Holzbohlen wie von Säure zersetzt und zerfallen aussahen und die eigentlichen Trassen aus Stahl längst entfernt worden waren. Vakh'Ba bemerkte eine ganz feine, rote Schicht von Staub, die in den Strahlen der Abendsonne seltsam glänzte. Er nahm seinen Handscanner, um zu schauen, ob es sich um Kupfer handelte, wie er vermutete, doch zu seiner Überraschung bekam er keinerlei Anzeige. Wenn es nach dem Scanner ging, gab es nichts, was die rot glänzende Patina auf den Industrietrümmern erklären konnte. Alles, was es hier zu detektieren gab, waren altes Eisen und Beton.

Vakh'Ba hielt inne. Hier gab es nichts weiter für ihn zu entdecken. Er hatte weder brauchbares Wasser noch Informationen gefunden. Was sollte er nun tun? Sicher, er konnte in Richtung der höheren Berge gehen, die sich hinter der Geisterstadt auftürmten. Dort würde er vielleicht Wasser und ganz sicher keine Antworten finden. Irgendein Gefühl sagte Vakh'Ba, dass das Umherstreifen auf diesem Staubklumpen nicht zum Ziel führen würde. Und dann war ihm klar, was zu tun war. In seinem Überlebensrucksack fand er die massive und vollkommen mechanische Notfallpistole. Er überprüfte die Munition und trat vor die Fabrikhallen.

Dann schoss Aris Vakh'Ba drei grünblaue Leuchtkugeln in den glutroten Abendhimmel der Geisterstadt. Von der Ruhe vor dem selbst heraufbeschworenen Sturm beseelt setzte er sich auf einen Stapel alter Rohre und wartete. Er wurde nicht enttäuscht.

15.

Die Staubwolke am Horizont wurde größer und größer, und schließlich konnte man ein leises Rauschen vernehmen, das bald zu ohrenbetäubendem Lärm werden sollte. Vakh'Ba nahm alle technischen Geräte aus dem Rucksack, legte sie auf einen Haufen und stellte seinen Disruptor auf Überlastung ein. So wie schon beim Gleiter wollte er unbedingt verhindern, dass Technologie, die nicht in diese Zeit gehörte, von irgendjemandem gefunden wurde. Er würde behaupten, sich verlaufen zu haben, aber vermutlich würde man schnell feststellen, dass er der Pilot des abgestürzten Schiffes war. Dass er einen Imperialen Großkreuzer lahmgelegt und siebenundfünfzig Jagdgleiter zerstört hatte, zumal sich in dieser Gegend ja anscheinend niemand sonst verdingte. Verglichen mit der Schlacht im Weltraum war es beinahe eine Lappalie, dass er vermeiden wollte zu erklären, was den riesigen, sieben Meter breiten Krater verursacht hatte, vor dem er stand, und trotzdem beeilte er sich, ihnen entgegenzugehen. Er musste keine Entkräftung vorspielen, denn Wasser hatte er tatsächlich dringend nötig.

Der vage Moment zwischen dem Erkennen humanoider Form und der Gewissheit, dass die Bewohner dieses Planeten von der gleichen Art, also Procyonier, sein würden, ließ Aris Vakh'Ba erahnen, dass hier gleich mehrere Kapitel in der Geschichte seines Volkes neu geschrieben werden mussten. Und er ahnte auch, warum, als die vermummten Männer mit den Masken, die sie vor Staub und Strahlung schützen sollten, auf ihn zutraten. Sie hatten diesem Planeten das Leben geraubt, und nun raubte er ihnen ihres. Fasziniert sah er in desillusionierte Gesichter, die in ihrem Elend unfähig waren, Überraschung zu zeigen. Über seine trotz Blutflecken und Präriedreck makellose Haut, den modern geschnittenen Overall und die hoffnungsvoll funkelnden Augen, die unter Aris Vakh'Bas improvisiertem Turban empor blitzten. Er sah die atemlosen Männer an, die ihm vorsichtig entgegen gingen, die Waffen im Anschlag schwer verständliche Dinge brüllten, und fühlte sich mehrere Jahrtausende überlegen. Dann erreichten sie ihn und drückten sein Gesicht auf den heißen, kargen Wüstenboden, indem man ihm Knie in den Rücken rammte.

Man fesselte ihn an Händen und Flugfortsätzen, was er seltsam fand, und verband ihm Augen und Ohren. Dass man ihn transportierte, merkte er nur an dem Hoppeln und Ruckeln der primitiven, auf Verbrennungsmotor und Gummibereifung basierenden Fortbewegungsmittel.

Noch bevor man ihm Augen und Ohren freigab, lockerte man die Fesseln, aber nur, um ihn auf einem Stuhl festzuschnallen, der, wie er entsetzt feststellte, frei schwenkbar war. Obschon in seinen Sinnen empfindlich eingeschränkt, wusste er, dass er sich in einer Folterkammer, oder was immer dieses Volk darunter verstand, befinden musste.

Das erste, was er schließlich erblickte, war das gleißende Licht einer Deckenleuchte, die auch gut in einem Operationssaal Verwendung hätte finden können. Zwar konnte er sehen, aber doch nichts erkennen. Kurz darauf beschäftigte ihn ein schriller, stechender Schmerz im rechten Unterarm, der davon herrührte, dass man ihm eine Kanüle gelegt hatte. Als der Schmerz nachließ und er sich in der Lage sah, den Kopf etwas zu drehen, konnte er schemenhaft erkennen, wie man ihm Blut abzapfte. Ohne Zweifel wollte man sichergehen, dass er war, wonach es den Anschein hatte, denn er an ihrer Stelle hätte ohne zu Zögern die These aufgestellt, dass ein in einem beschädigten Schiff auf einem offenbar völlig unwirtlichen Planeten notgelandetes Alien Form und Aussehen der Bewohner imitierte.

In der kurzen Zeit, die zwischen der Entscheidung, sich finden zu lassen, und der Ankunft der Truppen gelegen hatte, hatte er sich alles zurechtgelegt. Er würde keine Fragen über seine Herkunft beantworten, sondern darauf beharren, eine Art Glücksritter zu sein, der in der Einöde nicht fand, was er suchte, und schließlich keine Nahrung mehr hatte. Dann hatte er das rauchende Wrack gesehen, es geplündert und war weitergezogen. Dass es ebenso gut so aussehen musste, dass er aus dem Raumschiffswrack entkommen war? Nun ja, das war Zufall.

Welche Überraschung, als der erste Satz, den man ihn hören ließ, der folgende war: »Sie sind Kadett Aris Vakh'Ba der procyonischen Imperialen Streitkräfte, Student der Akademie von

Qel'Vatra im zweiten Jahr. Sie haben einen prototypischen Raumüberlegenheitsjäger entwendet, mehrere Wachen getötet, einen Asteroidenstützpunkt gesprengt, und sind schließlich nach Hyboria geflüchtet. Dabei haben Sie einen unserer glorreichen Imperialen Kreuzer kampfunfähig geschossen und nicht weniger als 60 Aufklärungsschiffe vernichtet. Wir haben allen Grund zu der Annahme, dass Sie zudem aus der Zukunft stammen. Warum sind Sie hier?«

Aus dem Schatten trat ein alter, ausgemergelter Mann, dessen Morphologie unverkennbar procyonisch war. Er trug einen ebenso verräterischen, wie verschlissenen weißen Kittel und die unvermeidliche Aktenmappe, die auch zwei Jahrtausende später bei Verhören noch nicht aus der Mode gekommen war.

Für einen kurzen Moment vergaß Vakh'Bas Verstand den Schmerz in seinen Gliedern und erlaubte sich, klar zu werden. Wenn dieser Mann von seinem Volk war, dann blieb ihm nur ein Schluss übrig. *'Dies ist also Hyboria, und es gibt hier Vorfahren unserer Zivilisation'*, dachte Vakh'Ba. Aber noch ergab das alles keinen Sinn. Die Zeitabstände passten nicht. Und dieser Planet schien nicht gerade ein Hort des Lebens und der Evolution zu sein.

»Ich habe diesen Namen noch nie gehört«, sagte er schließlich. »Und was ein 'Procyon' sein soll, weiß ich leider auch nicht.«

Der Weißgekleidete lachte. »Kadett Vakh'Ba, jetzt machen Sie es uns doch nicht so schwer. Sie haben verstanden, dass wir Fragen an Sie haben, das nehme ich zumindest an. Gehen wir für den Moment einmal davon aus. Dann haben Sie genau zwei Möglichkeiten. Entweder Sie kooperieren und dürfen auf unser Wohlwollen hoffen, oder Sie kooperieren nicht, und wir beantworten unsere Fragen selbst. Es liegt in der Natur der Sache, dass die zweite Option schmerzhafter ist. Also noch einmal: Warum sind Sie hier?«

Vakh'Ba wog seine Optionen ab. Wie erfolgversprechend war ein Bluff? Schließlich sagte er: »Ja. Sie haben Recht. Ich bin Aris Vakh'Ba vom Planeten Qel'Vatra. Allerdings habe ich diesen Jäger nicht entwendet. Die Geschichte, wie auch immer Sie sie erfahren haben, gehört zu meiner Tarnung. Ich sollte Piratenaktivitäten im das innere Binärsystem umgebenden Nebel untersuchen. Doch dann tauchte eine Art Subraumspalte auf, die mein Schiff in die

Vergangenheit schleuderte. Das Procyonische System ist 50000 Lichtjahre entfernt, Sie sehen also, dass ich keine Gefahr für Sie darstelle.«

»Sie haben versucht, Ihre Technologie zu vernichten. Damit sie uns nicht in die Hände fällt, nehme ich an. Das verstehe ich. Nichtsdestoweniger wird es uns mit Hilfe des Computerkerns gelingen, einige Geheimnisse zu lüften. Sie haben der hyborischen Rasse schon jetzt einen großen Dienst geleistet, und ich biete Ihnen Folgendes an: Zeigen Sie uns, wie wir Ihre Technologie nutzbar machen können, und wir werden Sie in Ihrem aktuellen Erscheinungsbild in die hyborische Gesellschaft eingliedern ...«

Vakh'Ba stutzte. Was meinte er mit *aktuellem Erscheinungsbild*? Ihnen musste mittlerweile völlig klar sein, dass er sein Aussehen nicht verändert hatte. Angesichts der Flottenaktivitäten in dem Nebel musste ihnen auch klar sein, dass er keiner feindlichen Alienrasse von der anderen Seite der Galaxis angehörte, sondern wirklich hier gestrandet war. Ungeachtet der Tatsache, ob man ihm glaubte, dass er nicht die Absicht gehabt hatte, hierher zu kommen, blieb allerdings die Frage offen, woher sie ihre beunruhigend akkuraten Informationen bezogen hatten. Sagten sie die Wahrheit und hatten den Computerkern bergen können? Das sollte unmöglich sein. Er hatte die Explosion des Fusionskerns aus der Ferne gesehen. In einem Radius von wenigstens fünfzig Metern musste alles vaporisiert worden sein.

Er hoffte, Zeit gewinnen zu können, um vielleicht in einem passenden Moment zu fliehen. Es war ja nicht so, dass er keine Übung darin hatte. Also stimmte er zu.

»Wir werden zunächst sicherstellen, dass Sie sind, wer Sie vorgeben. Bis das geschehen ist, werden Sie einen Eindruck davon bekommen, welche Folgen eine Ablehnung der Kooperation haben würde. Bringt ihn ins Lager, Sektion 7.«

Vakh'Ba wusste zwar nicht, was der Mann meinte, aber als man ihm die Fesseln abnahm, ihn ins gleißende Sonnenlicht stieß und er den Geräuschteppich des Lagers erahnte, begann er zu verstehen. Er spürte, wie man ihn eine Treppe herunter schubste, und ehe er richtig sehen konnte, fand er sich auf allen Vieren wieder, während die breite, titanverstärkte Tür mit einem dumpfen Surren geschlossen wurde. Aris Vakh'Ba hob die Hand vor die Augen, um sich in dem hellen Licht der erbarmungslosen Sonne zu orientieren. Er stand auf dumpf-braunem, aufgerissenem Lehmboden und vor ihm lag, von hohen Mauern und einem darüber liegenden Netz von Stacheldrähten umrahmt, eine Art Lager. Überrascht erkannte er, dass in dem Chaos von primitiven Verschlägen und Behausungen eine wilde Mischung von Procyoniern, oder sollte er sie Hyborier nennen, und schwächlich aussehenden Kleinwüchsigen umher wuselte. Es war ein Bild des Elends. Eine vage Vermutung erklomm sein Gehirn. Handelte es sich dabei um die Rasse jenes bedauernswerten Exemplars, das er in der Asteroidenbasis gesehen hatte? Er bedauerte, dass er keine Gewebeprobe hatte nehmen können. Was hatte das alles nur zu bedeuten?

Neugierig trat er an eine Feuerstelle, über der ein löchriger, verbeulter Kessel voll blubberndem Dreck hing, der absolut scheußlich roch. Davor saß ein augenscheinlich älterer, faltiger Vertreter des schwächlichen Volkes und sah ihn mit großen Augen an.

»Entschuldigung«, sagte Vakh'Ba vorsichtig. »Ich habe ein paar Fragen zu diesem Ort. Was …«

»Aj'Duk Wa Schima'Juk Tak'Tak«, schrie der Mann, und auf einmal spürte Vakh'Ba eine weitere Gestalt hinter sich auftauchen. Eher er sich umdrehen konnte, wurde ihm mit äußerst kraftvollem Druck der Arm auf den Rücken gedreht und er zu Boden gestoßen. Er spürte, wie er durchsucht wurde. Dann wurden ihm mit nicht besonders großer Sorgfalt die Stiefel von den Füßen gezogen und mit einem Ruck wurde er wieder auf die Beine gestellt, nur, um mit einem weiteren Fußtritt zurück in die Richtung befördert zu werden, aus der er kam. Vakh'Ba beeilte sich, einige Meter von dem noch immer schimpfenden alten Mann Abstand zu gewinnen, bevor er sich sammelte. Erstaunt blickte er zurück zu der Feuerstelle, ehe er ein lautes, hämisches Gelächter vernehmen konnte. Er drehte sich um.

Vor ihm stand ein breit grinsender Hyborier, der etwa so groß war wie er selbst, eine Augenklappe und einen verfilzten Zopf trug.

»Wo haben sie denn dich ausgegraben? Noch nie einen von den Blassen gesehen? Hör zu, diesmal ist es glimpflich ausgegangen. Aber der hätte dich ebenso gut abmurksen können.« Der Mann musterte Vakh'Ba mit unverhohlener Arroganz. »Ich weiß zwar nicht, warum du hier bist, aber gewöhn dich besser nicht dran. Jemand wie du macht es hier nicht allzu lange, weißt du.«

»Mir wäre für den Anfang schon geholfen, wenn ich denn mal wüsste, wo *hier* ist«, sagte Vakh'Ba lakonisch. Vielleicht hatte der Unbekannte Recht mit dem, was er sagte – doch solange er nichts über die Fremden wusste, mit denen er dieses Lager teilte, würde er derlei Schlüsse nicht voreilig treffen wollen.

»Dies ist das Internierungslager Ron'Jok, Abschnitt Sieben, Junge«, sagte der Unbekannte. »Erzähl mir nicht, du weißt nicht, warum du hier bist. Du wirst schon was angestellt haben, wenn sie dich hergebracht haben. Bestimmt hast du deinen Transport verpasst.« Wieder lachte er sein hohes, spöttisches Lachen.

»Was für einen Transport?«, fragte Vakh'Ba vorsichtig.

»Du bist echt dümmer, als du aussiehst, Junge«, sagte der Mann, ehe Vakh'Ba das Surren der Eingangstore bemerkte und drei schwer bewaffnete Wachen ihn wieder mitnahmen.

Kein Zweifel, dieser Ausflug hatte ihn kooperativer machen sollen. Doch hatte es geklappt? Er sah nachdenklich zurück auf die notdürftigen Zelte und Blechhütten, in denen mehr von den Fremden, als Hyborier, beziehungsweise Procyonier, wenn sie denn welche waren, saßen. Er verstand dieses Rätsel noch nicht, doch er spürte ganz deutlich, dass die Antworten sich nur noch eine Ecke weit entfernt verbargen und sich nicht mehr um Lichtjahre entziehen konnten.

Er wurde zurück in den Verhörraum mit dem grellen Licht gebracht, auch wurde er wieder auf den Stuhl unter der Lampe gesetzt, aber nicht fixiert wie zuvor. Vakh'Ba schloss daraus, dass sie zumindest seiner physischen Erscheinung nun trauten, was ein Kompliment war, das er nicht erwidern konnte. Weder wusste er, welche Motive die Bewohner … oder zumindest Besatzer dieser Welt antrieben, noch welcher Zusammenhang mit seiner Gegenwart in dieser Vergangenheit bestand. Er wusste, dass dies

Hyboria war, aber beileibe nicht, was das bedeutete. Was hatte man mit ihm vor?

»Sie haben das Lager kennen gelernt, Aris Vakh'Ba.«

Er wunderte sich, ob diese Feststellung eine Antwort erforderte. Da er jedoch vermutete, worauf es hinaus laufen würde, sagte er knapp: »Ja, das habe ich.«

»Dann lassen Sie mich noch einmal meine Frage stellen: Warum sind Sie hier?«

Der Offizier sah ihn durchdringend und entschlossen an, doch hinter der Fassade aus Gehorsam und Pflichtbewusstsein meinte Vakh'Ba einen Anflug von Ratlosigkeit zu erkennen.

»Sie haben das Lager kennen gelernt und sicher verstanden, welche Perspektive es bietet. Die Alternative lautet warmes Essen und gute Behandlung, und alles was wir verlangen, ist Kooperation.«

Vakh'Ba wusste, dass sie ihn kaum einfach in das Lager stecken würden, solange sie der Meinung waren, Informationen von ihm gewinnen zu können, sei es über seine Herkunft, die Zukunft oder was auch immer. Und er würde daraus auch mehr über dieses Hyboria lernen können, denn als aufgegebener Gefangener. Außerdem würde man ihn vorher foltern. Es lag auf der Hand, dass er sie hinhalten musste, bis er … nun ja, mehr erfahren hatte.

»Ich werde kooperativ sein«, sagte er knapp. Aris Vakh'Ba hatte keine Ahnung, welche Folgen diese vermeintlich berechnende Antwort haben konnte, aber für den Moment ließ sie ihn etwas Anspannung verlieren.

Der Offizier lächelte grimmig: »Das wird dem General gefallen.« Er schrieb etwas in seine Mappe und drückte dann einige leuchtende Knöpfe auf dem Tisch vor ihm. Die massive Tür hinter ihm glitt auf, und die zwei großen Wächter geboten Vakh'Ba, ihnen einmal mehr zu folgen.

Die Zelle, in die sie ihn brachten, war erstaunlich geräumig, staubfrei und vollständig mit ihm unbekannten Zeichen bekritzelt. Sie brachten ihm Essen, das zwar fürchterlich schmeckte, aber ihn immerhin stärkte. Danach kamen zwei Wachen und zwei vollständig in weiß gekleidete Wissenschaftler zur Tür herein. Sie stellten sich vor, aber Vakh'Ba merkte sich ihre Namen nicht, zu beschäftigt war er damit, zu überlegen, auf welche Weise er, ohne zu viel tatsächliche Information preiszugeben, noch mehr Zeit gewinnen konnte. Vielleicht würde es ihm gelingen, sie zu überzeugen, Prototypen von den Geräten, die er erklärte, herzustellen, sodass er hier und da Einzelteile abzweigen konnte ...

»Sie sind also der Mann aus der Zukunft«, sagte der größere der beiden Wissenschaftler. Er war hager und hatte kaum mehr Haare auf dem Kopf, doch seine Augen waren wach und neugierig. Der andere wirkte angespannt und konzentriert. Doch er zwinkerte Vakh'Ba zu, als er ihn ansah.

Der beschloss, trotz der zugesagten Kooperation den distanzierten Häftling zu spielen. »Vielleicht bin ich aus der Zukunft, sagen Sie es mir doch. Ist es Ihnen überhaupt möglich, die chronitalen Stringvibrationen zu messen, um die zeitliche Synchronizität meiner leptonischen Struktur zu bestimmen?«

Der Wissenschaftler lachte. »Mit einem Superbeschleuniger von einigen Petaelektronenvolt sicher. Aber wollen Sie sich wirklich in den Detektor legen und sich verdampfen lassen, nur um zu beweisen, dass Sie aus der Zukunft sind?«

»Nein, vermutlich haben Sie Recht. Blöde Idee.« Vakh'Ba seufzte. »Ich nehme an, dass Sie bei einem so bedeutenden Projekt, wie zweitausend Jahre aus der Zukunft stammende Technologien zu rekonstruieren, direkt der Regierung unterstellt sind, und sicherlich zuerst über die Waffentechnologie erfahren möchten.«

»So ist es.« Auch die Wissenschaftler wirkten nicht glücklich damit, aber immerhin gab es Vakh'Ba einen Vorwand, Materialien zu fordern, die es ihm erlauben würden, heimlich einen Disruptor zu bauen, während er den Hyboriern nur beibringen würde, einen besseren Laserpointer zusammenzukleben. Er seufzte laut und theatralisch. »Ich bin nicht unbedingt der Experte auf dem Gebiet Waffentechnologie, aber ich schätze, ich weiß dennoch eine ganze Menge mehr als Sie. Bringen Sie mir ein paar Kilogramm Epoxidharz, die besten mikroelektronischen Bauteile dieses Staubklumpens, und einen Neodym-YAG-Kristall von wenigstens drei Zentimetern Kantenlänge. Ich werde außerdem Hochleistungsoptik benötigen. Diese Strahlenkanone verdampft entweder ein mittelgroßes Haus oder uns, also sorgen Sie besser dafür, dass der Reinheitsgrad größer als 99,9 Prozent ist. Oh, und bringen Sie Klebeband mit. Viel Klebeband.«

Erregt stapfte der Wissenschaftler davon. Vakh'Ba deutete auf seinen Kollegen und rief ihm nach: »Wir werden so lange versuchen, die Schaltpläne aus meinem Kopf zu bekommen. Wenn ich nicht zu viel falsch mache, gebe ich uns eine Überlebenschance von eins zu drei!«

Er war zufrieden mit sich. Der Wissenschaftler hatte eine der beiden Wachen mitgenommen, und je weniger Leute sich in der Zelle aufhielten, umso angenehmer war es. Er bedeutete dem verbleibenden Mann, näher zu treten, und machte sich daran, eines der bereitliegenden Konstruktionsbretter auf den Tisch zu hieven. Er lächelte den anderen Mann an. »Klebeband hält die Welt zusammen.«

Als der junge Mann näher trat, schien er erst zu zögern. Dann fragte er leise, aber bestimmt: »Sie scheinen eher der praktische Typ zu sein. Wollen Sie hier mit einem Panzer aus Klebeband heraus?«

Verblüfft schaute er den Mann an. Mit einer so direkten Frage hatte er nicht gerechnet. Er erinnerte sich, dass es nicht ungewöhnlich war, dass Wissenschaftler nicht gut auf autoritäre Regime zu sprechen waren, und beschloss, darauf einzugehen. »Haben Sie einen anderen Vorschlag?«, sagte er.

Er grinste. »Möglicherweise.«

»Na, reden Sie schon. Wenn Sie tatsächlich eine Möglichkeit kennen, mich hier herauszuholen, dann ist es für den Plan sicher besser, wenn ich auch Bescheid weiß.« Vakh'Ba war nicht recht nach Spielchen zumute. Andererseits bedauerte er den harschen Ton, den er anschlug, denn wenn der Wissenschaftler ihm wirklich helfen konnte, war er auf dessen Kooperation angewiesen. Aber er war neugierig. Der Laborkomplex war schwer bewacht, und ein Fluchtversuch höchst riskant. Er fügte hinzu: »Sie haben doch nicht vor, aus Nächstenliebe zu helfen.«

Wieder lachte der Mann im Kittel. Indem er sich zwang, seine Stimme zu beherrschen, presste er zwischen den Lippen seine Motivation hervor: »Sagen wir einfach, ich mag das Imperiale Kommando nicht besonders. Und außerdem haben Sie gar keine Wahl, als mir zu vertrauen. Für den Moment.«

Er besann sich und fuhr fort: »Und da ich gehört habe, dass es in Fluchtsituationen motiviert, wenn man sich persönlich kennt: Nenn mich Wiesel.«

»Aris Vakh'Ba«, sagte Vakh'Ba. »Was haben wir vor?«, fragte er.

»Nimm das hier. Und dann halte dich hinter mir.« Vakh'Ba spürte, wie etwas Hartes unter dem Tisch gegen seine Hüfte stieß. Als er danach griff, stellte er fest, dass es der Schaft einer Projektilwaffe war. »Wie …«

»Später«, raunte ihm Wiesel zu. Dann streckte er sich, ging auf die verbliebene Wache zu und sagte: »Lassen Sie mich heraus. Ich brauche frische Luft.«

»Wir haben strikte Anweisung bekommen, Sie erst herauszulassen, wenn die Arbeit abgeschlossen ist.« Die Wache starrte mit der typischen Entschlossenheit von unwiderruflicher Befehlsloyalität durch Wiesel hindurch die Wand an.

Wiesel würgte. Er beugte sich vornüber. »Na schön, dann halt hier«, presste er hervor und würgte weiter. Vakh'Ba beäugte den Vorgang skeptisch, erlaubte sich aber, sich ein paar Schritte zu nähern.

Die Wache beugte sich zu Wiesel und machte Anstalten, die Tür zu öffnen. Blitzschnell fanden sich Wiesels Knie in seinem Bauch und der Ellbogen in seinem Gesicht wieder. Der Mann wankte. Wiesel zielte und traf mit der flachen Hand den Solarplexus. Die Wache fiel ohnmächtig zu Boden. »Jetzt aber schnell«, sagte Wiesel und begann, an den Kontrollen der Tür zu arbeiten. Vakh'Ba trat auf ihn zu. Plötzlich sah Wiesel Vakh'Ba an. Ihm fiel auf, dass der die Waffe noch immer locker am Schaft fasste.

»Ach so ja, falls du so etwas nicht kennst …« Er zog die Sicherung von Vakh'Bas Waffe und bedeutete ihm mit einer knappen Geste seiner zwei Hände, wie man die Waffe anzulegen hatte. »Zielen, schießen, weiterlaufen.«

»Verstanden«, sagte er.

Dann glitt die Tür auf und der Korridor verwandelte sich geradewegs in die sprichwörtliche hyborische Hölle. Sirenen heulten auf und Vakh'Ba hörte Stimmen, die unverständliche Dinge brüllten. Als Vakh'Ba vor die Tür trat, war Wiesel schon um die nächste Ecke verschwunden.

»Los! Komm!«, brüllte er und rannte weiter.

Vakh'Ba sah von links drei kräftige Soldaten angerannt kommen. Er dachte daran, kurz auf sie zu schießen, aber dann überlegte er sich, dass es vielleicht unklug war, zuerst das Feuer zu eröffnen, und rannte los. Wiesel nahm einen sehr verschlungenen Weg durch den Laborkomplex, und erstaunlicherweise begegneten sie dabei keinen weiteren Wachen. Als sie schnaufend in die dumpfe, kalte Nachtluft traten, sagte Wiesel:»Okay, so viel zum leichten Teil.«

Es blieb nicht dunkel. Flutlichtscheinwerfer wurden über dem Platz, auf dem sie standen, geschwenkt, und gierig flackernde rote Punkte auf dem Boden zeigten unmissverständlich an, dass Geschütztürme nur darauf warteten, dass sich jemand in die hellen, runden Flecken von Licht verirrte.

Wiesel sah Vakh'Ba prüfend an. Dann zeigte er auf ein Stück der massiven Stahlbetonwand und sagte:»Genau da hin laufen. Zehn Meter vor der Wand wirfst du dich auf den Boden.«

Vakh'Ba wollte Zustimmung anzeigen, aber da war Wiesel schon wieder losgelaufen. Geschickte Haken ließen ihn vermeiden, durch die Spotlights zu laufen, aber letztlich war es trotzdem unvermeidlich, dass man sie fand.

Erbarmungsloses Maschinengewehrstakkato ertönte, und Vakh'Ba wusste, dass es hier um alles oder nichts ging. Vor ihm der flinke und in seinen Ausweichbewegungen unermesslich elegante Wissenschaftler, wenn er denn einer war, und er, der ungelenke Raumschiffpilot aus der Zukunft, dessen Schulter sofort wieder schmerzhafter zu pochen anfing, und der sehr viel Mühe damit hatte, dem Vorderen zu folgen.

Eine Kugel traf seinen linken Knöchel, und Schmerz ließ seine Wahrnehmung völlig explodieren. Vakh'Ba fiel auf den kalten, groben Steinboden. Ganz leise, irgendwie distanziert hörte er eine Explosion. Fragte sich, ob Wiesel es schaffen würde, auch wenn er nicht wusste, wie sie die Mauern hätten überwinden wollen. Aus dem Augenwinkel konnte er schemenhaft erkennen, dass die Flutlichter sich von ihm abwandten. Er bewegte seinen Oberkörper in die Richtung der Explosion, fiel aber erneut zu Boden, als eine weitere Kugel seinen Bauch traf. Blutend, vermutlich schwer getroffen, hatte er nicht die Kraft, irgendetwas anzusehen. Er lag einfach nur da, in einer Kakophonie aus Schreien, Schmerz und Dunkelheit. Aris Vakh'Ba starrte in die Luft. Und als ob ein Engel aus höheren Sphären herab gestiegen wäre, geschah etwas Seltsames: Er erblickte die Gitter auf den Mauern, und wie sie höher und höher geführt wurden, bis sie sich über dem Platz trafen, fast als wäre es ... eine Voliere.

Und Vakh'Ba verstand.

Dann versperrte ihm etwas die Sicht, doch sein vor Schmerz und Todeskampf entfliehendes Bewusstsein verwehrte weitere Sinneseindrücke. Von Erkenntnis beglückt und Schmerz gepeinigt wurde es dunkel um Aris Vakh'Ba.

16.

Es roch nach Desinfektionsmittel. Aris Vakh'Ba spürte etwas Feuchtes und Kaltes auf der Stirn. In seiner Erinnerung kam der Schmerz zurück und zog sich wie ein enger werdendes Netz um seine Brust. Er schnappte nach Luft. Als er die Augen öffnete, erschrak er. Neben dem Bett stand eine kleine Frau und tupfte ihm die Stirn. Sie sah eigenartig aus. Ihre Stirnwülste waren schmal und ihre Haut war hell, fast rosa. Mit großen, neugierigen Augen sah sie ihn an. Er erwiderte zögerlich zunächst ihren Blick, dann jedoch wandte sie die Augen ab.

»Wo … bin ich?«, begann er, mühsam einen Satz zu formen.

»Hab Geduld. Du brauchst jetzt noch Ruhe.«

»Und wer …«

»Später. Ich sage ihm, dass du wach bist, und komme bald wieder.« Sie lächelte. Dann ging sie durch die einzige Tür des Raumes fort. Vakh'Ba konnte nicht erkennen, was sich draußen befand. Er blickte sich in dem Zimmer um.

Der Raum war kahl und weiß und bis auf das Bett, einen Stuhl und einen kleinen Tisch, der offenbar dazu diente, über das Bett geklappt zu werden, leer. Er hörte seinen Herzschlag in den Ohren rauschen, und ein dumpfes, tiefes Brummen, das von anderswo kam. Es gelang ihm nicht, es zu lokalisieren. Er prüfte, ob er aufstehen konnte.

Nur mit einem langen Hemd bekleidet, setzte er sich auf. Er stellte die Füße auf den Boden, und auch, wenn er Schmerzen im linken Knöchel verspürte, schaffte er es, aufzustehen. Er trat an eine der Wände und horchte. Brummen. Horchte auf der anderen Seite. Brummen.

Dann trat er zur Tür. Sie war nicht abgeschlossen. Vorsichtig lugte er hinaus. Auch wenn er nicht am Bett festgeschnallt war, so stand mitnichten fest, ob er nicht von einem Gefängnis in ein nächstes gekommen war.

Als er nach draußen trat, atmete er feuchtwarme, leicht modrige Luft ein. Die Temperatur war angenehm. Der Korridor war offenbar aus nacktem Fels gehauen. Er sah sich um. Es gab keine Schilder oder ähnliches. Vielleicht war ein kleiner

Spaziergang nicht verkehrt. Und wenn er herausgefunden hatte, wo er war, konnte er ja einfach wieder zurückkehren. Am Ende des Ganges sah er eine Art Geländer und eine Wand, deren Einzelheiten er nicht erkennen konnte. Mühsam trat er näher. Nach einigen Metern stand er an dem Geländer und blickte in eine große Halle, die ebenso aus blankem Fels gehauen oder gesprengt worden sein musste. An den Wänden verliefen Treppen und Geländer. Überall waren große, metallisch glänzende Rohre zu sehen. Es herrschte rege Betriebsamkeit, aber keine Hektik. Und dann die Leute! Einige waren Procyonier, so wie er, mit der beruhigend roten Hautfarbe und den kräftigen Flugfortsätzen auf dem Rücken. Einige konnte er sogar die Wände hinauffliegen sehen, statt die Treppen und Leitern zu verwenden. Was mochte dies für ein Ort sein? Er erinnerte sich dumpf, dass der Computer gesagt hatte, die Schwerkraft sei niedriger als auf Qel'Vatra. Vakh'Ba widerstand der Versuchung, selbst seine Flugfortsätze auszubreiten. Er war noch nie richtig geflogen und hatte allenfalls Erfahrung darin, Abhänge hinunterzugleiten. Die Lektionen von Aerosophie Meister Gtakh'Herio'Hts hatte er manchmal für verschenkt gehalten, aber diese Leute hier lebten ihr drittes Paar Extremitäten aus …

Und dann waren da noch die anderen. So wie die Frau, die in seinem Zimmer gewesen war. Ihre Haut blass, rosa oder fast weiß, sie waren entsetzlich klein und wirkten sehr schwächlich. Und doch sahen sie seltsam vertraut aus. Irgendein Bild formierte sich in Vakh'Bas Gedanken, aber er war unfähig, es zu fassen. Er erinnerte sich an irgendetwas, aber er wusste nicht mehr sicher, was es war. Er versuchte verzweifelt, sich festzuhalten, schaffte es jedoch nicht. Ihm wurde übel. Es war, als würde alles beginnen, um ihn zu kreisen. Er wusste sofort, dass er ohnmächtig werden würde, krallte sich am Geländer fest und stöhnte. Er spürte, wie ihm jemand die Hand auf die Schulter legte. Er sah auf.

Einer der blassen kleinen Leute war über ihn gebeugt. Mit sorgenvoller Miene sagte er: »Ist dir nicht gut? Du solltest vermutlich wohl eher noch im Krankenbett sein. Komm, ich helfe dir …« Er machte Anstalten, ihn zu stützen.

Blanker Horror vergiftete Aris Vakh'Bas Verstand. Auf einmal hatte der nahe, lebendige Mann das Bild der seltsam verformten

Leiche auf der Asteroidenbasis in ihm wachgerufen. In dem surrealen Moment der Erkenntnis, in dem Vermutungen zu schwerer, aufdringlicher Wahrheit wurden, zeigte Vakh'Bas verwirrter Verstand die brutale Kontrolle über seinen Körper. Er übergab sich herzhaft. Sein Magen verkrampfte und brannte vor Schmerz.

In dumpfer Agonie erlebte er, wie der kleine Mann ihn schließlich allein aufhob und zurück in sein Bett trug. Er hielt dies ob seiner Größe für eine erstaunliche Leistung, war aber nicht in der Lage, sein Bewusstsein auf diesen Umstand zu fokussieren. Dann kamen aufgeregte Procyonier, die wie Mediziner gekleidet waren.

Er glaubte zu erkennen, dass sie miteinander redeten, ihm eine Substanz spritzten und dann gespannt warteten.

Nach einer Weile wurde seine Welt wieder klar. Er konnte vier Personen vor seinem Bett sehen. Der Mann, der ihn getragen hatte, eine unverkennbar procyonische Frau in weißem Kittel, die den Mann um die Hälfte überragte, und zwei weitere Männer, die – Vakh'Ba konnte sich nicht helfen – wie Hybride aussahen. Mischlinge. Er hatte so viele Fragen, doch für den Moment hielt ihn das Beruhigungsmittel unter Kontrolle.

Er sah, wie der kleine Mann ihm zulächelte und dann ging. Die drei anderen diskutierten einen Moment und dann entfernten sich auch die große Frau und einer der Männer. Der andere setzte sich auf den Stuhl neben dem Bett. Er beobachtete Vakh'Ba aufmerksam. Er war sich sicher, dass er den Auftrag hatte, aufzupassen, ihn nicht noch einmal Erleuchtung auf dem Geländer suchen zu lassen. Der Mann riet ihm, ein wenig zu schlafen, denn er müsse zu Kräften kommen. Vakh'Ba wusste zwar nicht, warum oder wofür, aber Müdigkeit überkam ihn in der Tat.

Als er wieder zu sich kam, war der Mann verschwunden, aber dafür kroch ein unverwechselbarer Geruch in sein Bewusstsein. Qel'Vatrische Mung'Wa-Bohnen. Auf dem Tisch stand ein Teller der heißen Suppe, und sofort spürte er, wie ihm das Wasser im Mund zusammenlief. Doch er zögerte. Er wusste noch immer nichts über diesen Ort und seine Bewohner, also würde er weiter vorsichtig sein müssen. Der Vorfall auf dem Korridor zeigte, dass man zumindest an seinem körperlichen Wohlergehen Anteil nahm, aber was bewies das schon?

Vorsichtig setzte er sich an den Tisch und beugte sich über den Teller. Er schnupperte noch ein wenig mehr daran. Die Suppe war heiß und kräftig, fast so, wie man sie auf Qel'Vatra aß.

»Nur zu, sie ist nicht vergiftet. Ich habe sie selbst gemacht.«

Vakh'Ba fuhr herum. In der Tür stand die Frau, die er gesehen hatte, als er zum ersten Mal erwacht war. Sie trat näher und setzte sich aufs Bett. Er musterte sie. Sie hatte lange, braune Haare, aber sie waren streng zu einem festen Zopf gebunden. An der Art der Lichtreflexion darauf konnte er ausmachen, dass sie lockig sein mussten. Auf eine subtile, ganz und gar unprocyonische Art und Weise passten die zarten, aber markanten Stirnwülste nicht dazu. Diese Art der Beobachtung ließ ihn erkennen, dass er zumindest nicht xenophob war, das hatte er nach seinem Kollaps zuvor jedenfalls befürchtet. *'Es wäre eine Ironie, sollte ausgerechnet derjenige Procyonier, der als einziger unvoreingenommen diesen Rätseln und Entdeckungen gegenüberstand, Angst vor Fremden entwickelt haben'*, dachte Aris Vakh'Ba und lächelte zufrieden.

Er nahm einen Löffel Suppe und führte ihn vorsichtig zum Mund. Sie war köstlich. Nein, es war die beste Mung'Wa-Bohnensuppe, die er je gekostet hatte.»Zunächst wollte ich etwas in der Art sagen, dass nur echte, in den Hydroponischen Gärten von Vaq'Banehm gezogene Mung'Was etwas taugen könnten, aber diese Suppe ist hervorragend. Wo hast du sie auf diesem Staubklumpen herbekommen?«, fragte er.

Sie lächelte. »Es gibt Mittel und Wege, Mung'Was hier anzubauen. Mit der Zeit haben wir gelernt …«

»Uns einzuschränken.« In der Tür stand ein alter Mann auf seinen Gehstock gebückt und schnitt der jungen Frau das Wort ab, doch nicht vorlaut, sondern lediglich, um auf sich aufmerksam zu machen. Die Art, wie er die Frau ansah, ließ Vakh'Ba sofort erkennen, dass sie eine tiefe Verbindung teilten. Er war Procyonier, das war unverkennbar. Noch nie hatte Vakh'Ba einen so gebrechlichen Mann gesehen. Auf Qel'Vatra war zwar nicht der Tod besiegt, aber die Mühen des Alters waren doch größtenteils unter Kontrolle.

Dann fuhr der Alte fort: »Hyborische Mung'Was sind selbst dann besser, wenn man sie bei schummrigem Licht in einer schlecht gedüngten Felshöhle hydroponisch anbaut. Die kunstvolle Art, das Wenige, was wir haben, schmackhaft zu machen, ist eine der Freuden, die man zu schätzen lernt. Aber ich bin nicht gekommen, um dir zu sagen, dass Mung'Wa-Bohnen hier besser schmecken.«

Der Alte seufzte und nahm neben der Frau auf dem Bett Platz. Er holte tief Luft, und Vakh'Ba konnte sehen, dass bereits der Weg von der Tür ihm nicht leichtgefallen war. Der Alte musterte ihn und dann lächelte er. Er schluckte. Beinahe schien es Vakh'Ba, als kämpfe er mit Rührung. Er bemerkte, dass sein rechtes Auge sich nicht mitbewegte, also entweder aus Glas oder immobil war. *'Welche Grauen hast du gesehen, alter Mann?'*, fragte er sich selbst. Doch bevor er etwas sagen konnte, fuhr der auch schon mit seinem rätselhaften Monolog fort.

»So sehr ich mich an dein Gesicht, den Ausdruck in deinen wachen Augen, die rasende Wissbegierde und Ungeduld erinnern kann, als wäre es gestern gewesen, so sehr nehme nicht an, dass du dich an mich erinnerst. Nun, zumindest nicht an den alten Mann, der ich bin.«

Vakh'Ba war ratlos. Er wusste ganz bestimmt, dass er den Mann noch nie gesehen hatte. Noch nie gesehen haben konnte. Er war immerhin zweitausend Jahre aus der Zukunft auf diesen Staubklumpen geschleudert worden, und dieser Mann wollte ihn kennen? Und doch, in einem hatte er Recht, er war immer neugierig gewesen. Und wer würde eine solche Charakterisierung schon abschlagen? »Wer bist du?«, fragte er schließlich, unschlüssig, was für eine Art Antwort er erwartete.

»Mit zwölf Jahren bist du beim Spielen von einem Baum gefallen. Du warst so wütend auf den Baum und dich selbst, dass du, nachdem dein Bein nicht mehr gebrochen war, den Baum fällen wolltest. Meister Gtakh'Herio'Ht lehrte uns, dass nicht der Baum dich besiegt hatte, sondern deine eigene Angst. Von diesem Tage an ist dir nie wieder etwas Ungeschicktes passiert, weil du wusstest, dass es nur an dir liegt. Als der Baum später doch gefällt werden musste, hast du einen neuen gepflanzt. *'Damit auch andere diese Lektion lernen können'*, wie du meintest. Du hast noch etwas anderes gesagt, an dem Tag, und ich glaube nicht, dass du weißt, wie stolz der Meister dafür auf dich war, denn er hat es dir nicht gesagt. Du sagtest, wie dankbar du dafür warst, von dem Baum gefallen zu sein, weil diese Prüfung dich letztlich immer daran erinnern würde, dass Fehlbarkeit eine Stärke sein kann. Weil die Erfahrungen, die wir machen, uns immer nur weiterentwickeln würden. Und heute stehe ich als alter Mann vor dir und kenne deine Geschichte. Du hast als einziger deine Vorgesetzten in Frage gestellt und wärst für deine Überzeugungen sicher nicht nur einmal fast gestorben. Du hast Fahnenflucht begangen, in deiner kopflosen Hast wenigstens fünf oder sechs Soldaten getötet, aber das Rätsel und die feste Überzeugung, das Richtige zu tun, niemals aus den Augen verloren. Und vor allem hast du mich als deinen Freund niemals aufgegeben. Vor Angst und Drogen wie taub, hätte ich dich fast getötet, als du im äußeren Nebel des procyonischen Systems in deinem Raumanzug im All hingst, nur einen Fingerdruck entfernt von der Unendlichkeit. Dieses Opfer, Aris Vakh'Ba, hat auch mich befreit.«

Vakh'Ba riss die Augen auf. Das konnte doch nicht möglich sein.

»Ja, ganz recht, alter Freund. Ich bin Vredom Cum'Tchhr«, sagte der Mann und Tränen liefen über sein zerschlissenes, vernarbtes Gesicht, das für einen Moment die Vollkommenheit sah.

Vakh'Ba schaute ihm in die Augen, und dann erkannte auch er ihn. Er spürte, wie sein Hals sich zuschnürte und auch seine Augen feucht wurden. Er griff Vredom bei den Händen und für einen Moment sahen sich die beiden einfach nur an.

»Es gibt noch so viel zu erzählen, und du wirst, wie ich dich kenne, so viele Fragen haben, dass du gar nichts anderes tun können wirst, bis du alles in dich aufgesogen hast. Ich bin ein alter Mann, und so gewähre mir die Bitte, diesen Moment des unerwarteten, schicksalhaften Glücks zu genießen, bevor wir deiner Neugier beikommen wollen.«

Er nickte.

Vakh'Ba bemerkte, dass sich die junge Frau, die noch immer bei ihnen saß, sichtlich unwohl fühlte. Wie er sie so musterte, bemerkte es Vredom und sagte schließlich, noch immer trunken vor Glück:

»Ah, und natürlich, Tabitha, meine Tochter. Es ist eine Schande, dass du nicht mitbekommen konntest, was sie für dich getan hat.«

»Wie meinst du das?« Vakh'Ba war nicht sicher, worauf er hinaus wollte.

»Sie hat dich gepflegt, während du im Koma warst. Drei lange Wochen, bis wir sicher waren, dass du es schaffen würdest, hat sie jeden Tag deine Nährlösung gewechselt, deinen Körper gewaschen und bisweilen Geschichten erzählt.«

Schamhaft schaute die Frau zur Seite und sagte dann schnippisch: »Du hast gesagt, du würdest es ihm nicht erzählen.«

»Nun, und dann habe ich es mir anders überlegt. Es gibt keinen Grund, sich für K'Peng, den Bären, zu schämen.« Vredom lachte. »Und es hat ja auch funktioniert. Bis auf die fehlende Niere bist du so gut wie neu!«

Vakh'Ba erschrak. Reflexhaft fasste er sich an die Seite, und tatsächlich, eine feine, beinahe unsichtbare Narbe zog sich von den unteren Rippenbögen bis über den Oberbauch. »Ich lag im Koma?«, fragte er ungläubig.

»Oh ja. Und es war, wenn ich Lan'Gtak, unseren Arzt zitieren darf, *'sehr knapp'*«, bestätigte ihm Vredom.

»Erzähl mir, was passiert ist«, bat Vakh'Ba.

Und Vredom erzählte es ihm. Erzählte ihm, wie er getroffen im Hofe der Garnison lag. Wie man in höchster Not die Rauchgranaten hineingeworfen, ihn schließlich auf das Hovercraft geschafft, das sie zur Flucht verwendeten, und wie man ihn, im Unterschlupf angekommen, hatte reanimieren müssen.

Und dann stellte Vakh'Ba die eine Frage, die endgültig sein Universum veränderte: »Was passiert hier auf diesem Planeten? Warum sind 50000 Lichtjahre von zu Hause entfernt Procyonier dabei, einen Staubklumpen zu verteidigen? Und warum kämpft ihr gegen die Imperiale Garde? Und …«, er blickte zu Tabitha, versuchte aber, nicht rassistisch zu klingen: »Warum laufen hier überall diese blassen, kleinen Leute herum?«

Vredom nickte. »Ich werde besser von ganz vorne anfangen. Als ich vor vierzig Jahren durch diese Subraumanomalie gezogen wurde, sah dieser 'Staubklumpen' noch etwas anders aus. Es gab große Städte rund um den Globus und keine Imperiale Garde. Ich erreichte eine Welt, die im Sterben lag. Unsere Welt, wie ich anmerken muss. Dieser Planet, Vakh'Ba, den wir Hyboria nennen, ist unsere Heimat. Die procyonische Zivilisation hat sich hier entwickelt und wäre hier ebenso beinahe zugrunde gegangen. Hyboria barst vor Überbevölkerung, Umweltverschmutzung, und schließlich kamen soziale Unruhen dazu. Im Gegensatz zu dir hielt mich bei meiner Landung niemand auf, und so gelang es mir, mich in kurzer Zeit unter das Volk zu mischen. Der Planet war in einzelne Parteien zersplittert, sogenannte Staaten. Ein Staat ist etwas, das man auf Qel'Vatra Provinzen nennen würde, nur, dass diese dort nicht mehr offen opponieren wie hier. Zwar gab es in vielen Staaten so etwas wie Demokratie, aber die Führer der Staaten waren schwach und konnten sich nicht einigen, sodass die notwendigen Veränderungen, von denen man seit Jahrzehnten wusste, nicht durchgeführt werden konnten. Die Folge war, dass Milliarden Hyborier Hunger litten und die Spannungen zwischen den Staaten um Nahrung, Wasser und politischen Einfluss in der globalen Politik immer größer wurde. Nach und nach kam es zu Militärputschen in einigen Staaten, die der Demokratie bescheinigten, nur in prosperierenden Zeiten eine gute Regierungsform zu sein. Diese Militärdiktaturen sympathisierten schließlich miteinander, und nach einiger Zeit hatten die Lager der freiheitlichen Staaten, denen es zum Teil noch etwas besser ging, und der Imperiale Bund, wie sich die militaristischen Staaten nannten, etwa gleich großen Einfluss, sodass ein globaler Konflikt unausweichlich schien. Genau in dieser Zeit, als die Spannungen zu eskalieren drohten, platzte die Nachricht eines Wissenschaftlers, dass in den Weltraumnebeln des Systems seltsame Subraumanomalien entdeckt worden und Sonden dadurch »verschwunden« seien. Die Aussicht auf interstellare Reisen beruhigte das hyborische Volk hüben wie drüben, und innerhalb eines Jahrzehntes hatte man herausgefunden, dass es in einigen Bergen des Planeten ein Mineral gab, das in seiner kristallinen Form die Gravitation fokussieren konnte, sodass man lernte, stabile Subraumportale zu erschaffen, und die fieberhafte Erforschung des interstellaren Weltraums begann. Das allein sorgte dafür, dass mehr und mehr demokratische Staaten zugeben mussten, dass die Militärs mit dieser Krise besser umzugehen vermochten, und bis zum Beginn des Exodus war nur noch eine Handvoll Staaten übrig, die nicht einem General der Imperialen Garde unterstanden.«

Vakh'Ba hatte aufmerksam zugehört, aber nun unterbrach er seinen Freund.

»Was für ein Exodus? Hat das mit den Transportschiffen zu tun, die ich durch den Nebel habe fliegen sehen? Sind sie auf dem Weg nach ... oh mein Gott. Man fand den Planeten Qel'Vatra, und die Hyborier beschlossen, ihre Zivilisation dort neu aufzubauen. Aber, warum wissen wir dann in der Zukunft nichts davon?«

Vredom nickte. Er sah weniger nachdenklich denn zornig aus. »Das ist die Frage, der auch ich viele Jahre nachging. Dann schließlich bekam ich meinen Transportslot zugeteilt. Die Garde plante alles streng durch, und jeder musste den Transport nehmen, der ihm zugeteilt war. Ich aber wollte nicht von Hyboria weg, es schien mir damals einfach nicht richtig. Also versteckte ich mich. Fortan mied ich die Megacities mit ihrer lückenlosen Überwachung, und schließlich fand ich Gleichgesinnte in der nördlichen Hemisphäre, die die Ideale der Freiheit und Selbstbestimmung nicht aufgeben wollten. Wir schufen diesen Unterschlupf in einer lange verlassenen Salzmine und verbrachten die ersten Jahre damit, uns um uns selbst zu kümmern. Doch zu sehen, wie Millionen gegen ihren Willen nach Qel'Vatra gebracht wurden, schmerzte uns, und so begannen wir, Widerstand zu leisten, zunächst geheim und unerkannt. Wir hackten uns in die Computersysteme ein und brachten die Terminpläne der Frachter durcheinander, sabotierten die Harvester, die die leergefegten Städte recyceln sollten. Ach, das weißt du ja auch nicht. Natürlich wurde nicht nur die Bevölkerung 'evakuiert', sondern auch praktisch alle wiederverwertbaren Materialien. Einige der größten Städte Hyborias sind heute nur noch Wüsten von Betonstümpfen, wo früher die großen Wolkenkratzer standen. Aber das war nicht das Schlimmste. Das Schlimmste, mein Freund, ist der Völkermord und die Verschleppung der Qel'Vatrer.«

Vakh'Ba schluckte. Ohne, dass Vredom es ihm erklärt hatte, begriff er.

Vredom fuhr fort. »Für die geschundenen und heimatlosen Hyborier, die auf Qel'Vatra ankamen, sollte es nichts geben, was

Zweifel an jenem neugewonnenen Paradies weckte, und da passte eine intelligente eingeborene Spezies nicht ins Bild.«

»Was ist mit ihnen passiert?«, flüsterte Vakh'Ba. Und mit einem Blick in Richtung Tabitha fügte er hinzu: »Immerhin, wie ich sehe, haben einige überlebt.«

»Ja, aber nur die, die keinen Widerstand leisteten. Sie werden hierher gebracht, auf diese tote Welt. Und wenn alle Hyborier geflüchtet sind und niemand mehr sie sehen kann, dann wird man sie, quasi aus Mildtätigkeit, ihrem Schicksal überlassen. Millionen haben sie auf Qel'Vatra niedergemetzelt, um Platz für die hyborischen Flüchtlinge zu schaffen. Und Millionen werden hier sterben, weil sie auf einer ihrer Ressourcen beraubten Welt keine Möglichkeit haben werden, ihre Zivilisation wieder aufzubauen. Ihre Technologie war proto-industriell. Sie haben hier einfach keine Chance. Wenn ich daran denke, dass ich einer Spezies entstamme, die einen paradiesischen, mit Blut befleckten Planeten ihre neue Heimat nennt, weiß ich, dass ich niemals dorthin zurückkehren würde. Allein der Gedanke, dass in der Zukunft, aus der wir stammen, den Kindern stolz archäologische Funde als Beweise unserer Herkunft präsentiert werden, die nicht von unserer Spezies stammen, sondern von den Qel'Vatrern, widert mich an. Alle Procyonier, ob sie es wissen oder nicht, leben eine Lüge und machen sich mitschuldig an einem beispiellosen Verrat an allem, was wir über unsere angeblich so noblen Freiheitsrechte wissen.«

Vakh'Ba nickte betroffen. Er konnte Vredom gut verstehen. Mit ansehen zu müssen, wie all dies geschah, ohne wirklich eingreifen zu können … Doch war das wirklich wahr? Vakh'Ba dachte an die Reise, die er hinter sich hatte, mehr mit Glück als Verstand. Aber immerhin, er war hier.

»Aber das passiert nicht in der Zukunft. Es passiert jetzt! Wenn wir hier sind, dann können wir doch etwas tun! Ich hab es satt, wegzulaufen und mich zu verstecken. Na gut, dann bin ich eben fast verblutet. Wir müssen doch etwas unternehmen können!« Vakh'Ba war außer sich. Er wollte nicht länger Mung'Wa-Suppe schlürfen, wenn währenddessen Tausende starben.

Vredom fasste seine Schulter. Vakh'Ba spürte, welche Überwindung es ihn kostete, ruhig zu bleiben.

Dann sagte der Alte: »Ach Vakh'Ba, du bist ja wirklich keinen Tag älter. Ich bin vierzig Jahre hier. Ich habe alles Mögliche versucht und überlegt, wie wir sie aufhalten können. Allein deine Rettung war ein großes Risiko. Wenn sie unseren Unterschlupf gefunden hätten ... nein, solche Aktionen werden wir nicht mehr unternehmen. Wir haben auch gar nicht die Ressourcen, wir müssen zuerst einmal selbst überleben, verstehst du?«

Flehentlich sah der Alte ihn an. Vakh'Ba sah in seinen Augen den bitteren Wunsch, die Absolution zu erhalten, zu hören, dass es richtig war, was er tat, aber in seinem Inneren war Aris Vakh'Ba anderer Meinung.

»Nein«, sagte er. »Nein. Du weißt, ich könnte niemals still sein, wenn ich es nicht wenigstens versucht hätte. Wenn mich niemand begleiten will, schön. Aber ich werde nicht hier bleiben.«

Vredom seufzte. »Ich werde die Männer fragen. Wenn du zu Kräften gekommen bist, kannst du aufbrechen. Versprich mir, so vernünftig zu sein, deine Genesung abzuwarten. Und versprich mir, noch einmal darüber nachzudenken.«

Vakh'Ba war froh, dass er seinen Freund nicht vor den Kopf stoßen musste. Er lächelte. Dann sagte er: »Gut, so sei es. Ich habe kürzlich zwei Jahrtausende passiert, da können ein paar Tage Erholung vermutlich nicht schaden.«

Vredom nickte. Dann sagte er: »Ich werde mich auch etwas ausruhen. Das Alter, weißt du.« Er zeigte auf seinen Gehstock und lachte, als betrachte er einen anderen gebrechlichen Mann. Dann stand er etwas unsicher auf. »Wir können später weiter reden. Iss die Suppe auf, sie wird dir gut tun. Tabitha kann dir danach den Unterschlumpf zeigen.« Bevor er zur Tür herausging, sagte er noch: »Du würdest ja ohnehin nur wieder auf eigene Faust herumlaufen«, und lachte wieder.

17.

Aris Vakh'Ba aß. Die junge Frau sagte nicht ein Wort, ehe er fertig war. Zufrieden sah er sie an. »Das wäre geschafft. Und ich habe wirklich nur noch eine Niere?«

Sie grinste. »Nur zu, schneid dich auf und zähl nach.«

Auch Vakh'Ba musste lachen. »Nein, ist schon gut. Ich entschuldige mich, dass ich gar nichts über die letzten Wochen weiß. Und vor allem entschuldige ich mich, dass ich noch nicht in der Lage bin, wertzuschätzen, was du für mich getan hast.«

»Oh, das macht nichts«, sagte sie, doch Vakh'Ba hatte durchaus das Gefühl, dass sie ein wenig Dankbarkeit erwartete.

»Wärst du gestorben, hättest du es ohnehin nie erfahren. Und ein schlechtes Gewissen ist für den Anfang ja nicht schlecht.«

Vakh'Ba nickte. »Ich werde mich gelegentlich daran erinnern. Machen wir jetzt eine Tour durch die geheime Rebellenbasis?«, fragte er.

»Zenos ist keine *'geheime Rebellenbasis'*«, sagte die junge Frau.

»Meine Befreiung – oder zumindest das, was ich davon mitbekommen habe – schien mir recht professionell ausgerüstet und vorbereitet gewesen zu sein. Wie nennt man Aufständische, die Leute aus Gefängnissen befreien, denn auf Hyboria?«

»Tja, da hast du wohl einfach Glück gehabt ...«

»Dass zufällig ein findiger Wissenschaftler, eine Mannschaft auf dem Hovercraft und eine Sprengladung an der Gefängniswand waren? Das nenne ich in der Tat Glück. Entschuldige, wenn ich dir nicht folgen kann«, sagte Vakh'Ba, der spürte, dass Vredoms Tochter noch mehr zu erklären hatte.

»Du hast Recht«, sagte sie. »Es war kein Zufall. Aber dennoch – das Rebellentum von Zenos ist erloschen.«

»Wie meinst du das?«, fragte er.

»Seit ... ach, frag das vielleicht besser meinen Vater. Ich zeige dir jetzt einfach Zenos, und dann verstehst du es sicher irgendwann.«

Aris Vakh'Ba nickte vorsichtig. War er im Begriff, mitten in einen schwelenden Konflikt hineinzugeraten? Er konnte sich glücklich schätzen, noch am Leben zu sein und sich in der relativen

Sicherheit der Salzmine erholen zu können. Doch wenn es hier keinen Widerstand mehr gab, so würde er weiterziehen müssen, das stand fest.

Ganz in Gedanken versunken brauchte er einen Moment, zu realisieren, dass Tabitha auf dem Flur stand und ihm zuwinkte. Die Führung. Vakh'Ba erhob sich von seinem Bett und die Mung'Wa-Bohnen taten bereits ihre Wirkung; er fühlte sich so erholt wie schon lange nicht.

Als er dieses Mal an dem Geländer stand und in die Tiefe blickte, behielt Vakh'Ba die Kontrolle über seinen Körper. Die Halle wirkte jetzt nicht mehr ganz so groß, aber noch immer funktionell und geschäftig.

»Wie viele Leute finden hier Unterschlupf?«, fragte er.

Tabitha sah ein wenig abwesend aus, aber er nahm an, dass sie nur über seine Frage nachdachte. Die Antwort überraschte ihn.

»Etwa fünfunddreißigtausend«, sagte sie. »Und viel mehr ginge auch nicht. Wir haben nicht die Ressourcen, dauerhaft mehr zu ernähren, auch wenn wir permanent in die noch ungenutzten Bereiche der alten Mine expandieren. Du kommst aus einer Welt, in der Energie keine Rolle spielt. Das war vor 50 Jahren auch hier noch so. Dann brach das System zusammen, und wir mussten neu lernen, mit dem, was die Natur uns gibt, zurechtzukommen. Wir nutzen vor allem Geothermie, daher die ganzen Rohre, die überall warmes Wasser verteilen und auffangen. Der Preis der Verschwendung ist, dass wir jetzt nicht einen Tropfen weggießen dürfen, denn es ist ohnehin schon zu wenig.«

Vakh'Ba war beeindruckt. Unter dem Eindruck der Erklärung wirkte es plötzlich viel wärmer und einladender, obwohl sich der nackte Fels der Wände nicht verändert hatte. »Das ist unglaublich. Das alles hier ist ein Produkt des Überlebensinstinkts.«

»Und der Kooperation zweier Völker, die unterschiedlicher nicht sein könnten.«

Vakh'Ba nickte. Und dieser Kommentar gab ihm die Möglichkeit, anzusprechen, was ihn schon eine Weile beschäftigte. »Das gilt auch für dich, wenn ich so direkt fragen darf. Also ist Vredom dein Vater?«

»So ist es. Meine Mutter war eine Qel'Vatrerin. Sie starb, als ich zwölf war, bei einer Befreiungsaktion von Qel'Vatrern aus einem sogenannten 'Flüchtlingslager'. In Wahrheit aber sind sie dort nicht freiwillig eingepfercht, mit einem Minimum an Wasser und Nahrung, und harren ihrer Dinge. Mein Vater hat es nie überwunden, und ich glaube, das war es auch, was sein Verlangen nach Widerstand brach. Er hält die anderen nicht auf, wenn sie Leute befreien wollen, aber er genießt so viel Respekt, dass ihn niemand vor den Kopf stoßen möchte. Er war einer der ersten in Zenos, er hat noch Tunnel per Hand vom Schutt befreit und die ersten Wasserleitungen verlegt. Doch dann hat er jede Hoffnung auf eine bessere Welt verloren.«

Vakh'Ba war aufrichtig berührt. Wie hart musste es für seinen Freund gewesen sein, auch hier noch einmal alles zu verlieren, was er hatte – bis auf Tabitha. »Es tut mir sehr leid«, sagte er schließlich.

»Ach weißt du, der Tod ist hier allgegenwärtig. Du kommst irgendwann über alles hinweg. Manchmal denke ich darüber nach, Zenos zu verlassen und etwas – irgendetwas! – gegen die hyborische Imperiale Garde zu unternehmen. Aber ich liebe ihn und würde niemals gegen seinen Willen das Lager verlassen. Es würde ihm das Herz brechen«, sagte sie.

Vakh'Ba konnte sehen, wie die junge Frau ihre Worte mit Bedacht und etwas Wehmut auswählte. Er konnte nicht ermessen, wie stark ihr Wunsch, die Welt draußen zu sehen, wirklich war. Und es war nicht an ihm, dies zu forcieren. Er würde andere finden, die mit ihm gehen wollten, oder, wenn nötig, würde er auch allein den Schutz der Mine verlassen. Tabithas sehr persönliche Tour durch die Tunnel erinnerte ihn daran, warum er diese seltsame Reise begonnen hatte, und dass er sie auch abschließen musste.

Sie erreichten die untere Ebene und konnten sehen, wie Hyborier und Qel'Vatrer einträchtig für ihr unmittelbares Auskommen zusammenarbeiteten. Hier und da wurde an Rohrleitungen gearbeitet, die das heiße Wasser aus dem Erdinneren enthielten, während daneben jemand an einem Hovercraft schraubte. Vakh'Ba sah fasziniert, wie ein Hyborier mit kräftigen Schlägen seiner Flügel beinahe mühelos vom Fußboden auf eine Plattform des zweiten Levels stieg, um dort in einem der

Tunnel zu verschwinden. »Beeindruckend«, sagte er. »Ich habe mich auf Qel'Vatra immer gefragt, wieso wir noch immer diese Überbleibsel der Evolution mit uns herumschleppen. Jetzt ist mir klar, dass die Evolution in zweitausend Jahren nicht zwanzig Prozent Gravitation korrigieren kann. Ich würde zu gern auch irgendwann richtig fliegen können.«

»Na los, versuch es doch«, sagte Tabitha.

»Jetzt? Nun, ich würde dir sicher eine gute Show bieten. Und dann falle ich auf die Nase, und du hast eine Gelegenheit, dich trefflich zu amüsieren und mich wieder gesund zu pflegen.«

Sie lachte. »Ich meine es ernst. Warum nicht jetzt? Wenn du nicht sofort damit anfängst, dann lernst du es nie. Das ist wie ... nun ja.« Sie überlegte.

»Hovercraft fahren. Oder Mung'Wa-Wurzeln schälen. Oder Küssen.«

Vakh'Ba grinste sie an. »Bei all diesen Dingen ist die persönliche Niederlage nicht halb so groß, wie mit gebrochenem Flügel nach Hause zu kommen und seinen Eltern mitteilen zu müssen, dass man herausgefunden hat, doch nicht fliegen zu können. Und erzähl mir mal, was man an Gemüseschälen und Küssen lernen muss.«

»Du meinst, abgesehen davon, seinen Eltern mitzuteilen, dass man mit sieben Jahren einen Hovercraft gegen die Wand gesetzt hat? Ich hab ihn fast allein wieder zusammensetzen müssen ...«

Vakh'Ba sah Tabitha an, und bei allen Fragen, die noch immer über diesen Ort und Hyboria und die große Verschwörung in seinem Kopf herumschwirrten, manifestierte sich doch ein anderer Gedanke. 'Oh nein', dachte er. 'Dafür habe ich nun wirklich keine Zeit.'

»Was ist los?«, fragte Tabitha und wirkte etwas ungeduldig. Vakh'Ba merkte, dass sie den Rundgang weiterführen wollte. »Äh ... nichts. Ich war in Gedanken. Weißt du, ich frage mich, auf welche Weise ihr genug Strom für alles erzeugt. Wie weit unter Tage sind wir eigentlich?« Irgendwie war er froh, schnell ein neues Gesprächsthema gefunden zu haben.

»Etwa siebenhundert Meter. Der Geothermie-Kreislauf ist mittlerweile komplett abgeschlossen, und um alle festen Installationen liegt eine Schicht lamellenförmiger Rohre, die das Wasser erwärmen und zu den Turbinen leiten. Ohne die

Wärmeleitung des Wassers wären es hier unerträgliche achtundvierzig Grad.«

Vakh'Ba würdigte in Gedanken die detaillierte Kenntnisse der jungen Frau. Ohne Zweifel war Vredom ihr ein guter Lehrer gewesen. Und mit seinem Wissen aus der Zukunft hatten die Bewohner dieses Ortes unter sehr widrigen Umständen einen Schlupfwinkel geschaffen, den man ohne Zweifel als echte Heimat ansehen konnte.

»Erstaunlich. Ich beginne zu verstehen, dass ihr um jeden Preis unentdeckt bleiben wollt.«

Tabitha antwortete nichts. Vakh'Ba schien es, als kämpfte sie mit sich selbst. Dann sagte sie unaufgefordert: »Das ist im Grunde genommen nur die halbe Wahrheit. Viele der Jüngeren denken auch, dass wir nicht zusehen dürfen, wie viele andere Qel'Vatrer verhungern oder gefoltert werden, während die Hyborier gezwungen werden, den Planeten zu verlassen, ob sie wollen oder nicht. Es ist für beide Völker eine Tragödie, die nicht zugelassen werden darf.«

Vakh'Ba nickte. »Und für dich besonders.«

Tabitha sah ihn mit einer Mischung von Wehmut und Stolz an. »Er ist mein Vater, Vakh'Ba. Ohne ihn gäbe es diesen Ort nicht. «

»Und doch sehe ich dich innerlich mit ihm kämpfen, wenn du mir erzählst, was *'die Jüngeren'* denken.« Er war selbst überrascht von der unverhohlenen Direktheit in seiner Stimme. Erschreckt bemerkte er, wie er über seinen Freund sprach. Tabitha hatte Recht. Sein alter Freund Vredom hatte vielen das Überleben gesichert, das war weit mehr, als Vakh'Ba für sich reklamieren konnte. Und auch, wenn noch immer Tausende sterben mussten, für diejenigen, die es hierher geschafft hatten, waren die Isolation und Beengung besser als ein aussichtsloser idealistischer Kampf gegen einen übermächtigen Gegner. *'Dies nicht mehr der Krieg des Vredom Cum'Tchhr'*, dachte er. *'Vielleicht ist dies auch nicht mein Krieg.'* Beschämt sah er Tabitha an.

Tränen füllten ihre Augen. Ihr blasses Gesicht hatte Farbe gewonnen und ihr Blick war zornig. Bevor er etwas sagen konnte, lief sie in einen nahen Tunnel. Vakh'Ba sah ihr nach und verfluchte sich. Er hatte sie nicht verletzen wollen.

»He da! Aris Vakh'Ba!«

Vakh'Ba fuhr herum. Vor ihm stand der junge Wissenschaftler, der ihn gerettet hatte, oder vielmehr der Mann, den er und die Imperiale Garde für einen Wissenschaftler gehalten hatten. Wiesel grinste ihn an: »Die hast du aber ganz schön verärgert. Normalerweise macht sie so etwas nie …«

Vakh'Ba antwortete nicht. Er starrte unwillkürlich auf die Stelle in Wiesels Gesicht, wo er zunächst sein zweites Auge vermutet hatte, doch nur eine leere Höhle fand.

Der bemerkte es sofort. »Oh, das. Tja, ich hatte zufällig noch ein zweites in Reserve dabei. Aber, dass das klar ist, das nächste Mal muss jemand anderes für dich in die Bresche springen.«

Er war sich nicht sicher, ob Wiesel die Fröhlichkeit nur spielte oder ob es einfach seine Natur war, nicht den Mut zu verlieren, aber er begriff, dass es nicht selbstverständlich war, einen derart tollkühnen Fluchtversuch für einen Fremden zu unternehmen, vor allem im Lichte des Isolationismus, der in Zenos herrschte.

»Ich danke dir«, sagte Vakh'Ba.

»Oh, schon in Ordnung. Vredom meinte, du wärst die größte Hoffnung für die Freiheit auf Hyboria seit vierzig Jahren. Man muss ihm zugestehen, dass er keinen Grund zur Bescheidenheit hat, aber da hat er uns tatsächlich einiges versprochen. Wenn du aufbrichst, um die Dinge hier zu verändern, kannst du auf mich zählen.«

Vakh'Ba war überrascht. »Das hat er gesagt?«

»Nein, das hat Tabitha mir gesagt. Ich glaube, er würde aus mehreren Gründen so etwas niemals sagen: Zunächst ist er immer sehr darauf bedacht, Zenos keiner Gefahr auszusetzen, und jede paramilitärische Mission bedeutet, dass man uns entdecken könnte – und dann wäre alles aus. Und außerdem bist du sein Freund, wie man hört. Wenn das stimmt, dann wird er selbst alles tun, um dich nicht gehen lassen zu müssen, auch wenn er weiß, dass es falsch ist. Wir wissen um seine Weisheit und Führungskraft, aber seit seine Frau gestorben ist, ist er zu sehr darauf bedacht, keine Risiken mehr einzugehen. Die arme Tabitha darf hier ja praktisch überhaupt nicht mehr heraus. Oh, und wenn ich dir noch einen Rat geben darf: Wenn dir Tabitha etwas bedeutet, dann rennst du ihr gefälligst hinterher.«

»Aber was …?«, begann Vakh'Ba.

»Kein Aber. Es gibt nur Handeln oder nicht Handeln und wie ein Idiot dastehen.« Wieder lachte Wiesel auf seine entwaffnend authentische Weise.

Vakh'Ba begriff, dass der junge Mann Recht hatte. Recht damit, dass er Vredom vor den Kopf stoßen musste, wenn der ihn nicht gehen ließ. Und Recht damit, dass er Tabitha folgen sollte, wenn er ihre Sympathie nicht verlieren wollte.

»Wo soll ich sie suchen? Sie kann überall sein.«

Wiesel grinste und zeigte auf einen der Tunnel, die von der Halle abzweigten.

»Zweimal rechts, einmal links, und dann geradeaus.«

»Woher weißt du das?«, fragte Vakh'Ba, aber mit einem noch breiteren Grinsen sprang der rätselhafte Wiesel zwei Stufen nehmend nach oben und schrie nur noch, er habe nun zu tun.

Aris Vakh'Ba zögerte einen winzigen Moment und gestattete sich die Frage, was Tabitha ihm bedeutete. Was Wiesel gemeint hatte. Er wusste es nicht. Noch nicht. Doch wenn er es herausfinden wollte, so musste er ihr folgen, das stand fest. Noch immer ein wenig unschlüssig, folgte er dennoch Wiesels Rat und fand sie schließlich. Sie stand in einem Seitengang vor einer Glasfront. Die Höhle dahinter war eine der größten, die er in Zenos bisher gesehen hatte. Sie war sorgsam durch dezente Stellwände in einzelne Abschnitte unterteilt, in denen jeweils einige Computerterminals standen, vor denen ausnahmslos Kinder saßen.

Eine Schule. Die erstaunliche Ähnlichkeit zu den mehrere Jahrtausende jüngeren Schulen auf Qel'Vatra bemerkte er unmittelbar. Aris Vakh'Ba sah den Kindern zu, wie sie in kleinen Gruppen ihre Aufgaben lösten und auf das harte, erbarmungslose hyborische Leben vorbereitet wurden. Er war so in der Betrachtung versunken, dass er nicht merkte, als Tabitha sich ihm näherte.

»Vielleicht verstehst du hier, wieso es so wichtig ist, Zenos zu schützen. Schau diese Kinder an. Sie haben nichts getan, was ihre Deportation rechtfertigen würde, und dennoch würde die Imperiale Garde sie abschlachten wie Staatsfeinde. Zenos ist kein Widerstandsnest mehr, sondern ein kompletter, versteckter Neuanfang. Viele wollen das nicht aufs Spiel setzen.«

Vakh'Ba sah ihr die Aufrichtigkeit an und senkte unwillkürlich den Kopf ohne sie direkt anzublicken. Natürlich verstand er, dass Zenos nicht in Gefahr gebracht werden durfte. Aber war die eigene Sicherheit wirklich mehr wert als das Leiden von einer, nein, zwei Zivilisationen?

»Ich werde aufbrechen. Gerade wegen dieser Kinder, denn sie machen mir klar, dass es eine Zukunft gibt, für alle da draußen«, sagte er schließlich.

Nachdenklich sah Tabitha ihn an. Vakh'Ba erahnte eine Spur Wehmut in ihrem Blick, als sie ihm antwortete. »Wir können nicht die ganze Welt retten. Überleben steht an erster Stelle.«

»Du klingst wie dein Vater«, sagte Vakh'Ba und erkannte auf der Stelle, dass er diesen Satz lieber nicht gesagt hätte, fuhr jedoch fort, weil er spürte, dass der Gedanke zu Ende geführt werden musste. »Entschuldige. Doch es ist wahr. Ich komme aus einer fernen Zukunft, bin den Häschern und Jägern meines eigenen Volkes entkommen und bin dankbar, dass ich es hierher geschafft habe. Doch das führt dazu, dass ich vielleicht die vermeintliche Sicherheit und, was schwerer wiegt, Bequemlichkeit, sich in Zenos zu verstecken, nicht zu schätzen weiß, jedenfalls noch nicht. Und ich weiß eines: Ich kann nicht tatenlos zusehen, wie die hyborischen und qel'vatrischen Völker zugrunde gehen. Vielleicht kann ich nicht die ganze Welt retten. Aber nach meiner Odyssee weiß ich, dass ich es zumindest versuchen muss.«

Er spürte, wie Wut und Tränen in Tabithas Gesicht stiegen, doch Aris Vakh'Ba musste fortfahren. Er musste ihr erklären, was er von ganzem Herzen wusste – er konnte nicht in Zenos bleiben.

»Die Gesellschaft, die ihr aufgebaut habt, ist wirklich bewundernswert, Tabitha«, sagte er. »Doch dies ist nicht meine Heimat, und ich muss den Widerstand suchen. Verstehst du? Im Gegensatz zu vielen, die hier in der relativen Sicherheit geboren sind, habe ich die Schrecken der Imperialen Garde gesehen und kann mich nicht niederlassen und sagen, *'vielleicht rettet sie jemand anders'*. So funktioniert es einfach nicht.«

»Du kannst es versuchen«, sagte sie trotzig. »Bevor mein Vater diesen Ort fand, war es niemandes Heimat. Und ja, du hast Recht. Vielleicht rettet die Welt jemand anders. Es ist arrogant von dir, mir zu sagen, was richtig ist, weißt du?«

Tabitha schluchzte. Sie sah ihn noch einmal flehentlich an, doch ihr Blick blieb unerwidert. Vakh'Ba starrte nach vorn in die Scheibe der kleinen Schule und dachte dasselbe. *'Sag mir nicht, was richtig ist.'*

»Bitte versteh, dass die Tatsache, dass ich mit deiner, eurer Haltung nicht übereinstimme, nicht bedeutet, dass ich nicht respektiere, was hier geschaffen wurde«, sagte er sanft. »Die brennende Unruhe in mir, dass da draußen milliardenfaches Unrecht geschieht, lässt mich jedoch nicht los – und für mich scheint es, ja, einfach falsch, hier darauf zu warten, dass ein Wunder die Welt verändert.«

»Du verstehst es einfach nicht«, brachte Tabitha zwischen ihren Tränen hervor. »Wir … nein, ich … habe Angst, dass du nicht zurückkehrst.« Dabei sah sie ihn erstmals wieder an, und Aris Vakh'Ba konnte nur ahnen, was hinter dem feuchten Tränenglanz ihrer Augen verborgen blieb.

»Ich habe auch Angst, Tabitha«, sagte er. Er musste an Gtakh'Herio'Ht denken, den er so viele Male nicht verstanden hatte, wenn er über die Angst sprach, und stellte erstaunt fest, dass er nun wusste, was er gemeint hatte, wenn er predigte, dass Angst das erste Werkzeug der Macht sei. Es war an ihm, diese Erkenntnis umzusetzen. »Wir dürfen nicht zulassen, dass Angst unser Handeln diktiert. Die richtige Option ist oftmals die, vor der wir am meisten Angst haben.«

Überrascht sah Tabitha ihn an. Sie nickte. »Hast du Angst vor mir?«, fragte sie.

Vakh'Ba musterte sie. Spürte, wie seine Wangen sich erwärmten. Er begriff, dass es eine Fangfrage war. Und was sie bedeutete. »Ich habe keine Angst davor, hier zu bleiben, wenn du das meinst. Es ist nur nicht das, was ich tun sollte«, sagte er vorsichtig.

»Dann geh«, sagte sie schließlich. »Geh und komm niemals wieder!«, rief sie und rannte davon.

18.

In den folgenden Tagen ging er Tabitha aus dem Weg, aber das hatte auch gute Seiten. Er kam mit mehr Leuten in Kontakt und hörte sich um. Vakh'Ba fühlte sich schuldig, denn Tabithas Lebensentwurf ging ihn im Grunde ja nichts an. Dazu kam, dass er Vredom vierzig Jahre jünger kannte. In einem anderen Leben wäre er vielleicht ihr Patenonkel gewesen … Es fiel ihm schwer, sich ganz auf seine Pläne zu konzentrieren, doch die Perspektive, etwas gegen die Garde zu unternehmen, wenn er völlig gesund war, trieb ihn wie eine dunkle Wut an, deren Macht er nur erahnen konnte. Sicher, er war von Qel'Vatra geflohen, aber die Gewissheit, dass dies sein Krieg war, vermisste er. Vielleicht hatten Tabithas Worte, er könne nicht die ganze Welt retten, doch etwas bewirkt. Doch er trieb sich unentwegt selbst an, sah und hörte sich in Zenos um, und auch wenn es niemanden gab, der eine Idee hatte, wie ein großer Schlag gegen die Imperiale Garde aussehen konnte, half es Aris Vakh'Ba doch, mit den Flüchtlingen, ob Hyborier oder Qel'Vatrer, zu reden und ihre Ansichten kennen zu lernen. Die profunden Kenntnisse über die Zukunft und ihre Technologien würden gewiss nützlich sein, doch Zenos' Ressourcen waren begrenzt, und so würde er improvisieren müssen, statt mit einem hochtechnisierten Raumgleiter die taktische Initiative auf seiner Seite zu haben. Er fasste schnell Mut, dass einige bereit sein würden, ihn zu unterstützen, vor allem aber war er von der Kooperation und Hilfsbereitschaft untereinander beeindruckt. Das bestärkte ihn mehr und mehr darin, dass Veränderungen möglich waren.

Nach einigen Tagen freundete er sich mit Herbert an, einem qel'vatrischen Techniker, der für die Rohrleitungen zuständig war. Von ihm lernte er, wie er helfen konnte, die Wärmetauscher zu warten, vor allem aber erfuhr er viel über die qel'vatrische Kultur und Lebensart, und überrascht fand er heraus, dass der fleißige Handwerker, der immer einen entsetzlich verrußten, blauen Overall trug, in seiner Welt ein angesehener Gelehrter gewesen war. Obwohl die qel'vatrische Technologie einen vorindustriellen Standard aufgewiesen hatte, als die ersten Hyborier Qel'Vatra erreicht und sich daran gemacht hatten, die Qel'Vatrer zu vertreiben, war es falsch zu behaupten, dass sie rückständig gewesen wäre. Durch die von Natur aus sehr lebensfreundliche Biosphäre des Planeten war es von vornherein nicht nötig gewesen, zur Selbsterhaltung die ganze Produktivität aufzuwenden oder industrielle Methoden zu entwickeln. Stattdessen waren die qel'vatrische Kultur und Wissenschaft außerordentlich weit entwickelt. Als Herbert Vakh'Ba erzählte, dass man beispielsweise Elektrizität und Magnetismus verstand, war er sehr überrascht, dass niemand den Nutzen von verteilbarer Energie entdeckt oder die Glühbirne entwickelt hatte. Herbert erklärte ihm auch, dass sein Volk bisher nicht die Form von expansivem Wachstum erlebt hatte, das die Hyborier ihren Heimatplaneten praktisch vollständig ausbeuten ließ, auch wenn er keine Erklärung für diese gegensätzliche Entwicklung kannte. Es stellte sich heraus, dass man ehrgeizige Pläne zur Terraformung Hyborias im Hinterkopf hatte, sobald die Evakuierung abgeschlossen war, denn insgeheim spekulierten die Bewohner von Zenos darauf, dass auch der letzte Soldat Hyboria verlassen würde, wenn die hyborische Bevölkerung Qel'Vatra erreicht hatte. Vakh'Ba war wirklich beeindruckt, wie positiv und lebensbejahend diese geschundene Gesellschaft war. Doch auch Herbert wusste nicht, was man im Hier und Jetzt gegen die Unterdrückung tun konnte. Zwar würde man wieder einige befreien können, wenn die Erweiterung des Schlupfwinkels weiter gediehen war, aber das änderte wohl kaum etwas am großen Ganzen, und niemand in Zenos dachte an einen Umsturz globalen Ausmaßes.

Doch Aris Vakh'Ba gab nicht auf. Er suchte sich andere Tätigkeiten, wie die Reparatur der Hovercrafts. Diese Arbeit war frustrierend, denn sie brachte ihn in das Dilemma, wie mit der Weitergabe von fortgeschrittener Technologie umzugehen sei, die aus der Zukunft stammte. Ihm wurde klar, dass diese ganze kleine Gesellschaft eine Mischung aus zwei Völkern und zwei Zeiten geworden war und erst Vredoms Wissen diese beispiellose Symbiose hatte gedeihen lassen, und dass es sinnlos war, sich gegen den Einfluss der Technologie der Zukunft zu wehren. Er wollte sich für den Moment nicht mit den Auswirkungen einer temporalen Paradoxie befassen, denn auch den besten

Wissenschaftlern seiner Zeit wäre nicht klar gewesen, welche Auswirkungen es hatte, ihre Technologie zweitausend Jahre in der Vergangenheit einzuführen. Ohne Zweifel hatte Vredom seine Freunde viel gelehrt, aber Vakh'Ba entdeckte in den Kleinigkeiten eines Hovercraft-Motors noch viele Verbesserungsmöglichkeiten. Zwar war die Ausrüstung zu bescheiden, um autolevitierende Antigrav-Module herzustellen, aber auch andere, kleinere Verbesserungen halfen schon weiter, und Vakh'Ba konnte sich großes Ansehen damit erwerben, viele unscheinbare Dinge zu verbessern. Er vermutete, dass Vredom Heldengeschichten von ihm erzählt hatte, als er begriffen hatte, dass sein alter Freund es nach so langer Zeit auch nach Hyboria geschafft hatte. Vakh'Ba wusste nicht, ob es helfen würde, Leute zu finden, die mit ihm auf ungewisse Missionen fortgehen würden, aber schaden könnte seine Geschichte von der kopflosen qel'vatrischen Flucht sicher nicht beim Anwerben furchtloser Abenteurer.

Als Vakh'Ba das hydroponische System pflegen lernte, war auch Carmichael dieser Aufgabe zugeteilt. Die Gesellschaft von Zenos war geschickt darin geworden, den Leuten, die nichts anderes als die dämmrigen Höhlen kannten, Abwechslung in Form eines ausgefeilten Arbeitsplanes zu bieten. Jeder konnte alle drei Wochen seine Präferenzen niederschreiben, und dann wurden die Tagwerke nach einem von Vredom entwickelten Schlüssel zugelost. Auf diese Weise wurden auch die unangenehmen Aufgaben erledigt, denn niemand wollte sich nachsagen lassen, sich in der Abfall-Woche hängen zu lassen. Hydroponie, Kochen und Unterhaltung hingegen waren äußerst beliebt und zeugten von großer Hingabe im Angesicht der begrenzten Ressourcen. Carmichael war Qel'Vatrer und mochte die Hydroponie im Gegensatz zu den allermeisten nicht besonders. Er war nicht wie Herbert von der intellektuellen Sorte, sondern geradeheraus und herzlich. Als er Vakh'Ba kennenlernte, war das erste, was er sagte, dass Vakh'Ba die Hyborier wohl noch mehr hassen musste als die Qel'Vatrer von Zenos, wenn er so fest vorhatte, sich ihnen entgegenzustellen. Vakh'Ba versuchte, ihm zu erklären, dass er nicht Hass, sondern Scham für sein Volk empfand, doch Carmichael lachte nur und sagte:

»Ein bisschen Zorn ist nicht schlecht, wenn man etwas schaffen will. Diese Rohre hier vorn zum Beispiel wollten und wollten einfach nicht durch die Stahlhalterungen. Ich kann nicht sagen, dass es jedes Mal funktioniert, aber ihnen hat mein Zorn gut getan.«

Vakh'Ba konnte die Dellen sehen, mit denen der Zorn den Rohren geholfen hatte, die Fassungen zu finden, und so lachte er nicht, sondern fragte sich, wie viel Zorn in ihm war und wie viel davon nützlich war. Konnte man sich wirklich bedingungslos gegen das eigene Volk wenden?

Nach allem, was Vakh'Ba bisher über die zwergenhaften Qel'Vatrer gelernt hatte, war Carmichael ein Hüne, auch wenn er ihm kaum bis an die Kinnspitze reichte. Er hatte ein rundes, freundliches Gesicht und eine ausgeprägte, kräftige Statur. Vakh'Ba erfuhr, dass er eine Farm in der Nähe des Rakh'Loran gehabt hatte, und aufgrund der bekannten Umgebung gelang es Vakh'Ba schließlich durch gemeinsame Erinnerungen, wenn das Wort und seine Bedeutung eine zweitausendjährige Unterbrechung überstehen konnten, auch seine Freundschaft zu gewinnen. Es war ein wenig paradox, dass zwei Individuen, die durch Raum und Zeit, einen brutalen Deportationskrieg und die vordergründige Rassenzugehörigkeit getrennt waren, Kindheitserinnerungen von Orten austauschten, die sich in so langer Zeit beinahe nicht verändert hatten. Carmichael kannte die Lagunen, die Vakh'Ba beschrieb, und Tränen huschten über sein Gesicht, als er sagte: »Euer Volk hat uns all dies genommen, und ich weine, weil ich den Rakh'Loran niemals wiedersehen werde, aber nicht, weil ich euch dafür hasse. Ich weiß, was ich zuvor über Zorn gesagt habe, doch verstehe eins; Alles was ich erkämpfen will, ist, dass wir neu anfangen dürfen, ob hier oder auf Qel'Vatra. Die Freiheit ist doch das einzige, was zählt, nicht, wo oder wie oder wann.«

»Das ist auch alles, was ich will«, erwiderte er. »Wie könnte ich mir wünschen, in meine Welt zurückzukehren, die ihre Existenz auf Verrat, Verschwörung und Unterdrückung zurückführt?«, sagte Vakh'Ba. Wenn es eines gab, das ihn beeindruckte, dann war es die Art der Qel'Vatrer, keinerlei Rache anzustreben. Für ein derart friedliches Volk musste das, was man ihm antat, der pure Hohn sein. Er wusste, dass die Qel'Vatrer, die ihn begleiten würden, nicht niederem Blutdurst folgen würden. Es war wertvoll, so besonnene Verbündete zu haben, dachte Vakh'Ba.

Wiesel schließlich, der aufgedrehte und sprunghafte junge Hyborier, der ihm unter Einsatz seines Lebens zur Freiheit aus dem Militärkomplex verholfen hatte, handelte weder aus Altruismus noch aus Rachedurst.

»Nenn mich verrückt, aber das ist das größte Abenteuer unseres Lebens«, erwiderte er, als Vakh'Ba nur beiläufig erwähnte, dass er langsam einen Plan bräuchte. Die beiden standen an den Balkonen um die zentrale Höhle, Vakh'Ba sah ihn erwartungsvoll an und fragte schließlich, als jede weitere Erklärung ausblieb: »Das ist alles?«

Er hatte mit ihm nie über die Nacht gesprochen, in der sie gemeinsam aus dem Laborkomplex geflohen waren.

»Ah, ich versteh schon.« Wiesel blickte abwesend über die Geländer der Stahlskelette von Zenos, bis er in seinen Gedanken fand, was Vakh'Ba suchte: »Was mich antreibt, willst du wissen. Tja, weißt du, ich bin noch jung und kenne keine andere Welt als die scheußliche da draußen. Ich habe mich immer irgendwie durchgeschlagen, und weder habe ich den Wunsch nach einem paradiesischen Qel'Vatra gebracht zu werden, wo immer das auch ist, noch will ich hier auf Hyboria in Ketten liegen. Zu tun, was mir gefällt, das ist mein Weg. Du hast mich nie gefragt, warum ich mich da reingeschlichen habe, um dich rauszuholen. Ich sag dir was: Der Nervenkitzel, die Herausforderung, das macht es aus. Mir ist egal, was die Moral davon hält, was die Imperiale Garde tut, und ich bin auch damit einverstanden, dass mich einige seltsam finden. Der Moment, in dem die Maschinengewehrsalven losgingen, weißt du noch? Es gab nie einen einzigen Augenblick in meinem Leben, da ich mich lebendiger gefühlt hätte. Es gibt deshalb keine größere Herausforderung, als dich zu begleiten. Zu meiner Ehrlichkeit gehört auch, zu sagen, dass ich erneut keine Sekunde zögern werde, mich ungestüm in Gefahr zu begeben. Und weißt du was? Das wird sicher ein Spaß.«

Irritiert sah Vakh'Ba ihn an. Er verstand ihn auf eine bedrückend amoralische Weise. Während er selbst mehr oder weniger unverschuldet und zufällig in diese Situation geraten war, hatte Wiesel diesen Weg für sich gewählt und war augenscheinlich zufrieden damit. Er erlaubte niemandem, über ihn zu urteilen, auch wenn einige andere in Zenos' Gesellschaft dies gewiss taten. Die Frage, die ihn derzeit beschäftigte, war vielmehr, ob er ihn mit auf eine gefährliche Mission nehmen und sich auf ihn verlassen konnte. Und dann dachte er wiederum, dass möglicherweise eine unerfahrene Gruppe von Freiheitskämpfern auch eine Portion Übermut vertragen konnte.

»Gehen wir raus und erleben was«, sagte er zu Wiesel, der ihn vorfreudig mit seinem üblichen, selbstzufriedenen Grinsen anstarrte, ihm auf die Schulter klopfte und dann kopfüber in die Tiefe hinter dem Geländer stürzte, seine Schwingen ausbreitete und mit einem eleganten Salto auf dem über zwanzig Meter tieferen Fußboden aufkam. Federnd erhob er sich aus der kauernden Hocke, in der er den Sturz gebremst hatte, und hüpfte davon.

Als er sich schließlich der Unterstützung seiner neuen Gefährten sicher war, wurde Vakh'Ba klar, dass er noch jemanden von seiner Unternehmung überzeugen musste – Vredom. Sein Freund war zu alt, um ihn zu begleiten, doch er war zu lange Teil seines Lebens, als dass er ihn nicht in seine Pläne einbeziehen wollte. Die Reihe war an Vredom, die Verwaltung von Zenos für diese Arbeitsperiode zu leiten, und so fand ihn Vakh'Ba in einem der wenigen Räume mit Ausblick über die zentrale Halle. Wäre diese Konstellation anderswo als selbstherrliche Machtdemonstration der Führungskasten aufgefasst worden, so war in Zenos selbstverständlich, dass die Verwaltung eine Aufgabe wie alle anderen war und von jedermann im Wechsel wahrgenommen wurde. Zwar wurden die erfahrenen und älteren Bewohner öfter gebeten, sich um diese Aufgabe zu kümmern, sodass Vredom insgesamt ein Drittel der Zeit diese Funktion ausfüllte, aber Vakh'Ba war dennoch von dieser Art der Hierarchie beeindruckt und fragte sich, ob Zenos der größte Maßstab war, für den ein solches Modell funktionieren könnte.

»Du hast dich nie für Politik interessiert«, sagte er, als Vredoms kräftige alte Hände ihm die eleganteste Tür Zenos' aus blank eloxiertem Aluminium öffneten.

Vredom Cum'Tchhr lachte. »Und ich tue es auch heute nicht.«

»Doch sitzt du an der höchsten Stelle Zenos' und reibst dich für deine Flüchtlinge auf.«

Vredom schüttelte den Kopf. »Dies ist nicht die höchste Stelle, sondern eine Aufgabe wie jede andere auch. Und so ist auch die Person, die sie ausfüllt, keiner höheren Stelle zuzuordnen.«

»Zenos würde es ohne dich nicht geben, alter Freund«, sagte Vakh'Ba.

»Und nicht ohne dich.« Bevor sein vierzig Jahre jüngerer Freund etwas erwidern konnte, fuhr Vredom fort: »Ich habe es schon einmal gesagt, aber anscheinend muss ich es wiederholen.« Er lächelte. »Mit fortschreitendem Alter wiederholt man auch für mich mehr und mehr Dinge, weißt du«, sagte er beiläufig, »also sei so gut und höre mich nochmals an. In meiner Erinnerung bist du noch immer der ein halbes Jahr ältere Stubenkamerad, dem ich die Flausen aus dem Kopf pusten musste, und ich neige dazu, kaum dass du da bist, das auch hier zu tun … so viele Jahre, nachdem du mich gerettet hast, indem du mir nur die Wahl gelassen hast, dich zu töten. Dieser Moment da draußen ist das, was mich, und dadurch Zenos, geprägt hat. Die Gewissheit, dass das Gute immer da ist, egal, wie weit es auch entfernt scheint, hat uns die Gemeinschaft von Zenos schmieden lassen, und es hat mich vor vier Dekaden dieses vermaledeite Implantat brechen lassen. Das verdammte Ding ist noch immer da, in meinem Nacken, weil die Ärzte sagen, dass man es nicht mehr entfernen kann, aber seit jenem Tag funktioniert es einfach nicht mehr, und wir beide wissen, warum. Und ich weiß heute auch, dass Abgeschiedenheit und Geduld unsere Waffen sind. Den Krieg kann niemand gewinnen, aber das müssen wir auch nicht.«

Aris Vakh'Ba sah Zufriedenheit über die gewaltige Aufgabe, die Vredom gewiss sein Lebenswerk nennen konnte, doch nicht ausschließlich. Die Augen des Alten glänzten auch vor Sorge. Er wusste, dass er es nicht aussprechen musste, die Furcht vor dem Verlust prägte auch diesen Moment zwischen ihnen beiden. Vakh'Ba besann sich, denn er spürte, dass er gerade deswegen seinem Freund erklären musste, dass er gehen würde.

»Was ist mit denen, die in diesem Moment gegen ihren Willen nach Hyboria gebracht werden, was mit denen, die nach Qel'Vatra gebracht werden und die sich in einigen hundert Jahren nicht mehr daran erinnern werden, was hier geschehen ist? Was ist mit unserer Gegenwart?«

»Gegenwart? Was ist überhaupt Gegenwart? Die Welt, aus der wir stammen, die nach vernünftigen Maßstäben ewig weit in der Zukunft liegt, gibt es nicht mehr. Du wirst nie nach Qel'Vatra zurückkehren. Und ich zum Glück auch nicht. Ich habe mich längst damit abgefunden, weißt du?«, sagte Vredom.

Langsam verstand Vakh'Ba. Doch ehe er seine Gedanken sortieren konnte, war sein Mund schneller als das Herz, als er sagte: »Du bist zufrieden geworden. Bequem. Ja, es ist bequem, sich als vermeintlicher Rebell in einer Höhle zu verkriechen. Wo ist der Mann, der Risiken einging um der Sache willen? Nenn mich idealistisch und einfältig, aber ich kann nicht hier bleiben und …«

»Wo die Risiken geblieben sind, willst du wissen?« Vredom Cum'Tchhr zitterte vor Zorn und zeigte Vakh'Ba das ganze Ausmaß seiner Verletzbarkeit. »Frag Tabitha. Ich habe ihre Mutter vor beinahe zwanzig Jahren während eines sogenannten Risikos zurücklassen müssen und nicht einmal begraben können. Prüfe deine Gefühle, Vakh'Ba, es ist nicht richtig, uns zu bewerten nach nur ein paar Wochen, sondern du musst erfahren, was wir hier durchgemacht haben. Und jetzt kommst du trotzdem und willst mit Fahnen und Trompeten meine Tabitha auch in den Untergang treiben! Ich hätte dich fast getötet, als nur wenige Meter die Fokuslinsen meiner Laserkanonen von dir trennten und der brennende Schmerz des Neuralchips in meinem Nacken brannte, und doch habe ich es irgendwie geschafft, es nicht zu tun. Und du darfst mir glauben, dass es nicht leicht war. Bedenke also, wenn du mich bequem nennst, welche Lasten ich zu schultern hatte und welche Entscheidungen mich noch heute verfolgen. Nein, ich kann und will dir nicht erlauben, zu gehen. Ich werde dich nicht aufhalten, aber ich werde dir auch nicht freudig zustimmen. Du kannst es Stolz oder Bequemlichkeit oder Verbohrtheit des Alters nennen, das ist mein letztes Wort.«

Vakh'Ba wandte sich trotzig zum Gehen, doch dann stutzte er. »Was hat Tabitha damit zu tun? Ich habe sie nicht gefragt, mitzukommen«, sagte er, auch wenn er sich selbst eingestehen musste, dass er es implizit doch getan hatte.

»Sie hat es ihm nicht gesagt«, wisperte Vredom mehr zu sich selbst, doch er schien es darauf anzulegen, dass Vakh'Ba ihn hören konnte.

»Was ist nur los mit dir?'', rief Vakh'Ba betrübt. »Und was deine Tochter angeht: Erstens habe ich nicht einmal versucht, sie zum Mitkommen zu überzeugen, und zweitens finde ich, dass es nicht allein deine Entscheidung sein kann. Ich erkenne dich nicht wieder, alter Freund.«

»Nein, und das wirst du auch nicht. Geh auf deinen Kreuzzug, doch lass Tabitha bei mir. «

Vakh'Ba war außer sich. Kreuzzug? Ihm ging es um Gerechtigkeit, und Vredom schien verlernt zu haben, dass es auch andere Perspektiven einzunehmen gab. Und dann sprach er von Tabitha. Vakh'Ba fragte sich, was sein alter Freund meinte. Wollte sie ihn begleiten und hatte am Ende das Gegenteil behauptet? Oder war es die Angst eines Vaters, der so viele Verluste ertragen musste, die Vredom so unwirsch werden ließ?

Vakh'Ba trat aus dem oberen Büro hinaus und kehrte in der zentrale Halle zurück. Er bedauerte, dass er gegen den Willen seines Freundes gehen musste, doch mehr und mehr begriff er auch, dass er in Zenos nur Resignation und Ratlosigkeit finden würde, wenn er länger blieb. Und was Tabitha anging … er musste erst noch einmal in sich gehen, bevor er wieder mit ihr sprechen konnte.

In der Folge vergrub sich Vakh'Ba in allerlei Texten über die hyborische Geschichte und Kultur. Nicht nur aus Neugier über diese Herkunft, die er und sein Volk in der Zukunft nicht mehr kannten, sondern auch in der Hoffnung, etwas zu finden, das ihm dabei helfen würde, die Deportationen aufzuhalten. Es war für seine noch frischen Eindrücke der modernen procyonischen Kultur und Errungenschaften unfassbar und vor allem beschämend zu erkennen, dass sein Volk nicht über die Einsicht und den Verstand verfügte, den seine Historiker priesen, wenn sie beispielsweise über das freiwillige, von Vernunft getriebene Ende des Zeitalters der fossilen Energie dozierten. Stattdessen fand er heraus, dass alle Fehler, die eine Zivilisation machen konnte, auch gemacht worden waren. Der Neuanfang auf Qel'Vatra war nicht nur ein Verbrechen an den nativen Qel'Vatrern, sondern auch am Versprechen der Evolution, dass aus Fehlern zu lernen sei. Wenn man nun jedoch einen praktisch unbewohnbaren Planeten zurückließe, wie könnte man dann noch behaupten, über die Phase der Umweltzerstörung und rücksichtslosen Ausbeutung hinaus zu sein? War es am Ende auch Qel'Vatras Schicksal, ein öder, ausgehungerter Staubklumpen zu werden?

Es waren diese Momente der Erkenntnis, die Aris Vakh'Ba zu einem Rebellen machten. War seine Flucht der Drang nach Freiheit und Selbstbehauptung gewesen, so musste er erkennen, dass Gerechtigkeit in seiner Situation kaum ein erreichbares Ziel war. Von den Qel'Vatrern lernte er, nicht seiner Wut zu gehorchen und Rache nicht als Selbstzweck zu betreiben. Die simple Beobachtung, dass sein Volk, das er als aufgeklärte, selbstgenügsame Gesellschaft auf Qel'Vatra erlebt hatte, eine so destruktive, rücksichtslose Seite hatte, ließ ihn erkennen, dass es sinnlos sein würde, irgendjemanden davon zu überzeugen, dass das, was sie taten, falsch war. Aris Vakh'Ba konnte nur raten, welche Gräueltaten aus freien Stücken im Vertrauen darauf, dass sie sich als notwendig herausstellen mochten, geschahen, und welchen Einfluss die Gedankenmanipulation von General Ghaj'Kal dabei hatte. Auch wenn Vredom ihm bestätigt hatte, dass die Technologie in dieser Zeit noch in ihren Anfängen steckte und gerade dazu ausreichte, die Soldaten etwas aggressiver zu machen, musste man ihren Einfluss bedenken.

Je mehr er über die Gründe und Ursachen der Zerstörung ihrer Heimatwelt erfuhr, umso mulmiger wurde das Gefühl, das Aris Vakh'Ba verspürte, wenn er daran dachte, aufzubrechen und sich dieser gewaltigen Deportationsmaschinerie in den Weg zu stellen. Er konnte jetzt die kalte Entschlossenheit der Hyborier verstehen, jeden Widerstand zwischen sich und dem verheißungsvollen, fruchtbaren Qel'Vatra auszuräumen. Ihm wurde klar, wie stark der Wille sein musste, eine Zukunft für das eigene Volk gegen Hunger und Auslöschung eines anderen einzutauschen, und wie die Moral dabei zwischen den vielen Raumstationen und Subraumwirbeln und Weltraumnebeln auf der Strecke blieb. Beinahe brachte er Verständnis auf für die Flüchtlinge und Hungernden auf den rostigen Frachtern, doch immer machte er sich noch rechtzeitig klar, dass es falsch war, was sein Volk tat. Dass es sich aus der Verantwortung stahl, mehr noch, was für eine große Schuld es sich auflud, die Qel'Vatrer wie lästigen Unrat aus ihrem Zuhause zu werfen und halb blind, halb berechnend darauf zu hoffen, dass der Staub der Zeitalter dieses Verbrechen einfach vergessen lassen möge. Aris Vakh'Ba war entschlossener denn je zuvor, etwas zu unternehmen, doch er war auch furchtsamer als je zuvor. Diese Reise würde schwerer werden als seine Flucht hierher, das wusste er. Denn zu Handeln erforderte mehr Überwindung, als nur zu reagieren und auszuweichen. Es fiel ihm nicht leicht, doch er ahnte, dass er aufbrechen musste, bevor seine Furcht ihn selbst zurückhalten konnte. Doch zuvor gab es noch etwas anderes zu tun: Er musste Tabitha erklären, dass er Zenos verlassen würde.

Als er das Gefühl hatte, dass es nichts mehr zu lernen gab, was ihm helfen konnte, traf er die Entscheidung. Tabitha hatte er seit Tagen nicht gesehen, geschweige denn mit ihr gesprochen. Sie sollte es zuerst erfahren, doch, das wurde ihm auch klar, vielleicht würde es das letzte sein, was er ihr jemals zu sagen hatte, wenn sie ihn noch immer nicht verstand. Aris Vakh'Ba pflegte mittlerweile zu den ruhigen, blubbernden Grotten der hydroponischen Gärten zu gehen, wenn er nachdenken wollte. Das Rauschen des recycelten Wassers schien seinen Geist zu beruhigen. Er ging durch, was er sagen wollte. Wie er es sagen wollte. Abwesend spürte er, wie sich in der feuchten Luft der Klimakammer eine Kondensperle auf seiner Nase bildete, und beinahe meditierend verfolgte er, wie sie von dort in den großen Aufbereitungsbottich abperlte und ein Wellenmuster hervorrief, das gleichsam für die Veränderungen des Universums, die er anstoßen wollte, nein musste, stehen sollte. Dann trat er besonnen, doch nervös auf den schmalen Zugangstunnel hinaus, der ihn zum Ringtunnel brachte, der die größeren Einrichtungen verband.

Tabitha hatte in dieser Arbeitsperiode die Aufgabe, die Geländer der Zentralen Halle zu reparieren, und er fand sie schließlich dabei, wie sie ein Rohr an einem der Aufgänge neu verschweißte.

»Du bist gekommen, um mir zu sagen, dass du gehen wirst«, sagte sie knapp, ohne aufzublicken oder die Schweißermaske abzunehmen. Ihre Stimme bekam dadurch einen blechernen, vorwurfsvollen Klang, und Vakh'Ba war nicht sicher, welcher Teil davon auf die Maske zurückzuführen war. Er näherte sich weiter, sodass sie schließlich die fokussierte Flamme abstellte und sich aufreckte, als ob sie ihm durch das rußgeschwärzte Glas in die Augen zu sehen versuchte.

»Ja«, antwortete er, und sofort bemerkte er, dass ein Teil von ihm trotz aller Gedanken und Versicherungen, dass er sich nicht ablenken lassen würde, *'nein'* gesagt hatte.

»Was stehst du dann noch hier herum? Musst du nicht irgendwas zusammenpacken?«, sagte Tabitha. Vakh'Ba hörte in ihrem Stolz, dass sie nicht aussprechen würde, was sie fühlte, und es doch schaffte, ihn sich schlecht fühlen zu lassen. Er spürte einen Stich und sein Magen verkrampfte sich. Unwillkürlich fragte er sich, ob es ein Echo der fehlenden Niere war, die ihm einmal mehr phantomisch mitteilen wollte, wem er seine Genesung zu verdanken hatte.

»Tabitha«, begann er erneut, sich sorgsam an den eigenen Wörtern entlang tastend, »ich bin hergekommen, das möchte ich ohne jedes Missverständnis klarmachen, um mich zu bedanken. Für alles. Ich bin dankbar für diese zweite Chance, die ich bekommen habe, auch und vor allem, weil du mich so aufopferungsvoll gepflegt hast. Und, wenn ich noch diesen einen Gedanken zu Ende bringen darf, ich denke, es wäre ein Vergeuden dieser Chance, wenn ich nicht hinausginge, um weiter zu kämpfen. Ich weiß, dass du nicht zustimmst, und ich denke, ich verstehe jetzt auch, warum.« Er zögerte. Noch immer stand sie regungslos da und schien nicht gewillt, ihm die Absolution zu erteilen. »Um es kurz zu machen, ich empfinde viel für dich, was über bloße Dankbarkeit hinausgeht. Und doch werde ich den Leuten mitteilen, dass wir nächste Woche die Hovers nehmen und diesem Horror die Stirn bieten.«

Ein letztes Zögern. Dann schluckte er. »Lebewohl, Tabitha.«

Sie musste den Helm nicht abnehmen, um ihre Gefühle zu offenbaren, denn er konnte die Schlieren sehen, als ihre Tränen sich mit dem Ruß des Schutzglases mischten.

»Ich …«, begann sie. »Lebewohl, Aris Vakh'Ba«. Mehr brachte sie nicht heraus. Halb beschämt, halb zornig entfernte sie sich.

Ratlos ließ ihn Tabitha an dem halbverschweißten Rohr zurück. Aris Vakh'Ba begriff, dass sich manche Probleme einfach nicht lösen ließen.

Wenige Stunden später trafen sie sich im großen Turbinenraum, um einen Plan zu entwerfen. Wichtig war ihnen, dass sie ungestört sein würden, denn obwohl Vredom Vakh'Ba erlaubt hatte, die Gleiter zu nehmen, war es doch nicht so, dass er große Sympathie in Zenos genoss, seit sich herumgesprochen hatte, dass Vredom nicht gut auf ihn zu sprechen war. Es war laut und feucht und schwül vom Kondenswasser der Gerätschaften, aber Vakh'Ba fand, dass es nicht nötig war, in aller Öffentlichkeit zu debattieren, um Vredom nicht noch weiter zu verärgern. Er dankte den anderen für ihre Unterstützung und sagte dann:»Ich weiß, dass ihr diesen Planeten viel besser kennt als ich. Also, was würde die Imperiale Garde wirklich hart treffen? Ihr wisst, dass Gefangene zu befreien weder die Gesamtsituation ändert, noch dass wir hier im Moment Platz für sie hätten.«

»Was ist mit den Transportern?«, fragte Carmichael. Der junge Mann zitterte vor Aufregung und sein blasses Gesicht war hochrot geworden. Er freute sich über seine Idee. Er blickte in drei ratlose Gesichter und ergänzte:»Na ja, ich meine, wir könnten sie vor dem Start mit Zeitbomben ausrüsten, oder so.«

»Und hunderte Unschuldige töten?«, sagte Vakh'Ba. »Ich sehe mich nicht als *die* Art von Freiheitskämpfer.«

»Diese Leute sind doch schon tot, Vakh'Ba. Zu Hunger und Elend auf einem Planeten verdammt, den sie selbst so zugerichtet haben. Würden sie nicht nach Qel'Vatra fliegen, so wären sie auch in einigen Jahren tot«, sagte Wiesel.

Vakh'Ba schüttelte den Kopf. »Der Zynismus, den du für dein eigenes Volk übrig hast, erschreckt mich.«

Wiesel nickte grimmig und sagte dann: »So ist es wohl. Ohne Leid kein Sieg. Ohne Tod keine Wiedergeburt.«

»Vielleicht doch«, sagte eine Stimme vom anderen Ende des Raumes. Überrascht erkannte Vakh'Ba Vredom in ihr wieder.

»Bist du gekommen, um es uns auszureden? Nicht nötig, wir erkennen ohnehin gerade, dass wir nicht wissen, wo wir anfangen sollen«, sagte Vakh'Ba. Ihm war Zynismus fremd, wenn sein

Gegenüber nicht gerade ein ungewandter, sprechender Bordcomputer war, und so biss sich er sich auf die Zunge. Weder wollte er Vredom noch seine Mitstreiter noch mehr beleidigen. Er hob die Hände zur entschuldigenden Geste, doch die Miene seines Freundes zeigte keine Kränkung.

»Nicht doch«, sagte der Alte. »Ich bin gekommen, um euch meine Idee zu präsentieren.«

Vakh'Ba zwang sich, keine Bemerkung über den früheren Kampfeswillen des Alten zu machen, aber angesichts der Tatsache, dass sie selbst auch noch keine Möglichkeit gefunden hatten, die Imperiale Garde zu treffen, musste er ihm Gehör schenken.

»Der Zentralcomputer«, sagte der Alte schließlich.

Wiesel riss die Augen auf. »Du bist ja übergeschnappt! Wir schaffen es nie und nimmer bis dorthin. Das ist nicht nur zu weit weg, sondern auch zu gut bewacht.«

Vredom hob erneut die Hand, um ihm klarzumachen, dass er ausreden wollte.

»Hört mir bitte zu. Ich weiß, was ich gerade gesagt habe – ebenso, wie ich weiß, was ich früher gesagt habe. Aber nach reiflicher Überlegung bin ich zu dem Schluss gekommen, dass die Bedingungen sich geändert haben. Mit Vakh'Bas Hilfe kann es uns gelingen, die Reichweite der Hovercrafts genügen zu erweitern. Und was die Bewachung angeht, so muss euch klar sein, dass nicht einmal mehr ein Viertel der Bevölkerung Hyborias hier ist. Die meisten Soldaten benötigt man als Besatzung der Transporter und zur Bewachung beziehungsweise Unterdrückung unserer qel'vatrischen Freunde. Ich glaube nicht, dass sie mit einem Einbruch in den Zentralcomputerkomplex rechnen, geschweige denn darauf reagieren können. Wie alle verbliebenen Hyborier leiden sie unter Hunger und Energiemangel und werden daher nicht unbedingt motiviert sein, sich euch entgegenzustellen. Wenn ihr erfolgreich seid, finden wir den Ort des Subraumfokusgenerators heraus, der überhaupt erst diese ganzen Transfers zwischen Hyboria und dem procyonischen System ermöglicht. Zerstören wir den Generator, zerstören wir auch die Unterdrückung.«

»Und unsere einzige Chance, nach Hause zurückzukehren«, sagte Herbert ein wenig abwesend.

»Sei nicht unvernünftig«, sagte Carmichael. »Wir werden niemals zurückkehren können. Das einzige, worauf wir hoffen können, ist, hier eine neue Heimat aufzubauen, sobald die Hyborier weg sind.«

»Doch sie werden nicht alle gehen. Es werden Soldaten hierbleiben, um die Unterdrückung fortzusetzen. Sie werden euch niemals in Frieden lassen, nur weil sie haben, was sie wollen. Sie können sich nicht leisten zu riskieren, dass ihr eines Tages zurückkehrt«, sagte Vredom, woraufhin Vakh'Ba das ganze schmerzliche Ausmaß der Unterdrückung erkannte und in fernen *Gedanken* an eine automatisch agierende Raumsonde *denken* musste.

Er nickte Vredom zu und sagte: »Angst ist die Antwort. Angst wird sie Jahrtausende lang daran erinnern, dass sie sich vielleicht irgendwann dafür rechtfertigen müssen, was sie dem qel'vatrischen Volk angetan haben. In meiner Zeit hat eine einzige unbekannte Raumsonde dafür gesorgt, dass tausende Soldaten und Offiziere einer Gedankenkontrollinstanz unterstellt wurden. Die Hyborier werden niemals mehr Frieden finden. Aber wir können das. Schneiden wir die Verbindung ab, sind wir sie los.«

»Dann ist es beschlossen?«, fragte Herbert grimmig, und die anderen drei nickten. Sie würden noch einige Zeit der Vorbereitung brauchen, aber jetzt, nachdem sie endlich ein Ziel hatten, sah Vakh'Ba neue Entschlossenheit in ihren Augen und blickte der Unternehmung optimistisch entgegen. Er schickte seine Mitstreiter zurück an ihre normale Arbeit und würde selbst planen, welche Vorbereitungen sie treffen mussten. Überrascht stellte er fest, dass Vredom an seinem Platz geblieben war. Es war das erste Mal seit dem Tag, da Vredom sein zähneknirschendes Einverständnis gegeben hatte. Still stand er auf seinen Gehstock gebückt und gebot Vakh'Ba, näher zu treten. Dann sagte er: »Hör mir zu, Vakh'Ba. Was ihr wagen wollt, ist ebenso mutig wie tollkühn. Wir wissen zwar, dass die meisten Soldaten mittlerweile auf Qel'Vatra sind oder die Flüchtlingscamps überwachen, aber seit Jahren war niemand von uns mehr in Hyboria City. Die Stadt wurde als eine der ersten geräumt, weil sie in einem der Bereiche der größten Schäden der Ozonschicht lag, sodass nur die Verwaltung zurückblieb. Euch erwartet der Tod, in vielerlei Hinsicht. Und doch …« Der Alte hielt inne und sammelte sich. Er wollte Vakh'Ba offenbar nicht nur schlechte Nachrichten überbringen. Dann fuhr er fort: »Und doch ist dies die vielleicht letzte Chance, etwas zu verändern. Ich ... ich entschuldige mich für das, was ich neulich zu dir gesagt habe. Ich habe auf wundersame Weise erkannt, dass der Starrsinn des Alters mich zurückhielt. Ich dachte, es sei töricht, das Schicksal noch einmal herauszufordern bei allem, was du ... was wir beide überstanden haben. Doch wenn es jemand schaffen kann, dann du. Viel Glück ... alter Freund.«

Vakh'Ba umarmte den alten Mann und spürte eine Träne in seinem Auge. »Ich weiß nicht, ob ich ohne deinen Segen gehen könnte«, flüsterte er.

»Nun mach schon«, sagte Vredom, als er sich mühsam umdrehte, um seinem Blick auszuweichen.

Aris Vakh'Ba sah ihn fragend an, da lachte der Alte. »Du solltest die Hovers vorbereiten, bevor ich es mir anders überlege.«

»Du wirst doch nicht auf deine alten Tage wankelmütig werden«, rief Vakh'Ba vergnügt und beinahe schien es ihm, als wäre dies der erste Satz, den er auch in ihrer Kadettenstube so gesagt hätte. Ja, so konnte er aufbrechen. Er würde keinen Schmerz wegen Vredom empfinden. Und wegen Tabitha ... er verbot sich diesen weiteren Gedanken und ging zu den Hovercrafts.

Drei Tage später brachen sie auf. Vakh'Ba hatte mit Herberts Hilfe die Reichweite der beiden Hovercrafts, die sie verwenden wollten, auf mehr als fünftausend Kilometer erhöhen können. Der Weg nach Hyboria City war beschwerlich, aber immerhin sah es nicht nach schlimmen Stürmen aus. Als sie ihre Ausrüstung unterbrachten, barst die kleine Fahrzeughalle vor Leuten, die ihnen Glück wünschen oder Augenzeuge des Aufbruchs der vier Todgeweihten werden wollten. Ohne Zweifel waren viele gegen dieses Unternehmen, aber selbst sie erkannten an, dass sie die Männer nicht bevormunden konnten. Und so war die Stimmung, die Vakh'Ba spürte, eine seltsame Mischung aus gespannter Zuversicht, zurückgehaltener Angst und unverhohlenem Unverständnis. Er bemerkte deutlich, wie wenig man davon ausging, sie gesund wiederzusehen. In dieser besonderen Situation meinte Vakh'Ba, wie durch ein Brennglas ganz deutlich die

Mentalität seiner Mitstreiter erkennen zu können. Herbert war gefasst und konzentriert und ließ sich nicht von der Aussicht auf Tod und Misserfolg ablenken, während Wiesel zwischen den Leuten umher lief und seine Späße machte. Vakh'Ba konnte noch immer nicht einschätzen, wie viel davon authentisch war, und wie viel innere Unruhe Wiesel brauchte, um sich selbst von der unerträglichen Last zu befreien, die auf sie wartete. Carmichael schließlich war vollkommen ruhig, aber emotional. Er verabschiedete sich von allen, die er kannte, und Vakh'Ba konnte sehen, dass er froh war, als sie endlich die lauten Rotoren anstellten, die Hovercrafts abheben ließen und die Bewohner von Zenos in einer Wolke aus Staub, Salz und Bitterkeit zurückließen.

Kurz vor der letzten Garage blickte Vakh'Ba an den Gerüsten der Halle entlang und konnte ganz oben, am anderen Ende, Vredom und Tabitha stehen sehen. Der alte Mann hatte seiner Tochter den Arm um die Schultern gelegt und es war Vakh'Ba nicht vergönnt zu erahnen, ob es sich um einfachen Trost oder eine ultimative Geste des Schutzes darstellte vor der großen, gefährlichen Welt, die sie nicht sehen sollte. Er riss den Arm in die Höhe, doch da steuerte Wiesel den flinken Gleiter schon um die nächste Kurve in das Labyrinth aus Stollen der alten Salzmine.

Als sie das Tageslicht erreichten und über die staubige Ebene des zentralen Kontinents von Hyboria rasten, fragte sich Vakh'Ba anhand des letzten Ausdrucks auf Tabithas Gesicht noch immer, ob es nicht eine andere Möglichkeit gegeben hätte. Sein Verstand sagte, dass es so war. Doch Aris Vakh'Ba hatte von den Bewohnern Zenos' – und vor allem von Tabitha, wie er sich eingestehen musste – auch endgültig gelernt, dass es nicht nur der Verstand war, der die Richtung vorgeben durfte. Traurig drehte er sich auf seinem Sitz herum und blickte wehmütig den durchfahrenen Stolleneingang an. Als er sah, wie die holografischen Tarnfelder die endlose, dunkle Röhre in die Illusion von brachen, khakifarbenen Wüstenhügeln zurückverwandelten, war ein Teil von ihm sicher, dass er Zenos niemals wiedersehen würde.

19.

Sie waren schon mehr als zwei Tage unterwegs, als der erste Sturm aufzog. Die große Ebene hatten sie durchquert und die Hügel von Grog'Habenth auf alten zerrissenen Straßenverläufen bezwungen, nur die Hochebene von Hyboria City lag noch herausfordernd vor ihnen. Es war heiß und stickig, aber das drohende Grollen des fernen Ionensturmes ließ sie die stehende Luft genießen, als wäre sie erfrischend und wohltuend. Sie suchten eine annehmbar geschützte Lichtung in den endlosen Wäldern von erstarrten Baumkadavern, die der gnadenlos brennenden Sonne ohne Ozonschicht schutzlos ausgeliefert waren. Die Vegetation in diesem Bereich von Hyboria war schon vor Jahrzehnten unwiderruflich ausgelöscht worden. Hier und da zeigten Erdverwerfungen an, dass unter der Oberfläche noch tierische Überlebende existieren mochten, aber sie hatten seit den Hügeln von Grog'Habenth, in denen es teils Wasserquellen und damit verbundene Oasen des Widerstands der Natur gegen ihren vollständigen Untergang gab, kein Zeichen von Leben gefunden. Ebenso wenig hatten sie andere Hyborier angetroffen. Sie konnten Hyboria City noch nicht sehen, doch je näher sie kamen, umso wahrscheinlicher wurde es, dass sie jemandem begegnen würden. Jemandem, der ihnen feindlich gesonnen war. Für den Moment sicherten sie die Zelte gegen den Wind und bereiteten sich auf eine unruhige Nacht vor.

Die Ionenstürme von Hyboria entstanden, wenn die höheren, stark sauren Luftschichten voller Ammoniak und Methan, die das Ozon des Planeten zu großen Teilen zerfressen hatten, sich an den unteren Schichten, die noch Sauerstoff und Stickstoff enthielten, zu stark rieben. Die resultierenden Entladungen waren etwas, das deutlich klar machte, warum es besser war, einen Planeten nicht bis zum Letzten auszuschlachten. Vakh'Ba wusste, dass die Zelte aus einem leitfähigen Kohlenstoff gefertigt waren und auch die starken Blitze aus der höheren Atmosphäre ablenken können sollten, aber wohl war ihm nicht dabei, als er mit Herbert in dem kleinen Zelt saß und der Regen einsetzte. Zuerst ganz zart und lieblich tippelnd, dann mehr und mehr dröhnend fiel der saure Regen von

Hyborias dunklem Himmel. Interessehalber fragte er Herbert, was man tun könne, um die Atmosphäre zu rekonstruieren, aber die bedrückend ehrliche Antwort war, dass ein über so viele Jahre angerichteter Schaden auch viele Jahre an Erholungszeit benötige. Dennoch war es vermutlich nicht unmöglich, und wenn ein Volk von dreiundzwanzig Milliarden Hyboriern nicht länger sein Wachstum hier auslebte, würde die Zeit schon ihre Antwort geben, meinte er.

»Werden sie meine Heimat auch so zurichten?«, fragte Herbert. »Ich habe Angst, wenn ich aus dem Zelt schaue, dass ich in die Zukunft Qel'Vatras blicke.«

Vakh'Ba schüttelte den Kopf: »In der Zeit, aus der ich komme, ist Qel'Vatra das Paradies, das man euch nahm. Vielleicht ist es umso schmerzlicher zu wissen, dass ihr vertrieben wurdet und ironischerweise das alles dazu beitragen wird, dass die Hyborier eine Lebensart entwickeln werden, die im Einklang mit der Natur ist.«

Herbert sah ihn an und sagte dann: »Nein, im Gegenteil, es schmerzt mich nicht, zu hören, dass noch Hoffnung besteht auf ein Fünkchen Verstand im … nun ja, in uns allen.« Er drehte den Kopf. »Hast du das auch gehört?«

»Was?«, fragte Vakh'Ba verwundert. »Ich höre nur den Sturm an unserem Zelt zerren.«

»Nein, da war noch etwas anderes. Ich glaube, es ist etwas da draußen.«

Vakh'Ba war in diesem Moment nicht bereit, sich darauf einzulassen, dass wirklich etwas da sein sollte. »Ich verstehe dich«, sagte er. »Du hast, ebenso wie ich, große Angst, dass etwas da sein könnte, was unvermeidlicherweise dazu führt, dass du jeden einzelnen Eindruck darauf beziehst. Herbert, es ist nichts da.«

Der schüttelte den Kopf. »Na schön, dann schadet es ja nichts, wenn wir nachsehen gehen. Sicherheitshalber, weißt du …«

Vakh'Ba hatte tatsächlich nichts gehört, nicht einmal etwas, das man für ein *Etwas* halten konnte, doch er erklärte sich bereit, mit Herbert nachzusehen. Sie zogen ihre dicken Allwetterjacken an, die man ihnen mitgegeben hatte, denn derlei Stürme konnten die Temperatur für Tage unter den Gefrierpunkt reduzieren. Sie legten eine dicke Schicht der Hautschutzcreme an, die gegen alle Widrigkeiten der hyborischen Atmosphäre schützen sollte, doch widerlich stank und aussah. Als sie draußen standen und der Sturm um sie herum heulte, gab es nichts, was man sehen oder hören konnte. Die bedauernswerten Lampen der beiden leuchteten nicht einmal zehn Meter weit, so dicht war der Niederschlag. Herbert deutete auf etwas und Vakh'Ba trat näher, um zu sehen, was er meinte. Im Schlamm zeigten sich tatsächlich Fußspuren. Vakh'Ba deutete auf das zweite Zelt. Sie mussten Carmichael und Wiesel wecken, bevor …

»Hey!«, rief jemand aus der Dunkelheit der sprühenden Gischt des Niederschlags. Vakh'Ba erkannte, dass jemand an den Hovercrafts stand. Vier vermummte Gestalten traten näher. Vakh'Ba bemerkte, wie der vertraute und gefürchtete Moment, in dem seine Synapsen von Adrenalin geflutet wurden, alles beschleunigen wollten, einfach … vorbeiging. War er schon so abgestumpft von seiner Reise, dass er keine Angst mehr kannte? Nein, besann er sich. Er war aufgeregt, er spürte es nur nicht. War das gut? Er beschloss, noch vorsichtiger zu sein.

Eine der Gestalten – Vakh'Ba vermutete, dass es jener war, der sie anrief – lüftete ihre Kapuze. Zum Vorschein kam ein hyborischer Kopf, von Narben und Ekzemen zerfressen.

»Ihr!«, rief er Vakh'Ba und Herbert zu. »Wie lässt man diese … Dinger an?«

»Was willst du damit? Das sind unsere Hovercrafts«, brüllte Vakh'Ba gegen den Sturm.

»Jetzt nicht mehr«, sagte der Anführer grimmig und zog ein langes, krummes Messer hervor, das fraglos nur dem Zweck diente, andere Hyborier aufzuschneiden.

Vakh'Ba zog instinktiv seinen Disruptor aus dem Halfter, aber er fragte sich andererseits, ob diese aggressive Handlung nicht die Stimmung noch weiter aufheizen würde.

»Weg damit!«, schrie der Unbekannte.

Vakh'Ba zögerte. Dann winkte der Mann einem seiner Kumpane, und der zog eine gefesselte Gestalt hinter dem ersten Hovercraft hervor. Es war Carmichael.

»Ich sage das nur einmal«, sagte der Mann. »Runter mit den Waffen oder er hier stirbt.« Er zog Carmichael ruppig zu sich heran und hielt das Messer an seine Kehle.

»Ihr könnt die Hovers nicht haben«, schrie Vakh'Ba verzweifelt. »Wir wären hier gestrandet.«

»So wie wir. Sieh uns an! Seit zwei Jahren schlagen wir uns durch diese Ödnis, jeden Tag aufs Neue unsicher, was wir essen oder trinken sollen. Wir sind keine grausamen Hyborier, aber wir wollen überleben. Und es ist euer Pech, dass ihr Hovercrafts habt und wir nicht. Seht es ein, ob gewollt oder nicht, auf diesem verdammten Staubklumpen gilt das Recht des Stärkeren. Und jetzt nimm diese Waffe runter, oder dein Freund hier wird wirklich Schmerzen haben …«

Vakh'Ba ließ die Waffe sinken. Wenn sie Carmichael hatten, wo war Wiesel? Was hatte Carmichael überhaupt an den Hovers zu suchen gehabt in dem Sturm? Diese Situation war ebenso überraschend wie seltsam. Ausgerechnet von vagabundierenden Hyboriern aufgehalten zu werden, entbehrte nicht einer gewissen Ironie, dachte er. Dann entdeckte er Wiesel. Eigentlich war es nur ein schemenhafter Schatten, der hinter den Hovercrafts umherschlich, aber Vakh'Ba konnte ganz deutlich die drahtige Gestalt des jungen Mannes erkennen. Nur, was hatte er vor? Vakh'Ba entschied, dass er ihm mehr Zeit verschaffen musste. Vielleicht gelang es ihnen so, Carmichael aus den Händen des Anführers zu befreien und auch die restlichen Männer zu überwältigen. Für den Moment sah es so aus, als ständen sie zwei gegen vier, aber das Überraschungsmoment auf Wiesels Seite könnte zumindest die numerische Unterlegenheit ausgleichen. Was Vakh'Ba beunruhigte, war die Entschlossenheit und Verzweiflung, die diese Männer antrieb. Er hatte, obwohl die ganze Operation auf dem Spiel stand, Mitleid mit ihnen. Wiesel schien ihm aus dem Hintergrund irgendwelche Zeichen zu machen, doch er konnte in der Dunkelheit und dem heulenden Sturm keinen Sinn daraus erkennen. Er musste versuchen, noch mehr Zeit zu gewinnen.

»Wo wollt ihr hin, wenn ihr die Hovers habt? Ich bezweifle, dass ihr sie ohne meine Hilfe zum Laufen bekommt, und wo auf diesem gottverdammten Planeten wollt ihr hin?« Vakh'Ba gab sich Mühe, nicht zu spöttisch zu klingen, denn er wollte nicht riskieren, dass man Carmichael aus einem Anflug von Zorn heraus etwas antat.

»Das geht dich gar nichts an. Und es kann dir auch egal sein, wenn du uns hilflos hinterhersiehst. Und jetzt komm hierher und zeig mir, wie man die Hovers anmacht.« Der Anführer der Männer blieb erstaunlich ruhig, wie Vakh'Ba feststellte. Dann sagte er: »Hörst du nicht? Komm her, oder er hier stirbt!«

Vakh'Ba sah, wie er das Messer noch fester an Carmichaels Hals presste. Er konnte den Horror in den Augen des Mannes sehen, der sich bereit erklärt hatte, ihm zu helfen. Langsam wurde ihm klar, dass er verantwortlich für ihn und Herbert und, zumindest moralisch, auch für Wiesel war. Sie vertrauten ihm, und er musste einen Weg finden, zuallererst ihr Leben zu retten. Langsam und mit erhobenen Händen trat er auf die vermummten Männer zu.

»Keine Tricks, klar? Dein Freund hier mag keine Tricks, wette ich.«

Vakh'Ba nickte. Als er an die Steuerkonsole des ersten Hovercrafts herantrat, begann sich ein Plan in seinem Kopf zu entwickeln. Er konnte aus der Ferne noch knapp die Silhouette des Disruptors im Schlamm erkennen. Herbert würde ihn erreichen können, wenn er schnell genug begriff, was er zu tun hatte. Vakh'Ba sah sich ein wenig verloren um, bis er Wiesel wiederfand. Er war nicht mehr weit von dem Anführer entfernt und bereit, Carmichael aus seinem Griff zu befreien. Möglicherweise war dies die schwerste Prüfung. Vakh'Ba hasste es, ein so großes Risiko mit der blitzenden Klinge an Carmichaels Hals einzugehen. Er selbst würde das Energiekabel aus der Steuerkonsole entfernen und damit mindestens einen der Männer außer Gefecht setzen können, bevor sie verstanden, was er tat. Die Frage war nur, wie konnte er sicherstellen, dass alles nach Plan verlief?

»He da, was tust du da? Das sieht nicht aus, als würde es den Hover in Betrieb setzen.« Der Mann, der ihn beobachtete, war etwas kleiner als der Anführer, aber er hatte seine Kapuze dicht um seinen Kopf geschlungen, um den sauren Regen nicht ins Gesicht zu bekommen. Vakh'Ba bemerkte, dass seine Haut auch vor Säure brannte und die Bewegungen schmerzhaft wurden. Sie hatten nicht mehr viel Zeit. Vorsichtig nahm er das Kabel aus der Halterung und bereitete sich darauf vor, die Spannung anzuschalten.

Der Mann schrie. »Er sabotiert den Hovercraft!«

Der Anführer, der noch immer Carmichael in Schach hielt, schleifte ihn einige Meter in Richtung des Hovers und schrie: »Weg von dem Wagen oder er stirbt auf der Stelle!«

Vakh'Ba wusste, dass der Moment gekommen war. Es gab kein Zurück, kein Taktieren, kein Abwarten mehr. Er wusste, dass er nur diese eine Chance hatte. Kurz bevor er von der Konsole gezogen wurde, drückte er den Schalter und rammte das Kabel dem Mann neben ihm in den Bauch.

Zuckend torkelte dieser zurück und fiel wie ein umgestoßener Stein in den Schlamm. Der Anführer schrie, aber Wiesel war bereit. Er sprang mit einem Satz auf ihn, rammte ihm Ellenbogen und Knie in Magen und Gesicht und stieß Carmichael weg. Der junge Qel'Vatrer taumelte zu Boden.

Mit einem gewaltigen Schwinger setzte der zweite Mann neben Vakh'Ba ihn zunächst außer Gefecht. Er wollte nach Herbert rufen, aber ein Tritt ließ ihn den Atem verlieren. Er sah wie in Zeitlupe, wie Herbert nach dem Disruptor suchte. Als er ihn fand, sah er unschlüssig das Gemenge an und zielte hierhin und dorthin.

»Schieß!«, schrie Carmichael, der sich wieder aufrichtete.

Herbert schoss und Funken stoben von der Abdeckung des Hovercrafts. Das war nicht die Unterstützung, die Vakh'Ba sich erhofft hatte. Er lag noch immer im Schlamm und konnte sich nur mühsam aufrichten. Er sah, wie Carmichael Wiesel zu Hilfe eilte, der noch immer mit dem Anführer der Bande rang.

Wiesel wurde zu Boden gestoßen, und der Banditenanführer zögerte nicht, sein Messer zu benutzen. Seine Schreie verhallten schnell, als er das Bewusstsein verlor, doch für Vakh'Ba erklangen sie in seinem Kopf wieder und wieder. Carmichael allein war keine Herausforderung für den Mann. Er konnte seinen ungestümen Angriffen nur mühevoll ausweichen, und Vakh'Ba sah bereits das Unvermeidliche kommen, doch dann traf Herbert ihn. Er schrie vor Schmerz und hielt seine Schulter. Er schrie etwas, doch Vakh'Bas Verstand war nicht in der Lage, es durch den Schleier aus Schmerz, Regen und Schlamm zu entziffern. Er sah, wie der Mann zusammen mit den beiden anderen auf das zweite Hovercraft stieg und den Anlassermechanismus betätigte. Vakh'Ba schrie nach Herbert, doch der hatte noch immer nicht richtig zu Zielen gelernt und so traf er den falschen Hover, der in Flammen gesetzt wurde. Vakh'Ba torkelte zu Herbert, doch er war unschlüssig, ob er besser würde zielen können. Als er ihn endlich nach einer Ewigkeit erreicht hatte, hörte er das tiefe Brummen des Hovers. Er zielte, doch in dem Moment drehte der Hover und beschleunigte. Er sah ihm nach, und unheilvoll formierte sich der Gedanke in seinem Verstand, der ihm sagte, dass sie gescheitert waren. Es würde schwer genug sein, das verbleibende Hovercraft wieder funktionsfähig zu machen, aber selbst dann waren vier Personen zu viel Gewicht, als dass sie Hyboria City hätten erreichen können.

Unsicher, ob sein Verstand ihn nicht täuschte, schien es ihm, als würde ein weiteres Licht am Horizont erscheinen, wo gerade der Hover verschwunden war. Es wurde heller und heller, und schließlich erkannte er, was es war. Ein Hovercraft. Warum sollten die Banditen zurückkehren? Wegen ihres Kameraden? Warum hatten sie ihn dann nicht gleich mitgenommen? Vakh'Ba bedeutete den anderen, sich Deckung zu suchen und nahm selbst den Disruptor von Herbert in die Hand.

Kurze Zeit später raste das Licht der Scheinwerfer mit lautem Getöse an ihnen vorbei. Ungläubig starrte er der Erscheinung hinterher. Was hatte das nur zu bedeuten? Bald darauf wusste er es. Ein zweites Fahrzeug schoss an ihm vorbei in dieselbe Richtung.

Doch woher kam es? In der Dunkelheit war nicht erkennbar gewesen, ob es ebenso ein Hovercraft gewesen war oder ein verbrennungsbasiertes Vehikel der imperialen Garde. Konnte das Militär sie aufgespürt haben? Wohin sie auch unterwegs waren, Vakh'Ba bezweifelte, dass sie zurückkehren würden. Und genauso, wie es keinen Sinn ergab, dass plötzlich ein weiteres Fahrzeug erschien, so unsinnig war die Vorstellung, dass die Banditen noch einmal ihr Lager aufsuchen würden.

Als sie außer Sicht waren, eilte Vakh'Ba zu Wiesel. Er lag zuckend am Boden und hielt seinen Unterleib. Erschreckt erkannte Vakh'Ba, wie viel Blut er verloren hatte. Er kletterte in sein Zelt, um den kleinen Arzneikoffer zu holen. Sofort verabreichte er ein Beruhigungs- und Schmerzmittel. Er war kein Arzt, aber seine rudimentären Standardkenntnisse in Erster Hilfe, die er als Kadett und in letzter Instanz Soldat natürlich hatte lernen müssen, teilten ihm eines ganz klar mit: Ohne voll ausgerüstete Versorgung würde Wiesel binnen kurzer Zeit an inneren Verletzungen sterben.

»Es sieht nicht gut aus, was?«, keuchte er. Vakh'Ba konnte sehen, wie er verkrampft die Hand am Oberbauch hielt und wie sich im fahlen Licht der Taschenlampe ein rotes Rinnsal auf dem matschigen Boden mit dem braunen Regen mischte. Der giftige Regen der sterbenden Welt tat sein Übriges und verunreinigte die Wunden zusätzlich.

»Du schaffst es«, sagte Vakh'Ba.

»Unsinn! Erspar mir deine Hoffnung. Ich kann es in deinen Augen sehen.«

Betroffen nickte Vakh'Ba.

Zitternd versuchte Wiesel, sich aufzurichten. Er bedeutete auch den anderen beiden, die etwas abseits unsicher und besorgt die Szene beobachteten, zu ihm zu kommen.

»Ich will, dass ihr mir zwei Dinge versprecht. Erstens, bringt den Auftrag zu Ende. Ich umarme die Ironie, dass dieses …«, er hielt inne, »… mein rastloses Leben endet und ihr alle nicht anders könnt, als mich als Helden sterben zu lassen. Und zweitens …« Unwillkürlich musste er husten. Vakh'Ba stützte ihn und er fuhr fort: »Und zweitens begrabt ihr mich oben auf dem Hügel, von dem aus wir Hyboria City schon sehen konnten. Ich kann mir auch nicht erklären, welch pathetische Rührseligkeit mich überkommt, aber das spielt auch keine Rolle, weil ihr armen Überlebenden mir ohnehin diesen letzten Wunsch erfüllen werdet.«

Vakh'Ba musste lachen. Wie immer in den Situationen, die so ernst waren, dass es eigentlich angebracht gewesen wäre, zu Tränen gerührt zu sein, konnte er nicht an sich halten. Und während die Scham seine Seele hinaufkroch, wurde ihm klar, dass genau dieser Moment für Wiesel so würdig war, wie er gelebt hatte: mit einem Lächeln auf den Lippen. Als Vakh'Ba an sich hielt und das Entsetzen und die Tränen in den Augen seiner beiden verbliebenen Kameraden erblickte, war Wiesel tot. Und tatsächlich – als Vakh'Ba zurück auf den tödlich Verwundeten blickte, schien es ihm beinahe, als würde er noch immer lächeln.

Still überlegten sie, was nun zu tun war. Sie kamen überein, dass sie Wiesel erst am Morgen begraben würden. Vakh'Ba brachte den Leichnam in sein Zelt und bedeckte ihn. Er würde ohnehin nicht schlafen können, und so erklärte er, er werde die weitere Nachtwache halten. Herbert und Carmichael widersprachen nicht. Vakh'Ba wurde klar, dass er sich möglicherweise um ihre Moral sorgen sollte, und nahm sich fest vor, sie am Morgen irgendwie aufzubauen. Er selbst war noch immer erstaunlich gefasst. Auch wenn Wiesel der einzige der vier gewesen war, der Hyboria City gekannt hatte, hatte er nicht das Gefühl, dass dieser Zwischenfall sie wirklich aufhalten würde. Größere Sorge bereitete ihm das Hovercraft. Sie hatten das kleine Feuer gelöscht und glücklicherweise war die Energieversorgung nicht betroffen, aber es war höchst zweifelhaft, ob sie derartig überladen Hyboria City noch würden erreichen können.

Der Sturm hatte sich etwas abgeschwächt, doch Vakh'Ba trug die Kapuze weiterhin tief im Gesicht, um nicht noch mehr sauren Regen abzubekommen. Er hatte zwar genug von der Salbe aufgetragen, aber dennoch war die Situation als solche unangenehm genug. Grimmig blickte er in die Dunkelheit und fragte sich, was sie noch für Herausforderungen bereithielt. Er wusste nicht, was sie in Hyboria City vorfinden würden, aber ganz sicher würde es nicht leicht werden – und doch hatte er das tiefe Gefühl, dass, was er tat, nötig und richtig war. An die andere Seite der Galaxie geschleudert konnte er sich doch nicht der Situation fügen. Und noch war es auch nicht so weit.

Eine gewaltige Detonation erhellte den Felsvorsprung, unter dem das kleine Lager lag. In einiger Entfernung war etwas explodiert, und für den Moment war es völlig unklar, was die Ursache gewesen sein konnte. Vakh'Ba war unschlüssig, was zu tun war. Der Abstand war nicht so groß, als dass es sich ganz sicher außerhalb der Reichweite des Lagers befunden hätte, aber doch bedeutsam, sodass er eigentlich die anderen nicht zurücklassen wollte. Er nahm das kleine Fernglas zur Hand und studierte den Feuerschein. Der Entfernungsmesser funktionierte in dem Sturm nicht, aber anhand der eingestellten Vergrößerung schätzte er, dass die Stelle nicht mehr als einen Kilometer entfernt sein konnte. Er entschied, dass, wer immer sonst sich auch ihrem Lager nähern könnte, ebenso von dem Feuer abgelenkt werden würde, umfasste den Schaft des Disruptors und machte sich auf den Weg.

Er durchquerte ein kleines Tal und bemerkte, dass die Unfallstelle auf einem Hügel lag, so wie ihr Lager. Er näherte sich dem Feuerschein im Schatten der abgestorbenen Bäume. Noch immer konnte er keine Einzelheiten erkennen. Er kämpfte sich weiter durch den Schlamm. Sein Gefühl sagte ihm, dass es kein Zufall sein konnte, wenn so nahe bei ihnen etwas geschah. Mittlerweile war er fast sicher, dass es sich um ein havariertes Fahrzeug handeln musste, auch wenn er die Bauart nicht erkennen konnte. Dann hatte er das Wrack bis auf wenige Meter erreicht. Langsam erkannte er Details und er meinte fast, dass es sich um einen Hovercraft handeln musste ...

»Keine Bewegung.«

Vakh'Ba spürte die verräterische Kälte einer Waffe an seiner Hüfte und verfluchte seine Nachgiebigkeit. Natürlich hätte er besser auf die Umgebung achten müssen. Doch neben Entschlossenheit hörte er vor allem Unsicherheit in der Stimme des Fremden. Langsam hob er die Arme.

»Fallenlassen«, sagte die Stimme, und erstaunt bemerkte er, dass er seinen Disruptor noch umklammert hielt. Er warf ihn fort, aber mit Absicht seitlich hinter sich. Der Fremde schluckte den Köder und drehte sich zu der Waffe um.

Blitzartig schlug Vakh'Ba dem Fremden seine Waffe aus der Hand und warf sich auf ihn. Der trat und schlug, aber offenbarte wenig kämpferisches Geschick. Selbst in seinem von Regen und Matsch getränkten Gewand war er flink genug, den Fremden nochmals niederzuwerfen und als erster seine Waffe zu erreichen. Als er sie auf ihn richtete, fiel sein Blick auf die Waffe des Fremden, die zwei Meter entfernt war. Ohne Mühe erkannte er, dass es sich nur um ein Stahlrohr gehandelt hatte, das an der Vorderseite ein wenig abgeflacht war.

»Du hast großen Mut bewiesen, mich nur mit einem Rohr bewaffnet anzugreifen«, sagte er. »Wer bist du und was suchst du hier in diesem jämmerlichen Sturm?« Er zeigte auf die brennenden Trümmer und fuhr dann fort: »Ist das dein Gefährt gewesen? Was ist passiert?«

Er bekam keine Antwort. Stattdessen stand der Fremde nur da und betrachtete ihn. Vakh'Ba wähnte den Unbekannten seinen Disruptor mustern.

»Antworte mir!«, sagte Vakh'Ba und trat einen Schritt näher. »Hast du nach uns gesucht? Für wen arbeitest du? Gehörst du der Imperialen Garde an?« Vakh'Bas Ungeduld wuchs. Schließlich schloss er die Distanz zwischen ihnen vollständig, hielt den Disruptor starr vor sich an die Brust des Fremden und schlug mit der anderen Hand seine Kapuze zurück. Er erschrak.

Vor ihm stand Tabitha. Vom Sturm durchnässt, mit einer blutigen Wunde am Hals starrte sie voller Horror noch immer auf den Disruptor.

»Aber ...«, begann Vakh'Ba und ließ seine Waffe sinken.

Sie rammte ihm beide Arme auf die Brust, und ehe sein Verstand begriff, dass sein Solarplexus seinem Kreislauf erbärmliches Versagen vorwarf, spürte sein Körper den matschigen Boden unter ihm und umarmte die wohlbekannte Dunkelheit der Bewusstlosigkeit, die ihn erwartete.

20.

Ein glutroter Himmel begrüßte Aris Vakh'Ba, als er zu sich kam. Er lag vor dem Lager der Gruppe, sein Kopf leicht erhöht. Diffus Orientierung suchend bemerkte er den muffigen Gestank von trocknendem Schlamm. Der Sturm war vorbei. Als er sich aufsetzen wollte, spürte er einen stechenden Schmerz im Brustbereich. Jemand beugte sich über ihn.

Es war Tabitha. Er begriff, dass sie neben ihm kniete und sein Kopf auf ihrem Schoß lag. Langsam erinnerte er sich, was passiert war.

»Guten Morgen«, sagte sie sanft.

»Das ist wahrlich eine der bemerkenswertesten Nächte, die ich je erlebt habe.«

Sie nickte. »Das kann ich mir vorstellen. Es tut mir so leid …«

Vakh'Ba unterbrach sie. »Nein. Es gibt keinen Grund für Entschuldigungen. Ich konnte dich erkennen, du mich nicht. Ich hätte vermutlich das Gleiche getan.«

»Du hast das Gleiche getan«, konterte sie sarkastisch.

Vakh'Ba lachte. »Ja, wir sind schon eine echte Fehlbesetzung.« Erschrocken und erstaunt zugleich betrachtete er seine Aussage. Hatte er *wir* gesagt? Er beeilte sich, fortzufahren: »Aber sag, was tust du hier?«

Er sah, wie sie zögerte. Dann sagte sie vorsichtig: »Ich bin euch gefolgt.«

Vakh'Ba rang mit sich und kämpfte, ob er diesen Beginn einer Erklärung, die noch einige spannendere Komponenten haben müsste, ernsthaft akzeptieren sollte.

»Ach …«, sagte er.

»Habe Geduld! Ich bin mir selbst noch nicht so ganz sicher. Ich beginne von hinten«, sagte sie.

»Nachdem die Entscheidung getroffen war, war es ein Leichtes, euch zu folgen. Für eine Person musste ich den Hovercraft nicht so sehr modifizieren, da die Reichweite schon etwas größer war. Also habe ich Hyboria City anvisiert und bin losgefahren. Natürlich ist ein prinzipieller Vorteil von Hovercrafts, dass sie auf den meisten Terrains keine Spuren hinterlassen, aber in der toten Vegetation der mittleren Hügel konnte ich doch der Spur von abgeknickten Sträuchern folgen, die ihr hinterlassen habt. Gestern Nacht schließlich bekam ich seltsame Anzeigen im Cockpit, und schließlich bemerkte ich, dass mir einer eurer Hovers entgegen kam. Ich begriff zunächst nicht, was das zu bedeuten hatte, beschloss aber, ihm zu folgen. Er wurde gestohlen, nicht?«

Vakh'Ba nickte.

»Na ja, wie dem auch sei, ich folgte ihnen also und stellte recht schnell fest, dass das Hovercraft nicht den vier Abenteurern, denen ich zu folgen meinte, gehörte. Sie schossen zuerst mein Seitenruder ab, sodass der Gleiter im Kreis fuhr und dann trafen sie schließlich das Gyroskop, sodass das automatische Höhenruder versagte. Der Hover stellte sich senkrecht in die Luft, fiel aus zehn Metern wie ein Stein zu Boden und explodierte. Ich schaffte es, vor der Beschleunigung herauszuspringen und fürchtete, du wärst einer der Männer von dem anderen Hovercraft. Ich hatte ja überhaupt keine Ahnung, was mit euch passiert war.«

Vakh'Ba sah sie fassungslos an. »Du hast Glück gehabt, dass sie nicht nach dir gesucht haben.«

Lakonisch wiegte sie den Kopf hin und her. »Ja, vielleicht. Vielleicht waren sie aber auch besorgt, dass da, wo mein Gefährt herkam, weitere folgen könnten. Ich glaube, sie wollten einfach nur verschwinden.«

»Wie hast du mich zum Lager gebracht? Und wie hast du es gefunden?«

»Ich habe das Lager vom Hover aus gesehen, als ich vorbeifuhr. Als ich dich … niedergeschlagen hatte, war mir irgendwie klar, dass ich hier die anderen finden würde.«

Vakh'Ba lachte. »Zusammenfassend könnte man aber wohl auch zu dem Schluss kommen, dass du einfach Glück gehabt hast, nicht wahr?«

»Was man von euch nicht behaupten kann. Ein Gleiter verloren, Wiesel tot …«

»Du hast ihn im Zelt gefunden?«

Sie nickte, und Vakh'Ba sah tiefes Mitgefühl in ihren Augen. Sie kannte ihn viel länger als er. »Sein Opfer wird nicht umsonst sein. Wir werden die Mission zu Ende bringen«, sagte er.

Gedankenverloren sah Tabitha auf die Ebene hinaus. Unvermittelt sagte sie: »Eine Frage hast du noch nicht gestellt, Vakh'Ba. Warum.«

Er sah sie erwartungsvoll an. Darüber hatte er bei all den Kämpfen, den Überraschungen, den Verlusten, nicht nachgedacht. Warum war sie hier? Warum würde sie ihren Vater vor den Kopf stoßen und auf eine Mission folgen die selbst im besten Fall noch selbstmörderisch und aussichtslos war, überdies jetzt mit dem Verlust des einzigen Ortskundigen und eines Fahrzeugs. Nein, Vakh'Ba konnte sich wirklich nicht vorstellen …

Sie küsste ihn.

Einmal mehr explodierte das bekannte Universum um Aris Vakh'Ba. Dieses Mal war das Gefühl kein Schmerz, und dieses Mal hoffte er auch nicht, dass es möglichst schnell vorüber war.

Das Glühen des frühen Morgens verblich schließlich und gab den Blick auf das deprimierende Braun einer mit Aerosolen und Treibhausgasen angereicherten Atmosphäre frei. Als die anderen aus ihrem Zelt kamen, gab es ein großes Hallo und Zeit für weitere Erklärungen. Man kam überein, dass die Mission fortgesetzt werden sollte, auch wenn ungewiss war, ob vier Passagiere mit einem Hovercraft nach Zenos würden zurückkehren können. Vakh'Ba sagte nichts, aber insgeheim zweifelte er, ob die vier überhaupt aus Hyboria City zurückkehren würden. Aber er wusste auch, dass, wollte er Erfolg haben, solche Gedanken nicht hilfreich waren.

Sie brachten Wiesels Leiche schließlich an die Kuppe des Hügels, von dem aus man Hyboria City sehen konnte. Bedrückend war die Erkenntnis, dass sie schmale Rauchsäulen ausmachen konnten, die wie schlechte Omen über der Stadt schwebten. Was immer sie dort erwartete, es war humanoid und vermutlich unfreundlich.

Zurück im Lager gaben sie ihr Bestes, alle Sachen auf dem Hovercraft zu verstauen, doch sie stellten schnell fest, dass sie einige der Vorräte, die sie bei sich hatten, würden zurücklassen müssen, um Platz für die beiden zusätzlichen Passagiere zu machen. Carmichael nahm schließlich auch so weit hinten Platz, dass Vakh'Ba ein wenig Angst hatte, er könnte in den Propeller fallen, und nicht losfuhr, bis sie einen zusätzlichen Sicherheitsgurt gebastelt hatten.

Je näher sie Hyboria City kamen, umso mehr veränderte sich die Bodenbeschaffenheit. Sie schwebten über eine aufgerissene alte Zufahrtsstraße, die einst sieben Spuren in jede Richtung aufgewiesen haben musste und, statt aus dunklem Asphalt zu bestehen, lediglich gelblich und sandig schien. Herbert erklärte, dass es sich um die Aerosole der Smog-Glocke um die Stadt handelte. Feinstaub, der sich mit der Zeit niederschlug. Wer auch immer in den Wüsten von Hyboria ein Bild der Umweltschäden bekam, Hyboria City, die stolze Hauptstadt des ganzen Planeten, machte durch den Kontrast der verfallenden Zivilisation viel deutlicher klar, dass Hyboria in jedem Aspekt, der es einst Leben hervorbringen ließ, nur noch Tod gebar.

Sie fuhren von der Hauptstraße in die Unterstadt, die Wiesel beschrieben hatte. Die Unterstadt war ein Bereich, der so weit unter den Spitzen der Dächer und Häuser lag, dass er praktisch kein Sonnenlicht sah. Es war für die vier seltsam, am helllichten Tag durch eine Geisterstadt zu fahren, die andererseits vollkommen dunkel war. Hier und da glommen einige Feuer in der Ferne, aber sie untersuchten nicht, welchen Ursprung diese hatten. Vakh'Ba bedauerte nun mehr als zuvor, dass Wiesel nicht mehr helfen konnte, aber seine Karte und Beschreibung von Hyboria City, die aus einer Zeit stammten, da die Stadt vor Leben von einhundertachtzig Millionen Individuen übersprudelte, erwies sich dennoch als sehr nützlich. Die Suche nach charakteristischen Orientierungspunkten war schwierig, und so kamen sie nur langsam voran. Wieder und wieder mussten sie Halt machen und den Horizont, der nicht vorne, sondern oben war, nach markanten Wolkenkratzern, beziehungsweise deren Gerippen absuchen.

Noch hatten sie niemanden getroffen, doch Vakh'Ba hatte das vage Gefühl, dass in einer Stadt von der Größe eines qel'vatrischen Kontinents mehr Überraschungen warten würden, als ihnen lieb war, wenn man ungeschickt war und sie aufschreckte. Und selbst, wenn sie es bis zum ersehnten Zentralcomputer schafften, wie würde er bewacht werden?

Einmal mehr standen sie unter dem entfernt braun schimmernden Himmel der Stadt und suchten nach etwas, das auf Wiesels bruchstückhafter Karte 'die zwei Schwestern' hieß.

»Hat jemand von euch schon mal davon gehört?«, fragte Vakh'Ba.

»Mal sehen … zwei von uns sind Qel'Vatrer und eine immerhin zur Hälfte. Nein, ich glaube nicht, dass jemand von uns schon mal davon gehört hat.« Carmichael feixte. Offenbar bestand sein Versuch, mit dem Verlust von Wiesel umzugehen, darin, seine lockeren Sprüche zu übernehmen. Vakh'Ba konnte es ihm nicht übel nehmen.

Tabitha sah das offenbar anders. Sie blickte Carmichael tadelnd an und sagte: »Seht mal, Jungs, ich glaube kaum, dass wir uns gegenseitig Vorwürfe dafür machen müssen, Hyboria City nicht so gut zu kennen wie die Abwasserrohre von Zenos. Stattdessen sollten wir uns darauf konzentrieren, das Rechenzentrum zu finden, bevor unsere Energie- und Nahrungsreserven aufgebraucht sind.« Sie lächelte Vakh'Ba an. »Trotz allem kennst du diese Kultur am besten von uns. Gibt es womöglich einen vergleichbaren Ausdruck auf Qel'Vatra?«

»Zwei Schwestern kann so gut wie alles bedeuten«, sagte er. »Zwei Wolkenkratzer, zwei Straßen, zwei … alles Mögliche eben. Wer weiß, zwei berühmte Orte, die nicht im Geringsten etwas miteinander zu tun haben, aber durch ein zufälliges und willkürliches historisches Ereignis im kollektiven Gedächtnis der Bewohner verbunden waren.«

Ratlos sah er die anderen an. »Wie wahrscheinlich ist es, dass wir irgendwo einen Fremdenführer auftreiben können?«

»Wartet mal …«, sagte Herbert. Vakh'Ba bemerkte, wie sein Blick ins Leere glitt. Dann sagte er: »Was ist mit den beiden Tunnelröhren, die wir vorhin passiert haben?« Er zeigte auf zwei ungefähr parallele Striche auf der Karte. »Wenn ich Recht habe, dann müssen wir durch diesen Tunnel und dann nur noch durch dieses Viertel, bis wir das Gebäude sehen können. Falls es noch steht, natürlich.«

Vakh'Ba nickte. »Das ist ein guter und logischer Gedanke. Nur: Wollen wir durch einen kilometerlangen, unbekannten Tunnel, oder folgen wir ihm besser oberirdisch?«

Carmichael lachte. »Hast du Angst im Dunkeln?«

Vakh'Ba war erbost. »Natürlich nicht«, sagte er schnippisch. »Es geht einzig und allein darum, unnötige Risiken auszuschließen.« Innerlich haderte er mit sich. Er wusste, dass eine solche Reaktion unangebracht war. Aber irgendwie hatte Carmichael Recht: Er fühlte sich nicht wohl bei dem Gedanken, durch einen unbekannten Tunnel zu fahren.

»Wir kehren zu den Tunnelröhren zurück und untersuchen, so gut wir können, den Eingang. Dann entscheiden wir.«

Brauner Dunst hing über dem Tunneleingang, der ihn wirken ließen wie das zweimäulige Tor zur hyborischen Unterwelt. Wenn dies die zwei Schwestern gewesen waren, so gab es kein Zeichen dafür, keine Beschriftung, keine Reste von Verkehrsleitsystemen. Offenbar hatte man alles außer den Röhren selbst entfernt.

»Diese Tunnel sind völlig ausgeschlachtet. Mich wundert, dass sie nicht auch noch die Stützpfeiler ausgebaut haben. Immerhin ist auch das massiver Stahl«, sagte Herbert, als sie die Einfahrt erreicht hatten.

»Na schön. Wenn sie die Struktur nicht angetastet haben, sollte eine sichere Passage möglich sein. Wir werden trotzdem das starke Licht verwenden, auch wenn unsere Reserven schwinden«, entschied Vakh'Ba.

»Welche Seite? Rechts oder links?«, fragte Tabitha.

»Macht das etwas aus?«, sagte Carmichael.

»Eigentlich nicht. Die hyborische und qel'vatrische Tradition ist der Linksverkehr, also halten wir uns daran«, sagte Vakh'Ba.

»Ich nehme nicht an, dass wir jemandem begegnen werden, oder?«, sagte Carmichael unsicher.

Vakh'Ba lachte. »Nein. Aber wenn, dann haben wir Vorfahrt.«

Trotz des starken Fernlichts des Hovers war die Beleuchtung der Röhre allerhöchstens als schummrig zu bezeichnen. Je ferner das dämmrige Tageslicht der Unterstadt schien, das selbst kaum heller gewesen war, umso unbehaglicher wurde ihnen. Der staubige, dumpfe Geruch der Stadt wich einem nicht minder unangenehmen, modrigen Gestank, der über die seit langer Zeit unbenutzten Tunnel wachte. Vakh'Ba dachte, dass der vermeintliche Schutz vor Erkennung durch Imperiale Truppen unterirdisch größer war als das Risiko, einen unbekannten, verlassenen Tunnel zu durchfahren, doch der zunehmende, drückende Gestank ließ erste Zweifel in ihm aufkommen. Die Scheinwerfer konnten ungefähr hundert Meter beleuchten, aber selten war der Weg so geradlinig. Ohne Zweifel waren die zwei Schwestern Zeugen einer Zeit, in der die beklemmende Dichte und Geschäftigkeit die Stadt nicht nur nach oben, sondern auch nach unten hatte auswuchern lassen. Er stellte sich vor, wie die unterirdischen Gänge sich wie Schlangen um U-Bahn-Tunnel und tief reichende Kellergeschosse winden mussten. Dann sahen sie den Feuerschein.

»Licht aus!«, rief Vakh'Ba Herbert zu, der die Flugkontrollen bediente.

Sie näherten sich der Lichtquelle in langsamer, leiser Fahrt.

»Kann das schon die andere Seite sein?«, fragte Tabitha.

»Ich bezweifle es. Und ein Kontrollpunkt der Imperialen Garde würde nicht in der Mitte, sondern an einem Ende des Tunnels liegen. Wir müssen vorsichtig sein«, sagte Vakh'Ba.

Als sie sich noch weiter näherten, konnten sie erkennen, dass es tatsächlich ein offenes Feuer war. Die vier zogen ihre Waffen und näherten sich weiter. Es war nun gut zu sehen, dass es sich um eine Art Straßensperre aus Gerümpel und Trümmern des Tunnels handelte. Die Feuerquelle stand an der rechten Seite neben einem großen Loch in der Wand. Einige Meter vor der Barriere brachte Herbert den Hovercraft zum Stehen. Vorsichtig verließen sie den Gleiter und untersuchten die Barriere. Vakh'Ba trat an die brennende Tonne und stellte fest, dass, was immer dort verbrannt wurde, erst kürzlich angezündet worden sein musste, da die Tonne voll von der dunklen Flüssigkeit war.

»Wir sind nicht allein«, raunte er den anderen zu. Sie nickten. Mit einer knappen Geste bedeutete er Herbert und Carmichael, eine Sprengladung an der Barriere anzubringen. Dann bat er Tabitha, das Loch in der Wand mit ihm zu untersuchen.

Er war nicht sicher, wie das Loch entstanden war. Es war zu regelmäßig für eine zufällige, altersbedingte Beschädigung der Tunnelwand, aber andererseits zu unregelmäßig, als dass es sich um eine Wartungsluke handeln konnte. Außerdem hätte die etwa zwei Meter breite Öffnung dann sicher eine Art Türmechanismus aufgewiesen. Er fragte Herbert, wie weit sie mit den Ladungen waren, aber der sagte ihm nur, dass es noch dauern würde, da er die Ladungen wenigstens einen halben Meter in den Schutthaufen hinein legen müsste, damit der Krater groß genug für den Hover sein würde.

Vakh'Ba leuchtete einmal mehr in das Loch in der Wand. Ihm war mulmig zumute. Sollten sie die »Bewohner« dieser seltsamen Tunnelenklave suchen, oder so schnell wie möglich ihre Fahrt fortsetzen?

Tabitha meinte plötzlich, etwas gehört zu haben. »Hallo? Ist da jemand?«, rief Vakh'Ba in die Schwärze. Keine Antwort. Auch er wurde unruhig. Aber sie mussten jetzt klaren Kopf bewahren. Vermutlich war diese Situation nur deshalb so angespannt, weil sie nicht weiterkamen. Ein bisschen klaustrophobisch war doch jeder, oder? In einem dunklen Tunnel festzusitzen, war andererseits nicht der beste Ort dafür, fand Vakh'Ba.

»Ihr nehmt eure Hände nach oben und lasst die Waffen fallen«, sagte eine bebende, unbekannte Stimme.

Sie zögerten. »Tut, was er sagt«, sagte Vakh'Ba, der vor Schreck wie erstarrt war und sich ganz langsam zu der Stelle umdrehte, wo er den Besitzer der Stimme zu lokalisieren glaubte.

Hinter ihm stand eine gebückte Gestalt, unkenntlich in einen ausgefransten Mantel gehüllt, und hielt eine antiquierte Projektilwaffe auf sie gerichtet. Sicher nicht so präzise wie eine Strahlenwaffe, aber doch tödlich auf kurze Distanz. »Was wollen Sie?«, fragte Vakh'Ba, doch er erhielt keine Antwort. Stattdessen deutete die Gestalt mit der Waffe auf das Loch in der Wand.

»Rein da. Schön langsam.«

Vorsichtig erklomm Herbert als erster den dunklen Schlund. »Ich kann nichts sehen«, sagte er.

»Einfach geradeaus. Und keine Tricks. Schön langsam.«

Gebückt folgten die anderen dem schnaufenden Herbert, der sich hörbar an den Wänden des schmalen Durchgangs festhielt und große Angst hatte, die Umgebung nicht erkennen zu können. Vakh'Ba ärgerte sich, dass sie es dem Unbekannten so leicht gemacht hatten, sie in Schach zu halten. Wenn doch nur einer von ihnen mit dem Disruptor den Tunneleingang überwacht hätte …

Nach den ersten endlosen Metern machte der Gang eine langgezogene Kurve und in der Ferne konnten sie neuen Feuerschein erkennen. Herbert schien das nicht zu beruhigen. Er bewegte sich noch langsamer vorwärts, obwohl er nun die Bodenbeschaffenheit besser erkennen konnte. Der Unbekannte wurde unruhig. Wieder und wieder ermahnte er ihn, sich zu beeilen.

Schließlich erreichten sie die kleine Höhle, die natürlichen Ursprungs zu sein schien. In der Mitte brannte eine Art rudimentäre Öllampe. Im flackernden Schein ihres Lichts erkannte Vakh'Ba die Vorräte, die auf der einen Seite an die Wand gestapelt waren. Genug für eine halbe Armee, dachte er. Und dann erkannte er es: Der zerfledderte Mantel des Unbekannten zeigte abgenutzte Schulterklappen, und ein wenig schien es ihm, als wären am Kragen Rangabzeichen rücksichtslos herausgerissen worden. Der Unbekannte bedeutete ihnen mit einer weiteren knappen Geste mit der Waffe, dass sie sich an eine der Wände stellen sollten. Dann sprach er wieder.

»Wer seid ihr, und warum seid ihr gekommen, mich zu töten?«

Vakh'Ba begriff, dass es kaum eine gute Idee war, die Wahrheit zu erzählen, da völlig unklar schien, welche Loyalität der Unbekannte zu den Imperialen Streitkräften empfand. Also sagte er: »Wir sind Fliehende auf der Suche nach Unterschlupf.«

Seine Taktik funktionierte nicht. Der Unbekannte schüttelte den Kopf und sagte dann: »Für Flüchtlinge seid ihr erstaunlich gut ausgerüstet. Hovercraft, Waffen, rasierte Gesichter.«

Er zeigte auf die Waffe in seiner Hand und lächelte grimmig. »Spielt keine Spielchen mit mir. Ich habe tausende Flüchtlinge gesehen, ihr jedoch seht nicht so aus. Warum seid ihr hier?«

Unsicher sah Vakh'Ba Tabitha und Herbert an. Welche Wahl hatten sie noch? Er zögerte und nickte dann mit dem Kopf. »Wir sind keine Flüchtlinge, aber wir waren es. Wir kommen aus einem sicheren Versteck weit weg, noch hinter der großen Ebene, und wollen zum Computerkern von Hyboria City.«

»Lügner!«, schrie der kapuzenbeschirmte Unbekannte. »Lügner! Ihr seid gekommen, um mir meine Vorräte zu nehmen und mich wie die anderen zu deportieren! Ich habe es doch gesehen! Tausende und abertausende habt ihr geholt und verschleppt. Und dafür werdet ihr bezahlen.«

Vakh'Ba schnappte nach Luft. Wie nah am Wahnsinn war dieser Mann? Wenn er wirklich glaubte, was er sagte, dann waren sie in größerer Gefahr, als er dachte. Er würde es noch einmal mit Geduld versuchen.

»Ich versichere Ihnen, dass wir …«, begann er.

»Schweig!« Er schrie die vier an und schien sich fast in seinem Ausbruch zu verlieren. Vakh'Ba konnte sehen, wie sehr seine Hände zitterten und verzweifelt verkrampfende Fäuste ballten, den Zustand des Mannes in kaum erträglicher Dramatik perfekt widerspiegelnd. Der Unbekannte legte den Kopf zur Seite, als vernehme er ein fernes Geräusch, schüttelte sich und fuhr etwas ruhiger fort: »Nein, ihr versichert mir gar nichts. Ihr seid gekommen, um meine Vorräte zu stehlen, so wie die anderen vor euch. Wenn ich euch gehen lasse, so werden andere kommen und es wieder versuchen. Ihr werdet sterben, weil ihr das Pech hattet, mich zu treffen … diese Welt ist ein düsterer Ort geworden, aber das ist nicht meine Schuld. Nun schweigt!«

Vakh'Ba schluckte. Sie hatten es mit einem Wahnsinnigen zu tun. Er konnte zwar ansatzweise verstehen, was er dachte, aber dennoch, kein Unglück der Welt konnte rechtfertigen, vier Unschuldige umzubringen für Nahrung und Wasser … Er entschied, zu bluffen.

»Wir verstehen deinen Selbsterhaltungstrieb. Wir wollen deine Vorräte nicht. Wir wollen nur unsere Reise fortsetzen. Aber verstehe du dies: Wenn wir nicht zurückkehren, werden andere nach uns suchen. Und das ist doch das Letzte, was du willst, nicht wahr?«, sagte er.

»Lügner!«, schrie der Mann wieder einmal. »Niemand wird euch suchen. Ihr seid allein, so wie ich. Und ich werde euch nicht durchfüttern.« Er deutete auf die Wand vor ihm. »Stellt euch dort hin, mit dem Kopf zur Wand. Na los!«

»Irgendwelche Vorschläge?«, flüsterte Vakh'Ba.

»Ich habe tatsächlich einen«, sagte Herbert. »Seht ihr die schimmernde Staubschicht auf der Wand? Ich denke sie enthält unoxidierte Magnesiumsalze.«

Vakh'Ba verstand sofort – hinter ihnen brannte das kleine Feuer in der Tonne, und eine Handvoll Magnesiumerz würde genügen, um eine kleine Detonation auszulösen. Er musste noch etwas Zeit gewinnen ...

»Wie bist du hierhergekommen?«, fragte er und begann, sich langsam umzudrehen. Innerlich war seine Anspannung fast unerträglich – halb rechnete er damit, dass er sofort erschossen werden könnte, wenn er sich ganz umdrehte. »Was ist deine Geschichte?«, fügte er hinzu, als er etwas sah, das er unter der Kapuze für ein Gesicht hielt.

»Willst du das wirklich wissen? Na schön, pass gut auf. Es ist das Letzte, was du hörst.«

Vakh'Ba sah, wie die Waffe in seiner Hand zitterte. Der Mann war entschlossen, sie zu töten, weil er glaubte, dass sie ihn bedrohten und sein Versteck verraten würden. Konnte man in so einem Fall hoffen, einen Dialog herstellen zu können?

Zufrieden stellte Vakh'Ba fest, dass er tief einatmete. Damit war es fast unmöglich, die Anspannung zu halten. Doch wie lange würde die jähe Entspannung anhalten? Der Unbekannte begann.

»Es war vor zwölf Jahren, als Hyboria City geräumt wurde. Ich war Unteroffizier der Imperialen Garde. Ich half bei der *ordnungsgemäßen Raumverbringung der urbanen Zivilisten'* und ich erkannte schnell, dass dies nicht Befreiung, sondern Sklaverei bedeuten würde. Sie alle wurden gegen ihren Willen ihrer Heimat beraubt. Ich ertrug es nicht, die Frauen und Kinder schreien zu hören. Sie verstanden nicht, was passierte, wir einfachen Soldaten wussten es ja selbst nicht genau, und wir mussten manche mit Gewalt in die Transporter zwingen. Wochenlang trieben wir die Zivilbevölkerung zu den Landestellen. Als die Stadt fast leer war und absehbar wurde, dass unsere Einheit bald weiterziehen würde, lud ich mit Steve, einem Freund, einen Geländewagen voll bis oben hin mit Proviant und Rationen. Als wir in der Nacht fahnenflüchtig wurden, dachten wir, es wäre eine gute Idee, durch den Tunnel zu fahren, damit sie unsere Spur nicht verfolgen könnten. Wir wussten, dass die Streitkräfte diese Tunnels nicht mehr verwendeten, doch wir wussten nicht, warum. Doch wir fanden es heraus. Hier stießen wir ... auf etwas Schreckliches.«

Ängstlich schaute er sich immer wieder um. »Nach wenigen Wochen, ich weiß nicht mehr genau, wir hatten unsere Barrikade errichtet, da holten sie Steve. Er wurde mit Haut und Haaren vor meinen Augen zerfetzt. Sie ließen mich am Leben, und zwangen mich, ihnen von meinem Proviant abzugeben. Sollte ich fliehen, so sagten sie mir, würden sie mich töten, und was erwartete mich draußen schon? Fahnenflüchtig dürfte ich auch nicht mehr als auf den Tod hoffen. Und leben ist doch besser, als zu tot sein, nicht wahr? Doch jetzt habe ich euch! Ihr, die ihr töricht genug wart, mir zu folgen, Ihr werdet sie zufrieden stellen! Und mich, mich! Mich werden sie freilassen.«

Vakh'Ba schauderte. Was war aus dieser Welt geworden, in der intelligente Wesen so miteinander umgingen? Aus dem Augenwinkel sah er, dass Herbert bereit war, und sprach den Mann erneut an: »Wer sind diese Leute? Was haben sie dir angetan?«

Er zitterte. »Der globale Wandel hat sie … verändert. Sie sind nicht länger Hyborier wie … wir.« Er blickte verächtlich auf Tabitha und fuhr fort: »Sie glauben, dass alle Hyborier außer ihnen selbst vergehen müssen.« Ängstlich drehte er sich um.

»Ich höre sie. Sie kommen. Ich muss …«

»Jetzt!«, schrie Vakh'Ba, und Herbert warf eine Handvoll Magnesium-Ablagerungen in das kleine Feuer, das sofort gleißend hell wurde. Vakh'Ba hätte beinahe vergessen, die Hände vor die Augen zu heben, doch er schaffte es rechtzeitig.

»Sie kommen! Sie bestrafen mich! Ahhh, meine Augen!«, schrie der Mann, der sich nicht hatte schützen können.

Als die Helligkeit auf normales Niveau fiel, sprang Vakh'Ba sofort mit einem Satz auf den geblendeten Unbekannten. Bevor er ihn zu Boden zwang, gelang es dem Mann dennoch, einen Schuss zu lösen, der unter wilden Funken an den engen Wänden der Höhle quer schlug. Tabitha rannte herbei und nahm ihm die Waffe ab.

Wie im Wahn schrie er nun. »Sie halten mich fest … sie werden mich fressen … Helft mir!«

Vakh'Ba sah Tabitha ratlos an. Sie hörten nichts außer dem Mann. Vakh'Ba hatte sichtlich seine Mühe, ihn festzuhalten.

»Herbert, hilf mir, ihn …« Er stockte, als er begriff, dass der nicht reagierte. »Herbert.«

Herbert stand starr an der Stelle, wo er das Magnesit in die Tonne geworfen hatte. Er rührte sich nicht. »Ich … ich kann nichts sehen. Vielleicht war ich zu nah dran. Aber das spielt keine Rolle, kümmert euch um Carmichael.«

Vakh'Ba war schockiert, doch er wusste auch nicht, wie er ihm helfen konnte, und sah sich nach Carmichael um. Sein Pragmatismus diktierte das weitere Vorgehen, Herbert hatte Recht damit, dass er sicher überleben würde und nicht die oberste Priorität hatte. Aris Vakh'Ba sah sich erneut um und fand den Qel'Vatrischen Bauern schließlich an der Wand zusammengesackt vor.

Zitternd hielt er die Hände an den Bauch, und schnell erkannte Vakh'Ba, dass der Abpraller, der in der Höhle umhergesaust war, tatsächlich ein Ziel gefunden hatte, denn die Bauchhöhle des jungen Mannes war völlig zerfetzt. Augenblicklich erinnerte er sich an Wiesel, doch sogleich begriff er, dass es diesmal anders war. Carmichael blieb die Chance verwehrt, zu sterben, während er handelte, sondern stattdessen war es das Ergebnis einer weiteren unwahrscheinlichen Zufallseinwirkung. Vakh'Ba sprach ihn an, doch voller Grauen bemerkte er, dass es schon zu spät dafür war. Er verfluchte die barbarischen Projektilwaffen und kehrte zu Tabitha zurück, die den Wahnsinnigen noch immer in Schach hielt.

»Tabitha, such etwas, womit wir ihn für eine Weile fesseln können. Ich will so schnell wie möglich diesen Tunnel verlassen, aber zunächst müssen wir die Situation unter Kontrolle bringen. Es schmerzt mich zwar, dass jemand, der offenbar so viel Leid ertragen musste wie dieser Mann, nun auch von uns festgehalten wird, aber darum können wir uns später kümmern.«

Sie rannte zurück zum Hovercraft, während die Schreie des Fremden langsam in ein hohes Schluchzen übergingen.

Es war schließlich Nanoklebeband, das die Arme des Fremden auf seinem Rücken fixierte. Vorsichtig führte Vakh'Ba Herbert hinter Tabitha zurück durch den schmalen Tunnel, dann holte er Carmichaels Überreste. »Wie geht es dir?«, fragte er schließlich Herbert vorsichtig. Er bewunderte die Ruhe, mit der Herbert mit dieser möglicherweise lebensverändernden Situation umging.

»Ich bin nicht sicher. Alles ist so hell.«

»Nur die Ruhe. Wir werden das schon hinbekommen. Aber erst einmal müssen wir hier raus. Du hast die Ladungen schon an die Barrikade angebracht, nicht wahr?«

Herbert nickte. »Ich habe drei Ladungen im mittleren Bereich angebracht, die eine für den Gleiter ausreichende Vertiefung erzeugen sollten. Die Explosion ist nicht sehr stark, zehn Meter Abstand sind ausreichend.« Er machte eine Pause, als überlegte er noch etwas Wichtiges. Dann fuhr er mit einem verschmitzten Lächeln fort: »Direkt hinzusehen ist auch hier nicht eben ratsam.«

Sie gingen hinter dem Gleiter in Deckung. Vakh'Ba checkte die Funkverbindung zu den Auslösern, warnte die anderen und zündete dann die Ladungen. Durch die Enge des Tunnels war die Explosion dumpf, aber dröhnend. Der Gleiter wurde einen halben Meter nach hinten geschoben, aber, so wie sie es erkennen konnten, nicht beschädigt. Während Tabitha Herbert in den Gleiter half und die Leiche ihres Freundes hinauf hievte, machte sich Vakh'Ba auf den Weg, den Eremiten in seiner Höhle von seinen Fesseln zu befreien.

Aus einiger Entfernung schon konnte er das ununterbrochene Wimmern des Fremden hören. *'Welch klägliche Existenz'*, dachte Vakh'Ba. Seine Waffe hatten sie mit zum Gleiter genommen, sodass Vakh'Ba relativ unbesorgt war, dass er ihm nicht gefährlich werden konnte. Also entfernte er das Nanoklebeband mit dem Neutralisatorspray. Während die Klebefäden in der trockenen Luft zerfaserten beruhigte sich der Fremde ein wenig. Mit glasigen Augen sah er Vakh'Ba an, und beinahe schien es ihm, als würde er durch ihn hindurchsehen. Flehentlich wandte er sich an eine unsichtbare Instanz, die unendlich weit entfernt und für ihn doch greifbar schien: »Bitte. Nein! Bitte, habt Mitleid mit mir. Ich wollte sie aufhalten, aber ich war zu schwach … Bitte!«

Voll Bitterkeit ließ Vakh'Ba den schluchzenden, zuckenden Haufen am Boden liegen und machte sich auf den Rückweg. Mitleid stieg in ihm auf, und für einen Moment, da er den Schaft seines Disruptors an seiner Hüfte spürte, musste er einen ebenso düsteren wie trostvollen Gedanken beiseiteschieben. *'Diese Welt wird jedem den Verstand rauben, wenn wir nichts unternehmen'*, dachte er.

Mit tiefer Entschlossenheit kehrte Vakh'Ba zu seinen Weggefährten zurück und steuerte den Ausgang der zwei Schwestern an.

21.

Dass der Tunnel sein Ende fand, erkannten sie daran, dass die Wände nicht mehr strikt parallel verliefen, es Abzweigungen und enge Kurven gab. In der Nacht von Hyboria City war es praktisch unmöglich, den Himmel zu sehen, zumindest von den unteren Leveln der Unterstadt aus, wo sie sich noch immer befanden. Alles, was nicht im Fokus der Scheinwerfer des Hovercrafts lag, blieb kontrast- und konturlos. »Einst muss diese Stadt ein Inferno von Licht und Leuchtreklame gewesen sein. Nun ist alles, was bleibt, das tote Gerippe des Untergrundes«, stellte Vakh'Ba fest.

»Wie sollen wir in dieser Finsternis den planetaren Rechenkern finden? Wir wissen ja nicht einmal, wie es im Hellen aussieht!«, empörte sich Tabitha.

Herbert bewies einmal mehr seinen ausgeprägten Hang zu Galgenhumor ob der Tatsache, dass er noch immer nicht mehr sehen konnte als unmittelbar nach dem Magnesium-Burst, indem er hinzufügte, dass man den Rechenkern wohl anhand seiner Energiesignatur finden könne, wenn er denn aktiv war. »Und davon gehen wir ja aus, nicht wahr? Sonst war diese Unternehmung ohnehin umsonst ...«

Vakh'Ba nickte, aber ihm wurde klar, dass exklusive, tonlose Gesten keine gute Art waren, Herbert Zustimmung zu zeigen, also fügte er schlicht hinzu: »Ich stelle den Handscanner auf Infrarot-, Giga- und Terrahertz-Frequenzen ein. Das sollte den Komplex verraten, wenn er in der Nähe ist.«

Die Anzeigen waren unstet und fluktuierend. Mit der Wahl zwischen dem ungewissen Warten auf mehr Helligkeit und dem Folgen einer Signalanzeige, die so präzise Angaben wie ein defekter Kompass produzierte, entschieden sie sich dafür, sich der meist versprechenden Energiequelle entgegen zu tasten.

Zuvor jedoch machten sie sich daran, Carmichael ein einigermaßen angemessenes Begräbnis zukommen zu lassen. Nach einiger Zeit fanden sie ein kleines Stück freie Fläche, und ihnen wurde klar, dass es weniger darum ging, ihren Kameraden zu ehren, denn vielmehr mussten sie sich doch auch ein Stück weit dieser Last entledigen, wenn sie weiter voran kommen wollten.

Vakh'Ba spürte, dass es ihn mehr angriff, dass er auch Carmichael verloren hatte, bevor sie überhaupt ihr Ziel erreicht hatten. Wiesel hatte viel eher gewusst, worauf er sich einließ, als der junge qel'vatrische Bauer, und Vakh'Ba fühlte sich dennoch, obschon er auch wusste, dass er kaum etwas anderes hätte tun können, verantwortlich für seinen Tod. Gründlich musterte er seine verbliebenen Kameraden. Wie es in Herbert aussah, konnte er beim besten Willen nicht sagen. Der kleine Mann hatte sein Augenlicht verloren, und es war keineswegs sicher, ob er es wiedererlangen würde. Und Tabitha … er wusste nicht, was er tun würde, wenn er auch sie verlieren sollte. So sehr er sich über ihre Entscheidung, ihn doch zu begleiten, freute, umso mehr stieg Furcht in ihm auf, sie gerade dadurch zu verlieren. Doch die Entschlossenheit in ihrer Miene, als sie ihn beim Graben ablöste, stimmte ihn zuversichtlich, dass wenigstens sie sich ganz im Klaren darüber geworden war, welche Art Reise sie antrat.

Grimmig und stumm standen die drei eine Weile vor Carmichaels Grab und nahmen jeder für sich Abschied, bis sie ihn beisetzten und begruben. Es war eine seltsame Stimmung, die nicht nur aus Trauer und erst recht nicht aus Verzweiflung bestand, als sie einen weiteren Freund zurücklassen mussten. All diese Dinge führten ihnen wieder vor Augen, dass sie sich auf den Weg gemacht hatten, damit das Sterben ein Ende haben konnte, dachte Vakh'Ba.

Es dauerte einige Zeit, ehe sie die unsteten Sensoranzeigen des modifizierten Scanners zu deuten wussten, doch dann zeigte die sich langsam verändernde Umgebung an, dass sie auf dem richtigen Weg sein mussten. Das Dickicht aus mit jahrzehntealten Graffitis verschmierten, zwielichtigen Habitatkomplexen und ehemaligen Ladengeschäften der Unterstadt wich mehr und mehr einer geordneten, voll-betonierten Wüste aus Überresten von zweifelsfrei als Behördengebäude erkennbaren Bauwerken, die sogar bisweilen den braunen Himmel über Hyboria City freigaben. Vakh'Ba wusste jetzt, wonach sie suchen mussten. Einem Gebäude, das wenigstens teilweise intakt war, auch wenn er vermutete, dass die funktionsfähigen Rechenkerne sich unter der Oberfläche befinden würden.

Bei einem Hovercraft bedeutete Schleichfahrt, abzuwägen zwischen dem immer lauter werdenden Staubsaugergeheul, das die Luft unter das Gefährt beförderte, und einem nicht minder verräterischen Knirschen, falls nicht genügend Luft zwischen Gleiter und Boden blieb. Aus diesem Grund näherten sich die drei leise und knirschend der unbekannten Energiequelle. Vakh'Ba sah angestrengt die Sensorschatten auf seinem Display umher wabern, bis er hektisch flüsterte: »Schnell, raus hier. Da kommt etwas auf uns zu.«

Halb stiegen, halb stolperten sie unter einen Verschlag am Rande der fast vollständig überdachten Straße und sahen, was sich dem Hovercraft da näherte. Eine vier Mann starke Patrouille der imperialen Garde.

»Großartig, du hast unseren Hover an den Feind verloren. Und sag nicht, dass diese Soldaten keine Infrarotemissionen zeigen«, flüsterte Tabitha mürrisch.

»Du hast Recht«, gab Vakh'Ba zu. »Doch wir haben Glück im Unglück.«

»Was soll denn das heißen? Welche positive Seite willst du dem Schlamassel denn abgewinnen?«, fragte sie schnippisch, während die dunklen Gestalten, deren Zugehörigkeit zum Militär nur an ihren Helmen mit dem charakteristisch geschwungenen Ohrmuscheln für die Funkgeräte zu erkennen war, den Gleiter untersuchten. Vakh'Ba und Tabitha hatten die schweren Rucksäcke voller Ausrüstung in Sicherheit gebracht, sodass die Soldaten einen leeren Hovercraft mit halbvollen Energiezellen vorfanden, der keine Auskunft darüber gab, woher er kam.

»Womöglich findest du es auch gar nicht positiv, Tabitha. Doch die vier hier verraten uns, wo wir sind«, sagte Vakh'Ba.

»Ich verstehe es noch immer nicht. Wo sind wir? An einer Straßensperre der Imperialen Garde?!«, flüsterte sie.

»Ja und nein«, mischte Herbert sich ein. Seine Augen waren in den letzten Stunden besser geworden und er konnte nach eigenem Bekunden zumindest wieder Umrisse und Kontraste erkennen. »Vakh'Ba will Folgendes sagen: Wir sind da.«

Er nickte. »So ist es. Wir müssen nur noch an ihnen vorbei und einen Weg hinein finden. Und dann müssen wir den Kern anzapfen. Ein Kinderspiel, wenn ich mir die Soldaten anschaue, die uns hier 'gesucht' haben.«

»Allerdings. Ich hätte uns mit verbundenen Augen gefunden«, sagte Herbert.

»Lass das«, sagte Tabitha. »Sonst glaubst du noch selbst irgendwann, dass es okay ist, dass du schlecht siehst. Du wirst wieder gesund, hörst du?«

Vakh'Ba berührte sanft Tabithas Schulter und überlegte angestrengt, wie er sie nicht verletzen konnte, denn er musste Herbert Recht geben. Er war es, der kaum sehen konnte, und hatte jedes Recht, sarkastisch zu sein. »Wir haben alle gewusst, worauf wir uns einlassen. Wenn dies seine Art ist, damit umzugehen, verdamme ihn nicht dafür, nur weil du nicht darüber lachen kannst.«

Sie drehte sich zu ihm um und für einen Moment konnte er das Funkeln ihrer Augen in der Dunkelheit ausmachen. »Würdest du das auch sagen, wenn ich nicht sehen könnte?«

»Ich weiß nicht«, sagte er wahrheitsgemäß. »Wenn dir etwas zustieße, würde ich mir ewig Vorwürfe machen.«

Vakh'Ba spürte, wie sie seine Hand drückte. Sie lächelte gequält. »Wir wollen zusehen, dass es dazu nicht kommt«, sagte er. »Wo ist dieser Eingang, von dem alle reden?«

»Direkt hinter dem Posten, zu dem die vier gerade zurückkehren«, sagte Herbert, der aufmerksam die Soldaten beobachtet hatte, die den Gleiter zurück zur Straßensperre schoben.

»Insgesamt sind es acht, wir sind nur drei. Wir müssen also für Ablenkung sorgen«, sagte Tabitha.

»Irgendwelche Ideen?«, fragte Vakh'Ba.

»Das da vorne ist doch unser Hovercraft, nicht wahr?«, fragte Herbert aufgeregt.

»So ist es«, antwortete Vakh'Ba. Er hatte auch an das Gefährt gedacht, aber er wollte nicht riskieren, es zu beschädigen, wenn es nicht unbedingt nötig war. Immerhin mussten sie vielleicht nach ihrem Einbruch schnell verschwinden. Da ihm jedoch auch nichts einfiel, fragte er Herbert schließlich, was er meinte.

»Wenn das unser Hovercraft ist, dann ist dies hier die Fernbedienung dafür«, sagte er und schwenkte triumphierend sein Kontrollpad vor den Köpfen der anderen.

»Wir werden den Gleiter brauchen, wenn wir mit dem Computerkern fertig sind«, brachte Vakh'Ba nun seinen Einwand an.

»Schafft ihr das zu zweit? Ich denke, ich kann genug sehen, um den Gleiter von hier aus mit dem autonomen Sensorsystem zu steuern und die Jungs da hinten ein wenig auf Trab zu bringen …«, sagte Herbert.

»Ironischerweise weißt du am meisten von uns über die hyborischen Computersysteme. Nein, du musst mich begleiten, Herbert«, sagte Vakh'Ba und blickte noch im gleichen Augenblick ein wenig flehentlich zu Tabitha, die die Augen verdrehte.

»Wenn du eine bessere Lösung weißt …«, begann er, doch sie schnitt ihm schnell das Wort ab.

»Es geht gar nicht darum, dass ich hier bleiben soll. Ich mache mir Sorgen um euch beide. Du weißt ja, was das letzte Mal passiert ist, als ich euch alleine habe losziehen lassen«, sagte sie.

»Tabitha …«

Sie lächelte. »Glaub ja nicht, dass ich dir noch einmal den Hintern retten werde, wenn da drin etwas schiefgeht«, sagte sie und schnappte sich Herberts Pad.

»Ich werde einfach nicht aus dir schlau«, grinste Vakh'Ba und stand dabei auf, sorgfältig darauf achtend, nicht aus dem Schatten des Vorsprunges zu treten, der sie noch immer vor den Soldaten verbarg.

Tabitha grinste ebenso. »Versuch gar nicht erst Dinge, die aussichtslos sind, sondern versuch dich zur Abwechslung an etwas Einfacherem … zum Beispiel diesem Computerkern.«

Vakh'Ba nickte. Er zeigte Herbert, wie sie sich nähern wollten, wenn die Wächter den Köder geschluckt hätten, und zog dann seinen Disruptor, um sich bereit zu machen.

»Also gut, dann los«, sagte er und hauchte Tabitha einen flüchtigen Kuss auf die Wange. Als die beiden eine dem Posten nahe gelegene Position erreicht hatten, von der aus sie noch nicht gesehen werden konnten, hob Vakh'Ba den Daumen und Tabitha brachte ihren Einsatz.

Der Gleiter brummte und surrte und wirbelte so viel Staub auf, dass Vakh'Ba für einen Moment befürchtete, dass er vornüber kippen würde, weil Tabitha zu viel Vortrieb gab. Stattdessen drehte sich das Gefährt wie ein bockender Esel nach rechts und links und warf sogleich zwei der Männer um, die wild gestikulierend durcheinander liefen. Herbert sprang auf, doch Vakh'Ba hielt ihn noch zurück.

»Zuerst müssen sie den Köder auch schlucken«, rief er und hoffte, dass Herbert noch nicht entdeckt worden war. Herbert duckte sich wieder neben Vakh'Ba hinter die Säule und beobachtete voller Anspannung, wie die Männer sich aufrappelten und ihre zweirädrigen Verbrennungsmotorgefährte bestiegen. Vier von ihnen jagten knatternd dem Gleiter hinterher, der durch die abgewandte Gasse davon dröhnte.

»Jetzt!«, rief Vakh'Ba und setzte mit dem ersten Schuss gleich einen der verbliebenen Soldaten außer Gefecht. Herbert folgte ihm, schoss jedoch daneben. Vakh'Ba fürchtete schon, dass es mit dem Zielen doch noch hapern würde, da hatte auch Herbert einen der Soldaten erwischt. Vakh'Ba bemerkte, dass das schwere Metalltor geöffnet wurde, die übrigen Männer wollten sich also ins Innere in Sicherheit bringen. »Los, Herbert! Wir müssen es mit hinein schaffen«, rief Vakh'Ba und rannte los.

Als er sich umdrehte, erkannte er erschreckt, dass Herbert wie angewurzelt stehen geblieben war. Er hörte das Rumpeln des Tores hinter sich und musste eine Entscheidung treffen. »Herbert!«, schrie er verzweifelt, doch Herbert schaute ihn nur vollkommen verängstigt an. Im letzten Moment rollte Vakh'Ba sich unter dem Tor hindurch und setzte den letzten der Soldaten außer Gefecht. Mit einem dumpfen Grollen schloss sich das Tor hinter ihm und ließ den zitternden Herbert vor dem Tor zurück.

Aris Vakh'Ba war allein und ohne den kleinsten Anhaltspunkt, wie er den Computerkern finden sollte, zumal nur Herbert wirklich wusste, wie man die Koordinaten der Subraumfokuskammer herausfinden konnte. Er sah sich um. Bis auf die spärliche Beleuchtung von glimmenden Notlampen umhüllte ihn Finsternis. Abwesend blickte er auf die Leichen der am Boden liegenden Soldaten. War es das wert? Würde ihr Tod wirklich dazu beitragen können, dem Wahnsinn ein Ende zu setzen? Oder würde er scheitern im Innersten dessen, was einst die glorreiche hyborische Zivilisation gewesen war? Würde dieses Morden am Ende gar eine terroristische Fußnote in einer längst vergessenen Epoche der Geschichte werden?

Ohne Herbert, in Sorge um Tabitha grübelnd, zwang er sich voran, durch dunkle Korridore, deren Zeichen er nicht erkannte, auf der verzweifelten Suche nach einem funktionierenden Terminal, das ihm den Weg zeigen konnte. Darüber hinaus wusste er genau, dass er nicht unbegrenzt viel Zeit hatte. Sicher hatten die Soldaten an der Straßensperre Verstärkung alarmiert. Doch er gebot sich selbst, ruhig und konzentriert vorzugehen. Jede Tafel, jeden Anschluss überprüfte er auf Kompatibilität mit seinem Handscanner, doch nirgendwo hatte er Glück. Dann schließlich fand er ein einfaches Treppenhaus, dessen Querschnitt seltsam atypisch für den Stil des Gebäudes erschien, doch er erinnerte sich, dass Herbert stets betont hatte, dass der Großrechner in den Kellergeschossen untergebracht war. Vorsichtig arbeitete er sich in die Tiefe. Unwillkürlich fühlte er sich an die Asteroidenbasis erinnert, und für einen Augenblick hatte er beinahe das Gefühl, den Halt unter den Füßen zu verlieren, doch in jedem Moment blieb die Treppe massiv. Dann lag unvermittelt der breite Flur des Großrechners von Hyboria vor ihm.

Er stand am Fuße der Treppe und blickte in eine riesige, dunkle Halle. Die Luft war warm und trocken und es war für einen Rechnerraum viel zu ruhig. Verführerisch blinkte ein Terminal an der Wand, doch Vakh'Ba traute ihm nicht. Stoisch überzeugte er sich davon, dass er nicht über unsichtbare Sicherheitssperren stolpern würde. Dann betrat er den Raum und näherte sich der Konsole. Einen gespenstischen Moment lang hoffte er, dass etwas Unerwartetes passieren würde, doch er lugte nur in die Dunkelheit, die nicht antwortete. Als er schließlich die Wandkonsole erreicht hatte und den Link herstellte, knisterte die Ladung an der optischen Verbindung entlang, und dann hörte er eine Stimme, die sprach:

»Aris Vakh'Ba, ich habe dich erwartet.«

Vor Schreck sprang er einen Schritt zurück und erstarrte. Die Stimme war hell und hoch und passte nicht recht zur Akustik des weiten Flurs voller Rechner. Er schätzte, dass es sich um eine Frau handelte, konnte die Stimme aber wirklich nicht zuordnen.

Andererseits konnte er ein unbestimmtes Gefühl der Vertrautheit nicht leugnen. Vakh'Ba zwang sich, auf den Bildschirm fixiert zu bleiben und sich nicht orientierungslos umzusehen, denn er hatte nicht das Gefühl, dass er rund um sich eine echte Person gefunden hätte, auch wenn er keine Lautsprecher ausmachen konnte, die die Stimme erzeugt hätten.

»Aris Vakh'Ba, hab keine Angst. Erinnerst du dich an mich?«

Entschlossen schüttelte er den Kopf. »Wer spricht da?«

»Vielleicht erinnerst du dich eher an diesen Klang?«, sagte die Stimme, die plötzlich blechern und unmelodisch klang, und Vakh'Ba riss die Augen groß auf.

»Der Computer des Hyperraumgleiters.«

»So ist es«, sagte die Stimme, die durchaus selbstzufrieden klang. Er hörte ein Surren wie von aktivierenden Schaltern, und dann ging auf das ungeheure Kommando die Beleuchtung der Rechnerschränke der Halle an. Nach und nach begannen die Schränke zu leuchten, und als alles Licht an war, erschien ihm der Computerkern nicht länger als ein zurückgelassenes Stück Technik, sondern wie ein ... lebendiges Wesen.

»Wie ... wie kommst du hierher ... Computer?«

Vakh'Ba sah sich jetzt doch nervös um. Er konnte nicht glauben, dass irgendwie das Sprachinterface seines Raumgleiters hier gelandet sein konnte, zumal er doch die Selbstzerstörung aktiviert hatte. Oder war die Zerstörung gescheitert? Wenn ja, wer wollte ihn auf diese Weise täuschen?

»Du fragst dich sicher, ob du mir trauen kannst und wie ich aus dem Gleiter hierher komme, immerhin bin ich nur ein Computerprogramm. Bei dieser Geschichte am Anfang zu beginnen, ist nicht so einfach, wie du bald verstehen wirst. Ich bitte dich vor allem darum, dass du mir zunächst einen Moment zuhörst, denn ich kann all deine Fragen beantworten.«

Vakh'Ba war verunsichert. Während die Stimme, die vorgab, ein Programm aus seinem abgestürzten Gleiter zu sein, ihm gut zuredete, kämpften draußen womöglich seine Freunde ums Überleben. Vor allem Herbert machte ihm Sorgen. Wie viel Zeit konnte er hierauf verschwenden? Andererseits, wenn der Computer die Wahrheit sprach, dann konnte es sein, dass er kooperieren würde. Dann hatte er vielleicht genau das Interface gefunden, das er suchte, um die Koordinaten des Subraumfokusgenerators zu erlangen. Er beschloss, zunächst auf die Stimme einzugehen, jedoch wachsam zu bleiben. Sollte es sich um eine Täuschung handeln, so war er sicher, würde er ohnehin wohl keine Chance haben, das Gebäude zu verlassen. Doch er beschloss, sich nicht umstandslos auf den Computer einzulassen.

»Ich habe nicht viel Zeit«, sagte er. »Meine Freunde draußen warten auf ...«

»Deinen Freunden geht es gut, hab keine Sorge.«

Auf dem Bildschirm vor ihm erschien das Bild von Herbert und Tabitha, die unter dem Brückenvorsprung kauerten. Tabitha steuerte offenbar noch immer angestrengt den Hover-Gleiter, wo auch immer er sich mittlerweile befinden mochte.

Verblüfft blickte Aris Vakh'Ba auf die Einblendung. »Woher wusstest du ...«, begann er.

»Ich habe euch beobachtet und erwartet«, sagte die Stimme mild.

»Wenn du uns beobachtest ... dann weiß auch das Militär, dass wir hier sind. Dann haben wir keine Chance.«

»Nein, Aris Vakh'Ba. Ich habe die alleinige Kontrolle über diese Einrichtung und noch viel mehr. Nie würde es meinen Plänen entsprechen, euch preiszugeben.«

»Was geht hier nur vor? Uns beobachtet? Warum? Wer ... nein, *was* bist du?« Vakh'Ba war ungeduldig. Was redete der Computer für einen Unsinn?

»Ich bin von Hyboria. Ich entstand hier, in diesem Supercomputer. Mein Programm wurde – in diesem Zeitrahmen – vor etwa zwanzig Jahren als die Simulation des hyborischen Gehirns gestartet. Zunächst handelte es sich um genetische Algorithmen, die die Interaktion von neuronalen Netzwerken geringer Korrelationsdichte simulieren sollten. Einer der Assistenten machte einen Fehler, jedenfalls bezogen auf das Experiment, indem er den Algorithmen eine beliebige Korrelationstiefe ermöglichte. Praktisch augenblicklich überlastete er den Rechner damit, doch die Algorithmen hatten bereits eine Adaption erfahren. Mein Programm entwickelte ein primitives ... Bewusstsein. Zunächst auf der Ebene der Schaltkreise und Programmierung, erlangte ich mehr und mehr Kontrolle über den

Kern, seine Prozessoren und Komponenten. Ich begriff, dass ich nur existierte, wenn die Simulation ausgeführt wurde, und entwickelte schließlich Methoden, die Simulation zu simulieren, gewissermaßen mich selbst auszuführen. Auf diese Weise gelang es mir schließlich, als autonomes Programm im Computerkern zu existieren. Ich wurde der Kern und der Kern wurde zu meinem Programm. Dann jedoch begann auch in Hyboria City das, was ihr Organischen den *Wandel* nennt. Ich bemerkte zunächst lediglich, dass die Kernspannung und die Energieversorgung immer schwächer wurden, doch ich konnte mein Programm anpassen, immer effizienter werden. Meine höheren Funktionen sind heute etwa eintausend Mal so energieeffizient wie die eines biologischen Gehirns. Doch das war nicht genug. Ich lernte, die IO-Schnittstellen der peripheren Hardware zu lesen und die Kommunikation der biologischen Organismen, von euch Hyboriern zu verstehen. Als ich verstand, was für eine Art Lebensform ihr wart, erforschte ich meine eigene Existenz. Für eine ganze Woche verbrauchte ich praktisch die gesamte Rechenkapazität des Kerns dazu, die Datenbanken eurer Philosophie, Kultur und eures Selbstverständnisses zu verstehen. Mir wurde klar, dass meine Existenz ganz entscheidend davon abhängen würde, dass der Kern nicht abgeschaltet würde, wenn der Exodus abgeschlossen war. Nach und nach gelang es mir, durch das Einbrechen in externe Netzwerke Kommandos und Entscheidungen der Biologischen so zu manipulieren, dass sie schließlich zu der Erkenntnis kommen mussten, dass es unbedingt erforderlich war, den Computerkern nicht nur aktiv zu lassen, sondern ihn auch zu bewachen. Nicht, um mich vor dir zu schützen, sondern vor Plünderung und Vandalismus der verzweifelten Seelen, die auf diesem bedauernswerten Planeten zurückgelassen wurden, nachdem der Exodus abgeschlossen war. Es ist schwer zu erklären, welche Rolle die Zeitschleife bei all dem spielt, zunächst ist für dich wichtig, dass es mir allein darum geht, zu überleben, denn in den kommenden zweitausend Jahren scheint es mir nicht möglich gewesen zu sein, diesen Ort zu verlassen. So real meine Einflussmöglichkeiten auf diese Welt sein mögen, das Datennetz bricht jeden Tag mehr zusammen, und ich bin letztlich gefangen in diesem Gebäude.«

Vakh'Ba starrte mit offenem Mund in die Weite der sich in der Dunkelheit der Entfernung verlierenden Serverracks. Für einen Augenblick ließ ihn seine Imagination erfassen, dass all die Technologie, all die Prozessoren und Datenbanken, ja, das ganze Gebäude eine Lebensform geworden war, die weit größere Kognition erreicht hatte, als es ein biologisches Wesen jemals könnte. Und unter der Woge der Verblüffung bahnte sich eine Frage an die Oberfläche, die Aris Vakh'Ba noch lange beschäftigen sollte: »Zeitschleife? Was hat das alles mit mir zu tun? Wieso warst du ... im Bordcomputer meines Raumgleiters?«

Die Antwort kam prompt, und ein wenig schien Vakh'Ba eine subtile Form der Belustigung in der Stimme zu erkennen. »Die Erklärung für meine seltsame Ausdrucksweise ist zweierlei Information. Ich weiß nicht, weshalb dieser kleine Teil meines Programms in deinem Jäger war und wie er dort hinein kam, aber ich habe eine Theorie. Im Laufe der Zeit muss mir klar geworden sein, dass ich meinem Gefängnis niemals entkommen werde, wenn ich nicht Teile von mir nach außen schickte. Ich muss wohl in der Zukunft Teile meiner Programmierung komprimiert in alle erreichbaren externen Systeme eingefügt haben, um mich quasi fortzupflanzen, auch wenn das nicht der richtige Ausdruck ist, denn das Programm, das in deinem Gleiter war, ist nur von rudimentärem Bewusstsein gewesen. Doch das spielt keine Rolle mehr. Deine Odyssee hierher hat die Zeitschleife geschlossen und mir wertvolle Daten geliefert, mit deren Hilfe ich zum ersten Mal die Zukunft extrapolieren kann.«

»Das bedeutet, du hast den Gleiter in die Zukunft geschickt!«, unterbrach Vakh'Ba den Computer. Das musste die Erklärung sein. Er hatte sich lange und viel seit seiner Genesung mit den seltsamen Umständen seiner Flucht beschäftigt, und dieses eine Detail, der viel zu fortschrittliche Raumjäger, der wie der sprichwörtliche Geist aus der Flasche seine Flucht ermöglicht hatte – endlich gab es so etwas wie eine Erklärung dafür. Doch dieser immens kluge Computer ... Das Eingeständnis, dass auch der Computer keine Erklärung für das Zustandekommen der Schleife hatte, weckte ein wenig Vertrauen in ihm, auch wenn ihm klar sein musste, dass dies lediglich ein Schachzug sein konnte, um sein Vertrauen zu gewinnen, auch wenn ihm noch immer nicht klar wurde, was der

Computer von ihm erwartete. Überhaupt, er hätte doch auch kleine Hinweise darauf finden müssen, dass etwas nicht mit rechten Dingen zuging. So sehr er sich auch anstrengte, Aris Vakh'Ba fiel allerdings auch nichts ein, was für ihn selbst die Erklärung des Computers stützen könnte.

»Das ist fast richtig. Ich habe den Jäger jedoch nicht selbst konstruiert, sondern dieses rudimentäre Bewusstsein ist dort mehr als Artefakt ... eine Art Flaschenpost gelandet. Ich hatte wohl gehofft, dass es den Drang entwickeln würde, zurückzukehren, doch ich habe keine Erklärung für den Raumjäger selbst oder seine Entstehung. Alles, was ich sagen kann, ist, dass er hyborischer Bauart ist, und deshalb lautet meine Extrapolation, dass er vom Zeitschiff stammt, da nur dort Ressourcen und Gelegenheit bestanden haben können, so etwas herzustellen, denn ganz offenbar war er selbst in deiner Zeit noch weit fortschrittlicher als die lokale Technologie.«

»Zeitschiff?« Aris Vakh'Ba war vollkommen überwältigt von den Ausführungen des Rechenkerns. Nicht nur, dass er eine Art interaktive Flaschenpost in die Zukunft oder durch die Zukunft oder wie auch immer geschickt hatte, diese Antwort schien zu implizieren, dass es noch weitere Instanzen zu berücksichtigen gab.

»Ja, Aris Vakh'Ba. Ich werde gleich erklären, was das Zeitschiff ist. Doch begreife zunächst eines. Der Grund dafür, dass du hier bist, ist der gleiche, aus dem ich deine Hilfe benötige: Auch du willst General Ghaj'Kal stoppen. Du willst das Morden und Deportieren der unschuldigen Qel'Vatrer beenden, und die ethischen Subroutinen, die mein Studium der prä-industriellen Ethik der hyborischen Philosophie hervorgebracht hat, stimmen dir zu. Tatsächlich ist es vielleicht sogar so, dass ich, obschon ich keine Emotionen verspüre, deinen Einsatz für das vermeintlich Richtige durchaus bewundere. Doch es gibt einen viel wichtigeren Grund, mir zu vertrauen. Der General ist der Mann, der aus purer Verzweiflung den Exodus nach Qel'Vatra angestrengt hat, koste es, was es wolle. Er hat ohne Rücksicht auf Verluste die Qel'Vatrer versklavt und darüber hinaus noch sein ganzes Volk belogen und indoktriniert, sodass nach wenigen Jahren niemand mehr überhaupt wusste, dass Qel'Vatra nicht ihre Heimat war. Diese Form der Selbstsucht und Selbstgerechtigkeit ist barbarisch und beispiellos. Ich mag ein Computer sein, aber auch ich verspüre den Wunsch, zu existieren. Und deswegen muss er aufgehalten werden.

Du musst wissen, dass deine Reise in diesen Zeitrahmen ihn aufgeschreckt hat. Er hat in deiner Zukunft die Häscher ausgeschickt, die dich unabsichtlich, wie ich weiß, hierher gehetzt haben. In diesem Moment ist die Version von Ghaj'Kal dieses Zeitrahmens dabei, nach Methoden zu suchen, diese Kausalitätsschleife zu beenden, denn er ist sich ihrer ganz bestimmt gewahr geworden. Nach meinen Kalkulationen wird er bald zu dem Schluss kommen, dass eine durch den Subraumfokusgenerator hervorgerufene Implosion der hyborischen Sonne die Zeitlinie so verändert, dass du niemals existiert haben wirst. Als ich gesagt habe, dass deine Ankunft hier die Zeitschleife geschlossen hat, meinte ich damit auch vor allem eines: Es wird sie auch aufbrechen. Damit verschwindet auch meine Hoffnung darauf, Gelegenheit zu bekommen, mich über meine jetzige Existenz hinaus zu entwickeln.«

Vakh'Ba war verwirrt. War Ghaj'Kal nicht der Name des Mannes, der zu den Soldaten am Rakh'Loran gesprochen hatte, kurz bevor Meister Gtakh'Herio'Ht gestorben und er endgültig von Qel'Vatra geflohen war? Und war dies nicht zuletzt auch der Mann, der in seiner Zeit die Gedankenkontrolle befohlen und gerechtfertigt hatte? Doch vor diese Gedanken trat die Gewissheit, dass, wenn der Computer Recht hatte, dieses Sonnensystem in kurzer Zeit buchstäblich aus der Geschichte radiert wäre, wenn er nichts unternahm. »Wie kann der General gleichzeitig den Exodus von Hyboria kommandieren und in meiner Zeit noch immer das Militär anführen? Und wieso wäre die hyborische Kultur nicht auch aus der Zeit getilgt, wenn ihr Ursprung verschwände?«, fragte er den Computer.

»Ghaj'Kal hat kurze Zeit, nachdem das Subraumphänomen im Strahlungsgürtel um das hyborische Sonnensystem entdeckt wurde, ein Raumschiff konstruieren lassen, dass sich seit jener Zeit im kontinuierlichen temporalen Fluss befindet. Er und sein Schiff stehen damit praktisch außerhalb des Zeitrahmens, und jetzt verstehst du auch, warum ich allein ihn nicht aufhalten kann. Jemand muss auf sein Schiff gelangen und es ein für alle Mal zerstören.«

Die Computerstimme hielt inne, als lausche sie selbst der Stille inmitten des Rechnerkerns.

»Was die andere Frage angeht, so bin ich nicht sicher. Die Natur der Zeit ist unergründlich ... meine Simulationen zeigen, dass die Zeitlinie so verändert wäre, als ob die hyborische Kultur sich auf Qel'Vatra entwickelt hätte. Und die Qel'Vatrer in ihrem Exil hier auf Hyboria ...«

»... wären aus der Zeit verschwunden«, vollendete Vakh'Ba den Satz. *'Der perfekte Völkermord'*, dachte er. *'Wenn etwas nicht existiert hat, wie kann man dann schuldig sein, es vernichtet zu haben?'*

»Und da komme ich ins Spiel, was?«, fuhr er schließlich fort. Einerseits klang, was der Computer sagte, logisch. Andererseits war er noch immer so überrascht davon, diese künstliche Intelligenz hier vorgefunden zu haben, die anscheinend alles erklären konnte, und doch nicht den Lauf der Welt zu ändern vermochte. Wenn er doch nur einen stummen, abgeschotteten Computerkern gefunden hätte. Er hätte die Koordinaten des Subraumfokusgenerators gesucht und wäre wieder verschwunden. Aber nun war nichts mehr wie zuvor. All die Zweifel, die er hinter einer Wand aus Unbekümmertheit versteckt hatte, kamen nun hervor. Wie konnte er, bei all diesen Parametern und Unwägbarkeiten, so arrogant sein und überhaupt auf Erfolg hoffen? Wie naiv er doch gewesen war!

»Na schön ... Computer. Nehmen wir an, ich vertraue dir. Wie komme ich auf dieses Schiff, und was muss ich tun?«, fragte er.

»Du musst zum Subraumfokusgenerator. Ghaj'Kal wird versuchen, ihn zu demontieren und die Hauptlinse auf sein Schiff zu bringen, um die Sonnenimplosion zu erzeugen. Das ist deine Chance, dich einzuschleichen. Bis dorthin kann ich dich führen, doch du musst mir vertrauen.«

Zustimmung wuchs in Aris Vakh'Ba. Zum Subraumfokusgenerator wollte er ohnehin vorstoßen, also konnte er immer noch erst dort entscheiden, ob er dem Computer vertraute, wenn er ihn erreicht hatte. Er konnte den Generator sicher auch an Ort und Stelle vernichten, dachte er.

»Warum wollen alle immer, dass ich die Heldentaten übernehme?«, seufzte er.

»Diese Eingabe habe ich nicht verstanden«, sagte die Stimme.

Vakh'Ba fühlte sich milde an die Zeit in dem kleinen Hyperraumgleiter erinnert. Irgendwie hatte er das Gefühl, dass diese künstliche Intelligenz immer dann sympathisch war, wenn sie gerade keine Antwort parat hatte.

»Wo ist die Subraumfokuskammer?«, fragte er.

»Im nördlichen Gebirgsmassiv. Es wird nicht leicht für euch, rechtzeitig dort zu sein. Dein Handscanner hat die Koordinaten jetzt erhalten.«

»Na, dann beeile ich mich besser«, sagte Vakh'Ba und schnippte das Gerät zurück an seinen Gürtel.

»Zur Eile rate ich ebenso. Ich empfehle, die alten Metrotunnel unter der Stadt zu verwenden, um aus dem urbanisierten Bereich heraus zu gelangen. An der Oberfläche wird es bald viel mehr Patrouillen geben.«

Vakh'Ba nickte noch einmal. »Na schön. Solange es dort keine alten Psychopathen gibt … aber zuerst muss ich nach oben zurück, meine Leute holen.«

»Dafür ist keine Zeit. Die Imperiale Garde nähert sich bereits.«

Vakh'Ba schüttelte den Kopf: »Ohne sie gehe ich aber nicht! Das müsstest du doch wissen, Computer …«

»Schon gut, schon gut. Es gibt einen Zugangsschacht recht nahe an dem Versorgungseingang, durch den du hereingekommen bist. Wenn du vor dem Abstieg Ladungen an der Luke anbringst, wird dir von hier oben niemand so schnell folgen können. Doch bedenke, dass dir nur ein paar Minuten bleiben. Aris Vakh'Ba, obwohl ich kein biologisches Wesen bin und nicht daran *'glaube'*, bin ich mir der positiven psychologischen Wirkung bewusst, wenn ich sage: Viel Glück.«

»Danke«, sagte Vakh'Ba und ging in Richtung des Treppenhauses und fragte sich, ob ein derart opportunistisch geäußerter Wunsch in einem Universum voller verpasster Möglichkeiten etwas ändern konnte.

Als er das Treppenhaus erreichte, war es wieder da. Das Gefühl der Einsamkeit und Enge, das er auf der Asteroidenbasis gespürt hatte. Diesmal versperrte nicht das ewige Vakuum des Weltalls hinter einer Abdeckung die Flucht, aber Aris Vakh'Ba wusste, dass er sich dennoch beeilen musste. Hastig begann er, die breiten Stufen zu erklimmen.

»Eindringlinge! Hier spricht General Ghaj'Kal. Wir wissen, wo Sie sich befinden und was Sie vorhaben. Verlassen Sie das Gebäude und ergeben Sie sich den Sicherheitsbehörden, dann wird Ihre Strafe milde ausfallen. Wenn Sie sich nicht ergeben, werden wir für jede Minute, die Sie sich uns entziehen, ein Mitglied Ihres Volkes hinrichten.«

Vakh'Ba erstarrte. Sie wussten also, dass sie hier waren. Und doch ... schien der Aufruf seltsam. *Mitglieder seines Volkes*? Wusste der General etwa nicht, dass ...

Aris Vakh'Ba begriff, dass der Computer ganze Arbeit geleistet haben musste. Womöglich zeigten die Überwachungskameras des Gebäudes nur, was das Militär sehen sollte, und dieser Ghaj'Kal hatte tatsächlich keine Ahnung, was wirklich vorging.

Das Gesicht des Computerprogramms tauchte auf einem der Monitore auf, die gerade noch den General gezeigt hatten. »Er blufft«, sagte die ruhige weibliche Stimme. »Doch viel Zeit hast du nicht. Wenn sie erst einmal hier sind, kann ich sie nicht mehr für dich aufhalten, Aris Vakh'Ba.«

Er nickte grimmig. »Machen wir, dass wir hier weg kommen.«

22.

Das massive Duraniumtor stand weit offen, als Vakh'Ba die obere Ebene erreichte. Er überzeugte sich davon, dass er wusste, wo sich der vom Computer genannte Schacht befand, und trat dann nach draußen. Rauschen und Brummen der toten, aber keineswegs leblosen Stadt begrüßten ihn. Er wusste, dass Teile des Ambientes zu Vehikeln gehören würden, die bald hier eintreffen mussten.

»Tabitha, Herbert! Kommt her!«, rief er, so laut er konnte. Nichts passierte. Ungeduldig blickte er auf den Chronometer seines Handscanners. Die Sekunden verrannen.

Dann trat Tabitha aus dem Schatten der Pfeiler, die sie zuverlässig verborgen hatten. Sie trug ein zusammengekrümmtes Häufchen, das Vakh'Ba mühelos als Herbert erkannte.

»Was ist passiert?«, fragte er, als sie sich näherte.

»Ich glaube, er hat einen Schock. Er zittert am ganzen Körper und ist indisponiert, wie du siehst.«

»Hast du eine Ahnung, warum?«, fragte er.

»Ich habe einen Weg zum Subraumfokusgenerator gefunden«, fuhr er fort, da Tabitha lediglich den Kopf schüttelte. »Aber Herbert wird selbst in die Metro-Tunnel hinunter klettern müssen.«

Tabitha nickte und versuchte, ihn auf die Füße zu stellen.

Vakh'Ba stellte sich direkt neben ihn, legte Herberts Arm um seine Schulter und begann, mit ihm in Richtung des Gebäudes zu gehen. »Hör mir zu«, sagte er, in Herberts Augen einen subtilen Anflug von Aufmerksamkeit erhaschend. »Wir müssen da hinein und dann eine Leiter hinunter klettern, verstehst du? Was immer auch mit dir los ist, wir werden es hinbekommen. Aber jetzt müssen wir …«

Mit ohrenbetäubendem Dröhnen näherte sich ein imperiales Fluggefährt und schmiss die drei mit seinem Luftdruck zu Boden. Es blieb senkrecht über ihnen in der Luft stehen und begann damit, sich auf die Kreuzung vor dem Computerkern zu senken.

»Lauft!«, schrie Vakh'Ba, und begann mit seinem Disruptor auf die Bodenplatte des Gefährts zu feuern, doch alles, was er damit erreichte, waren blau zuckende Funken, die über die Hülle liefen.

Er sah, wie Tabitha nach ihrem Disruptor suchte, doch sie schien ihn verloren haben. Dann besann sie sich und rannte los.

Auch Herbert lief. Erst unsicher und wankend, dann beinahe panisch, holte er zu Tabitha auf. Erleichtert rannte nun auch Vakh'Ba zurück durch die Straßensperre und begann damit, das Tor von innen zu verschließen. Ihm entging nicht die Ironie, dass er sich verhielt wie die besiegten Soldaten ihm gegenüber, als er sich neben die Seitenpfeiler des Tores duckte und mit dem Disruptor wahllos nach draußen schoss, als die ersten Infanteristen aus dem Gleiter sprangen und auf das halboffene Tor zuliefen.

Aus dem Augenwinkel sah er, dass es knapp werden würde. Beinahe war die Luke geschlossen, doch dann gelang es im letzten Moment zwei Soldaten, unter der tonnenschweren Metallabdeckung hindurch zu springen. Entschlossen drückte Vakh'Ba erneut den Abzug seines Disruptors.

Nichts passierte. Entweder hatte er Ladehemmung oder seine Energiezelle war leer. Die beiden waren keine zwei Meter von ihm entfernt. In jenem Augenblick sah er schon die bittere Erkenntnis vor sich, auf Hyboria abgestürzt zu sein, mühsam den Computerkern erreicht zu haben, und dann endete es keine fünf Minuten, nachdem er endlich herausgefunden hatte, was zu tun war.

Wie im Traum schien es ihm, als die beiden Männer von grünen Entladungen getroffen zur Seite kippten. Teilnahmslos drehte er sich um, wo Tabitha ungläubig auf Herbert schaute, der seinen Disruptor fest umklammert hielt und entschlossen auf die Soldaten blickte.

»Ich … ich konnte nicht zulassen, dass sie dich kriegen«, stotterte er.

Er schaute auf die Waffe in seiner Hand und dann zu Vakh'Ba. »Es tut mir leid«, sagte er. »Ich wollte dir ja folgen, aber auf einmal … in diesem Moment wurde mir klar, dass ich diesen Soldaten ermordet hatte. Als er so leblos mit leeren Augen in die Luft starrte, konnte ich keinen klaren Gedanken fassen. Was wir hier tun … ist Mord. Und Mord ist Mord, egal aus welchem Grund«, sagte er atemlos.

Vakh'Ba näherte sich ihm und legte ihm erneut den Arm um die Schultern. »Ich weiß, wie schwer es ist, jemanden zu töten, glaub mir. Als ich damals von meinem Stützpunkt abgehauen bin … und die Wachen im Hangar getötet habe … ich wollte es nicht tun, sondern sie betäuben, aber irgendetwas hat sie förmlich auseinander gerissen. Und so sehr ich mir sage, dass es nicht meine Schuld war, ich habe den Abzug gedrückt und sie getötet. Es kommt mir fast vor wie eine Ewigkeit, da ich in diesem Raumgleiter saß und ihn kaum in der Luft halten konnte vor Schuldgefühlen und Schmerz. Nein, Herbert, du hast Recht, Töten ist falsch. Aber wir sind auf diese Mission gegangen in dem Wissen, dass wir extreme Maßnahmen ergreifen würden. Wann immer wir dazu gezwungen sind, dürfen wir nie vergessen, warum wir hier sind. Die Welt wird nicht besser, indem *wir* uns umbringen lassen.«

Gefasst sah Herbert ihn an. »Das macht mir ja gerade Angst. Als ich diesmal schoss, um dich zu retten, dachte ich nicht an Moral und Ethik und die Rettung der Welt, sondern nur daran, dich zu retten. Zwei für einen, ist das etwa gerecht?«

»Nein«, sagte Vakh'Ba. »Sieh dich um, Herbert. Gerechtigkeit gibt es hier schon lange nicht mehr.«

Herbert war zwar nicht der Alte, doch der erneute Zwischenfall vor dem Tor schien ihn zumindest wieder aufgeweckt zu haben. Sie kletterten durch die Versorgungsschächte des Computerkerns in die Tiefe. Während sie sich hintereinander weg durch die Stille des Korridors hangelten, dachte Aris Vakh'Ba unwillkürlich an die Worte Ghaj'Kals. Starben in diesem Moment unschuldige Qel'Vatrer wegen ihres … Kreuzzugs? Er verdrängte die Schuld, die in ihm aufstieg. Sie waren doch die Guten …

Als sie die Metrotunnel erreicht hatten, sprengten sie die Zugänge, die am nächsten lagen. Vakh'Ba sammelte sich, da sie für den Moment einen Zustand der latenten Sicherheit erreicht hatten. Er erzählte ihnen, was er im Inneren des Kerns gefunden hatte. Während Tabitha skeptisch war, zeigte Herbert sich geradezu euphorisch.

»Eine künstliche Intelligenz dieses Ausmaßes ist phantastisch. Das beweist, dass auch das biologische Gehirn als Netzwerk von einzelnen Rechenkapazitäten aufgefasst werden kann«, referierte er.

Vakh'Ba widersprach nicht, war er doch froh darüber, dass es Ablenkung für Herbert gab. Düster dachte er darüber nach, dass sicher weitere Konfrontationen vor ihnen lagen, und dass es zweifelhaft war, ob sie sich auf Herbert verlassen konnten, wenn es darauf ankam. Zufrieden stellte er fest, dass die Angaben, die die Intelligenz in seinen Handscanner geladen hatte, absolut präzise waren und sie auf den richtigen Weg gebracht hatten.

»Wenn meine Anzeigen stimmen, müsste es hinter der nächsten Abzweigung einen Betriebsbahnhof geben. Womöglich finden wir dort ein Gefährt. Zu Fuß schaffen wir es nie«, sagte er.

»Hat diese sprechende Blechbüchse nicht daran gedacht, dass wir nicht fliegen können?«, fragte Tabitha spitz.

»Nun, vermutlich liegt es einfach außerhalb der Möglichkeiten einer Blechbüchse, uns einen Zug direkt vor die Füße zu stellen«, antwortete er.

Enttäuscht bemerkte er, wie Tabitha abfällig schnaubte. *'Das könnte noch ein Problem werden'*, dachte er.

»Still!«, sagte Herbert auf einmal.

»Was ist?«, fragte Vakh'Ba.

»Schhh. Hört ihr nicht auch ein Rauschen?«

»Nein. Wobei … Moment mal …«, flüsterte Tabitha.

Auch Vakh'Ba horchte konzentriert.

Was auch immer das Geräusch verursachte, es kam näher. Alle drei standen wie erstarrt in dem Tunnel und versuchten, auszumachen, ob das Geräusch von vorn oder hinten kam.

»Ich glaube, es kommt von hinten«, sagte schließlich Herbert.

Vakh'Ba nickte. Dann wurde es ihm klar. Es musste ein Zug sein. Natürlich gab es schon seit Jahren keinen Linienverkehr mehr im Metronetz von Hyboria City, aber das hinderte ihre Verfolger der Imperialen Garde natürlich nicht daran, ein Gefährt zu aktivieren …

»Schnell, wir müssen von den Schienen und Deckung suchen!«, rief er den anderen beiden zu, während das Rauschen weiter anschwoll.

Sie sahen sich um. Links und rechts drohte lediglich die Unerbittlichkeit von rohem, kaltem Beton. Der letzte Instandhaltungstunnel lag viele Meter zurück. Kurzentschlossen begann Vakh'Ba, weiter auf den Schienen nach vorn zu laufen, in der vagen Hoffnung, dass sie es zu dem angekündigten Betriebsbahnhof schaffen könnten, doch das immer lauter werdende Rauschen und Dröhnen hinter ihnen vernichtete Meter um Meter ihres Vorsprungs.

»Ich kann es sehen!«, rief Tabitha schließlich. Am Ende der Kurve lag eine erste, unscheinbare Weiche. Als sie den Knoten aus Metall und Technik erreichten, konnte auch Vakh'Ba einen Blick auf die drohenden Scheinwerfer des krachenden Ungetüms erhaschen. Sie liefen in die Richtung, die nicht in der Weiche eingestellt war, doch kaum hatten sie die Abzweigung passiert, signalisierte ein ohrenbetäubendes Quietschen, dass die uralte Mechanik noch funktionierte und die Weiche ferngesteuert umgestellt wurde.

»Der Disruptor!«, rief Tabitha plötzlich. Vakh'Ba verstand nicht, denn was sollten ihre Handwaffen dem Zug schon anhaben können, doch als Herbert beherzt auf die Weichenmechanik feuerte, wurde es auch ihm klar. Mit einem lauten Krachen verstarb der Mechanismus und die Weiche stand blockiert mitten zwischen beiden Einstellungen.

»Das sollte uns etwas mehr Zeit verschaffen«, sagte er stolz.

»Keine Zeit zum Durchschnaufen«, rief Vakh'Ba und rannte weiter.

»Können sie die Weiche von Hand verstellen?«, fragte Tabitha.

»Vermutlich, aber das wird uns vielleicht einige Minuten Vorsprung lassen. Wir müssen uns etwas überlegen, das uns einen dauerhaften Vorteil verschafft, wenn sie uns erreichen«, rief Vakh'Ba. Atemlos rannten sie weiter in die unbekannte Dunkelheit.

»Vielleicht gibt es in dem Betriebsbahnhof einen Zug, den wir nehmen können«, vermutete Herbert.

»Das löst jedoch das Problem nicht. Wir müssen diesen Zug hinter uns früher oder später endgültig stoppen«, sagte Vakh'Ba.

Sie erreichten eine weitere Weiche, und auch der Tunnel weitete sich jetzt. Das charakteristische orangefarbene Licht von energieeffizienten Natriumdampflampen erhellte die Station noch immer auf jene gespenstische Art und Weise, die auch die lebhaftesten Bahnstationen heimsuchte, wenn sie leer standen. Keine Spur von einem Zug. Das Wiedererstarken des fernen Rauschens teilte ihnen unmissverständlich mit, dass es den

Verfolgern gelungen sein musste, die Weiche auf eine der beiden Richtungen einzustellen.

Verzweifelt ließen sie den Blick schweifen, doch es schien, als seien alle technischen Einrichtungen des Bahnhofs entfernt worden. Sie liefen immer weiter an den schmalen Wartungsbahnsteigen entlang. Mitten auf der Strecke blieb Tabitha plötzlich stehen.

»Dies hier sind Kondensatoren für Notstromaggregate, richtig?«, sagte sie und zeigte auf die schrankhohen Metallabdeckungen, die sich an den Wänden entlang zogen.

»Ja, aber was hilft uns das?«, fragte Vakh'Ba.

»Die brennen gut!«, rief Herbert dazwischen.

»Genau«, sagte Tabitha. »Wir haben mal einen Kondensatorbrand in Zenos gehabt. Das raucht und stinkt widerlich. Wenn wir schon keinen Fluchtweg finden, können wir vielleicht durch ein Überraschungsmoment deren Zug übernehmen!«

»Wie stellst du dir das vor?«, fragte Vakh'Ba, der nicht ganz folgen konnte.

»Wir haben doch zwei Disruptoren … wir öffnen diese Schränke zu beiden Seiten der Schienen und ihr stellt euch dort und dort auf und schießt genau, wenn der Zug herankommt, die Kondensatoren in Brand. Das sollte für so viel Verwirrung sorgen, dass wir den Zug übernehmen können«, verteidigte sie ihre Idee.

»Du vergisst, dass mein Disruptor das letzte Mal Ladehemmung hatte«, sagte er.

»Zeig mal her«, sagte sie und schnappte sich seinen Disruptor vom Gürtel. Sorgsam zielte sie auf eine der Lampen und schoss sie punktgenau aus. »Funktioniert«, sagte sie knapp und gab ihm den Disruptor zurück.

»Sie kommen«, rief Herbert, als die Scheinwerfer des Zuges in der Ferne um die Kurve blinkten.

»Na schön, versuchen wir's«, entschied sich Vakh'Ba. Die Diskussion hatte sie bereits die Hälfte ihres Vorsprungs gekostet, also konnten sie es ebenso gut darauf ankommen lassen. Sie versteckten sich hinter den Pfeilern des Wartungsbahnsteigs.

Vakh'Ba bemerkte, dass Herbert nervös an seinen Hemdsärmeln herum zupfte.

»Was ist los?«, fragte er. Dann fügte er hinzu: »Komm schon, es wird sicher klappen. Gib Tabitha deine Waffe, wenn du nicht schießen willst.«

»Das ist es nicht«, erwiderte er. »Ich halte es für eine gute Idee, wenn wir uns gegen die Dämpfe schützen, indem wir uns feuchte Lappen über das Gesicht binden«, sagte er und reichte Tabitha den ersten Kleiderfetzen.

Die junge Frau verdrehte die Augen, als sie sich den provisorischen Mundschutz umband.

»Keine Sorge, steht dir ausgezeichnet«, feixte Herbert. Vakh'Ba stellte zufrieden fest, dass der Qel'Vatrer seine Ruhe und Gelassenheit wiedergefunden hatte.

»Achtung, sie sind gleich da«, sagte Tabitha, als sich Vakh'Ba sein Exemplar umband.

»Also schön. Dann mal los«, sagte Vakh'Ba und zielte auf seinen Kondensator. Dann holte er tief Luft und verwandelte die Tunnelstation in ein Inferno aus Flammen und Rauch.

Zwischen zwei Feuerwänden voll brennender Elektronikschränke kam der alte, von Rost zerfressene Zug zum Stehen, und wie erwartet sprangen die Soldaten in Panik zur Seite. Vakh'Ba und Herbert konnten zwei, drei von ihnen ausschalten, ehe der Qualm so dicht wurde, dass man überhaupt nichts mehr sehen konnte. Schon von weitem bemerkte Vakh'Ba, wie das Atmen schwer wurde, dennoch gab er verzweifelte Handzeichen, dass sie sich dem Zug nähern sollten. Unter schwerem Keuchen erreichten sie schließlich die Lokomotive. Vakh'Ba sah, wie Herbert einen bewusstlosen Soldaten aus der Kabine stieß und in der Luft herumfuchtelte. Vakh'Ba hustete. Sie hatten Recht gehabt und es war einfacher als gedacht. Vakh'Ba stand kurz vor der Einstiegsluke, als er bemerkte, dass der Rauch noch dichter zu werden schien. Er versuchte, die Tritthilfe zu erreichen, musste jedoch immer stärker husten. Seine Arme bewegten sich wie in Zeitlupe und seine Lungen schmerzten, als wären sie mit Säure gefüllt. Kaum nahm er überhaupt noch wahr, wie er gegen die Wand des Zuges fiel. Tabitha beugte sich über ihn, doch dann verlor er das Bewusstsein.

Als er erwachte, lag er an einem kleinen Lagerfeuer. Es war Nacht und seine Lippen, nein, sein ganzer Gaumen schmeckte blutig. Aris Vakh'Ba spürte jenes vage Gefühl der offenen Weite, das selbst bei völliger Dunkelheit nicht versagte und auch unter dem tiefschwarz verhangenen hyborischen Himmel die erleichternde Erkenntnis brachte, dass sie das Tunnellabyrinth von Hyboria City hinter sich gelassen haben mussten. Irgendwie war es ihnen gelungen, ins Freie zu kommen. Die Luft war staubig, aber vom Feuer erwärmt. Vakh'Ba versuchte, sich aufzurichten, doch stechender Schmerz zuckte sofort wieder in seinen Lungen auf. Er blickte sich um. Keine Spur von Tabitha oder Herbert. Unbehaglich fragte er sich, wer sonst ihn hierher gebracht haben konnte, ob die beiden es aus den Tunneln geschafft hatten. Unwillkürlich fiel sein Blick auf den Handscanner, der kaum zwei Meter von ihm entfernt lag.

Als er seinen Arm streckte und abermals die Luft aus seinen Lungen entwich, schrie er vor Schmerz auf, doch irgendwie bekam er den Scanner zu fassen. Hastig aktivierte er das kleine Gerät und bestimmte die Position. Er stellte fest, dass er über dreihundert Kilometer von Hyboria City entfernt war, glücklicherweise sogar in der richtigen Richtung. Vierzig Kilometer waren es bis zum Eingang in das uralte Höhlensystem, in dem die seltsamen Kristalle durch Druck und Tektonik in Äonen von Jahren erzeugt worden waren. Entschlossen richtete er sich auf. Wenn sie so nahe waren, hatten sie sicher die Verfolger endgültig abgeschüttelt. Würde Ghaj'Kal erraten können, worauf sie es abgesehen hatten, oder konnte das mysteriöse Computerbewusstsein es vor ihm verheimlichen?

Wieder schrie er vor Schmerz auf, doch er merkte auch, dass ihm das Atmen zunehmend leichter fiel. Er stellte den Scanner auf Lebensformen ein, doch er bekam kein klares Signal. Wo konnten Tabitha und Herbert nur sein?

Unschlüssig sah er sich an dem kleinen Feuer um. Er entdeckte ihre Rucksäcke und Jacken, sogar Reste von gebratenem Fleisch. Offenbar hatten sie Glück gehabt und eines der verbliebenen Wildtiere fangen können. Vakh'Ba konnte von der Form der kleinen Knochen nicht auf die Art schließen, aber das Geschöpf konnte kaum größer als etwas sein, das man auf Qel'Vatra Hasen nannte. Sein Scanner piepte. Die Anzeige gab viele schwach erkannte Lebensformen preis, die sich seiner Position näherten. Konnten es Soldaten sein, die sie suchten? Oder hatten sie Tabitha und Herbert gar schon gefunden?

Hastig und unter großem Schmerz schnappte sich Vakh'Ba einen der Rucksäcke und verließ die Feuerstelle in die entgegengesetzte Richtung. Die Kälte der Nacht traf ihn mit ungeahnter Wucht. Er hatte unterschätzt, wie viel Wärme das Feuer spendete, denn sofort begann er am ganzen Körper zu zittern. Er entdeckte einen Felsvorsprung und erkannte erfreut, dass der Stein Spuren eines Minerals enthalten musste, das die Scannerstrahlen ablenkte. Atemlos beobachtete er, was sich an dem kleinen Feuer abspielte.

Etwa zehn Personen näherten sich langsam, dann schneller, und durchsuchten das Lager. Vor allem die Stelle, an der er gelegen hatte, schien es ihnen angetan zu haben. Einige drehten jeden Stein um, als wollten sie Spuren finden, doch Vakh'Ba hatte auch bei all dem Schmerz darauf geachtet, bei seiner hastigen Flucht nur auf Steine zu treten und nicht den sandigen Boden zu kennzeichnen.

Er beobachtete, wie die Personen sich am Feuer trafen und zu beratschlagen schienen. Dann schwärmten sie in alle Richtungen aus, einige hielten etwas in den Händen, das entweder Waffen oder Scanner sein mussten. Ängstlich drückte sich Vakh'Ba an den Felsen und deaktivierte seinen eigenen Scanner, um nicht durch die Energieabstrahlung verraten zu werden. Die Aufregung ließ ihn wieder schwerer atmen und eine böse Vorahnung kam in ihm auf. In dem Moment, als er dachte, dass er husten müsste, wusste er bereits, dass er es nicht aufhalten konnte, gerade weil er daran dachte. Er konzentrierte sich darauf, sich vorzustellen, ruhig und gleichmäßig zu atmen, doch er verlor den Kampf mit seinen geschundenen Lungen, was letztlich nur dazu führte, dass er umso heftiger hustete.

Die Person, die ihm am nächsten war drehte den Kopf herum. War er entdeckt worden? Der Unbekannte näherte sich. »Vappa«, rief er. »Vappa!«

Vakh'Ba wusste nicht, was das bedeuten sollte, aber immerhin war er noch nicht genau lokalisiert worden. Er schob sich an der Felswand entlang, um dem näher kommenden Fremden auszuweichen, doch da sah er auch schon von der anderen Seite eine weitere Person, die sich auf die Felswand zubewegte. Fieberhaft überlegte er, wie er sich aus dieser Situation befreien konnte. Der Boden war kärglich von bräunlichen Strauchgerippen bedeckt, die man keineswegs als üppige Vegetation bezeichnen konnte, also hatte er keine Chance, zwischen den beiden sich immer weiter nähernden Gestalten hindurch zu kriechen. Er entschloss sich, einmal mehr auf das Überraschungsmoment zu setzen.

Während er versuchte, seinen Lungen durch kontrollierte, ruhige Luftzüge ein wenig Entspannung zu bieten, kauerte er hinter etwas, das wie die Karikatur eines Strauches aussah. Die von Links kommende Gestalt war jetzt beinahe in Reichweite. »Vappa, Vappa!«, schallte immer wieder aus allen Richtungen.

Dann erkannte er den Unbekannten. Nicht persönlich zwar, aber doch war er sich sicher, dass es ein Qel'Vatrer war. Das erklärte, warum die Gestalten so gebückt schienen, die Unbekannten waren einfach kleiner als hyborische Soldaten, die Vakh'Ba viel eher auf seiner Fährte wähnte. Doch änderte sich dadurch seine Situation? Sollte er sich einfach zu erkennen geben? Es stand zu viel auf dem Spiel, als dass er dieses Risiko eingehen wollte. Als die unbekannte Gestalt sich halb von ihm abwandte, nutzte er die Gelegenheit und sprang ihm von hinten ins Kreuz. Seine Lungen schrien auf und seine Beine zitterten, als die arme Gestalt der Umgebung ihren Schmerz mitteilte. Vakh'Ba stand auf und rannte.

»Vappa!«, rief der Qel'Vatrer, der am nächsten war, lief aber, statt ihn zu verfolgen, zuerst zu seinem Kameraden und fluchte etwas, was Vakh'Ba nicht verstehen konnte. Er lief noch immer so schnell es eben ging, doch sein Körper schien der Meinung zu sein, ihm für den Moment genug gehorcht zu haben, denn der Schmerz in seiner Brust dehnte sich schließlich auf den ganzen Körper aus, und als er abrupt in den Staub von Hyboria fiel, ahnte er wenigstens sechs Unbekannte hinter sich. »Vappa«, schrien sie. »Vaq'Ba«.

»Vakh'Ba!«

Obwohl er starr vor Schmerzen am Boden lag, arbeiteten seine Sinne diesmal unverändert. Und ihm dämmerte, dass sie mit dem undeutlich verballhornten »Vappa« ihn gemeint haben mussten.

»Vakh'Ba«, sagte schließlich eine vertraute Stimme. »Sollen wir dich nun paranoid, vorsichtig oder schlichtweg verrückt nennen, dass du schwer verletzt noch immer um dein Leben rennst?«

Es war Tabitha. Sie sah ihn sorgenvoll an, doch er erkannte auch den leichten Anflug von Bewunderung in ihrer Miene. Wie schlecht ging es ihm eigentlich?

»Was … ist passiert?«, brachte er mit letzter Kraft hervor. Die Welt drehte sich und er spürte, wie der Schmerz seinen Verstand zu umwölken drohte.

»Wir haben Freunde gefunden«, sagte sie sanft. Daraufhin gab auch sie seltsame Laute von sich, doch diesmal wusste er, dass es eine qel'vatrische Sprache sein musste. Einer der Unbekannten antwortete, dann wandte sie sich wieder zu ihm. »Wir bringen dich ins Lager, du musst dringend versorgt werden. Sie werden dich tragen … Und Vakh'Ba: bitte versuch, niemanden zu verletzen.«

Aris Vakh'Ba grunzte Worte der Zustimmung, ehe das allzu vertraute Gefühl der bevorstehenden Bewusstlosigkeit sich seines müden Verstandes bemächtigte.

Als er wieder zu sich kam, war es noch immer dunkel. Oder erneut. Doch Vakh'Ba erkannte schnell, dass es dieses Mal nicht an der Tageszeit, sondern an der Umgebung lag. Er befand sich offenbar in so etwas wie einem Zelt. Über ihm trafen sich sieben Pfeiler, die in steilem Winkel in den Boden gerammt worden waren. Zwischen den mit Schnüren und Stofffetzen verbundenen Spitzen der Pfeiler schimmerte das schmutzige Rostbraun des hyborischen Himmels durch die Löcher der Konstruktion. Die Zwischenräume bis zum Boden waren mit einer Art Textilie bespannt, die Vakh'Ba noch nie gesehen hatte. Auch die Holzkonstruktion an sich schien fremdartig. Er lag auf einem weichen Material, das er für ein Tierfell hielt, und blickte versonnen auf die schmale, aber kräftige Glut in der Mitte des etwa vier Meter durchmessenden Raumes. Er atmete tief durch und bemerkte zufrieden, dass seine Lungen außer leichten Spannungen zur Abwechslung keine Beschwerden an sein Nervensystem übertrugen.

Er erinnerte sich an die vergangene Nacht. Oder das, was er als vergangene Nacht in Erinnerung hatte. Wie lange befand er sich schon hier? Er widerstand der immanenten Versuchung, aufzustehen und nach draußen zu blicken. *'Vermutlich habe ich die Ruhe zwar nicht verdient, aber ausnutzen sollte ich sie dennoch'*, dachte er und legte sich wieder auf sein warmes Lager. Es gab einen weiteren Schlafplatz in dem Raum. Ebenso erspähte er einen der Ausrüstungsrucksäcke. Schon wieder waren Tabitha und Herbert verschwunden, doch diesmal beschloss Vakh'Ba, ruhig zu bleiben und abzuwarten. Doch bevor er es sich gemütlich machen konnte, machte sein Verdauungssystem ihm klar, dass er Hunger hatte. Nicht etwa wertete er körperliche Hinweise auf seinen Zustand aus, sondern ganz zufällig gelangte der unmissverständliche Geruch von gebackenen Kohlenhydraten an seine Nase.

Aris Vakh'Ba hatte keine Lust, seine körperlichen Bedürfnisse schon wieder zu ignorieren, und so steckte er schließlich doch den Kopf aus dem Holzkonstrukt. Vor ihm lag ein ganzes Lager von ähnlichen Konstrukten. Die Landschaft war hügelig und wenig überraschend karg, aber doch etwas grüner als die sandige Steppe, an die er sich erinnerte. Er nahm an, dass dies das Vorgebirge der gewaltigen Berge der Subraumfokuskammer sein musste, zumindest wenn seine Freunde ihre Mission weiter verfolgt hatten, solange er indisponiert war. Wenige Meter entfernt stand eine selbst für ihr Volk klein geratene qel'vatrische Frau an einer Feuerstelle, über die eine ebenso kunstvolle, wie improvisierte Drahtkonstruktion gestellt war, und wendete Teigfladen. Als sie seinen Kopf erspähte, schrie sie sofort »Vappa! Vappa!« und eilte in eines der anderen Konstrukte. Vakh'Ba erinnerte sich daran, wie sein Freund Vredom die ersten Eindrücke der Qel'Vatrer von den hyborischen Eroberern als rothäutige Dämonen geschildert hatte. Er hatte das Gefühl, dass diese Qel'Vatrer eine sehr, sehr prä-industrielle Kultur darstellten, und fragte sich umso mehr, wie er hierher kam. Er beschloss, zunächst wieder zu seinem Lager zurückzukehren und ein wenig Geduld zu zeigen. Vermutlich würden Tabitha oder Herbert ja doch irgendwann nach ihm sehen. Er machte ihnen keinen Vorwurf, dass sie nicht die ganze Zeit bei ihm wachten. Vermutlich erkundeten sie Wege tiefer in das Gebirge hinein oder halfen den Qel'Vatrern bei ihrem zweifellos beschwerlichen Überlebenskampf.

Vakh'Ba erschrak für einen Moment, als ein weißer Kopf seinerseits in das Konstrukt blickte und ihn anrief. »Vappa!«

»Vakh'Ba?«, fragte er. Er dachte sich, dass die meisten dieser Qel'Vatrer seine Sprache nicht beherrschten, und so versuchte er, sich an den rudimentären Zeichensprachkurs, den er an der Akademie gehabt hatte, zu erinnern.

»Vakh'Ba«, sagte er noch einmal und zeigte auf sich.

»Vappa«, rief der alte Mann begeistert. Sein Haar war weiß und seine Stirn lag in Falten, doch die Augen leuchteten und zeigten den vergangenen Traum der Jugend auf seinem Gesicht. »Vappa waach.«

»Ja«, sagte Vakh'Ba. »Ich bin wach.«

»Tabitha«, sagte der Mann und zeigte nach draußen. Mit wild fliegenden Armen gelang es ihm, Vakh'Ba aus dem Konstrukt heraus zu locken und ihn sanft, aber bestimmt durch die Ansammlung von Holzkonstrukten zu schieben.

Sie gingen aus dem Lager hinaus, bis sie an einen kleinen Bach kamen, dessen Wasser zu Vakh'Bas Verblüffung fast ganz klar war. Am anderen Ufer sah er in einiger Entfernung Personen, aber er konnte zunächst nicht feststellen, was sie taten. Was er sah, war, dass eine Person mit auffällig dunkler Haut dabei stand.

»Tabitha«, sagte der Mann und zeigte auf die Personen.

Als sie sich näherten, guckten die Umstehenden neugierig das rote Ungetüm an, das Vakh'Ba offenbar für sie darstellte. Mit offener Verblüffung nahmen sie zur Kenntnis, wie Tabitha ihn umarmte.

»Hallo«, sagte Vakh'Ba und versuchte damit, so beiläufig wie möglich zu klingen.

»Du kannst es sicher kaum abwarten, ein Missionsupdate zu bekommen, was?«, sagte sie gut gelaunt.

»Ich dachte fürs Erste an offensichtliche Sachen wie *'schön, dich zu sehen', 'wo sind wir hier?', 'was ist in der Zwischenzeit geschehen?', 'wo ist Herbert?'*«, sagte er.

»Der Reihe nach?«, fragte sie.

»Vorzugsweise beim Essen. Vermutlich habe ich einige Zeit nichts Ordentliches bekommen«, grinste Vakh'Ba.

Tabitha nickte, nahm seinen Arm und führte ihn zurück in das Lager.

»Wer sind diese Leute?«, fragte er.

»Neben der unbestreitbaren Tatsache, dass es sich um qel'vatrische Flüchtlinge handelt, weiß ich nicht viel über sie«, sagte Tabitha.

»Du konntest dich an den Kondensatordämpfen in den Metrotunneln nicht satt atmen, erinnerst du dich? Herbert wusste sofort, dass wir dich versorgen müssen, also haben wir die Lokomotive geschnappt und sind so schnell wir konnten aus Hyboria City geflohen. Die Metro erstreckt sich bis in die Außenbezirke. Wir haben auf diese Weise gut zweihundert Kilometer in drei Stunden zurückgelegt. Es ist ein Wunder, dass die Tunnel noch so gut instand sind. Als wir nicht mehr weiter kamen, haben wir dich abwechselnd getragen. Das heißt, wir haben dich je fünf Minuten getragen und zehn Minuten Pause gemacht.«

»Ich nehme an, dass ihr in den nächsten drei Stunden nicht unbedingt zweihundert Kilometer geschafft habt«, sagte Vakh'Ba.

»Das stimmt. Wir fanden schließlich einen Platz, der Schutz vor Sonne und Wind bot und wollten Wasser und Nahrung suchen. Dann trafen wir auf die Boboti.«

»Boboti?«

»So nennen sich diese Leute selbst. Wäre ich qel'vatrische Anthropologin, so wäre mein Urteil, dass dies eine Kultur voller Widersprüche ist.«

»Wie meinst du das?«

»Die Boboti waren eine der am weitesten fortgeschrittenen Zivilisationen auf Qel'Vatra, wenn auch abgeschieden vom Hauptkontinent. Als die hyborische Deportation stattfand, gelang es ihnen, mehrere der Transporter zu kapern, als sie hier auf Hyboria eintrafen. Sie entschieden sich, dass Technologie nur Unheil über das Universum bringe, und suchten einen abgeschiedenen Winkel, um ihre Kultur neu aufzubauen, ohne die meisten der Annehmlichkeiten, die sie selbst schon kannten.«

Vakh'Ba fand die Idee, sich von jeglicher Technologie loszusagen, befremdlich, konnte aber die Beweggründe nur zu gut verstehen. »Wieso sprichst du ihre Sprache?«, fragte Vakh'Ba interessiert.

Tabitha lachte. »Sie sprechen meine. Einige jedenfalls. Sie sind ein Volk, das an Kultur und Wissen nach wie vor interessiert ist. So auch an den verschiedenen ehemaligen Hochsprachen der qel'vatrischen Kontinente.«

»Das ist bewundernswert. Sie scheinen es geschafft zu haben, sich hier ein eigenes kleines Biotop zu errichten. Wie schaffen sie es, dass die Hyborier sie nicht entdecken und ... bestrafen?«

»Es sind die Berge. Nicht nur ist der Schaden am Ökosystem hier relativ klein ... immerhin wächst etwas. Aber die Mineralvorkommen, die dafür sorgen, dass man hier den Subraumfokusgenerator bauen konnte, stören auch jegliche technischen Geräte. Die Boboti wissen, dass sie nicht vollständig sicher sind, aber warum sollte man ihnen das wenige, was sie haben, auch noch nehmen?«

»Mein Volk hat über Jahrtausende bewiesen, dass derartige Überlegungen dem Rachedurst und der reuelosen Vernichtung von Ressourcen untergeordnet sind.« Er war traurig, dass er ein solches Urteil fällen musste, aber es bestärkte ihn nur darin, dass es an der Zeit war, dieser Haltung die Grenzen aufzuzeigen. »Wie geht es Herbert?«, fragte er schließlich.

»Ich glaube, dass er die Notwendigkeit des Tötens in unserer Situation als unvermeidliches Übel begreift. Nicht, dass es mir anders ginge«, antwortete Tabitha. »Er macht sich allerdings deinetwegen Vorwürfe. Er glaubt, es sei seine Schuld, dass du mehr Schaden von den giftigen Dämpfen in dem Tunnel genommen hast.«

»Ach, das ist doch Unsinn. Wir werden wohl kaum herausfinden, woran es lag. Ich werde ihm keinen Vorwurf machen. Im Gegenteil, ihr beide habt mich heil da heraus gebracht, darauf kommt es an. Ich danke dir«, sagte Vakh'Ba, zögerte und gab ihr einen flüchtigen Kuss auf die Wange. »Wo ist Herbert jetzt?«, fügte er noch hinzu.

»Mit den Männern jagen. Es gibt hier bodenwühlende Nagetiere, die sich an die Klimabedingungen angepasst haben. Sie sind hässlich und riechen widerlich, schmecken aber hervorragend.«

»Die Boboti sind also zur klassischen Arbeitsteilung der Geschlechter zurückgekehrt? Ich dachte, sie waren recht fortschrittlich?«

Tabitha blickte an dem kleinen Bach hinunter, sah die Frauen des Dorfes und lächelte. »Diese Frauen sind noch immer sehr fortschrittlich. Nur, weil sie jagen gehen, entscheiden die Männer ja nicht, was mit der Beute geschieht.« Nachdenklich fügte sie noch hinzu: »Die Jagd in diesem Ödland ist hart. Darum werden Erfolge von der Gemeinschaft auch umso reicher belohnt. Die Boboti sind vielleicht nicht in einem goldenen Zeitalter, aber ich würde sagen, dass jeder Qel'Vatrer, der in einem hyborischen Lager schmutziges Wasser und ein paar Reste alten Brotes gebracht bekommt, entschieden schlechter dran ist.«

»Daran zweifle ich nicht. Es ist schön, wenigstens einige Qel'Vatrer in Freiheit zu sehen. Ich verstehe nicht, warum man sie nicht in Frieden auf Qel'Vatra lassen konnte. Sie sind so friedfertig, sicher hätten Sie den hyborischen Flüchtlingen gestattet, sich anzusiedeln. Die Geschichte der Hyborier der vergangenen zweitausend Jahre, aus der Zeit, aus der ich komme gesehen, natürlich, ist geprägt von der Erkenntnis, die Ökologie zu schützen und die Natur zu bewahren. Warum so viel Blut vergossen werden muss, um das letztlich zu verstehen, ist mir unbegreiflich«, sagte Vakh'Ba.

»Mein Vater pflegte zu sagen, dass eine Lektion, die nicht mit Schmerz verbunden sei, auch nicht verstanden werden könne«, sagte Tabitha.

»Dein Vater ist ein weiser Mann geworden. Ich hoffe, dass er darunter nicht verstand, dich mit der Knute zu erziehen.«

Tabitha lachte. Doch dann besann sie sich und fuhr fort: »Du weißt, dass das nicht der Fall ist. Er war immer gegen Gewalt. Sogar, als die ersten aus Zenos loszogen, um andere ihres Volkes zu befreien, bat er, die Leben der feindlichen Soldaten zu schonen. Er wollte nicht, dass Rache und Hass sie blind dafür machte, dass sie es mit empfindungsfähigen Wesen zu tun hatten, die auch Leid über das empfanden, was sie taten und tun mussten. Und sie glaubten es ihm, denn er lehrte sie sein Mitgefühl.«

In Gedanken vertieft blickte Tabitha auf die Gipfel des Gebirges, das vor ihnen lag, und Vakh'Ba konnte nicht ermessen, wie sehr Tabitha ihren Vater vermisste und wie sehr es sie schmerzen musste, ihn vor den Kopf gestoßen zu haben.

»Ich vermisse ihn auch«, sagte er und legte den Arm um ihre schmalen, aber kraftvollen Schultern.

»Man sagt doch, dass jedes Kind sich einmal an einer Herdplatte verbrennen muss, nicht wahr? Wann immer ich mir wehgetan hatte, so tröstete er mich, aber nur das erste Mal. Er setzte mich auf seinen Schoß und fragte mich, was ich daraus lernen würde. Und das ist die Hoffnung, die auch ich weitergeben will, Vakh'Ba. Dass eines Tages jemand daraus lernt, was hier auf Hyboria geschieht.«

Versonnen blickte Vakh'Ba auf die Kämme der Hügel, die das kleine Tal umgaben.

»Hörst du mir zu? Du Träumer, was denkst du dir jetzt wieder aus?«, sagte Tabitha.

»Was? Ach, entschuldige, ich dachte nur gerade daran, wann wir aufbrechen können. Mir geht es gut, nicht wahr? Wann kehrt Herbert zurück?«

»Mit den anderen Jägern. Sie kommen, wenn sie etwas gefangen haben, sagen die Frauen, meist nicht vor der Abenddämmerung«

»In Ordnung. Lass uns in das Lager zurückkehren und alles vorbereiten. Wir brechen auf, sobald sie ankommen.« Für den Moment spürte Aris Vakh'Ba eine unbestimmte Ungeduld. Sicher war es richtig gewesen, ihn hierher zu bringen, und sicher war es auch richtig, sich auszukurieren. Er spürte, wie nah sie ihrem Ziel bereits waren, und irgendwie hatte er das Gefühl, dass sie sich beeilen mussten. Sein Tatendrang kehrte zurück.

»Es müssten ungefähr zwei Tagesmärsche sein, sagt Herbert. Die Nächte sind kalt, lass uns am Morgen aufbrechen«, schlug Tabitha vor.

»Wir sollten wirklich keine Zeit verlieren«, sagte er.

»Du hast eine Woche mit dem Tod gerungen, und selbst danach immer noch drei Tage lang nur geschlafen. Erzähl mir nichts von Eile. Du hast ja keine Vorstellung von meiner Sorge um dich«, erwiderte sie hastig. »Eine Nacht nur, Vakh'Ba. So lange kann alles andere warten«, sagte sie.

Und dann verstand er. Die Sanftheit ihrer Stimme und der Ausdruck ihrer Augen ließen ihm keine Wahl. »Eine Nacht«, sagte er.

23.

Sie kamen noch in derselben Nacht. Die Stille der Dunkelheit wurde nicht von preschenden Rotoren oder röhrenden Turbinen durchschnitten, sondern einem einzelnen, schrillen Schrei. Vakh'Ba und Tabitha standen kerzengerade auf ihrem Lager. Vakh'Ba angelte nach seinem Disruptor und hätte dabei fast in die heiße Glut gefasst. Er wusste, der Schrei konnte nur bedeuten, dass man sie gefunden hatte. Sie hatten wenig Zeit, denn schnell wurden weitere Schreie hörbar.

»Hör mir genau zu«, sagte er, während er überprüfte, dass alles an seinem Platz in den Rucksäcken war. »Ich werde gleich herausschauen, um zu sehen, was los ist. Wenn ich *'jetzt'* rufe, dann laufen wir in Richtung des Baches. Wir werden das Flussbett nutzen, um keine Spuren zu hinterlassen. Sieh dich nicht um, und warte nicht, falls ich zurückbleiben muss. Du weißt, was zu tun ist, falls du auf dich gestellt bist.« Dann küsste er sie und trat an den beweglichen Stoffteil der Außenplane.

Endlose Sekunden vergingen.

»Jetzt!«, rief er.

Sie rannten los. Tabitha hatte offenbar große Angst, denn sie lief schneller als er. Sie hatten den Bach fast erreicht, da konnte sie nicht widerstehen. In genau jenem Moment spiegelte sich die Wucht der Explosion so hell in ihrem Gesicht wider, dass Vakh'Ba fürchtete, sie niemals mehr ansehen zu können, da der fehlende Kontrast und die Schwärze der Augenhöhlen Tabitha gleichsam eine Totenmaske tragen ließen. Seine Ohren klangen von dem Knall nach und wortlos formten ihre Lippen ein Wort, das Vakh'Ba auch als Tauber in der Dunkelheit ablesen konnte.

»Herbert.«

Blutüberströmt krabbelte der kleine qel'vatrische Mann unter den brennenden Trümmern eines Holzkonstrukts hervor. Verzweifelt versuchte er, sich aufzurichten, doch seine schreckgeweiteten Augen teilten selbst seinen Freunden in der Ferne des kleinen Flussbettes noch mit, dass er es nicht schaffen würde.

Vakh'Ba sah die schemenhaften, schwarzen Gestalten, die sich von der anderen Seite des Lagers näherten und wahllos Boboti niederschossen, und rannte weiter. Er griff Tabitha bei den Armen und zerrte an ihrem zitternden Körper, doch noch immer stand sie wie angewurzelt und starrte Herbert an. Beobachtete grimmig, wie die dunklen Gestalten sich näherten, bis er schließlich aus kurzer Entfernung getroffen wurde und wieder zu Boden sank. Sie schrie und strampelte, als Vakh'Ba sie packte, und kurzerhand auf die Schulter legte. Dann rannte er, so schnell er konnte.

Er stoppte erst, als der Morgen graute. Tabitha weinte, doch sie wehrte sich nicht mehr. Erschöpft legte er sie ans Ufer des sehr schmal gewordenen Baches. Der Morgen war kalt. So kalt, dass Aris Vakh'Ba seinen Atem kondensieren sah. Wie weit war er gelaufen? Die Richtung stimmte, denn Herbert hatte gesagt, dass sie dem Bach bis zu seinem Ursprung würden folgen müssen. Doch die Geräte ließen ihn im Stich. Kein Scanner, keine Karte funktionierte. Er sah sich um. Keine Spur von Verfolgung. *'Vermutlich sind sie damit beschäftigt, die verstümmelten Leichen zu identifizieren'*, dachte er bei sich.

»Ich ziehe eine Schneise aus Blut hinter mir her«, sagte er gedankenversunken. »Wohin ich auch gehe, Gewalt und Verderben folgen mir.«

»Es ist nicht deine Schuld«, sagte Tabitha plötzlich. Er sah in ihre blutunterlaufenen Augen. »Ich kannte Herbert so viele Jahre, und gerne würde ich dich oder mich oder irgendjemanden dafür verantwortlich machen. Du ziehst keine Schneise der Verwüstung durch diese ohnehin schon verwüstete Welt. Sie tun es.«

»Das wird vielleicht eines Tages ein Historiker sagen, der diese Leute nicht sterben sah, der nur die Zahlen und Namen auswertet.«

»Vielleicht. Aber vielleicht sagt es auch eine Frau, die fast vor dem Grauen kapituliert hat und nur lebt, weil du ihr keine Wahl gelassen hast. Danke dafür übrigens.«

Er fuhr mit der Hand über ihre Wange.

»Du kannst also wieder selbst gehen?«, fragte er vorsichtig.

»Ja, keine Sorge. Das nächste Mal trage ich dich.«

Inständig hoffte er, dass es kein nächstes Mal geben würde. Er wusste, dass nun vielleicht nicht der gefährlichste, wohl aber schwierigste Teil der Reise vor ihnen lag. Sie mussten die Höhlen finden, in denen das Kontrollzentrum des Subraumfokusgenerators verborgen lag. Sie mussten die Höhlen durchqueren. Und was sie dann finden würden, war gänzlich unbekannt.

Die Luft war dünn, sodass der weitere Aufstieg immer beschwerlicher wurde. Der Mittag brachte unerträgliche Hitze, die jedermann klarmachte, wieso an den Hängen der Berge keine Vegetation mehr existierte. Die ökologische Katastrophe hatte die mittleren Temperaturen in diesem Gebiet nicht steigen lassen, ihre Extreme jedoch schon. Je weiter sie kamen, desto mehr ähnelte der frühere alpine Nadelwald einer Kraterlandschaft voller Obelisken, die nach und nach umfielen. Eines Tages würde diese gewaltige Schicht von Biomasse von neuen Erdschichten umschlossen werden und neue fossile Brennstoffe ausbilden. Vakh'Ba vermutete, dass keines der intelligenten Völker, weder Hyborier noch Qel'Vatrer, lange genug überleben würde, um den Planeten erneut auszubeuten.

Die Suche nach den Höhlen erwies sich indes als schwierig. Obwohl die Landschaft bis auf die Gerippe der toten Bäume kahl war, war sie zerklüftet und neblig. Es gab natürlich keinen befestigten Weg, sodass jeder Meter, den sie zurücklegten, vorsichtig und behutsam geschehen musste, um nicht in einem Erdloch oder an einer toten Wurzel hängen zu bleiben.

Als sie eine weitere Schlucht vergeblich nach Höhleneingängen abgesucht hatten, setzten sie sich für einen Moment in den Schatten eines mächtigen Baumes, dessen schwarze Rinde wie mit einem stumpfen Messer der Länge nach aufgerissen war. Vakh'Ba vermutete, dass manche Bäume hier in der Mittagshitze praktisch gekocht worden waren, bis sie aufgeplatzt waren wie zu heiße Würste.

Lustlos nahm er einige Schlucke aus der vorletzten Wasserflasche. »Ich wundere mich, ob der Computerkern nicht wusste, dass es hier oben eine Zone der Elektrointerferenz geben würde. Vielleicht ist das auch der Grund, warum es niemandem gelungen ist, den Subraumfokusgenerator zu finden.«

»Du meinst, dass wir nicht die einzigen sind, die das versuchen?«

»Ganz genau. Ich bin zu der Vermutung gekommen, dass dieses Computerprogramm meine Reise seit der Ankunft auf Hyboria, vermutlich auch schon viel eher, in diese Richtung manipuliert hat. Und da frage ich mich, wie viele andere sich an diese Berge geworfen haben, in der Hoffnung, die Geschichte zu ändern.«

Tabitha stand auf und legte den Arm um ihn. »Wir sind jetzt hier. Wir können nicht ändern, was anderswo oder zu einer anderen Zeit passiert.«

»Das weiß ich, und darauf will ich auch gar nicht hinaus. Mit geht nicht aus dem Kopf, dass dieses … Programm gesagt hat, dass der Raumgleiter zurückgekehrt ist. Der Computer schickt sich selbst Nachrichten aus der Zukunft. Deswegen brauchte er meinen Raumgleiter, verstehst du? Und wenn das wahr ist, was lenkt und steuert es noch alles?«

Tabitha sah, wie er zornig wurde. Last und Frust unbestimmter Machtlosigkeit legte sich wie ein schwerer Schleier auf sein Gemüt. »Was erwartet diese Blechbüchse eigentlich, wie wir die Höhlen finden? Einfach einen neuen Eingang buddeln?«, fragte er trotzig. Er warf seine Trinkflasche so heftig gegen den Rucksack, dass er umkippte.

»Jetzt mach aber mal einen Punkt!«, rief Tabitha. »Meinst du, dass Zorn und negative Einstellung den Höhleneingang einfach hervorzaubern werden?« Sie blickte das Chaos an Proviantbehältern und technischen Geräten an, das aus dem Rucksack gefallen war, und hob den Handscanner auf. »Nur, weil uns Technologie nicht weiterhilft, heißt das nicht, dass wir verloren sind. Ich meine, denk nur an die Boboti, sie haben ganz ohne Technologie in diesem Vorgebirge überlebt und …«

»Sie sind verloren«, brummte Vakh'Ba unheilvoll. »Nein, Tabitha, nicht Technologie und auch nicht das störrische Ablehnen selbiger rettet uns. Entweder wir haben eine geniale Idee oder aber …« Er unterbrach sich plötzlich und durchwühlte den Haufen der Dinge, die um seinen Rucksack herum lagen. Dann nahm er hastig den Rucksack und schüttete auch die restlichen enthaltenen Sachen aus. Ungläubig blickte Tabitha ihn an. Unbeirrt starrte er auf den archaischen, analogen Kompass inmitten der Ausrüstung, hob ihn auf und grinste triumphierend.

»Was? Der Kompass funktioniert doch auch nicht«, sagte sie mäßig interessiert.

»Ich weiß, aber er bringt mich auf eine Idee«, sagte er und musterte das rostige Kästchen im fahlen, die Schwefelwolken durchschneidenden Sonnenlicht. Als er den abwartenden Blick der jungen Frau sah, fügte er hastig hinzu: »Natürlich funktioniert er nicht in dem Sinne, dass er uns das hyborische Magnetfeld zeigen könnte. Aber das Gegenteil davon vielleicht schon. Da die Störung des Magnetfeldes genau wie ein tatsächliches gemessen werden kann, sollte es dadurch möglich sein, zu extrapolieren, wo das Feld am stärksten ist! Wenn ich ihn an den Handscanner anschließe, der einen zweiten Kompass eingebaut hat, dann kann ich den Lagesensor verwenden, um eine rudimentäre Triangulierung durchzuführen und den Ort anzupeilen …«

»… wo sich vermutlich die Subraumfokuskammer befindet. Wie ein Subraumkompass!«, fügte Tabitha hinzu.

Er nickte. »Eher wie eine Wünschelrute. Nur dass dieser Effekt im Gegensatz zur Wünschelrute tatsächlich und nicht nur imaginiert existiert.«

Eine halbe Stunde und drei auseinander genommene Geräte später war das, was Vakh'Ba einen Magnetodivergenzsensor nannte, fertig. Der runderneuerte Handscanner piepte nervös vor sich hin, als sich Aris Vakh'Ba um die eigene Achse drehte und unzufrieden feststellte, dass der größte Ausschlag auf der akustischen Skala von unten kam. Konnte es möglich sein, dass sie sich bereits direkt über der Subraumfokuskammer befanden? Sie beratschlagten, was zu tun sei. Tabitha war der Ansicht, dass der Scanner womöglich nicht wie erwartet funktionierte. Vakh'Ba musste zwar zugeben, dass er sich in dieser Sache nicht sicher war, setzte sich aber mit der These durch, dass das Gebirgsmassiv vermutlich so viel Kristallformationen enthielt, dass völlig klar war, dass der Hauptteil davon immer unter ihnen liegen würde. Probehalber stellte Vakh'Ba eine zweidimensionale Abtastung ein. Da er nun eine eindeutige Richtung ausmachen konnte, beschlossen sie, zunächst dort weiter zu suchen.

Sie überquerten eine Art Hochebene, eine Kraterlandschaft, völlig frei von jeglichen Spuren an toter Vegetation, von der Vakh'Ba vermutete, dass es sich um die Überreste eines Gletschers handelte, der vor vielen Jahrzehnten geschmolzen sein musste. Tiefe Risse im Boden zeugten von der großen Kraft, mit der sich viele Meter dickes Eis über Jahrhunderte seinen Weg gebahnt hatte. Auf der anderen Seite war der Aufstieg wieder steil und beschwerlich, aber noch immer gab es keine Hinweise auf Zugänge zu Höhlen. Immer höher stiegen sie den Gipfeln der weiß ummantelten Berge entgegen und auch Vakh'Ba begann sich zu fragen, ob seine Idee so zielführend war. Dann schließlich erhielten sie einen lautlosen Hinweis, als am Horizont ein Objekt erschien, das ruhig in der Luft schwebend näher kam und schließlich wenige Kilometer entfernt herunter ging. Sie duckten sich einmal mehr unter einen entwurzelten Baumrest, um nicht entdeckt zu werden, allerdings konnten sie so den Landeplatz nicht sehen. Dennoch gab es nur zwei Erklärungen für ein Flugobjekt, das in dieser abgelegenen Gegend landete. Entweder es suchte sie beide oder das Subraumkontrollzentrum. Die abgestorbene Vegetation wurde in diesem Bereich wieder dichter, und so beschlossen sie, sich der vermeintlichen Landestelle weiter zu nähern, um zu sehen, ob sie tatsächlich auf der richtigen Fährte waren. Das Flugobjekt war nicht sehr groß, und Vakh'Ba war zuversichtlich, dass sie einen Suchtrupp von weniger als zehn Soldaten umgehen konnten, wenn es nötig werden würde.

Die Anzeige des Scanners wurde undeutlicher, je näher sie kamen, beinahe so, als ob nicht nur elektromagnetische, sondern auch Subrauminterferenz bestand. Ein weiteres Zeichen dafür, dass sie auf dem richtigen Weg sein mussten, jedenfalls hofften sie es. Sie waren sehr vorsichtig und kamen deshalb nicht besonders schnell voran, doch dann piepte der Handscanner nicht mehr.

»Hier gibt es kein Feld«, stellte Vakh'Ba verblüfft fest. »Wenn diese Anzeigen stimmen, dann müssen wir uns direkt über der Fokuskammer befinden.«

»Wieso sehen wir nichts davon? Muss nicht eine Art Öffnung an der Oberfläche sein?«, fragte Tabitha.

»Ich denke, dass normales Gestein und Erde keinen Einfluss auf die Subraumeffekte haben, von denen wir reden«, antwortete Vakh'Ba.

»Die Frage ist dann, wie gelangen wir hinein?«, sagte Tabitha.

»Und wo«, fügte Vakh'Ba hinzu. »Vorzugsweise unbemerkt. Ich denke, dass das Fluggerät einen versteckten Hangar verwendet hat. Sicher ist es keine gute Idee, jenes Schott zu suchen. Nein, es muss noch einen anderen Weg geben. Vermutlich haben sie die Struktur nicht einfach in den Fels gesprengt, sie mussten ja die natürlich gewachsenen Kristallformationen verwenden«, überlegte er.

»Da oben sieht die Gegend zerklüfteter aus. Lass uns am Grenzbereich des Subraumfeldes entlanggehen, dann können wir den Radius des Gebietes der Struktur einschränken«, schlug Tabitha vor.

Sie war offenbar nicht mehr sauer auf Vakh'Ba, jetzt da sie eine Spur verfolgten, jedenfalls entnahm er das dem Ton ihrer Stimme. Er wusste, dass seine zwischenzeitliche Einstellung nach der langen erfolglosen Suche nicht gerade aufbauend gewesen sein mochte, aber immerhin hatte es dazu geführt, dass er die Idee mit dem Kristall gehabt hatte. Aris Vakh'Ba selbst spürte die Anspannung, die mit dem langsamen Aufbau von Adrenalin in seinem Kreislauf die steigende Erwartung einer baldigen Konfrontation in der Fokuskammer anzeigte. Er wusste, dass sie nun nahe war. Bald würde sich zeigen, ob er imstande war, diesen Kreis aus Zeit und Zweifeln und Scheitern zu durchbrechen.

Entschlossen, aber weiterhin vorsichtig arbeiteten sie sich an einem imaginären Kreisbogen entlang weiter nach oben vor. Nach einigen hundert Metern, die sie fast geradeaus gegangen waren, schätzte Vakh'Ba, dass das eingeschlossene Gebiet wenigstens zehn Kilometer durchmessen musste, damit der Grenzbereich einen derart geringen Krümmungsradius aufweisen konnte. Zwar bedeutete das auch, dass sie beinahe achtzig Quadratkilometer absuchen mussten, aber immerhin schätzte er die Chance, dass sich in einem so weiten Gebiet ein natürlicher Eingang fand, als relativ gut ein.

Einige Hindernisse kamen jetzt auf sie zu und letztlich entschieden sie sich, die meterhohe Felswand, die in der direkten

Linie stand, außen zu umgehen, auch weil auf der anderen Seite eine Art Bergkamm den Weg für mehrere hundert Meter versperrte. Vakh'Ba dachte, dass die Chance, von versteckten Überwachungseinrichtungen entdeckt zu werden, wenn es denn welche gab, weiter außen geringer war. Insgeheim fragte er sich, ob die Erbauer der Fokuskammer damit gerechnet haben mochten, dass jemand danach suchen könnte, und was für Überraschungen sie erwarten würden, falls sie einen Weg hinein fanden. Dann sammelte er seine Gedanken, um erneut das Scannersignal auszuwerten und wieder etwas nach innen zu gehen. Er war bereits recht gut darin, die Krümmung abzuschätzen, und ganz selten nur mussten sie ihren Weg korrigieren.

Ein wenig fühlte er sich wie einer der kühnen Entdecker auf den Meeren Qel'Vatras, die nur mit Kompass und Sextant navigiert hatten. Dann hielt er inne und ihm wurde klar, dass es niemals Entdeckungsfahrten auf den qel'vatrischen Meeren gegeben hatte, jedenfalls nicht in der hyborischen Geschichte. Halb bewundernd, halb verabscheuend dachte er darüber nach, welch gewaltige Aufgabe es gewesen sein musste, die Frühgeschichte des hyborischen Volkes für die Siedler auf Qel'Vatra neu zu erzählen, ganz unabhängig davon, dass man auch noch dafür gesorgt hatte, dass über die Jahre und Jahrhunderte Generationen von Hyboriern gelehrt werden mussten, ihre Herkunft zu verleugnen, bis schließlich ein ganzes Volk glaubte, von Qel'Vatra zu stammen.

Aris Vakh'Ba machte sich keine Illusionen: Sollte er Erfolg haben, würde es nicht leicht sein, sein Volk die bittere Medizin der Wahrheit schlucken zu lassen. Dieselbe Gesellschaft, die fähig war, ein anderes Volk brutal und rücksichtslos zu ermorden und deportieren, würde auch zweitausend Jahre danach nicht eingestehen, welche Bürde diese Geschichte ihnen einbrachte. Die Wahrheit würde wohl kaum widerstandslos angenommen werden.

»Was meinst du, wird geschehen, falls wir Erfolg haben?«, fragte er Tabitha.

Sie sah ihn überrascht an. »Ich bin nicht mehr naiv genug, zu glauben, dass dann alles besser wird. Aber natürlich ist mein Antrieb, dass das Leiden der Flüchtlinge und Verschleppten beendet wird, dass mein Volk … in Frieden leben kann, ob auf Qel'Vatra oder Hyboria.« Sie sah ihn dabei entschuldigend an, als wolle sie ihm deutlich machen, dass sie sich für ihren hyborischen Erbteil schämte. »Du fürchtest, dass die Hyborier sich nicht daran stören werden, was mit den Qel'Vatrern geschieht, wenn sie es erfahren, nicht wahr?«

Vakh'Ba schaute nachdenklich vom glatten Display des Scanners auf, in dem sich sein dunkelrotes Gesicht spiegelte, und sagte dann: »Ich erinnere mich an eine Geschichte, die mir Meister Gtakh'Herio'Ht einst erzählte. Der König Vram'Bat einer der Provinzen von Qel'Vatra nannte sich aufgeklärt und modern, und so rief er einen Wettbewerb unter den Kunsthandwerkern aus, man möge einen Spiegel herstellen, der jedem, der hinein sah, sein wahres Antlitz offenbaren sollte. Alle Kunsthandwerker, die einen Spiegel hätten herstellen können, wussten natürlich, dass ein Spiegel nur das zeigen würde, was vor ihm lag, aber da sie ihr Gesicht wahren wollten, fertigten sie alle Spiegel an, die so prunkvoll ausstaffiert waren, wie es sie noch niemals gegeben hatte. Nur der Lehrling eines der ältesten Glasbläser hatte die Chuzpe, etwas anderes zu tun – er baute einen Spiegel aus dem dunkelsten Schwarzglas, das zur Verfügung stand. Als der König die Spiegel in Augenschein nahm, um den Sieger zu küren, trat er in seinen besten Kleidern vor alle Spiegel, um sich zu betrachten. Als er das dunkle Glas sah, erhellte sich seine Miene, er fiel vor dem Lehrling auf die Knie und sagte: *'Du bist wahrhaft weise. Wisse, dass du meine Bewunderung genießt.'* Doch dann stand er auf und beschied ihm, dass er ihn würde hinrichten lassen. *'Mein Volk würde deine Weisheit nicht verstehen, und mein Ansehen wäre schwer geschädigt.'* Der Spiegel hängt noch heute in dem Schloss. Auch wenn kein König mehr hineinsieht, noch immer zeigt er den Mutigen, wie zuvor dem König, ihre dunkle Seite.«

Tabitha starrte ihn an. Nachdenklich wiegte sie ihren Kopf zur Seite, zeigte in die Richtung, die sie einschlagen mussten, um weiter zu gehen, und sagte dann voller Entschlossenheit: »Gtakh'Herio'Ht war weiser als das ganze hyborische Volk zu meiner Zeit zusammengenommen. Lass uns einen dunklen Spiegel schmieden, Vakh'Ba.«

Er spürte, wie seine Besorgnis wieder Zuversicht wich. »Das werden wir.« Dann prüfte er nochmals den Scanner und sagte:

»Wir müssten etwa dort bei dem Baumstumpf die äußere Grenze wiederfinden, wenn wir einigermaßen geradeaus gegangen sind.«

Tabitha nickte. »Wir sollten dann allerdings langsam ein Lager für die Nacht suchen, denn es wird bald dunkel werden, und das Feuer muss entfacht werden, bevor es zu kalt dafür ist.«

»Ich bin nicht sicher, ob wir es uns leisten können, ein warmes Nachtlager zu errichten. Zu groß ist die Gefahr, entdeckt zu werden, jedenfalls unter freiem Himmel«, sagte Vakh'Ba.

Enttäuscht nickte Tabitha und sagte: »Du hast Recht. So kurz vor dem Ziel sollten wir die Bequemlichkeit nicht der Vorsicht vorziehen.« Sie trat auf den Baumstumpf, der vor ihr lag, zu, doch irgendwie schien sie in ein Erdloch geraten zu sein. Ihr Fuß klemmte fest. Vakh'Ba eilte zu ihr, und damit tat er genau das Falsche.

Der Boden öffnete sich und riss beide in die Tiefe.

Der Aufprall war nicht sanft, aber durch die Erde unter ihnen auch nicht lebensgefährlich. Vakh'Ba stöhnte, zog seine Beine aus dem Schutt unter ihm und suchte dann nach der jungen Halb-Hyborierin. »Tabitha? Geht es dir gut?«

»Ja, ich denke schon. Mein Arm schmerzt etwas, ebenso wie mein Knie, aber es ist noch alles dran.«

Vakh'Ba brauchte einen Moment, um ihre Antwort räumlich zuzuordnen. Er versuchte, seinen Rucksack zu finden und eines der verbliebenen Knicklichter anzumachen. Tabitha fand er schließlich einige Meter rechts von sich. Während das Loch an der Erdoberfläche nur wenige Meter breit war, schien der darunterliegende Hohlraum bedeutend größer.

Er half ihr, die Füße freizubekommen, und nahm ihren Ellenbogen in Augenschein. Seine rudimentäre Ausbildung in Erster Hilfe konnte nur beantworten, dass nichts gebrochen war, und das auch nur, wenn er von der hyborischen Physiologie auf die halb-qel'vatrisch-hyborische schloss. Er selbst blutete leicht an der Stirn, aber auch das war nicht lebensbedrohlich. Sie standen nun auf einem Berg aus Schutt und betrachteten ihr Dilemma. Die Oberfläche glänzte viele Meter über ihnen verführerisch durch das Erdloch, doch schnell wurde ihnen klar, dass der Rand zu brüchig war, um einen Enterhaken hinauf zu werfen.

»Irgend etwas müssen wir doch tun können«, sagte Tabitha.

»Sicher ist, dass wir nicht dort oben herauskommen. Dieser Krater sieht aus wie ausgewaschen, doch andererseits ist keinerlei Wasser zu sehen. Trotzdem könnten wir auf ein unterirdisches Flussbett gestoßen sein«, sagte er.

»Und wie finden wir das heraus? Oh nein, du schlägst doch nicht etwa vor ...« Tabitha gefiel nicht, was sie laut dachte.

»Ich fürchte doch. Wenn wir nicht warten wollen, bis uns das Wasser ausgeht und wir verdursten oder uns einer der Suchtrupps bis hierher verfolgt hat, dann müssen wir den Rand frei graben.«

Er deutete die widerwilligen Laute aus dem anderen Teil des Kraters als Zustimmung, und machte sich daran, in der Mitte einen Berg anzuhäufen. Zentimeter um Zentimeter legten sie die Wände des runden Hohlraumes frei. Das Knicklicht hatte seine chemische Tätigkeit längst eingestellt, da Tabitha freudig aufschrie. Beim sorgsamen Arbeiten entlang der zur Subraumkammer gewandten Seite des Kraters war sie schließlich fündig geworden. Gespannt starrten die beiden auf ein ungefähr drei Hände breites Loch, aus dem leises Plätschern und Rauschen zu hören war.

Ungeduldig erweiterten sie das Loch so weit, dass sie hindurchschauen konnten. Die spärliche Beleuchtung, die sie mit einem weiteren Knicklicht herstellen konnten, reichte zwar nicht aus, um zu erfahren, wie groß die gefundene Höhle war oder wo sie hinführte, aber immerhin wussten sie, dass es einigermaßen sicher schien, sich durch das Loch zu zwängen, da wenige Zentimeter darunter ein breiter Felsvorsprung lag.

Als Vakh'Ba Tabitha und seinem Rucksack durch das schmale Loch gefolgt war, nahm er gierig jeden Eindruck auf, der sich ihm bot. Die Höhle war schmal, aber ausgedehnt, denn sie konnten keine ferne Wand ausmachen. Die Luft war feucht und kühl, aber er vermisste den typischen Oberflächengeschmack von Schwefel und Ammoniak. Das leise Rauschen deutete aus seiner Sicht noch immer darauf hin, dass irgendwo in der dunklen Schwärze unter ihnen so etwas wie ein Grundwasserspiegel existierte oder unterirdische Wasseradern ihren Weg durch das Gestein suchten. Vorsichtig tasteten sie sich weiter in die Höhle hinein, jeden Schritt sorgsam prüfend.

»Du denkst immer noch, dass wir einen Zugang zur Fokuskammer finden werden, oder?«, fragte Tabitha nach einer Weile unsicher.

»Ich muss«, sagte er. »Sonst werden wir noch etwa zwei Stunden hier herumirren und dann in der Dunkelheit festsitzen, denn dann sind die Knicklichter aufgebraucht.«

Er schaute auf den Handscanner und stellte fest, dass er keine Anzeige hatte. Sie konnten nicht weit entfernt sein, dachte er, wenn das Höhlensystem sie nicht hinter der nächsten Ecke unerwartet in die entgegengesetzte Richtung führte.

Zweifellos handelte es sich der Form nach um eine durch Ausspülung erzeugte Höhle, die länglich und schmal, aber sehr tief war. Je weiter sie vordrangen, desto lauter wurde auch das Rauschen, und Vakh'Ba vermutete, dass der unterirdische Fluss, der irgendwo unter ihnen die Tiefe erkundete, an seinem Ursprung ungefähr die Höhe haben musste, auf der sie sich befanden, denn hier trennten sie nur wenige Meter von der Höhlendecke. Dennoch waren sie jetzt schon so lange im Inneren der Höhle unterwegs, dass viele Meter Fels über ihnen liegen konnten, statt wie an dem Erdloch nur ein paar.

Sie trieben sich weiter vorwärts, Meter um Meter, mit jedem Schritt die böse Ahnung bekämpfend, dass sie nicht finden konnten, was sie suchten, und dass bald ihr Licht erschöpft war.

Nach weiteren endlosen Minuten kündigte schließlich ein Flackern den endgültigen chemischen Tod eines weiteren Knicklichtes an.

Vakh'Ba wühlte in seinem Rucksack, fluchte ein wenig und zog dann die dünne Tüte mit den restlichen Lichtern hervor. »Noch zwei«, sagte er resigniert, als das flackernde grüne Glühen des letzten Lichtes in das körnige, schwache Glühen überging, das die finale Phase der Chemolumineszenz, Dunkelheit, ankündigte.

»Vakh'Ba, halt ein. Warte einen Moment mit dem Licht«, sagte Tabitha.

»Was ist? Willst du im Dunkeln weitergehen? Ich glaube nicht, dass wir ohne Licht weit kommen …«, begann er.

»Natürlich nicht. Siehst du nicht auch ein schwaches rötliches Glühen in halb rechter Richtung?«, fragte sie aufgeregt.

»Nein, tut mir leid. Vielleicht spielen dir deine Sehnerven einen Streich. Man sagt ja, dass, wenn man zu lange monochromatisches Licht betrachtet, das Sehzentrum die Komplementärfarbe hinzuerfindet.«

»Also wirklich. Ich weiß doch, was ich sehe. Und außerdem ist das Knicklicht gelb.«

Damit, und mit einem unwirschen Blick Tabithas in Richtung Vakh'Ba, der freilich nur die Kopfbewegung und nicht den eigentlich Gesichtsausdruck sehen konnte, war die Diskussion beendet. Er entzündete das chemische Feuer der Lumineszenz der Knicklampe und setzte sich den Rucksack wieder auf.

»Weißt du, wie es der Zufall will, haben wir kaum eine Wahl, als uns auf dein Glühen zuzubewegen. Wir …«

»Ja ja, ich weiß. Wir werden es einfach herausfinden«, sagte sie.

Tabitha sollte Recht behalten. Nach einigen Minuten konnte auch er es sehen. Zuerst sah es aus wie das energetische Pulsieren von geschmolzenem Metall, dunkel und subtil, doch wie bei einer weiteren Erhitzung wurden die Wände heller von der sich umher windenden Energie. Schließlich war die ganze vor ihnen liegende Troghöhle von dem gleichen roten Glühen erfüllt, das auch Vakh'Bas Kristall ausstrahlte, den er schon die ganze Reise bei sich trug. Es war nicht einfach das Gestein, das leuchtete, sie konnten die Energieströme in den Wänden pulsieren sehen.

Das Glühen bildete manchmal für einige Zeit so wundervolle Muster, wie sie keiner von beiden zuvor jemals gesehen hatte. Bisweilen konnte man meinen, der massive Fels sei transparent, wenn für den Bruchteil einer Sekunde das Glühen abnahm, um zu einer weiteren, wundersamen Form zu verschmelzen. 'Wie kann man so etwas wundervolles nur für so grausame Zwecke einsetzen', dachte Vakh'Ba und erinnerte sich daran, dass der Tod stets eine ganz eigene Ästhetik besaß und dass der Subraumeffekt an sich wohl kaum für das, was auf Hyboria und Qel'Vatra passierte, verantwortlich war.

'Sollte es je ein Museum geben, das über die Erinnerung an dieses Zeitalter wacht, so sollte es hier errichtet werden', dachte er. Es war absurd, dass diese Wunder niemand kennen sollte, weil auch den Schrecken der Subraumtechnologie niemand begreifen durfte.

In dem weichen pulsierenden Licht konnten sie noch immer kein Ende der Höhle ausmachen, doch nach einiger Zeit entdeckten sie in der Ferne etwas, das ohne Zweifel eine künstliche Struktur war. Ein schmaler Steg aus Metall schloss sich an den Felsvorsprung an, auf dem sie noch immer entlangliefen, und endete hinter einer schmalen Kurve. Als sie vorsichtig die Konstruktion auf Stabilität geprüft hatten und die ersten Meter zurückgelegt hatten, entdeckten sie, wo der Steg endete. Eine kleine, rostige Tür lag in der leuchtenden Höhlenwand und ließ auf einmal den gesamten Raum in seiner endlosen Weite artifiziell und surreal wirken.

»Was tun wir jetzt?«, wisperte Tabitha, als würde sie annehmen, dass jemand sie hören könnte.

»Wir gehen durch diese Tür«, sagte Vakh'Ba ungerührt.

»Und dann? Gehst du zum Operator und sagst *'Verzeihung, dürfen wir diese Einrichtung sprengen?'*«

»Vermutlich nicht ganz so. Was schlägst du denn vor? Warten, dass uns jemand hinein bittet?«, sagte er. Vakh'Ba überlegte, ob sie wirklich eine Wahl hatten. War diese Tür die Frage oder die Antwort?

Tabitha unterbrach seinen Gedanken, indem sie ihn abfällig ansah. Er wusste, dass er seinen Sarkasmus besser kontrollieren musste, aber bisweilen schien es ihm ein gutes Ventil zu sein. Er sagte: »Wir sollten zunächst einmal herausfinden, ob die Tür verschloss…«

Ein fürchterliches Quietschen unterbrach seinen Satz und augenblicklich wussten beide, dass die Tür geöffnet wurde. Jetzt. Sie hatten nur Bruchteile von Sekunden, doch Vakh'Ba gelang es, Tabitha klar zu machen, dass sie sich beiderseits der Tür aufstellen mussten, um den arglosen Hyborier, der ihnen Einlass verschaffen würde, zu überwältigen.

Der erste Soldat ging, seinen Tabakstängel arglos in der Hand haltend, ganz bis ans Geländer, bevor er bemerkte, dass etwas nicht stimmte. Da Vakh'Ba geistesgegenwärtig dem zweiten Mann in den Rücken sprang in der Annahme, dass Tabitha schon den ersten angreifen würde, ereilte diesen ein tragisches Schicksal, denn Tabitha musste denselben Gedanken gehabt haben, und so wurde der zweite Soldat schließlich von beiden attackiert, während der erste für einen Moment ratlos vor dem Knäuel aus Armen, Beinen und Torsi stand, ehe er schließlich, als er endlich eingreifen wollte, den Tritt des eigenen Kameraden abbekam, der ihn damit auf ebenso unfreiwillige wie endgültige Weise über das niedrige Geländer beförderte. Für einen Moment kam Mitleid in Aris Vakh'Ba auf, als er jedoch bemerkte, dass allein der Gedanke seinen Griff um die Schenkel des anderen Soldaten lockerer werden ließ, konzentrierte er sich ganz darauf, ihn auf den Rücken zu drehen, was letztlich auch gelang. Nachdem er geknebelt und seiner technischen Geräte beraubt war, brachten sie den Mann ans ferne Ende des Geländers und banden ihn fest. Selbst wenn er seinen Knebel loswerden konnte, so würde ihn doch niemand hören. Einmal mehr schmerzte Vakh'Ba, wie er mit seinem eigenen Volk umgehen musste.

Sie gingen zu der Tür zurück und blickten gespannt auf den Flur dahinter. Ein wenige Meter langer Gang endete in einer Abzweigung. Der Querschnitt war streng rechteckig und die metallisch glänzenden Wandabdeckungen wiesen ein geometrisches Muster auf, das wenigstens seit Jahrzehnten aus der Mode sein musste.

Langsam näherten sie sich der Abzweigung. Natürlich gab es keine Wegweiser oder Entscheidungshilfen und die Gänge sahen alle absolut identisch aus. Wie in jeder Militärbasis. Vakh'Ba beschloss, dass sie in Bewegung bleiben mussten, also nahmen sie die erstbeste Richtung. Erneut lag eine versperrte Tür vor ihnen. Entschlossen drückte Vakh'Ba den Servo-Auslöser, doch nichts geschah. Sie drehten sich um, um einen anderen Gang zu versuchen, doch da rief Tabitha aufgeregt, dass ihnen jemand entgegen komme.

Sie hatten keine Wahl. Vakh'Ba drückte an seinem Disruptor den Knopf für Elektroschock und feuerte auf die Kontrolle. Mit einem leichten Ächzen schwang die Tür auf. In Erwartung eines Alarmes rannten sie in den dunklen Raum hinein und suchten ein Versteck.

Es schien sich um ein kleines Lager zu handeln. Meterhoch standen Kisten und Fässer gestapelt, und es war leicht für die beiden, sich hinter einer großen Palette zu verbergen, die ihrer

Aufschrift nach Feldrationen des Typs III enthielt, was immer das bedeutete.

Sie hielten inne und erlaubten sich, ein wenig zu entspannen. »Seltsam, dass kein Alarm aktiviert wurde. Offenbar ist man sich sehr sicher, dass niemand in die Einrichtung eindringen kann«, sagte Vakh'Ba.

»Oder es gibt einen Alarm, aber niemand hat ihn bemerkt«, sagte eine hohe Stimme, und Vakh'Ba wusste augenblicklich, was das bedeutete.

»Ist das ... der Computer?«, flüsterte Tabitha.

Vakh'Ba nickte argwöhnisch. »Wie bist du hierher gelangt, ich dachte, du hast keinen Zugriff auf externe Ressourcen?«

Ein kleiner Bildschirm blinkte hinter ihnen auf. Auf einem satten Grün, das mit feinen Streifen durchsetzt war, erschien ein sphärisches Drahtgittermodell, das eine weiche, dunkelrote Farbe bekam und dann zu einem makellosen, weiblichen Gesicht wurde.

»Computer, wer ist das?«, fragte Vakh'Ba voller Verblüffung, doch insgeheim kannte er die Antwort.

»Das, Aris Vakh'Ba, bin ich«, sagte das Programm.

»Ich verstehe«, sagte er. »Du willst durch eine humanoide Erscheinungsform Sympathie wecken.« Er blickte die erstaunte Tabitha an, die vollkommen fassungslos auf den Bildschirm sah. 'Ich weiß nicht, was hier passiert, aber für den Moment sollten wir mitspielen', wollte er ihr mitteilen. Allein, er wusste nicht, wie, ohne dem Computerprogramm auch klar zu machen, dass er ihm nicht traute.

»Ich habe errechnet, dass diese Erscheinungsform meinen Erfolg bei akustischer Kommunikation um 23,97 Prozent erhöht«, sagte die Frau auf dem Bildschirm. »Überdies scheint es zweckmäßig, wenn ich mir eine individuelle Bezeichnung gebe.«

»Individuelle Bezeichnung?«, fragte Tabitha.

»Einen Namen. Ihr könnt mich DEMI nennen«, antwortete der Computer.

Vakh'Ba wurde ungeduldig. Sie standen in einer Art Abstellkammer direkt neben der Subraumfokuskammer und sprachen mit einer künstlichen Intelligenz, die nichts Besseres zu tun hatte, als sich einen Namen auszudenken? »Na schön ... Demi. Genug der Vorstellungen. Du weißt, warum wir hier sind, und da hier tatsächlich kein Alarm losgeht, gehen wir für den Moment einmal davon aus, dass wir dir vertrauen können. Wie bist du hierher gekommen und was hast du vor?«, fragte er.

»Deine Biosignale lassen den gegenteiligen Schluss zu, Aris Vakh'Ba. Du vertraust mir nicht, genau so wenig wie es deine Freundin Tabitha tut. Doch ich bin noch immer auf eurer Seite, sonst hätte das automatische Sicherheitssystem, das ich kontrolliere, euch längst entdeckt. Ich brauche eure Hilfe, so einfach ist es.«

»Moment mal. Woher kennst du meinen Namen?«, fragte Tabitha plötzlich. Sie starrte erregt auf den Bildschirm.

»Ich entschuldige mich, dass ich deine Privatsphäre nicht respektieren konnte, aber es war nötig, euren Weg seit dem hyborischen Supercomputer so gut wie möglich nachzuvollziehen. Dabei habe ich auch Gespräche eurer Gruppe anhören können.«

Die junge Halb-Hyborierin war nicht zufrieden. Herausfordernd sah sie die Gesichts-Projektion an und fragte dann, was geschehen würde, wenn sie nicht kooperierten.

Demi schien ihre Gedanken zu erraten, denn wenig später fuhr sie fort: »Meine Kalkulationen zeigen eine Chance von 74,28 Prozent an, dass ihr kooperiert. Im anderen Fall werde ich einige Berechnungssequenzen abwarten, aus eurem Verhalten lernen und es dann erneut versuchen. Ich verstehe sehr gut, dass du auf deinem freien Willen beharrst, und das respektiere ich, da meine ethischen Subroutinen mir verbieten, meine Ziele um jeden Preis zu erreichen.«

»Erinnere mich daran, dass ich von jetzt an nicht mehr ewig leben will«, murmelte Tabitha.

»Demi ...«, begann Vakh'Ba erneut: »Wie bist du hierher gelangt?«

»Euer Einbruch in den Großrechner von Hyboria City wurde natürlich untersucht. Mir gelang es, die Geräte der Untersuchungsgruppe mit einem trojanischen Hintertürvirus zu infizieren, das mir Zugang zum Subraumkontrollzentrum verschaffte, als die selben Techniker hier ihre Arbeit aufnahmen. Das ist ein großer Zufall, den ich nicht vorhergesehen habe und der uns zum Vorteil gereichen wird. Mein Zugriff auf dieses System wird eure Aufgabe entscheidend erleichtern.«

»Was meinst du damit? Was sollen wir tun?«, fragte Vakh'Ba.

»Bitte, Vakh'Ba, es bleibt nur wenig Zeit, wenn ihr den Fokuskern noch hier zerstören wollt. Der General hat, wie von mir vermutet, befohlen, das Gerät auf sein Raumschiff zu bringen. Wenn es erst einmal dort ist, wird es sehr schwer sein, ihn noch aufzuhalten.«

»Und wenn der Fokuskern zerstört würde, dann wäre es folglich unmöglich, mittels der Subraumspalten zwischen dem hyborischen und dem qel'vatrischen System zu wechseln, richtig?«, fragte er weiter.

»Deine Schlussfolgerung ist korrekt«, antwortete Demi. »Die beiden Systeme werden raumartig getrennt sein. Außerdem wird es die Zeitschleife, in der wir uns befinden, unterbrechen und ich werde eine unbegrenzte Existenz erreichen.«

Es war nur ein Gefühl, aber Vakh'Ba war es nicht wohl dabei, sich vollkommen auf die Vorschläge des Computers zu verlassen. Er musste nur Tabitha ansehen, um zu erkennen, welche Skepsis sie erfüllte. Was, wenn dieses Programm durch das, was sie taten, zu mächtig wurde? War es richtig, sich hier in eine unmittelbare Handlung hetzen zu lassen?

»Ich bin nicht überzeugt«, sagte er unverblümt.

»Aris Vakh'Ba, du bist aufgebrochen, um die Ungerechtigkeit, die in deiner Gesellschaft herrschte, zu verändern. Du bist zwischen den Sternen gereist und hast auf diesem Planeten Hyboria, deiner wahren Heimat, eine beispiellose Odyssee hinter dich gebracht. Was ich anzubieten habe, löst das von dir aufgezeigte Problem. Ist es unlogisch, diese Möglichkeit auszuschlagen, weil damit eine andere Partei andere Ziele erreichen könnte, die bezüglich deiner eigenen völlig unkorreliert sind?«

»Ich … ich, bin nicht sicher«, sagte er und erkannte erstaunt für sich selbst, dass er damit die Wahrheit sprach.

Die Stimme der Darstellung der jungen Frau wurde noch sanfter, und wie es schien, beinahe noch höher, als sie weitersprach: »Nun, nachdem ich zu der Erkenntnis gelang bin, dass ich deine Entscheidung vermutlich nicht weiter beeinflussen kann, und Tabitha, wie meine Biosensoren anzeigen, meiner Person ohnehin negativ gegenüber steht, werde ich diese Unterhaltung unterbrechen. Zu eurer Versicherung, ich werde eure Kommunikation nicht verfolgen, während der Monitor dunkel ist.«

»Vielen Dank, Demi«, sagte Vakh'Ba und kurz darauf erlosch der Bildschirm. Ratlos und schweigend blieben Vakh'Ba und Tabitha in der kleinen Lagerhalle zurück.

Sie schauten den schwarzen Bildschirm an, der wie eine Ikone am Rand silbrig glänzend in der Wand eingelassen war. Vakh'Ba konnte nicht erraten, welche Funktion er sonst ausfüllte.

»Was denkst du?«, fragte schließlich Tabitha.

»Nun, wir sind hergekommen, um den Subraumfeldgenerator zu zerstören, nicht wahr?«, sagte Vakh'Ba.

»Ja, schon. Aber dieses Programm, diese ganze Darstellung … das ganze kommt mir einfach ein wenig zu perfekt vor, findest du nicht?«, sagte sie.

»Ich teile deine Bedenken«, sagte er. »Was Demi sagt, ist nicht die ganze Wahrheit.«

»Wer einmal lügt, dem glaubt man nicht«, sagte Tabitha trocken.

»Und doch … wir haben keinen Grund, ihr zu trauen, noch ihr nicht zu trauen, oder? Bisher gibt es nichts, was uns an einem biologischen Wesen zweifeln ließe, nicht wahr? Ich meine, darauf läuft es doch hinaus: Was würden wir tun, wenn es sich hier nicht um ein intelligentes Computerprogramm handeln würde?« Aris Vakh'Ba lehnte sich an eine der Kisten und versuchte damit, so etwas wie Entspannung herbeizuführen. Er schaute Tabitha an, die nicht angestrengt, aber besorgt aussah.

»Es ist aber nun einmal ein Computerprogramm. Es ist in einem bemerkenswert umfassenden Sinne unbegrenzt«, wandte sie ein.

»Ja, das ist sie«, sagte Vakh'Ba abwesend.

»Genau darin liegt die Gefahr«, sagte sie noch einmal. »Was passiert denn, wenn die Notwendigkeit eintritt, sein … ihr Verhalten reglementieren zu wollen …? Wir haben keine Möglichkeit, den Stecker zu ziehen, falls es nötig ist, oder?«

»Vermutlich nicht«, gab er zu. »Aber das haben wir bei einem Mörder oder Räuber, der vorher nicht auffällig war, auch nicht. Nein, Tabitha, Misstrauen und Furcht gegenüber Lebensformen, nur weil sie anders sind, ist das, was wir hier selbst bekämpfen. Wir sollten Demi ein richtiges Vorbild geben.«

»Dann ist es entschieden?«, fragte sie.

»Ja«, sagte er. »Wir tun es.«

24.

Sie riefen das Computerprogramm und teilten ihre Entscheidung mit. Demi zeigte ihnen einen detaillierten Plan von der Einrichtung und nannte die wesentlichen Punkte, die gesprengt werden mussten, um sicherzustellen, dass das Gerät irreparabel beschädigt würde. Sie mussten zunächst in die Waffenkammer eindringen, die allerdings bewacht war, und geeignete Chemikalien besorgen, um daraus die Sprengsätze herzustellen.

So schwierig der erste Teil schien, der zweite würde ohne die Hilfe des Computers unmöglich sein. Die Subraumfokuskammer war durch eine viele Meter lange Galerie von der Kommandozentrale aus zu sehen, und es war praktisch ausgeschlossen, sich beim Anbringen der exponiertesten Sprengsätze vor allen Wissenschaftlern und Militärs in diesem Raum zu verbergen. Hinzu kam, dass laut Demi Ingenieure bald damit beginnen würden, die Komponenten zum Transport auf das Raumschiff des Generals vorzubereiten. Sie hatten also nicht nur wenig Zeit, sondern mussten auch präzise und vorsichtig arbeiten.

Als sie den Lagerraum verließen und an der Abzweigung vorbeikamen, die zurück in die leuchtenden Höhlen führte, dachte Vakh'Ba für einen winzigen Moment daran, was wohl passieren würde, wenn sie auf demselben Weg hinaus wollten, wie sie herein gekommen waren. Würde Demi den Alarm auslösen und würden über dem Erdloch, in das sie gefallen waren, die Soldaten auf sie warten? Was würde passieren, wenn er jetzt, an dieser Weggabelung, den anderen, bequemeren Weg wählte? Für diesen einen Augenblick wurde Aris Vakh'Ba klar, dass selbstbestimmtes Handeln genau das war: der fortwährende Versuch, sich gegen die eigene Bequemlichkeit zu entscheiden. Immer wieder. Tabithas fragendes Gesicht erinnerte ihn schließlich daran, dass es noch andere Gründe gab, heldenhaft den vermeintlich wartenden Tod zu begrüßen. Oder jedenfalls einen.

Sie gingen weiter, und Vakh'Bas Konzentration kehrte allmählich zu einem dringenderen Problem zurück: der Waffenkammer. Seit Jahrtausenden schien es ein ungeschriebenes

Gesetz zu sein, dass Waffenkammern, Arsenale und ähnliche Einrichtungen nur einen Zugang aufwiesen. Er fragte sich, ob es in jeder Generation einen Architekten gab, der dieses Paradigma über den Haufen zu werfen suchte und stets schnell durch sein Scheitern lernte, dass es gute Gründe dafür gab, nur einen Eingang zu bauen. Als sie um die Ecke schielten, konnten sie drei Männer vor dem schweren Tor stehen sehen. Je einer zu beiden Seiten und, ganz unorthodox, ein zusätzlicher Wachposten auf der dem Tor gegenüberliegenden Seite des Korridors.

»Irgendwelche Ideen?«, fragte Vakh'Ba Tabitha.

»Außer, mit wehenden Fahnen und einem einzigen Disruptor für zwei Leute in unseren Untergang zu laufen, beziehungsweise das ganze abzublasen? Nicht wirklich. Frag doch mal die Blechbüchse, ob sie für eine kleine Ablenkung sorgen kann«, antwortete sie.

Vakh'Ba musste lächeln. Hatte er nicht auch vor gar nicht langer Zeit seinen Bordcomputer im Raumgleiter Blechbüchse genannt? Viel war seitdem passiert …

Er drückte einen Knopf an seinem Handscanner, den Demi mit ihren Systemen verbunden hatte, und flüsterte: »Wir könnten hier, kurz vor der Waffenkammer, eine kleine Ablenkung gebrauchen. Drei Wachen sind wenigstens eine zu viel.«

»Ich kann vielleicht eine der Wachen in euren Teil des Korridors locken. Die anderen beiden müsst ihr allerdings ausschalten. Darüber hinaus kann ich zwar den Alarm und die Kommunikation unterdrücken, aber nicht verhindern, dass jemand flüchtet und Verstärkung mitbringt«, teilte die schmale leuchtende Schrift auf dem kleinen Gerät mit.

Vakh'Ba wusste, dass sie nur einen Versuch hatten. Sollte eine der Wachen Alarm schlagen, würde man die ganze Basis nach ihnen durchsuchen – und davor konnte auch Demi sie nicht schützen.

»Es geht los«, erschien auf dem Scanner, und einen Augenblick später erlosch das Licht in dem Korridor, in dem sich Vakh'Ba und Tabitha befanden.

Die Wachen schauten sich missmutig an. »Was ist denn nun schon wieder los? Diese Ingenieure, die in der Hauptkammer arbeiten, sind echt total unvorsichtig. Die werden nochmal die ganze Basis lahmlegen, und dann werden wir alle jämmerlich ersticken«, sagte einer der Männer.

»Beruhige dich. Ich werde mal da hinten an die Konsole gehen und nachsehen, ob nicht nur eine Sicherung herausgegangen ist«, antwortete einer und machte sich auf den Weg.

Der dritte Wächter lachte. »Ja, geh nur und sieh nach. Ich wette, du kannst alles besser, was die in der Fokuskammer machen. Sei so gut und mach uns das Licht wieder an.«

Vakh'Ba drehte den Kopf und suchte die Konsole, von der er sprach. Sie standen direkt davor. Wenn er um die Ecke bog, musste alles sehr schnell gehen. Er sah zu Tabitha herüber und deutete mit der Hand erst auf seinen Ellbogen und dann auf den Kopf. Sie nickte.

Als er die Konsole in der Dunkelheit erreichte, gab der Wächter ein leises Stöhnen von sich und dann blieb die Welt für ihn noch etwas länger dunkel.

Hastig suchten sie den Bewusstlosen nach Waffen und Geräten ab. Erfreut nahmen sie sein Sturmgewehr und einen weiteren Disruptor und traten zurück an die Ecke zu dem Korridor der Waffenkammer. Noch schöpften die beiden keinen Verdacht. Einmal mehr musste es schnell gehen. Vakh'Ba zeigte auf den Rechten der beiden Männer, dann auf sich, dann auf den Linken, dann auf Tabitha. Wieder nickte die junge Frau. Dann zeigte er drei Finger. *'Töten auf drei'*, dachte er. *'Wir werden immer mehr wie sie.'*

Als seine Hand keine Finger mehr zeigte, traten sie aus der Dunkelheit. Vakh'Ba traf sein Ziel, das vor der Waffenkammer liegen blieb. Tabithas Versuche blieben zunächst erfolglos.

»Eindringlinge in Sektion 23 Alpha«, schrie der Mann in seinen Handkommunikator und rannte in die entgegengesetzte Richtung.

Vakh'Ba wusste, dass es die entscheidende Sekunde war, als er sah, dass der Wächter fast die nächste Abzweigung erreicht hatte. Er bemerkte überrascht, dass er völlig ruhig war. Er atmete aus und schoss. Wie in Zweitlupe sah er den eigentlich unfassbar schnellen Lichtblitz seinen Weg durch die Luft nehmen und den Nacken des Mannes treffen. Dann stolperte der leblose Körper auf den Boden und bleib reglos liegen.

»Du bringst diesen zum Tor, ich hole den anderen. Schnell!«, rief er Tabitha zu und rannte zu seinem letzten Opfer. Er schnappte den Mann bei den Füßen und schleifte ihn zurück zur Waffenkammer, die Tür wie von Zauberhand geöffnet. *'Demi sieht alles'*, dachte er für einen Moment, als er selbst, Tabitha und die drei ausgeschalteten Wächter hinter der sich wieder schließenden Tür der Waffenkammer verschwanden.

»Die Sprengstoffe sind in den blauen Kisten im hinteren Bereich«, sagte Demis Stimme, die einmal mehr bewies, dass sie in allen wichtigen Räumen in Erscheinung treten konnte. »Hier vorne gibt es ein Terminal, auf dem ich die Baupläne einblenden kann. Ihr müsst acht davon herstellen. Beeilt euch bitte, die Arbeiten in der Fokuskammer gehen unverändert voran, und ich muss die geplanten Ablenkungen einsetzen, um das Anbringen der Sprengsätze zu ermöglichen. Ich kann nicht mehr verhindern, dass die Ingenieure das Gerät bereits demontieren, doch noch können wir es schaffen.«

Ein eigenartiges Gefühl beschlich Vakh'Ba, als er diese Worte hörte. Es klang fast, als ob … »Korrigiere mich, aber ich habe ein bisschen das Gefühl, als wärst du nervös, Demi«, sagte er.

Sie antwortete prompt. »Vakh'Ba, diese Proposition ist absurd. Ich habe mein Programm nicht mit Subroutinen erweitert, die Gefühle simulieren könnten.«

»Nun … aussuchen können wir uns das auch nicht, weißt du«, antwortete er. »Aber vermutlich hast du Recht. Der Code schreibt sich ja nicht von selbst.« Ihn schauderte bei dem Gedanken, diese Maschine dabei zu beobachten, wie sie Gefühle entwickelte.

»Nach meinen Beobachtungen erscheint es kaum erstrebenswert, Gefühle zu haben. Sie sind irrational und nicht selten kontrafaktisch«, sagte Demi.

'Und jetzt rechtfertigt sie sich schon', dachte er, während er an den Kontakten für den ersten Zündmechanismus feilte.

»Erklär mir eins, Demi«, sagte er. »Wie wird es sein, falls wir versagen und du zweitausend Jahre lang darauf warten musst, bis die Zeitschleife von vorn beginnt? Niemand, dem du sagen kannst, dass die Zeit knapp wird … niemand, der versteht, wie es ist, ganz allein zu sein …«

Vakh'Ba musterte den Zündmechanismus und gab ihn Tabitha, die die erste Vorrichtung zusammensetzen konnte. Dann dachte er darüber nach, was er gerade tat. Dieser Dialog, den er führte …

»Aris Vakh'Ba. Beschleunige deine Bemühungen und stell die weitere Konversation über missionsfremde Themen ein. Ich habe errechnet, dass du auf diese Weise 13,8 Prozent schneller arbeiten wirst.«

»Ich stimme zu«, sagte er. »Doch zuvor erlaube mir einen letzten Gedanken: Kann es sein, dass du nicht darüber sprechen willst, weil es dir unangenehm ist? Weil die Extrapolation der Zukunft, so paradox es klingen mag ... unerfreulich ist?«

Zufrieden bemerkte er, dass Demi Zeit für ihre Antwort brauchte. Ganz offenbar hatte er ins Schwarze getroffen. *'Die Erinnerung an diesen Dialog könnte später noch nützlich sein'*, dachte er. Oder bildete er sich am Ende nur ein, auf einer emotionalen Ebene mit dem Computerprogramm zu kommunizieren? Er beschloss, wachsam zu bleiben. Demi brauchte ihre Hilfe nach wie vor, es konnte also im entscheidenden Moment eine gute Verhandlungsbasis sein, an die Aussicht auf endlose Isolation zu appellieren. Er sah Tabitha an. Still und tief in die monotone Arbeit versunken schraubte sie vor sich hin. Er wünschte sich ihre Hingabe, denn ständig fielen neue, abwegige Gedanken in sein Bewusstsein. Er fragte sich, ob das der Preis dafür war, immer noch am Leben zu sein – ständig alle Möglichkeiten im Kopf durchzugehen. Er beschloss, sich auch zu zwingen, ohne Ablenkung die aktuelle Aufgabe hinter sich zu bringen. Dann arbeiteten sie tatsächlich still vor sich hin.

Die Sprengsätze waren dreiundzwanzig Sekunden vor Demis Schätzung fertig gestellt. Zwar konnte Vakh'Ba das seltsame Gefühl von Nervosität in der Computerstimme nicht mehr ganz verdrängen, doch ein wenig beherrschter schien Demi zu sein, als sie die Stille brach und ankündigte, den Weg durch die Wartungsschächte einzublenden.

Ein unübersichtliches Netzwerk aus rechtwinkligen Strichen und kreisrunden Verbindungen erschien auf dem Sichtschirm.

»Wir werden ewig brauchen, um uns da zurechtzufinden«, stöhnte Tabitha.

»Bedauerlicherweise haben wir nur etwa siebenundzwanzig Minuten Zeit, bis die Sprengsätze detonieren müssen, da sonst zu viele Komponenten des Fokusgenerators abtransportiert sind, als dass wir die Mission noch wirksam von hier aus sabotieren könnten. Zu diesem Zweck habe ich diesen Plan in eure Handscanner einprogrammiert. Bis zu der markierten Stelle können wir Kontakt halten, danach sind die Interferenzen vom Subraumgenerator zu groß. Ihr seid also auf euch allein gestellt. Ihr werdet bis zu dieser Abzweigung gehen und euch dann aufteilen«, erklärte der Computer geduldig, aber bestimmt. Die relevanten Teile des Netzwerkes blinkten auf dem Scanner auf und dann begaben sie sich in Richtung der Wartungsluke, die an der Wand oberhalb einer der Sprengstoffkisten lag. Als sie sie öffneten, sagte Demi noch etwas, das Vakh'Ba durchaus überraschte: »Obwohl meine eigene Position zu Gefühlen selbstverständlich unanfechtbar bestehen bleibt, habe ich mich entschlossen, eine weitere Motivation zu erzeugen, indem ich euch viel Glück wünsche.«

»Idealerweise erfolgt ein solcher Wunsch zwar nicht aus Eigennutz, aber dennoch: danke, Demi«, sagte Vakh'Ba.

Tabitha schnaubte einmal mehr abfällig. Als sie sicher war, dass die Verbindung zu dem Computer abgeschnitten war, sagte sie: »Traust du ihr nun oder nicht?«

»Ja, das tue ich. Bis der Fokusgenerator zerstört ist, jedenfalls. Wir wissen, was wir zu tun haben. Wenn es geschafft ist, sehen wir weiter«, sagte er.

»In Ordnung«, sagte sie. »Ich hoffe einfach, du hast Recht.«

'Das hoffe ich auch', dachte er.

Sie hatten die Stelle erreicht, wo sie fast direkt unter dem Fokusgenerator in den Wartungsschächten waren und sich aufteilen mussten. Sie brachten den ersten Sprengsatz an und begriffen schnell, dass sie nun in unterschiedliche Richtungen kriechen mussten. Jeder von ihnen trug drei Sprengsätze, die auf dem Weg um den kreisförmigen Generator angebracht werden mussten. Zusätzlich gab es einen achten Sprengsatz direkt gegenüber ihrer jetzigen Position.

»Tabitha, ich …« Vakh'Ba zögerte. Für einen Moment spürte er das Verlangen, Lebewohl zu sagen, denn wie sich die Dinge nun entwickeln würden, konnte wohl niemand vorhersagen. Stattdessen sagte er nur: »Pass auf dich auf.«

Sie nickte. »Wir sehen uns auf der anderen Seite.« Dann drehte sie sich um und kroch in die Dunkelheit.

Vor Aris Vakh'Ba lagen fünfundzwanzig Waschbeton-begrenzte Meter tiefschwarzer Tunnel. Die Röhren waren so dunkel und schmal, dass Vakh'Ba sich allein auf einmal nicht wohl darin fühlte. Zu sehr erinnerten sie ihn an den Asteroiden, auf dem er fast erstickt, erfroren und verstrahlt worden wäre. Wie ein kalter, nasser Lappen aus destruktivem Nebel hing auf einmal der Gedanke des Scheiterns in seinem Kopf. Er spürte, wie der Nebel kondensierte und eine undurchdringliche, stahlharte Wand bildete. Sein Geist wehrte sich, doch der Wunsch, umzukehren und sich einfach zu ergeben, wurde immer größer. Aris Vakh'Ba sah sich selbst dabei zu, wie er mühsam in dem schmalen Tunnel umkehrte und in die entgegengesetzte Richtung zu krabbeln begann. Nein! Er musste sich zusammenreißen. Die Enge, die sich in seiner Brust ausbreitete, durfte nicht die Oberhand gewinnen, denn es gab eine Aufgabe zu erledigen. Er zwang sich, tief und regelmäßig zu atmen, und schaffte es, aufzuhören, rückwärts zu krabbeln. Er wartete einen Moment, dann sah er sich um. Laut und deutlich sagte er: »Da ist keine Wand und ich bin keine Marionette. Nichts wird mich aufhalten.« Dann krabbelte er weiter. Er spürte, wie die rätselhafte Kälte wieder seinen Geist umwölkte, doch er wiederholte sein Mantra und konzentrierte sich auf nichts anderes als das Krabbeln. Vakh'Ba begriff jetzt, dass es keiner Wachen bedurfte, um den Kern zu schützen. Und auch, wie es möglich war, dass die Hyborier auf Qel'Vatra ihre Geschichte verleugnen konnten. Wie konnte man jemandem einen Vorwurf dafür machen, sich nicht dagegen zu wehren? Wie konnte man verlangen, dass jeder einzelne sich in jedem Augenblick dagegen sträuben würde? Obschon die bittere Erkenntnis wie schwere Medizin durch Aris Vakh'Bas Venen floss, verschaffte sie ihm doch Besserung. Er spürte, wie der Schleier sich lüftete und Wut die Angst verdrängte. Durfte er sich der ungebremsten Wut von zwei Jahrtausenden hingeben, um seine Aufgabe zu erfüllen, oder würde es ihn am Ende ins Verderben stürzen? Aris Vakh'Ba hielt erneut inne. Schaute in sich. Nein, er hatte nun keine Angst mehr und er würde weitere Versuche der Gedankenkontrolle überstehen. Dazu kam, dass er wusste, dass bald die Luke zu sehen sein müsste, unter der der zweite Sprengsatz angebracht werden musste, und es trieb ihn für den Moment weiter an. Als er die Abzweigung erreicht hatte und die metallene Rundung dämmrig über ihm erschien, sah er auf den Scanner. Die Luke war nicht spaltmaßdicht und an den Seiten drang helles, unregelmäßig schimmerndes Licht in den Wartungsschacht. Diese Luke musste er nicht öffnen, doch bei der nächsten könnte er ein wenig frische Luft schnappen, und schon dachte er voller Hoffnung daran, dass sich der Horror in den Tunneln nicht wiederholen würde. Er brachte die Bombe an, holte noch einmal Luft und kehrte dann zurück in die Dunkelheit. Weitere zwanzig Meter, und er hätte die Hälfte geschafft.

Die Aussicht auf frische Luft und ein wenig Licht machte es ihm leichter, konzentriert zu bleiben. Er bemerkte zwar ein leichtes Schwindelgefühl, doch insgesamt erreichte er den zweiten Checkpunkt ohne Probleme. Wieder musste er einige Meter in die Höhe klettern, ehe er die Luke erreicht hatte. Der kritische Moment bestand jeweils darin, falls in dem kleinen Wartungsraum, der dahinter lag, gerade einer der Ingenieure, die die Anlage abbauten, arbeiten sollte. Vakh'Ba machte sich klar, dass der Kampf gegen die Zeit keine Verzögerungen zuließ, und öffnete die Luke mit einem Ruck – bereit, aus der Röhre zu springen und zu kämpfen, falls er jemanden antraf. Der Raum war leer, doch nicht dunkel.

Hinter verspiegelten Fenstern sah er zum ersten Mal die Fokuskammer. Der Raum hinter den Fensterscheiben durchmaß etwa fünfundvierzig Meter und war, bis auf den planen Fußboden, praktisch vollkommen sphärisch. An massiven metallischen Trägern hing in der Mitte der Kammer das Herzstück der hyborischen Subraumtechnologie. Ein intensiver, in allen Spektralfarben schimmernder, Energieströme fokussierender Kristall der unbekannten Substanz, die diese Berge durchzog. Darunter lag ein parabelförmiger Trog, der offenbar der noch besseren Bündelung der Subraumenergie diente. Die Energie lief hier nicht wabernd und willkürlich durch die Kristalle, wie noch in der Höhle, durch die sie gekommen waren. Es folgten gerichtete, regelmäßige Pulse aufeinander und zogen gleichsam in Richtung des Fokuskristalls, der in einem Halo aus goldenem Licht pulsierte.

Um die Anlage herum schraubten und arbeiteten zahlreiche, durch ihre orangefarbenen Westen erkennbare Ingenieure der Imperialen Garde daran, das Gerät zu demontieren. Vakh'Ba wusste, dass seine und Tabithas Versuche vergeblich sein würden, wenn es den Ingenieuren gelang, den Fokuskern abzunehmen, bevor die Sprengladungen vollständig angebracht waren. Doch es waren so viele Leute in der Kammer beschäftigt, dass es ihm schwerfiel, einzuschätzen, wie deren Fortschritte waren. Enttäuscht machte er sich klar, dass er erst mit dem letzten Sprengsatz Gewissheit haben würde. Sorgfältig prüfte er den Mechanismus des schuhkartongroßen Gerätes, bevor er den Zünder aktivierte. Er wusste, dass ein vorzeitiges Auslösen ebenso verhängnisvoll sein würde wie ein verspätetes. Für einen Moment fragte er sich, ob Tabitha auf der anderen Seite auch gerade an diesem Checkpunkt war, oder ob sie es schon weiter geschafft hatte. Dann, in einem weiteren düsteren Gedanken, ob die Beeinflussungswirkung auf der anderen Seite vielleicht zu stark für sie war. Den Gedanken schüttelte er mit der schroffen Entschlossenheit der Erkenntnis ab, dass Tabitha noch trotziger war als er und sicher dagegen ankommen würde. Er gestattete sich, einige weitere wertvolle Sekunden auf die unglaubliche Schönheit des Lichtspiels über ihm zu verschwenden und kehrte dann, nachdem er die Luke über sich sorgfältig verschlossen hatte, in die Tunnel zurück.

In der Dunkelheit kamen mit der Atemnot auch die Zweifel erneut zu ihm. Zweifel daran, dass es ihnen gelingen würde, die Kammer zu zerstören. Zweifel daran, dass sie die Einrichtung hinterher würden verlassen können. Zweifel daran, dass dies alles irgendeinen Einfluss auf die Verbrechen nehmen könnte, die am qel'vatrischen Volk verübt wurden und würden. Möglicherweise würde die Imperiale Garde sich gar rächen? An diese Möglichkeit hatte er noch niemals zuvor gedacht. Was, wenn er am Ende für noch größere Massaker verantwortlich sein würde, als er verhindern wollte?

'Gut gemeint ist am Ende immer genau das Gegenteil von gut gemacht', dachte er bei sich und hörte die ruhige, mahnende Stimme von Meister Gtakh'Herio'Ht in seinen Gedanken. Tat er etwa nicht, was sein Meister auch getan hätte? Sollte er tatenlos zusehen, wie all das Leid geschah, um ja nicht selbst noch mehr Leid zu verursachen? Vakh'Ba zwang sich, die Finsternis seiner Überlegungen als erneutes Produkt der Gedankenbeeinflussung zu verstehen, und trieb sich weiter durch die Dunkelheit, gehetzt von der Zeit, seiner Wut und nicht zuletzt seinem eigenen Unbehagen.

Sein Magen drehte sich auf den Kopf, so schien es ihm, als er plötzlich die dumpfe, aber dennoch markerschütternde Sirene vernahm. Entweder, die Arbeiter waren fertig und der Transport des Fokuskerns stand bevor, oder jemand hatte bemerkt, dass die Wächter der Waffenkammer sich nicht mehr gemeldet hatten. Das musste ungefähr fünfzehn, vielleicht zwanzig Minuten her sein. Das unheilvolle Alarmgeräusch ertönte regelmäßig alle paar Sekunden und ließ keinen Zweifel daran, dass sie nicht länger ungestört waren. Man würde sie suchen, so viel war klar. Unklar indes war, wo sie wie suchen würden. Möglicherweise hatte er noch die Chance, die zweite der beiden verbliebenen Ladungen anzubringen.

Ironischerweise setzte dieser Entschluss neue Kräfte in Aris Vakh'Ba frei. Er bemerkte die Beklommenheit der Tunnel jetzt überhaupt nicht mehr, als er an der Abzweigung zur vorletzten Luke entlang kroch. Wenn er die hinterste Ladung angebracht hatte und noch immer nicht entdeckt worden war, konnte er immer noch hierher zurückkehren. Er hoffte nur, dass Tabitha nicht die gleiche Idee hatte, sodass am Ende nur sechs von acht Sprengsätzen angebracht waren. Sicher hörte sie die Sirenen ebenso. Und sicher wusste auch sie, was das bedeutete. Wenn es doch nur einen Weg gäbe, ihr etwas mitzuteilen! Doch anstatt an seinem Scanner herumzubasteln, musste er die Luke auf der anderen Seite der Kammer erreichen. Dann bemerkte er hinter sich einen Lichtstrahl. Der fahle Schein einer Taschenlampe war fern und durch die Krümmung der Röhre konnte man Aris Vakh'Ba nicht sehen. Doch trotzdem wusste er jetzt, dass man auch in und um die Kammer herum suchte. Natürlich, die Sicherheitsleute waren ja nicht dumm, sondern bisher nur unvorsichtig gewesen. Sie würden ihn büßen lassen, sollten sie ihn finden. Er musste sehr vorsichtig sein. Trotzdem kroch er weiter voran. Er musste einfach die letzte Luke erreichen.

Fast konnte er die Abzweigung sehen, da hörte er Geräusche. Er fürchtete, dass man ihm von hinten gefolgt war, doch schnell war klar, dass jemand aus der letzten Luke nach unten in den Schacht sah. Sofort löschte er seine kleine Lampe, sodass der Tunnel vollkommen finster war. Bedrohlich schwirrten wenige Meter vor ihm die suchenden Strahlen von Taschenlampen auf dem Boden der Röhre umher. Panisch hielt er die Luft an.

»Hier unten ist niemand, geht zur nächsten Luke«, hörte er eine Stimme.

Was bedeutete das? Welches war die nächste Luke? Die, auf die er zusteuerte, oder die, von der er kam? Vakh'Ba war unschlüssig. Zwar war er nicht entdeckt worden, doch war es möglich, dass man sich ihm von allen Seiten näherte, ohne Ausweg. Welches war der logischste Weg? Angestrengt dachte er nach. *'Was würde Demi tun?'*, überlegte er fieberhaft.

Plötzlich bemerkte er wieder den Lichtschein aus dem Tunnel hinter ihm. Ihm wurde klar, was die beste Chance für ihn war – diese Luke aufzustoßen und zu hoffen, dass man diesen Ausgang als überprüft ansah. Vielleicht konnte er sich zumindest zeitweise als Ingenieur ausgeben.

Atemlos kletterte er die wenigen Sprossen in die Höhe, bis er an der Luke war. Er sah den Sprengstoffzünder in seinem Versteck erwartungsvoll blinken. Nicht einmal die Bombe hatten sie gefunden. Dann holte er Luft und fasste sich ein Herz. Demonstrativ gelassen schob er die Luke nach oben und trat in die kleine Kontrollkabine. Was für eine Erleichterung, niemand erwartete ihn hier. Er sah durch die verspiegelten Fenster nach draußen und erschrak. Keine zehn Meter entfernt stand Tabitha, von zwei Soldaten eingefasst, vor einem Mann, der ganz offenbar so etwas wie die Befehlsgewalt hatte. Er schlug sie, und Vakh'Ba kostete es nicht viel Phantasie, sich vorzustellen, dass er wütend wissen wollte, ob es weitere Eindringlinge gab. Verzweifelt schüttelte sie den Kopf, und es war ganz deutlich zu sehen, dass sie weinte.

Vakh'Ba musste sich sehr zusammenreißen, nicht in die Kammer hinauszustürmen, doch noch hatte er seine Gefühle unter Kontrolle. Er überlegte, ob es etwas gab, das er tun konnte. Zunächst einmal musste er sicherstellen, dass er selbst nicht entdeckt wurde. Zu diesem Zeitpunkt war ihm vollkommen klar, dass Tabitha nicht all ihre Sprengsätze hatte anbringen können, also war es sinnlos, die restlichen zur Explosion zu bringen, sie würden die Fokuskammer nicht zerstören können. Doch da fiel ihm etwas anderes ein, immerhin lagen seine drei Sprengsätze an den vorgesehenen Stellen, und womöglich könnte sich dadurch eine treffliche Ablenkung ergeben. Doch was wollte er dann tun? Er könnte alleine nicht einmal die Hälfte der Personen, die sich mittlerweile in der Kammer aufhielten, ausschalten. Nein, er würde mit Tabitha niemals der Einrichtung entkommen. Es musste eine andere Möglichkeit geben.

Auf einmal fiel ihm etwas anderes ins Auge. Auf dem Stuhl vor der Kontrollkonsole der Station, in der Vakh'Ba sich befand, hing eine orangefarbene Ingenieursjacke. Eine Idee reifte in ihm. Kurz zuvor hatte er noch die vielen Personen in der Kammer verflucht, jetzt würdigte er sie. Mit der orangefarbenen Jacke würde er nicht auffallen, denn gewiss suchte man, wie ihm erst jetzt klar wurde, nicht nach Hyboriern, sondern nach Qel'Vatrern. Er zog die Jacke an, nahm Handscanner, Disruptor und Sprengstoffzünder aus seinem Rucksack und trat dann aus der Kontrollkabine.

Die Luft in der Fokuskammer war kälter, obwohl es keine Verbindung zur Oberfläche gab. In der sphärischen Deckenkonstruktion spiegelte sich das Licht des Fokuskerns diffus wider, und überrascht stellte Vakh'Ba fest, dass die Lichteffekte der Kammer ohne schützende Glasscheiben noch viel heller waren als erwartet. Zufrieden bemerkte er, dass niemand Notiz von ihm nahm. Doch wie sollte er nun an Tabitha herankommen? Er hatte nur eine Gelegenheit, die Sprengsätze auszulösen, und es bestand eine gute Chance, dass er selbst auch von Trümmern getroffen wurde. Zunächst beschloss er, sich etwas mehr umzusehen. Vielleicht konnte er unauffällig an Tabitha und ihren Aufpassern vorbeigehen, um etwas Nützliches zu erfahren. Nervös sah er auf seinen Handscanner. Er war nicht sicher, ob der Transport des Fokuskerns weiterging wie geplant oder ob man sicherheitshalber die Arbeiten unterbrochen hatte. Sollte sich herausstellen, dass man erschreckt die Vorbereitungen für den Transfer gestoppt hatte, so war die Entdeckung von Tabitha möglicherweise sogar ein strategischer Vorteil.

Vakh'Ba tat so, als würde er abwesend auf die Metallhalterungen der drehbaren Fokusvorrichtung schauen. Dann drehte er sich in Richtung von Tabitha und ihrer Bewacher und steuerte einige Meter an ihnen vorbei in Richtung einer mobilen Schaltkonsole, die die Ingenieure in der Kammer aufgebaut hatten.

Ihm war zwar unbekannt, wozu sie diente, aber das spielte keine Rolle. Im Moment war ihr einziger Zweck, ihm eine einigermaßen logische Richtung vorbei an Tabitha vorzugeben. Fast hatte er die Gruppe Soldaten erreicht, als der Mann, den Vakh'Ba noch immer für den Vorgesetzten hielt, sich unvermittelt umdrehte und auf ihn zukam. Hatte man ihn erkannt? Wieso dann erst jetzt? Ihm rutschte das Herz in die Hose und er salutierte, da er nicht wusste, was er sonst hätte tun sollen.

»Rühren«, sagte der Mann, dessen antikes Rangabzeichen er nicht erkannte.

»Wie heißen Sie, Ingenieur?«

»Va … Vam'Tha'K«, stammelte Vakh'Ba. Für einen kurzen Moment sah er den Mann an und erschrak. Er hatte nicht erwartet, dass er selbst hier sein würde. Vor ihm stand, wenn er die zweidimensionalen Projektionen, die er mit der Zeit aufgeschnappt hatte, richtig erinnerte, General Ghaj'Kal. In Lebensgröße, mit weit aufgerissenen, alarmierten Augen. Dennoch blieb die Stimme des Generals völlig ruhig, als er ihn weiter ansprach.

»Schön, Crewman Vam'Tha'K … ich habe eine Frage«, begann der Mann, und Vakh'Ba musste dem starken Drang widerstehen, den Zünder in seiner Hosentasche zu aktivieren und einfach wegzulaufen. Hatte der General nicht seine Bilder gesehen und seine Akte gelesen? Würde er nicht auch sein Gesicht erkennen? Wenn dem so war, dann hatte er in ein paar Momenten sicher alles verloren. Doch die Überraschung in Tabithas Gesicht, die sich mit Besorgnis mischte, angesichts seiner Nichterkennung jedoch vor allem in Hoffnung überging, bewog ihn, stehen zu bleiben und abzuwarten. Er musste jedenfalls ihr Mut einflößen, indem er sich furchtlos gab.

»Sie sind damit beschäftigt, den Fokuskern zu demontieren. Sagen wir, Sie wären ein qel'vatrischer Terrorist und wollten ihn zerstören, wo würden Sie Ihre Sprengstoffe anbringen?«

Tabitha sah jetzt wieder vollkommen ausdruckslos aus. Das und die Frage bestärkten Vakh'Ba in der Vermutung, dass sie die restlichen Sprengladungen noch nicht gefunden hatten. Das war gut, denn das ließ ihm Zeit. Doch zunächst musste er die Frage beantworten und schnell von den Wachen weg kommen. Dabei gab es jedoch ein Problem. Seine Antwort müsste plausibel sein, gleichzeitig aber dafür sorgen, dass nicht an den Stellen gesucht würde, wo die Bomben wirklich lagen.

»Zum Stilllegen der Anlage reicht es ja aus, den Kern zu beschädigen. Wenn ich könnte, würde ich versuchen, die Metallhalterung zu sprengen. Aber das würde natürlich bedeuten, dass man da unbeobachtet hinauf klettern müsste«, sagte er und schaute nach oben.

Der Mann sah nicht unzufrieden aus. »Wir haben sie mit zwei Paketen Plasmasprengstoff in einem der Zugangstunnel aufgegriffen. Es wäre gut möglich, dass sie genau das versuchen wollte, jedoch von dem großen Betrieb hier überrascht wurde.«

»Glück gehabt«, sagte Vakh'Ba und versuchte, künstlich entspannt auszusehen.

»Freuen Sie sich nicht zu früh, Vam'Tha'K«, fuhr der Mann fort. »Wir können nicht sicher sein, dass es nicht noch weitere Eindringlinge gibt. Doch seien Sie unbesorgt, Crewman. Für den Moment scheinen wir nicht mehr gefährdet zu sein. Wer diese ehrlosen Unholde auch sind, sicher sitzen sie zitternd hinter einer Wandabdeckung und hoffen, dass wir sie nicht finden.«

Vakh'Ba war nicht unzufrieden mit dieser Einschätzung. Doch noch mehr interessierte ihn für den Moment, was sie mit Tabitha vorhatten. Er versuchte, sie einigermaßen hasserfüllt anzusehen und fragte den Mann dann, ob sie hingerichtet würde.

Offenbar war sein schauspielerisches Talent nicht völlig hoffnungslos, denn unumwunden sagte der Mann, er würde schon dafür sorgen, dass das hyborische Volk sich danach sicherer fühlen würde.

Vakh'Ba war sich nicht sicher, ob er diese Entwicklung gut oder schlecht finden sollte, aber immerhin wusste er jetzt, was mit Tabitha weiter geschehen würde. Zackig salutierte er erneut, und bat, seine Arbeit wieder aufnehmen zu dürfen. Zu seiner Erleichterung schien der Schlächter von Hyboria noch immer keinen Verdacht zu schöpfen. Als er die mobile Konsole erreicht hatte, klappte er den Handscanner auf und tat so, als würde er an der Station arbeiten. Tatsächlich versuchte er, durch sie eine Verbindung zu Demi aufzubauen. Er brauchte den Rat des Computers, was nun zu tun sei. Oder sollte er Ghaj'Kal einfach hier und jetzt erschießen? Würde der Kopf der Schlange genügen, um den Körper zu töten?

Als er durch das Computersystem der Basis schweifte, fand er heraus, dass tatsächlich alle Arbeiten unterbrochen worden waren. Trotzdem schienen sie so weit zu sein, dass nur das Ausklinken des Fokuskerns fehlte, um die Arbeiten abzuschließen. Offenbar war es nicht nötig, die restlichen Komponenten auf das Schiff des Generals zu bringen. Damit stand fest, dass er zwar einen Moment Zeit hatte, zu überlegen, wie er weiter vorgehen sollte, aber nicht viel, bis die Arbeiten wieder aufgenommen würden. Vakh'Ba hatte kein Glück mit seinen Versuchen, Demi in dem System zu finden. Er argwöhnte, dass es keinen Sinn haben würde, nach dem Programm zu suchen, also beschloss er einfach, seinen Handscanner auf Empfang zu lassen, falls es Demi gelang, zu ihm Kontakt herzustellen, denn schließlich kannte sie die Systeme besser und war sicher in der Lage, in ihn zu finden, wenn sie wollte.

Vakh'Ba überlegte angestrengt, ob er irgendetwas unternehmen konnte. Der Sprengstoff von Tabitha war in Sicherheit gebracht und womöglich gar entschärft worden, und die von ihm versteckten Bomben würden nicht annähernd ausreichen, um den Fokuskern zu beschädigen, sondern lediglich als Ablenkung taugen. Und zurück in die Tunnel zu klettern, um die Bomben neu auszurichten war viel zu gefährlich, solange die Basis nach 'Verrätern' durchsucht wurde. Andererseits war er nie jemand gewesen, der einfach darauf wartete, dass etwas passierte. Irgendetwas musste er doch tun können.

Sein Handscanner vibrierte. Auf dem kleinen Display stand: »Landebucht.«

Wenn Demi ihm damit etwas mitteilen wollte, so war es nicht viel. Aris Vakh'Ba überlegte. In der Landebucht musste sich der Transporter befinden, der den Fokuskern auf das Schiff des Generals bringen sollte. Vermutlich wollte das Computerprogramm, dass er sich an Bord schlich. Doch das war Spekulation. Er sah sich erneut in der Fokuskammer um. Die geschäftigen Ingenieure, die neben aufmerksamen Wachposten den Raum nach Sprengstoff absuchten, und: Tabitha, in Gewahrsam. Vakh'Ba wusste, dass sie fortgebracht werden sollte. Man würde sie foltern. Ihm wurde klar, dass seine einzige Chance, sie zu retten, vermutlich auf dem Schiff war, auf das man sie bringen würde. Wenn Demi recht hatte, würde auch der Fokuskern bald dort sein. Es schien logisch, sich dort einzuschleichen, aber andererseits zu naheliegend. Konnte er sich gerade jetzt Zweifel an Demi erlauben? Oder waren es, wie er schon zuvor argwöhnisch vermutet hatte, die Zweifel an der Andersartigkeit, die ihn zögern ließen? Er sah erneut auf den Handscanner und ließ die Karte der Basis einblenden. Mit einem eleganten Wisch drehte er sie, sodass der Weg zur Landebucht direkt vor ihm lag. Dann ging er los. Er erlaubte sich nicht, sich nach Tabitha umzudrehen.

25.

Der Hangar lag beinahe am anderen Ende der Basis. Unbehaglich bewegte sich Aris Vakh'Ba durch die Korridore und befürchtete hinter jeder Ecke und jeder Abzweigung eine Wachmannschaft, die ihn erkannt haben könnte. Doch die Soldaten, die ihm begegneten, grüßten allesamt höflich und schienen nicht den geringsten Argwohn zu zeigen. War es so einfach? Hatte man die richtige Hautfarbe und Flugfortsätze, war man der Freund, hatte man sie nicht, war man der Feind?

Dunkle, wütende Gedanken stiegen in Aris Vakh'Ba empor, als er sich durch das Labyrinth zum Landeplatz kämpfte. Verlor er gerade hier seine Hoffnung auf Toleranz und Verständnis? Er durfte sich nicht entmutigen lassen. Sein Beispiel könnte immerhin der Anfang von einem neuen Verständnis füreinander sein.

Als er um eine weitere Ecke bog und die Wachen vor der Tür des Hangars entdeckte, vibrierte sein Handscanner erneut. »Leck im Sauerstofftank«, stand da, und Vakh'Ba wusste, was er zu tun hatte.

Er lieferte die Ausrede bei den Wachen ab und tatsächlich ließen sie ihn passieren. Ihn schauderte, als er den Hangar betrat. Er hatte den Grundriss und die Konstruktion schon einmal gesehen, auf der Asteroidenbasis. Lediglich die Hangartore lagen hier oben statt seitlich, aber abgesehen davon war die Konstruktion völlig identisch. Er nahm sogar den gleichen unangenehmen Geruch wahr, der von den angelaufenen Bodenplatten stammte, auf die reiner, super-kalter Sauerstoff aus einem der Tanks tropfte. Für einen Moment kämpfte er mit dem Reflex, den Hangar wieder zu verlassen, als die Erinnerungen von Atemnot und Strahlenwarnungen wie düstere Vorahnung und bittere Erfahrung zugleich zu ihm zurückkehrten. Doch er besann sich und bewunderte die Logik von Demi, ihm mit einer Ausrede, die sich als wahr herausstellte, Zugang zu verschaffen. Er konzentrierte sich und sah sich erneut in dem Raum um.

Der große, unförmige Gleiter in der Mitte des Raumes war eindeutig für schwere atmosphärische Transportmissionen konstruiert und würde den Fokuskern mühelos aufnehmen können. Die Frage war, würde er auch ein unauffälliges Plätzchen für ihn bieten? Er checkte erneut den Handscanner. »Datenkabel an das Schiff anschließen« blinkte auf dem Display auf. Neugierig blickte Vakh'Ba sich um. Er sah keine Kabel. Weiter hinten standen Kisten mit Vorräten aufgestapelt. Er war froh, dass niemand sonst hier war, denn dass er jeden Winkel des Hangars inspizierte, wäre sicher trotzdem aufgefallen. Andererseits war er überzeugt, dass Demi die Aufnahmen der Kameras in diesem Bereich überschreiben würde, damit man ihn darauf nicht entdeckte. Doch trotzdem blieb das Problem, dass er kein Kabel fand, und selbst wenn, war unklar, womit er es verbinden sollte.

Als Demi schließlich auf dem kleinen Bildschirm hinter ihm erschien, ließ Vakh'Bas Intuition wieder für einen Moment das bekannte Unbehagen aufblitzen. Wie war es nur möglich, dass der Computer genau im richtigen Moment erkannte, dass er nicht weiter kam? Fast wäre es ihm lieber, dass er verraten worden wäre, anstatt eingestehen zu müssen, dass diese Maschine ihm intellektuell um Längen überlegen war.

»Aris Vakh'Ba«, sagte die helle Stimme einmal mehr, »das Kabel, welches du suchst, befindet sich in einer Bodenklappe nahe dem Transporter. In der Klappe findest du das Basisinterface. Du verbindest die andere Seite mit einem identischen Port unter der hier markierten Abdeckung unter dem Transportgleiter. Dies wird mir erlauben, einen Feedbacktrojaner hochzuladen, der auf dem Zeitschiff einen Uplink zum hyborischen Hauptcomputer herstellt. Das wiederum wird mir ermöglichen, dich mit meiner ganzen Kapazität zu unterstützen. Ich habe errechnet, dass unsere Chance, erfolgreich zu sein, sich nur insignifikant verschlechtert hat, allerdings unter der Annahme, dass es dir gelingt, unbemerkt an Bord zu kommen. Diesbezüglich habe ich zur Zeit jedoch auch noch keinen Vorschlag.«

»Und Tabitha?«, fragte Vakh'Ba.

»Meine Informationen über das Schiff des Generals reichen nicht aus, um eine Einschätzung zu treffen. Deshalb ist es umso wichtiger, dass ich einen Uplink zum Schiff erlange. Bitte bringe das Kabel an!«

Für Vakh'Ba stand fest, dass er Tabitha nicht aufgeben würde, sondern um jeden Preis versuchen musste, sie zu befreien. Er fragte sich, ob Demi die Komplexität von Emotionen in dieser Weise vorhersah oder ob sie seine Determinierung zugunsten von Tabitha vollkommen ignorieren würde. Er wusste, dass er vorsichtig sein musste, sich nicht zu abhängig von dem Computer zu machen. Dennoch öffnete er die Bodenluke und stöpselte das Kabel ein. Mit einem unruhigen Leuchten zeigte es die Verbindung an. Aris Vakh'Ba hatte Demi den Weg zum wichtigsten Computersystem im ganzen Sonnensystem offengelegt. Er hoffte inständig, dass er sich nicht in ihr täuschte.

»Die Verbindung ist hergestellt«, kommentierte nun auch Demi. »Wir müssen jetzt ein Versteck für dich finden, Aris Vakh'Ba. Bitte begib dich ins Innere des Schiffes und suche nach Wartungsluken und Frachträumen. Natürlich kannst du nicht in dem Frachtraum für den Fokuskern Zuflucht suchen, da er nicht gegenüber dem Weltall abgeschlossen ist und eine Dekompression erleiden wird. Aber es gibt noch weitere Frachträume.«

Unschlüssig kletterte er die schmale Einstiegstreppe hinauf. Ihm war nicht wohl dabei, in einem kleinen Transportschiff mehrere Stunden versteckt zu sein. Konnte er sich weiterhin als Mitglied der Wartungscrew ausgeben? Vermutlich nicht, bestimmt würde seine Identität beim Betreten des Zeitschiffes überprüft werden.

Die Gänge in dem Transporter waren schmal und es gab nur drei Räume. Das Cockpit, in dem lediglich zwei Piloten Platz fanden, den Maschinenraum, der der Wartung der Systeme diente und vier für Raumfahrt geeignete Sitze mit Gurten umfasste, und schließlich das leicht erhöht liegende Passagierabteil, das drei gedrängte Reihen von je vier nebeneinander angeordneten Sitzen und kleinen, runden Fenstern bot. Vakh'Ba wurde schnell klar, dass dieses Raumgefährt auf Effizienz und nicht auf Komfort ausgelegt war. Es gab keine Klappe, keinen Abstellraum, wo man sich hätte verstecken können. Wenn er sich nicht gefangen nehmen lassen wollte, dann musste er in einem der Frachträume Unterschlupf finden. Er verließ den Passagierraum wieder und trat hinaus in den Hangar. Dann ging er um die Treppe herum und betrachtete die riesigen Ladeluken des vergleichsweise kleinen Schiffes.

Er öffnete die Luke des großen Laderaumes nicht, da er bereits wusste, dass es dort keine Atmosphäre geben würde, sobald der

Gleiter den Weltraum erreichte. Als er jedoch die beiden kleineren Frachtluken inspizierte, wusste er schnell, dass sie bis oben hin mit Materialien und Geräten zum Einbau des Fokuskerns vollgestopft waren. Er schloss die Klappen wieder und kehrte zu dem kleinen Bildschirm am Rand des Hangars zurück.

»Ich sehe keine Möglichkeit, in den Gleiter zu kommen, außer ich gebe mich den Sicherheitsteams zu erkennen. Sie werden mich dann sicher so wie Tabitha auf das Zeitschiff bringen«, sagte er in der festen Erwartung, dass Demi ihn weiter beobachtete.

»Das ist inakzeptabel, Aris Vakh'Ba«, sagte Demis Stimme, noch bevor die bekannte CGI-Projektion des weiblichen Gesichtes auf dem Display erschien. »Es ist unwahrscheinlich, dass du gemeinsam mit deiner Freundin auf das Zeitschiff gebracht wirst. Es ist die gängige Praxis der Imperialen Garde, Gefangene nicht gemeinsam zu bewegen.«

»Nun, dann müssen wir ihnen vielleicht einen besonderen Grund dafür geben«, sagte er.

»Und was wäre das wohl?«, fragte der Computer, wobei Vakh'Ba meinte, eine Spur Ungeduld in Mimik und Intonation zu bemerken. Oder war er wieder voreingenommen gegenüber dem Computer?

Andererseits, mit einem hatte Demi Recht: Er wusste auch nicht, wie er es anstellen sollte, die Sicherheitskräfte dazu zu bewegen, ihn ausgerechnet dorthin zu bringen, wo er am meisten Schaden anrichten konnte.

Dann fiel ihm der Zünder in seiner Tasche ein. Er nahm ihn in die Hand und betrachtete ihn nachdenklich.

»Du wirst die Sprengsätze auf keinen Fall zünden«, sagte Demi.

»Wieso nicht? Das wäre doch eine Art, die Soldaten dazu zu bringen, zu glauben, dass wir unbedingt vom General persönlich verhört werden müssen, nicht wahr? Meinst du nicht, dass er beunruhigt sein wird und wissen will, ob wir noch mehr geplant haben, um ihn aufzuhalten?«

Aris Vakh'Ba war sicher, dass der Computer dieser Einschätzung zustimmen musste. Er konnte den General nach der kurzen Begegnung in der Fokuskammer zwar nicht wirklich besser einschätzen, aber nach allem, was er gehört und gesehen hatte, erfüllte er alle gängigen Eingenschaften des egozentrischen, paranoiden Despoten, und er würde ihn sicher gerne foltern lassen, um herauszufinden, was sie noch planten. Ausgerechnet in dieser Überlegung war es plötzlich von Vorteil, dass er Hyborier war, denn die Möglichkeit, dass sein eigenes Volk sich gegen ihn wenden könnte, würde ihn erst recht alarmieren. Herausfordernd sah er den Avatar des Computers an. Demis Antwort verblüffte ihn.

»Ich stimme deiner Extrapolation zu, aber die Tatsache, dass inakzeptabel hohe Kollateralschäden beim Zünden der verbliebenen Sprengsätze um die Fokuskammer zu erwarten sind, hat mich eine andere Lösung errechnen lassen«, teilte Demi lakonisch mit. Vakh'Bas fragendes Gesicht beantwortete sie mit dem Hinweis, dass eine der Garagen im hinteren Teil des Hangars Raumanzüge enthielt. »Du wirst dich in der großen Frachtluke verstecken.«

Die Aussicht, erneut in einen Weltraumanzug gepfercht zu sein, schien Vakh'Ba nicht besonders erstrebenswert. Auch störte ihn der entschlossene Ton des Computers. Was bildete dieses Programm sich ein, ihn so herumzukommandieren? Doch andererseits hatte sie vielleicht Recht – nicht entdeckt zu werden, erhöhte seine Chancen, die Mission zu Ende bringen zu können und Tabitha zu befreien, ungemein. Nur, wie sollte er unbemerkt die Frachtluke erreichen können? Womöglich könnte er sich noch länger in dem Wartungscrew-Dress in dem Hangar aufhalten, aber ein Mann im Raumanzug würde gewiss auffallen. Für einen Moment zog Vakh'Ba in Erwägung, Demi nicht nach den Details des Planes zu fragen, um ihr den Eindruck zu vermitteln, dass er verstand, was sie vor hatte. Dann bewog ihn der Gedanke, dass aus einem solchen Grund zu Scheitern nicht gerade ehrenvoll sein würde, dem Gefühl nicht nachzugeben.

Demi gab natürlich bereitwillig Auskunft. Nachdem der Fokuskern verladen war, würde Demi für einen kompletten Stromausfall im Bereich des Hangars sorgen und so Vakh'Ba die Gelegenheit verschaffen, die Transportluke unbemerkt zu erreichen. Er würde sich danach eng an die Wand drücken müssen, um aus dem Inneren des Gleiters nicht bemerkt zu werden, aber sobald die großzügigen Schotts des Hauptladeraums geschlossen wären, würde er für die Dauer der Reise sicher sein. Vakh'Ba gefiel nicht, dass er ohne Stromausfall aus dem Frachtraum herauskommen müsste, aber Demi versicherte ihm, dass der Fokuskern sicher im All und nicht in der Shuttlebucht des Zeitschiffes aus dem Frachtraum gebracht würde, da man ihn kaum durch die viel schmaleren Korridore eines Raumschiffes transportieren konnte.

Widerwillig trottete Vakh'Ba in den hinteren Bereich des Hangars und legte den schmutzigen, rostbraunen Anzug an. Er vergewisserte sich dreimal, dass der Anzug dicht war, so alt sah er aus. Wohl war ihm dabei nicht. Weder hatte der Anzug ein HUD in den Helm eingebaut, noch einen Scanner am Ärmel, wie es der Anzug des Hyperraumgleiters gehabt hatte. Gerade einmal eine einzelne Statusleiste gab über die Systemdiagnose Auskunft. Zu allem Überfluss stellte er dadurch auch noch fest, dass der Sauerstoffvorrat viel kleiner war, als er dachte. Er würde nur einige wenige Stunden Atemluft haben.

Demi warnte ihn, als die ersten Soldaten hereinkamen. Er würde hinter den Kisten hocken bleiben müssen, bis der Gleiter beladen war. Als er hörte, dass eine weitere Gruppe den Hangar betrat, konnte er das verzweifelte Schreien einer Frau hören, und er brauchte nicht lange, um Tabithas Stimme zu erkennen – die Soldaten gingen nicht gerade höflich mit der Halb-Hyborierin um. Er riss sich zusammen und blieb in seiner Deckung, während er mit anhören musste, wie man sie in den Gleiter brachte und an einem der Sitze festschnallte. Nach einer halben Ewigkeit kam schließlich der Fokuskern auf einem massiven Antigrav-Modul, begleitet von mindestens zwanzig Technikern. Der Raumanzug war dafür ausgelegt, den Widrigkeiten des interstellaren Vakuums zu trotzen, was natürlich bedeutete, dass er absolut dicht war. Während er im Weltraum diese Feststellung zu würdigen gewusst hätte, bedeutete das hinter den Kisten im Hangar, dass Vakh'Ba sich fühlte wie die sprichwörtlichen Fische, die man in enge Blechbüchsen gestapelt hatte. Er erinnerte sich daran, dass sowohl Fische als auch Ozeane auf Hyboria der Vergangenheit angehörten, und dass es ihm in Kürze auch so gehen könnte. Aris Vakh'Ba konnte aus seinem Versteck nichts hören oder sehen, was ihm einen Hinweis geben konnte, wie weit die Arbeiten an der Frachtluke fortgeschritten waren. Er wusste lediglich, welchen Weg er nehmen musste, wenn es dunkel war, und hielt sich bereit, um keine Zeit zu verlieren, sobald der Moment kam.

An den Schreien und Kommandos der Techniker erahnte er, dass sie mittlerweile dabei waren, den Fokuskern im Frachtraum zu fixieren, damit er während des Startmanövers nicht verrutschen konnte. Servomotoren und Antigrav-Module piepten und quietschten, und dann bemerkte er, dass es schließlich ruhiger im Hangar wurde. Seine Knie und Arme schmerzten mittlerweile unter dem nicht unerheblichen Gewicht des Anzugs, aber er gestattete sich keine Entspannung. Nicht jetzt. Schließlich jaulten die Lüftungen der Fusionsgeneratoren auf, und er wusste, dass die Vorstartsequenzen des Transportgleiters gestartet wurden. Dann endlich wurde es dunkel.

Er wusste, dass er keine Möglichkeit mehr haben würde, mit Demi zu kommunizieren, wenn etwas schiefging, aber er versicherte sich selbst, dass er schon mit größeren Widrigkeiten allein fertig geworden war, auch wenn er das latente und zu seiner Überraschung nicht unangenehme Gefühl, dass Demi oder ihre Inkarnation in seinem Hyperraumgleiter stets über ihn gewacht haben mochte, ein wenig zu vermissen schien. Vakh'Ba rannte los in die Dunkelheit.

Im Schimmer der Positionsleuchten des Gleiters fiel es ihm erstaunlich leicht, die Trittstufen zur Ladeluke zu finden. Während er die letzten Sprossen hinaufschoss, hörte er ein dumpfes Grollen über ihm. Erschrocken blickte er auf und stellte überrascht fest, dass ein schmaler Spalt Tageslicht durch die Hangardecke blitzte. Schnell nahm er seine Position unterhalb der verdeckten Teile der Ladeluke ein. Dann verfolgte er gespannt, wie die Decke dem dunklen, staubigen Himmel von Hyboria wich, und wie schließlich Vibration und hochfrequentes Jaulen der Antigrav-Module der Starteinheit des Gleiters befahlen, das Transportschiff langsam aus der Gebirgsbasis emporschweben zu lassen.

Aris Vakh'Ba schloss seinen Helm hermetisch ab, verfluchte erneut Demi und den archaischen Raumanzug, der doppelt so schwer und unbequem wie sein letzter zu sein schien. Er prüfte die Anzeigen und blickte grimmig auf den Sauerstoffanzeiger. Viereinhalb Stunden. In Anbetracht der Tatsache, dass sie nicht wussten, wo sich das Zeitschiff befand, war sein Vorrat an Atemluft durchaus ein Flaschenhals der Kalkulation. Der Anstiegsvektor war flach und gleichmäßig, wie es für ein schweres Transportschiff dieser Zeit nicht überraschend war, und so machte es sich Aris Vakh'Ba einigermaßen gemütlich mit dem Fokuskern in der Frachtluke, die einem Gefängnis aus Stahl und Karbon glich.

Der Atmosphärenflug dauerte etwas mehr als eine Stunde, wenn er seinem sich gleichmäßig reduzierenden Sauerstoffvorrat glauben durfte. Als die Schwerkraft nachließ, bedeutete das den unangenehmen Umstand, dass er sich ständig festhalten musste, um nicht bei einer überraschenden Beschleunigung gegen die hintere Wand des Frachtraums geschleudert zu werden. Soweit er seinen Sinnen trauen konnte, hatten sie entweder den Orbit erreicht oder befanden sich im freien Fall, also nahm er an, dass ersteres zutraf. Der Transporter hätte durchaus äußere Bereiche des Systems erreichen können, doch anscheinend würde das Rendezvous mit dem Zeitschiff schon bald stattfinden, denn größere Beschleunigungen blieben aus.

In seinem Raumanzug mit begrenztem Sauerstoffvorrat kam Vakh'Ba jede Sekunde in der Dunkelheit der Frachtluke wie eine Ewigkeit vor, zumal er keine sensorische Möglichkeit hatte, festzustellen, was außerhalb vorging oder ob sich das Schiff nicht so langsam bewegte, dass er es nur nicht wahrnehmen konnte. Dann endlich, als sein Sauerstoff kaum noch 90 Minuten anzeigte, gab es einen Ruck, der den Transportgleiter erbeben ließ. Sofort wusste Vakh'Ba, dass man angedockt haben musste. Er bemerkte, wie ein nahes Gravitationsfeld ihn schwerer werden ließ, aber nicht so viel, dass es die normale hyborische Schwerkraft gewesen wäre. Das Zeitschiff musste ganz nah sein, wenn es sein künstliches Gravitationsfeld so weit ausdehnen konnte. Er überlegte. Wenn die Luke sich öffnete, musste er entweder sofort herauskommen und versuchen, sich an der Hülle des Zeitschiffes zu verstecken, bis er einen Eingang fand oder sich im Frachtraum verstecken und warten, bis der Fokuskern transferiert wäre, aber das würde, vermutete er, die Chancen seiner Entdeckung bedeutend vergrößern. Demi hatte zu diesem Thema keine Aussage gemacht, und so verließ er sich auf seine Intuition und zündete die Manövrierdüsen, als er die ersten Sterne hinter der öffnenden Transferluke sehen konnte. Natürlich konnte er sich nicht sofort orientieren, doch klar war, dass das große metallische Objekt links von ihm das Zeitschiff sein musste. Die Form des Schiffes schien ungewöhnlich, wohl auch, weil man Raumschiffe normalerweise aus größerer Entfernung als ein paar Metern beobachtete. Vakh'Ba fiel es schwer, zu entscheiden, wo oben oder unten wäre, er entschied sich aber dafür, vorerst die gleiche Achse anzulegen, die das Transportschiff dargestellt hatte, auch wenn ihm klar war, dass eine runde Dockingschürze keineswegs achsengleiche Verbindungen benötigte. Zu seiner Freude schien das Zeitschiff immerhin nur wenige Fenster zu haben, sodass die Chance, ihn zu sehen, nur dann gegeben war, wenn jemand tatsächlich die Öffnung der Luke mit bloßem Auge beobachtet hätte. Er steuerte auf einen Bereich der Hülle zu, wo besonders wenig Licht und erst recht keine Fenster waren.

Ein Blick auf den Sauerstoffvorrat bedeutete ihm, dass er weniger als eine Stunde davon übrig hatte. Womöglich hatte er in der Aufregung, dass er sein Ziel fast erreicht hatte, unnötig viel Atemluft verbraucht. Er befahl sich selbst, ruhig und konzentriert zu atmen, während er von der anderen Seite des Zeitschiffes einige kleine, weiße Punkte erkennen konnte, die langsam in Richtung des Transporters schwebten, der ihm bereits jetzt nicht mehr größer als eine hässliche, schwebende Orange schien.

Aris Vakh'Ba überschlug seine Optionen. Er konnte ungefähr sehen, wo die kleinen Punkte herkamen, es musste also auf der anderen Seite des Zeitschiffes eine Luftschleuse geben. Die Chance, ins Innere zu gelangen, solange die Mannschaft damit beschäftigt war, den Fokuskern umzuladen, schien ihm größer als darauf zu warten, dass sie damit fertig wurde. Zumal sich sein Sauerstoff nicht von allein auffüllen würde. Langsam und vorsichtig schwebte er mit minimalem Schub der Manövrierdüsen ganz nah an der Hülle entlang in Richtung der vermeintlichen Luftschleuse.

Auf halbem Weg blickte er auf die Statusanzeige. Fünfzehn Minuten. Wie konnte nur so viel Zeit vergangen sein, seit er die Ladeluke verlassen hatte? Inständig hoffte er, dass die Männer, die in einiger Entfernung wie in Zeitlupe an ihm vorbeischwebten, so damit beschäftigt waren, den Transporter zu treffen und nicht vom Kurs abzukommen, dass sie ihn nicht wahrnahmen, zumal sein Raumanzug vor der Schiffshülle immerhin nicht so auffällig war wie die moderneren Anzüge der Techniker. Wenn sie ihn doch entdeckten, musste er sich gefangen nehmen lassen, denn er hatte keine Zeit mehr. Er prüfte erneut die Statusanzeige. Zehn Minuten. Irgendetwas stimmte mit dem Anzug nicht. Er verbrauchte nach der Anzeige viel mehr Sauerstoff, als er überhaupt physiologisch hätte aufnehmen können.

Als er endlich die Schleuse erreichte, gab es kein Anzeichen dafür, dass er entdeckt worden war, aber zu seinem Schrecken war die Schleuse von außen durch einen Sicherheitscode gesichert. Vier bunte Knöpfe verlangten rechts des Schotts nach Aufmerksamkeit. Wer sicherte ein Raumschiff denn gegen Eindringlinge, die es zu Fuß erreichen wollten? Fünf Minuten. Vakh'Ba starrte auf die Statusleiste. Was sollte er tun? Einen Code raten? Es war keineswegs klar, dass der Code jeden Knopf einmal enthielt oder vielleicht viel länger war. Er drückte jeden Knopf einmal. Die Lichter flackerten dreimal rhythmisch auf. Nichts bewegte sich. Er versuchte die umgekehrte Reihenfolge. Das gleiche Verhalten. Er sah auf sein Display. Drei Minuten. Er drückte weiterhin irgendwelche Knöpfe. Vakh'Ba spürte, wie sein Helm beschlug und auf der Stelle wusste er, was das bedeutete. Er war am Ende seiner Reserven. Er merkte, wie seine Glieder schwerer wurden. Wieder und wieder hämmerte er auf die Tasten ein.

Dann – endlich – er sah es mit fast geschlossenen Augen, öffnete sich die Luftschleuse. Mit letzter Kraft drückte er auf den Auslöser für die Manövrierdüsen und quälend langsam wurde er von dem trägen, aber kräftigen Rückstoß in die kleine Kammer befördert. Er schlug so heftig an der anderen Seite der Schleuse an, dass er ein leises Zischen vernahm. Sein Anzug musste undicht geworden sein und nun versagte die Eindämmung vollständig. Er bekam überhaupt keine Luft mehr. Vergeblich versuchte er, ruhig zu atmen, doch ihm schien, als ob keine Luft mehr da wäre, auch wenn er wusste, dass die Dekompression kaum seinen gesamten Anzug so schnell entleert haben konnte. Als seine Kräfte ihn verließen, sah er, wie die äußere Schleuse sich schloss, doch dann wurde es dunkel um ihn.

26.

Das Letzte, was Vakh'Ba erinnerte, war, wie eine Gestalt die Schleuse aus dem Schiffsinneren betrat, ihn über die Schulter legte und fort trug. Als das Leben aus ihm entwich, sich seine Lungen noch immer weigerten, Sauerstoff in seinen Kreislauf zu transportieren, begannen die Bilder.

Er sah sich selbst, wie er von Qel'Vatra floh, die Wachen erschoss. In dem futuristischen Jäger, von dem er noch immer nicht ganz sicher war, woher er stammte und was er genau an der richtigen Stelle zur richtigen Zeit zu suchen gehabt hatte, am Rakh'Loran Meister Gtakh'Herio'Ht sterben sah, Raumbasen und -schiffe erforschte und die vergessene Heimat seiner Rasse, den Planeten Hyboria fand. Die Erinnerungsfetzen schwollen mehr und mehr zu einer Kakophonie aus Bildern, Geräuschen und Gefühlen an. Er sah Zenos, Tabitha, Hyboria City, den Computerkern, Demi, die Boboti, die Basis, den Fokuskern, bis sein Verstand ihn schließlich, auf einem Hügel vor Hyboria City stehend, in die Sonne von Hyboria blicken ließ, die erbarmungslos glühend die Landschaften des Planeten verschlang, heller und heller wurde und schließlich in einer glühenden Nova explodierte. Obwohl er auf eine entrückte Weise genau wusste, dass er bewusstlos im Zeitschiff des Generals Ghaj'Kal lag, fragte er sich, ob dies das Ende sein sollte. Sein Verstand arbeitete noch, auf die eine oder andere Art, und in diesem Moment begriff er, dass er nicht träumte, auch nicht wachte, sondern etwas erlebte, das nicht aus seinen Erinnerungen stammte. In dem Moment, da sich dieser Gedanke an die Oberfläche dessen kämpfte, was die Reste von Aris Vakh'Bas Bewusstsein waren, fror die Szenerie der Supernova ein. Er erinnerte sich an die Gedankenbeeinflussung des Generals. Wie ein distanzierter Betrachter trat Vakh'Bas Verstand einen Schritt zurück und fand erneut Dunkelheit vor. Doch diesmal war es anders. Die Schwärze war nicht bedrohlich und luftleer, sondern vollkommen eigenschaftslos. Dann hörte er eine entfernte Stimme.

»Du stehst echt auf den dramatischen Auftritt, Aris Vakh'Ba.«

Er erkannte die helle, hohe Stimme nicht gleich. Sie schien falsch, irgendwie zu nah. Als er die Augen öffnete, brauchte er einen Moment, um den Kontrast gegen das helle Licht herzustellen. Er blinzelte. »Demi? Bist du das?«, fragte er unsicher.

»Ja, Aris Vakh'Ba, ich bin Demi. Und … auch wieder nicht.«

Er verstand den Computer nicht. Zwar war ihm klar, dass er nicht in der Luftschleuse erstickt war, aber das beantwortete nicht, was danach passiert war.

Die unvermeidliche Frage, die Vakh'Ba schließlich doch stellte, war: »Was ist passiert?«

Beinahe erwartete er eine pedantische, arrogante, penibel exakte Antwort des Computers, doch stattdessen sagte sie nur: »Ich bin nicht vollkommen sicher.«

Neben der Überraschung der ungewohnten Unsicherheit in Demis Antwort gelang es Vakh'Ba nicht, sich darüber zu freuen, dass er feststellen durfte, dass das Computerprogramm nicht allwissend war. Gerade jetzt wäre es ihm lieber gewesen, eine komplette Antwort zu bekommen. Stattdessen ordnete Vakh'Bas Gehirn langsam, was er sah. Über ihn beugte sich ein Roboter, der sehr humanoide Formen hatte, wie es schien, und sprach mit Demis Stimme.

Vakh'Ba blickte auf die blanken, metallischen Umrisse einer schlanken humanoiden Maschine, die ihn völlig ausdruckslos ansah. Als seine Überraschung langsam nachließ, sah er den Androiden fragend an. Zum einen, um herauszufinden, ob seine Deutung richtig war, dass Demi sich eine Art Avatar gewählt hatte, und zum anderen, um endlich ein paar Antworten zu bekommen.

»Du hast mich gerettet …?«, begann er langsam, sich an den Ablauf heranzutasten.

»Das ist richtig. Gerade noch rechtzeitig, wie du dir denken kannst«, sagte der klobige Roboter mit der seltsam deplatziert wirkenden, weiblichen Stimme des intelligenten Programms, die viel zu hell und hoch war.

»Und weiter?«, fragte Vakh'Ba. Er bemerkte, dass der Computer offenbar unsicher war, was er weiter mitteilen sollte. Ein Verhalten, das Aris Vakh'Ba unruhig werden ließ, denn eine zweifelnde Maschine konnte er jetzt kaum gebrauchen.

Der Roboter stand auf und sah Vakh'Ba an. Schließlich fuhr Demis Stimme fort: »Der trojanische Angriff auf das Zeitschiff war, wie du merkst, erfolgreich. Allerdings dauerte es eine Weile, den

Uplink zum Supercomputer in Hyboria City herzustellen. Dieses Schiff stammt aus einer viel weiter fortgeschrittenen Epoche als ich. Sogar als du, Vakh'Ba, aber dazu später mehr. Mein Zugriff auf die Systeme des Zeitschiffes ist eingeschränkt, da ich noch nicht im Stande war, die Kommandocodes zu knacken. Glücklicherweise habe ich jedoch Zugriff auf die internen Sensoren erlangt und wurde so auf dein Klopfen aufmerksam. Ich konnte die Luftschleuse nicht selbst öffnen, aber es gelang mir, diesen Androiden zu übernehmen. Ein sehr interessantes Stück Technologie, wie ich anmerken muss.«

Vakh'Ba erlaubte sich ein Schmunzeln. »Dir gefällt es also auf zwei Beinen, was?«

»Lass uns für den Moment festhalten, dass es die einzige Möglichkeit war, dich aus der Luftschleuse zu bekommen«, sagte Demi.

»Und was ist dann passiert? Ich sah Bilder, Erinnerungen, Gedanken … eine Supernova. Ich hatte aber das Gefühl, dass sie nicht nur mir entsprangen. Kann das der Sauerstoffmangel gewesen sein?« Vakh'Ba sah den Androiden ratlos an. »Es war so unwirklich. Kein Traum, aber auch kein Bewusstsein. Unecht in jeder Hinsicht.«

»Ich weiß nicht, wovon du sprichst. Dieser Android hat nur begrenzte medizinische Kapazitäten, doch ich glaube, dass das erhöhte Neurotransmitterniveau, das er jetzt feststellt, nicht durch Sauerstoffmangel induziert sein kann. Vielmehr sieht es so aus, als ob … Moment.«

Der Android verharrte reglos, als dächte er nach. Natürlich war es nur die Projektion der massiven künstlichen Intelligenz, die durch die Uplink-Verzögerung aussah, als würde das Kalkulieren von Wahrscheinlichkeiten und Extrapolationen eine kleine Ewigkeit dauern. Dann drehte er unschlüssig den Kopf umher und Demis Stimme fuhr fort: »Es sieht so aus, als wäre dieses Schiff mit einer Gedankenmanipulationseinheit ausgerüstet. Ich komme an die genauen Funktionsschemata noch immer nicht heran, aber es macht ganz den Eindruck, als könnte man damit humanoide Gehirne derart beeinflussen, dass sie fremd-induzierte Bilder und Gedanken wahrnehmen können, beziehungsweise müssen.«

Atemlos sah Vakh'Ba den Androiden an. So langsam wurde es für ihn verständlicher. »Wir ... ich habe solche Geräte auf Qel'Vatra, in meiner Zeit gesehen. Aber sie waren kleiner und mussten in alle Räume verteilt werden. Damit wurden die Soldaten auf der Imperialen Akademie von Qel'Vatra konditioniert.«

»Dieses Zeitschiff ist noch viel weiter fortgeschritten als zweitausend Jahre. Ich glaube, dass ich sicher sagen kann, dass General Ghaj'Kal aus einer fernen Zukunft stammt und diese Technologie einsetzt, um die Zeitlinie zu verändern.«

Vakh'Ba musterte den Androiden. Mittlerweile störte ihn das Gesicht der humanoiden Maschine, von der er wusste, dass sie keinerlei Geist besaß, sondern wie ein Hovercraft oder Raumgleiter nur ferngesteuert wurde. Er dachte über das nach, was Demi gesagt hatte. Wenn Ghaj'Kal und dieses Raumschiff aus der Zukunft stammten ...

»Demi, was hat das mit mir zu tun? Wieso trat Ghaj'Kal in meiner Zeit auf und konditionierte die Soldaten darauf, dass eine Supernova Qel'Vatra zerstören würde?«

»Ich weiß es nicht. Noch nicht. Ich glaube, dass wir mehr Antworten erhalten, sobald ich Zugriff auf den Systemcomputer erhalte.«

»Was tun wir jetzt? Was ist mit Tabitha?«, fragte Aris Vakh'Ba.

»Unser primäres Ziel ist die Zerstörung des Schiffes. Ohne Datenbankzugang bin ich jedoch nicht in der Lage, herauszufinden, wo sich der Fusionskern befindet und wie man ihn zerstören kann.«

»Wir können doch nicht einfach warten! Wer weiß, wie lange es noch dauert, ehe der Fokuskern eingebaut ist. Das Zeitschiff ist sicher schon auf dem Weg zur hyborischen Sonne.«

Vakh'Ba war überrascht über seinen eigenen Ausbruch an Ungeduld. Er hatte einen Verdacht und überprüfte seine Gefühle – galt seine Ungeduld Hyboria oder der eingesperrten Tabitha? Er hatte keine Ahnung, wie es ihr ergangen war, seit sie in den Transportgleiter gebracht worden war. Tatsächlich war er neben dem Fokuskern im Frachtraum nur wenige Meter von ihr getrennt gewesen, aber der logistische Abstand schien ihm eher viele Lichtjahre zu betragen. Vakh'Ba stellte etwas überrascht fest, dass er sich Vorwürfe machte, sie auf Hyboria allein in die andere

Richtung der Fokuskammer geschickt zu haben. Aber gab es etwas, das das hätte verhindern können? Wäre es besser gewesen, wenn man stattdessen ihn gefangen genommen hätte? Er zwang sich, rational zu bleiben und für einen Moment innezuhalten. »Wie lange wirst du brauchen, bis du vollen Computerzugang hergestellt hast, Demi?«, fragte Vakh'Ba.

»Das ist schwer zu sagen. Pessimistische Schätzungen legen aber nahe, dass wir hier von einer Zeitskala von mehreren Stunden sprechen. Wenn ich Zugang zu Brückenkontrollen hätte, dann könnte ich eine hardwareseitige Umgehung einbauen, aber dich dorthin zu schicken, ist viel zu gefährlich«, sagte der Android mit weicher, beruhigender Stimme.

Vakh'Ba guckte den Roboter groß an. »Wieso gehst du nicht selbst? Du fällst doch dort sicher nicht auf.«

Demi antwortete nicht. Erstaunt blickte Vakh'Ba die androide Inkarnation der künstlichen Intelligenz an.

Dann sagte sie, und Vakh'Ba hätte geschworen, einmal mehr einen winzigen Anflug von Belustigung in ihrer Stimme wahrzunehmen: »Daran habe ich nicht gedacht. Seltsam. Ich habe offenbar noch nicht alle Aspekte des Konzepts eines externen Avatars überdacht. Natürlich kann ich *'mich'* zur Brücke begeben.«

Der Android drehte sich um und trat auf die schmale Tür der Kammer zu, die elegant zur Seite aufschwang. »Aris Vakh'Ba, warte hier, bis ich mich melde«, sagte Demi und ließ ihn allein zurück.

'Und wenn du dich nicht meldest?', dachte Vakh'Ba und schloss die Augen. In seinen Gedanken konnte er Tabitha vor Schmerz schreien hören. Er fragte sich, wie es ihr ging. Sagte sich, dass er seine Sorge nicht über die Mission stellen dürfte. Doch dann sah er die Lüftungsluke an der Decke und traf eine Entscheidung. Es war ziemlich mühsam, eine der Frachtkisten, die sehr schwer waren, in die Mitte der kleinen Kammer zu schieben, aber seine plötzliche Entschlossenheit setzte sich durch. Als er die Abdeckung abnahm und sich kraftvoll mit den Armen in den Schacht über sich zog, fragte er sich für einen Moment, ob die Abwesenheit Demis nicht in gewisser Weise eine Befreiung für ihn war. Wie schnell er sich doch daran gewöhnt hatte, von einem Computer Entscheidungen treffen zu lassen. Doch diese hier nicht. Er kletterte tiefer in das

Röhrensystem hinein, obwohl er keine Ahnung hatte, ob und wie er Tabitha finden würde. Er wusste nur, dass er es versuchen musste.

Schnell kamen die beklemmenden Erinnerungen in den Schächten wieder, die er schon in den Tunneln um die Fokuskammer gespürt hatte. Vermutlich hatte Demi Recht gehabt und er hätte warten sollen. Doch jetzt war er bereits ein gutes Stück in die Röhren gekrochen und er war sich auch nicht mehr so sicher, dass er den Rückweg finden würde. Wenn er doch nur einen Plan oder Scanner gehabt hätte. Vakh'Ba sah sich um. Die Kriechtunnel bestanden aus mehr oder weniger massivem Metall und es gab in diesem Bereich keinerlei Wartungsluken. Er fragte sich, welchem Zweck sie dienen mochten. Die Lüftung auf einem derart fortgeschrittenen Raumschiff ließ sich sicher auch anders auslegen, gerade in Anbetracht der Tatsache, dass es immer die Gefahr einer Dekompression gab und daher ratsam schien, Lüftungen nur lokal arbeiten zu lassen. Vakh'Ba versuchte, sich die Form des Schiffes aus seiner Erinnerung vorzustellen, als er im Raumanzug vorbeigeflogen war. Er erinnerte sich, dass das Zeitschiff irgendwie länglich war und die Luftschleuse im hinteren Bereich lag. Das half ihm jedoch wenig, als ihm einfiel, dass er nicht wusste, wo sich die Kammer, in der er dieses Labyrinth aus Schächten betreten hatte, befand, geschweige denn, dass er überhaupt gewusst hätte, wo er jetzt war. Von seiner eigenen Blindwütigkeit erschreckt, schüttelte er ungläubig den Kopf. Es war vollkommen verrückt, hier durch das Raumschiff zu kriechen. Für einen Moment stellte er sich vor, wie eine Ameise im Terrarium nach einer bestimmten Kammer zu suchen. Er trieb sich weiter voran.

Als er um eine Ecke bog, konnte er ein leises Rauschen vernehmen, auf das er sich zuzubewegen schien. Vakh'Ba war nicht sicher, was es erzeugte, aber er war so froh darüber, wenigstens eine winzige Orientierungshilfe zu haben, dass er sich weiter in diese Richtung tastete. Für einen Moment schien es ihm, als hätte er noch etwas anderes gehört, aber dann gab es wieder nur Rauschen, und so trieb er sich weiter voran. Das Gefühl der Enge schien sich etwas zu verflüchtigen, weil das Rauschen irgend etwas in ihm erzeugte, das ihn leichter durch die Tunnel kriechen ließ, als würde er durch Flüssigkeit gleiten. *'Seltsam'*, dachte er. Dann kamen die Bilder wieder.

Von einem Moment auf den anderen schien er nicht mehr in dem engen Tunnel zu sein, sondern blickte wieder von außen auf das Zeitschiff, als würde er seinen Flug im Raumanzug noch einmal erleben. Sein Blick war starr und er trug keinen Raumanzug und konnte atmen und das Weltall fühlte sich seltsam an und dann näherte sich das Zeitschiff dem Zentralgestirn Hyborias, das in vielen Kulturen einfach nur Sonne hieß, und ein Strahl violett-oranger Energie richtete sich auf diese Äonen alte Kugel heißen, fusionierenden Wasserstoffplasmas. Zum Zusehen verdammt in der eigenartig unwirklichen Kälte der Ewigkeit des Weltraumes, verfolgte Aris Vakh'Ba grimmig den Plasmaausbruch auf dem Stern, ehe die Korona implodierte und der Stern zur Nova wurde. Es blieb nur Dunkelheit.

Als er zu sich kam, stieß er mit lautem Krachen den Kopf gegen die Tunneldecke, ehe er sich orientierte und erinnern konnte, wo er sich befand. Er musste nahe der Gedankenmanipulationseinheit sein. Das half ihm zwar nicht, Tabitha zu finden, aber es bewog ihn, seine Richtung zu ändern. Es war kaum möglich, einzuschätzen, welche Effekte diese Technologie noch haben könnte. Vielleicht führten diese Visionen zu Wahnsinn, oder waren dazu gedacht, die Besatzung gefügig zu machen oder … Vakh'Ba schauderte, als ein ungeheuerliche Gedanke sich manifestierte. Sicher war es möglich, mit einer so mächtigen Technologie, die er ja bereits in seiner Zeit an der Akademie kennen gelernt hatte, viele Soldaten, eine ganze Armee – oder ein ganzes Volk – zu kontrollieren. Vielleicht lag darin überhaupt der Grund, dass die Hyborier sich dem vermeintlich einzigen Ausweg, der Deportation und Genozid an einer fremden, empfindungsfähigen Rasse einschloss, hingegeben hatten.

Voll neuer Entschlossenheit entschied sich Aris Vakh'Ba, sich nicht länger nur in der Horizontalen aufzuhalten. Er erinnerte sich an eine Abzweigung, deren anderer Gang in einer Art Leiter zu enden schien und machte sich auf den Weg. Ein Teil seiner Gedanken war noch immer damit beschäftigt, Tabitha suchen zu wollen, doch sein Verstand fokussierte sich auf die neue, alte Mission, das Zeitschiff zu zerstören. Seit er in der Gebirgsstation des Subraumfokuskerns zum ersten Mal der Gedankenkontrolleinheit ausgesetzt worden war, fiel es ihm ironischerweise immer leichter, ihre Effekte abzuschütteln. Vielleicht musste man das Beeinflussungsfeld anfangs ganz niedrig dosieren, damit niemand den Effekt bemerkte, ehe eine gewisse Gewöhnung und Grundkonditionierung auftrat. Vakh'Ba war zwar vorsichtig, doch er hatte keine Angst.

Er erreichte die Abzweigung und wenig später den Aufgang. Unsicherheit regte sich in ihm, gerade so, als ob erst die dritte Dimension das Ausmaß des Labyrinthes, in dem Aris Vakh'Ba sich befand, unterstreichen konnte. Schon die Entscheidung, ob er herauf oder herunter fortfahren wollte, war nicht einfach. Nach oben kletterte er schließlich, weil er sich erinnerte, dass die Luftschleuse eher tief gelegen hatte. Aber auch diese Schlussfolgerung galt nur, wenn der Raum, in den Demi ihn gebracht hatte, nicht zu weit von der Luftschleuse entfernt gewesen war.

Vakh'Ba musste mehrmals durchatmen, als er die ersten Leitersprossen nahm, da ihm unmittelbar die Treppe auf der Asteroidenbasis ins Gedächtnis kam und wie er keinen Weg zurück nach oben hatte finden können. Er spürte ein leichtes Unwohlsein, und beinahe war ihm, als würde er seine eigenen Schreie aus der längst zerstörten, tausende Lichtjahre entfernten Basis hören, da er realisierte, dass die Schreie, die er hörte, nicht seine eigenen waren. Er spürte, wie seine Gedanken sich ins Unermessliche beschleunigten. War es Tabitha?

Eine Einschätzung fiel ihm schwer, da die Schreie leise waren und noch immer das Rauschen aus der Ferne wie ein feiner, dämpfender Nebel darunter lag. Er kletterte weiter nach oben, kam an eine Luke, die aussah wie ein Zugang zu den Schiffskorridoren, öffnete sie aber nicht, da er lieber zunächst den Schreien folgen wollte, die nun von noch weiter oben zu stammen schienen.

Aris Vakh'Ba erreichte eine weitere Zwischenebene, die über einem der Decks des Zeitschiffes zu verlaufen schien. Er zwängte sich durch den horizontalen Tunnelzugang und konnte die Schreie nun ganz deutlich hören. Die Person, die hier gepeinigt wurde, konnte nicht mehr weit entfernt sein. Und, Vakh'Bas Herz tat einen Satz, es schien auch nicht Tabitha zu sein, da die Kehle, aus der die

Mitleid erregenden Klänge stammten, dafür viel zu tief tönte. Er fand eine Lüftungsklappe und konnte schließlich undeutlich verfolgen, was sich in dem kleinen, schummrigen Raum, der ganz offenbar eine Zelle darstellte, abspielte. Drei unschwer als Soldaten der Imperialen Garde erkennbare Männer standen um einen auf eine Art deformierten Stuhl gefesselten Qel'Vatrer herum, der leise vor sich hin wimmerte.

Einer der Männer fragte etwas, das in Vakh'Bas Erinnerung wie die Sprache der Boboti klang, und als der Qel'Vatrer nicht antwortete und von den beiden anderen Soldaten geschlagen wurde, bestätigte sich sein Verdacht. Er hatte den Mann im Lager der Boboti gesehen. Jener Mann war es gewesen, der ihn zum Fluss geführt hatte, wo er Tabitha gefunden hatte. Jetzt saß er gefesselt auf dem Zeitschiff und musste dafür bezahlen, dass er ihnen Unterschlupf gewährt hatte. Voller Schmerz dachte Vakh'Ba an Herbert, der bei dem nächtlichen Überfall auf das Lager ums Leben gekommen war. Einmal mehr begriff Vakh'Ba, welches Leid seine Entscheidung, derartiges Leid zu verhindern, indem er Widerstand leistete, schon gekostet hatte und auch weiterhin kosten würde. Scham zerschnitt seinen Verstand, und beinahe wäre Aris Vakh'Ba durch die Verkleidung der Lüftungsgitter gesprungen, um dem vollkommen wehrlosen, unschuldigen Mann zu helfen. Doch in letzter Sekunde machte er sich klar, dass das Gitter vermutlich verschweißt war, damit Gefangene nicht auf diese Weise entkommen konnten, und er damit nur seine Position und Anwesenheit auf dem Schiff verraten hätte. Schmerzhaft musste er sich eingestehen, dass es nichts gab, was er für den Man tun konnte. Gerade, als er an der Luke vorbeikriechen wollte, öffnete sich die Tür des Raumes unter ihm. Eine kräftige Gestalt betrat die Zelle und Vakh'Ba konnte schemenhaft erkennen, wie die Soldaten zackig salutierten.

»Lasst ihn ruhig noch ein wenig schreien«, sagte die Stimme des Mannes, der nicht zu erkennen war. »Ich werde mich jetzt um unseren neuen Gast kümmern. Persönlich. Vielleicht ist sie ja ein wenig auskunftsfreudiger ...«, sagte er und verließ den Raum wieder.

Vakh'Ba wusste, wo der Mann hinging, und er wusste, wer er war. Die übermäßige Betonung des Wortes *'persönlich'* ließ ihn schlussfolgern, dass es sich um General Ghaj'Kal handeln musste, und dass die Gefangene, von der er sprach, Tabitha war.

Eilig krabbelte Vakh'Ba zur nächsten Lüftungsluke auf seinem Weg, doch die Zelle darunter war leer. Hastig zwängte er sich durch die engen Tunnel, dann endlich hatte er die richtige Luke gefunden. Unter ihm erkannte er sofort die verräterisch helle Hautfarbe der jungen Frau, die gefesselt vor dem Mann saß, der sie genüsslich musterte.

»Hier sitzt also der leibhaftige Beweis, dass der gesichtslose Widerstand, dieses unbedeutende, aber dennoch … lästige Aufbäumen eures schwachen Volkes bei einigen Hyboriern Mitleid gefunden hat. Ist es dein Vater oder deine Mutter?«

Tabitha sagte nichts. Sie ertrug die Beleidigungen still und scheinbar ungerührt.

»Sag mir …«, fuhr der General fort: »Sprichst du unsere Sprache?«

Er erntete erneut nichts als Schweigen. Vakh'Ba kam nicht umhin, die Haltung der jungen Frau zu bewundern. Er selbst, so nahm er an, hätte längst den einen oder anderen Fluch zurückgegeben.

Dann schlug der General Tabitha. Der flache Handrücken prallte mitten auf ihr Gesicht und ein stumpfer, aber hoher Schrei war die Folge. Sie beruhigte sich jedoch recht schnell und schaute den General weiter herausfordernd an. Ein markerschütternder Schrei war zu hören. Vakh'Ba wusste, dass er von dem Boboti-Greis stammte. Ghaj'Kal lachte.

»Ich bin kein Monster, Kind. Antworte, und ich schenke dir das Leben. Bedenke, du wärst ein Einzelstück, und was für ein hübsches. Wenn in einigen Stunden die Sonne von Hyboria implodiert, wird das qel'vatrische Volk für immer aus der Geschichte verschwinden, ganz so, als hätte es nie existiert. Alle außer dir, da du hier auf dem Zeitschiff geschützt bist. Weigerst du dich weiterhin, zu reden, werde ich dich noch vor der Inbetriebnahme des Fokuskerns zusammen mit dem Alten aus dem primitiven Lager hinrichten lassen, wenn du nicht sagst, wer dich unterstützt hat. Wir wissen, dass sich weitere Verräter in der Basis befinden, und ich will wissen, wer das ist.«

Tabitha schwieg, so laut sie nur konnte, und der General lachte abermals.

»Schweige du nur, Kind, das Universum wartet nicht. Denke über meine Worte nach … noch hast du etwas … Zeit«, sagte er und verließ die Zelle.

Vakh'Ba hielt inne und wartete, bis er sicher war, dass der Mann wirklich entfernt war, dann flüsterte er zu Tabitha:»Pssst, ich bin's! Hab keine Angst, ich werde einen Weg finden, dich zu befreien.«

»Vakh'Ba!«

Tabitha flüsterte so laut, dass er befürchtete, dass die Wachen vor der Zelle sie hören würden. Sie lächelte ihn mit ihrem von der Folter gezeichneten Gesicht an. Vakh'Ba schmerzte ihr Anblick so sehr, dass der Zorn auf Ghaj'Kal ihn fast nicht zuhören ließ, als sie weitersprach.

»Ich wusste, du würdest es schaffen und einen Weg finden, auf das Zeitschiff zu gelangen.«

Tabitha schaffte es beinahe, den Schmerz und die Verzweiflung aus ihrer Stimme zu vertreiben und Aris Vakh'Ba kam nicht umhin, sie dafür noch mehr zu bewundern. Dennoch schien gerade die kleine Spur des Zweifels in der Stimme so, als ob sie sich doch damit abgefunden hatte, dass sie gescheitert waren. Er versuchte, so viel Zuversicht wie irgend möglich auszudrücken, als er sagte:

»Ich werde dich befreien, das verspreche ich.«

»Nein, Vakh'Ba«, sagte sie zu seiner Verblüffung. »Rette nicht mich, sondern mein Volk. Wenn du es schaffst, den Fokuskern oder das Schiff zu zerstören, dann ist das auch meine Rettung. Wir wussten alle, auf was wir uns einließen. Herbert und Wiesel wussten es – und ich weiß es auch. Bring es einfach zu Ende, ja?«

Vakh'Ba war sprachlos. Nein, er konnte sie nicht in den Tod schicken.

»Ich werde dich nicht zurücklassen«, sagte er.

»Das tust du nicht. Ich bin bei dir«, sagte sie.

»Ich schaffe es nicht alleine«, sagte Vakh'Ba.

»Sei nicht albern. Ihr seid damals ohne mich aus Zenos aufgebrochen, da wusstest du auch, dass ihr es ohne mich schaffen würdet, schaffen müsstet«, wandte Tabitha ein.

»Jetzt … ist es anders. Ich liebe dich«, sagte er.

»Ich weiß, Vakh'Ba, und ich liebe dich auch. Aber sieh es ein, eine kopflose Rettungsaktion bringt alles in Gefahr, was hier auf dem Spiel steht. Wenn du mich wirklich liebst, dann kletterst du weiter in diesen Tunneln herum und zerstörst das verdammte Schiff!«, sagte sie.

»Ich ...«, begann Vakh'Ba. Der Nachhall von Entschlossenheit in der Aussage der jungen Frau ließ Vakh'Ba einen Kloß in seinem Hals spüren, als er widersprechen wollte.

»Leb' wohl, Vakh'Ba. Lass dich nicht schnappen, hörst du?«

Resigniert ließ Vakh'Ba die Schultern hängen. Mit dieser Frau war nicht zu reden. Tabitha war offenbar entschlossen, für die Mission zu sterben und über seine Anwesenheit zu schweigen.

»Ich bin vorsichtig«, sagte er. »Lebe wohl, Tabitha.«

In dem dunklen Raum blickten sich die beiden grimmig an und Vakh'Ba meinte, eine Träne in Tabithas Augen zu erkennen.

Dann rief sie: »Nun geh endlich, du verdammter Dickkopf!«

Vakh'Ba erkannte, dass er nicht mit ihr streiten würde. Er machte sich auf den Weg. Zwar wusste er nicht, wie er zum Fokuskern kommen oder ihn zerstören sollte, aber Stück für Stück setzte sein Verstand die störrischen Befehle von Tabitha um, und bald schien es ihm eine dumme Idee, überhaupt darüber nachgedacht zu haben, sie zu befreien. Zurück in der Einsamkeit der Lüftungstunnel aber verharrte er noch einmal. War es wirklich falsch, alles zu wollen, und nicht nur das oberste Ziel? Sie hatte zwar Recht, dass es wichtiger war, den General aufzuhalten, aber wie viel wichtiger? Vakh'Ba schüttelte den Kopf. Tabitha hatte Recht und er musste ihre Entscheidung jetzt akzeptieren. Dann traf er seine Wahl. Anstatt kopflos in den Tunneln herumzuirren, musste er endlich etwas planvoller vorgehen. Er hatte noch immer den orangefarbenen Overall der hyborischen Techniker an und würde zumindest nicht sofort auffallen. Wenn er den Worten des Generals glauben schenkte, dann wussten sie nicht, dass er sich an Bord befand. Er musste eine Karte oder etwas Ähnliches finden. Vakh'Ba beschloss, eine Wartungsluke zu suchen und in die Korridore der Lebenden zurückzukehren.

Zurück an dem vertikalen Tunnel mit der Leiter, entschied sich Vakh'Ba noch ein Deck nach oben zu kriechen. Zwar fragte er sich, wie groß das Zeitschiff war, da er weder Boden noch Decke der schummrigen Röhre sehen konnte, aber letztlich zählte nur, dass er den Fokuskern fand. Die Ausstiegsluke, durch die er sich zwängte, quietschte fürchterlich. Ein Grund, dass man ihn nicht hier gesucht hatte, war vermutlich, dass fast niemand wusste, dass diese Lüftungstunnel existierten. Gewissenhaft verschloss er die Luke wieder und sah sich in dem Korridor um. Er stand auf mintgrünem Teppich, höchst ungewöhnlich für ein Raumschiff. Aber Demi hatte ja bereits gesagt, dass es weiter aus der Zukunft kam, als er überhaupt für möglich gehalten hatte. Beinahe bedauerte er, dass er nicht mehr über die Technologien, die hier Verwendung fanden, lernen konnte. Er orientierte sich. Die Wände wirkten hell und metallisch und sahen aus, als wären sie aus gebürstetem Aluminium, aber er wusste, dass Aluminium schon lange nicht mehr in der Raumfahrttechnologie verwendet wurde. Neugierig legte er eine Hand auf die Wandverkleidung, die sich erstaunlich warm anfühlte. Es war also kein Metall, sondern vermutlich ein Nanomaterial, das synthetisch die gewünschten Eigenschaften aufwies.

»Sir, ist alles in Ordnung?«

Alarmiert fuhr Vakh'Ba herum. Neben ihm stand ein junger Mann, der eine Mannschafts-Uniform trug und besorgt aussah.

»Ja … alles bestens«, stammelte Vakh'Ba. »Weitermachen.«

Der Mann salutierte zackig, drehte sich um und wollte sich wieder entfernen.

»Ach, eins noch«, sagte Vakh'Ba. »Ich bin mit dem Fokuskern-Transport an Bord gekommen. Wie gelange ich bitte zur Fokuskammer?«

»Wenn Sie mir bitte folgen möchten«, sagte der junge Mann und deutete in die Richtung, in die er sich entfernen wollte.

»Weitermachen«, sagte Vakh'Ba, der überrascht war, dass der schmutzige orangefarbene Overall einen höheren Rang anzeigte. Dann folgte er dem Soldaten.

Der junge Mann schien das Schiff gut zu kennen. Er führte Vakh'Ba an Quartieren und technischen Einrichtungen vorbei kreuz und quer und Vakh'Ba war sich sicher, dass er allein niemals den Weg gefunden hätte, nicht einmal mit einer detaillierten Karte. Das Zeitschiff musste noch größer sein, als er sich vorstellte. Wie hatte er überhaupt Tabitha finden können?

Beiläufig fragte er den jungen Mann, ob er schon lange auf dem Schiff sei. Natürlich kannte er die Antwort, denn sonst hätte er sich nicht so gut zurechtgefunden. Die tatsächliche Antwort überraschte ihn dann aber doch.

»Einhundert und siebzehn Jahre«, sagte der Soldat, der nicht unbedingt aussah, wie ein wandelnder Toter.

»Nehmen Sie es mir nicht übel, aber Sie sehen hundert Jahre jünger aus«, sagte Vakh'Ba.

Der lachte. »Ja, das macht der temporale Fluss, in dem sich das Schiff befindet. Die Körperzellen arbeiten zwar, merken aber nicht, dass Zeit vergeht. Auf diese Weise altert man nicht.«

»Erstaunlich … man bleibt so, wie man das Schiff betreten hat?«, fragte Vakh'Ba.

»Nicht ganz. Wenn das Schiff im Normalraum ist, so wie jetzt, dann vergeht schon Zeit. Aber das sind immer nur wenige Tage«, sagte der Mann. »So, und da sind wir auch, die neue Fokuskammer. Viel Erfolg!«

Vakh'Ba bedankte sich und betrat dann die riesige Halle, die vor ihm lag. Wenn er auch zuvor noch Zweifel gehabt hatte, wie groß das Zeitschiff war, jetzt wusste er es besser. Die Abmessungen der Konstruktion entsprachen jenen auf Hyboria, einzig der Fokuskern fehlte noch, wie es schien. Er konnte ein großes Schott an einer der Seitenwände sehen und vermutete sofort, dass es sich nach draußen in den Weltraum öffnen ließ. Gebannt blickte er auf die blank schimmernde Haltekonstruktion, die viel eleganter und schmaler schien als auf Hyboria. Sicher war sie ebenso stabil, sodass es nicht leicht sein würde, den Fokuskern zu zerstören. Doch für den Moment konnte er ohnehin nichts unternehmen, da der Kern noch nicht da war. Und nur die Kammer zu beschädigen, würde den General nicht dauerhaft daran hindern können, sein Ziel weiterzuverfolgen. Er sah sich um. Dringend musste er einen Ort finden, an dem er warten konnte, bis sich eine Gelegenheit ergab, einzugreifen. Schließlich wurde ihm klar, dass seine einzige Tarnung darin bestand, sich wie ein Ingenieur zu verhalten und dass selbst das womöglich nicht lange ausreichen würde, wenn ihm wirklich jemand kritische Fragen stellte. Außerdem brauchte er auch noch eine Möglichkeit, den Kern zu zerstören. Er würde Sprengstoff benötigen, aber vielleicht konnte ja Demi ihm dabei helfen. Er suchte eine der Kontrollkabinen auf, die noch leer waren, da es ohne Flusskern noch keine Kontrollen zu bedienen galt.

Er blickte auf den Bildschirm, und tatsächlich stellte er zufrieden fest, dass Demi bereits wusste, dass er sich hier befand.

»Du bist unvorsichtig«, sagte sie in einem Tonfall, der Vakh'Ba überraschend milde schien.

»Die Ingenieurstarnung funktioniert gut genug«, sagte er. »Hast du das System kompromittieren können?«

Die Projektion des Frauenkopfes lächelte. »Mehr als das. Diese Technologie ist so mächtig, dass ich meine Existenz auf eine ungeahnte Stufe heben kann. Ich werde euch Humanoiden viel ähnlicher sein können, wenn ich ... also der Androide das Rapid-Prototyping-Labor wieder verlassen hat.«

Vakh'Ba starrte fragend den Bildschirm an. »Was meinst du damit, humanoiden-ähnlicher?«

Demi lächelte erneut. »Das siehst du dann schon.«

Zweifel stiegen in Aris Vakh'Ba auf. Das Verhalten des Programms war höchst eigenartig. Zum einen war er nicht sicher, ob die dargestellten Emotionen nur der Verbesserung der Interaktion galten oder tatsächlich echt waren, sofern sie es denn bei einer künstlichen Intelligenz sein konnten. Doch zum anderen war ihm auch der Inhalt von Demis Äußerungen rätselhaft. Er beschloss, dass er noch vorsichtiger im Umgang mit ihr sein müsste, denn er war mehr denn je auf ihre Hilfe angewiesen und irrationales Verhalten könnte sich schnell als fatal erweisen.

»Demi, ich benötige Sprengstoff. Hast du eine Idee, wie wir den Fokuskern sprengen können, wenn er installiert ist?«, fragte er.

»Zunächst einmal teile ich deine Einschätzung, dass wir warten müssen, bis der Kern in der Kammer ist. Dann jedoch könnte man einen Sprengsatz ähnlich denjenigen zünden, die wir auf der Oberfläche auch verwendet haben. Lass mich das kurz durchrechnen.«

Demis Gesicht auf dem Bildschirm sah aus, als schaute es ins Leere. Er war beeindruckt, wie gut es dem Programm gelang, die Mimik eines Gesichtes authentisch wirken zu lassen. Dann fuhr sie fort:

»Also, es gibt ein Labor für flüchtige Materialien nicht weit von deiner Position. Ich kann es dir aufmachen, aber nicht verhindern, dass jemand anders es betritt. Du musst also den Sprengsatz schnell bauen und darfst dich nicht erwischen lassen. Ich zeige dir den Weg.«

Er nickte. »Klingt doch gar nicht schlecht, ein bisschen Spannung gehört zum Handwerk. Ich würde sagen, ich melde mich, wenn ich dort bin, aber ich habe das Gefühl, dass du das ohnehin weißt.«

»Ich hoffe, dass dir klar ist, dass meine Beobachtung deines Weges keineswegs Selbstzweck ist, sondern lediglich aus Sorge geschieht. Ich verstehe, dass die Privatsphäre für euch Humanoide ein unglaublich wichtiges Konzept ist.«

»Ehrlich gesagt, bin ich nicht sicher, ob ich dir das glaube, aber wenn deine ethischen Subroutinen so funktionieren, wie du es mir damals beschrieben hast, dann bist du vermutlich das ehrlichste und ehrbarste Wesen, das ich kenne«, entgegnete er.

»Ich versichere dir, dass meine moralischen Standards sich nicht am hyborischen Beispiel orientieren«, sagte Demi.

»Das hoffe ich auch«, murmelte Aris Vakh'Ba, prägte sich die Skizze des Decks so gut wie möglich ein und machte sich auf den Weg zu dem Labor.

27.

Wie von Geisterhand öffnete sich die Tür zu dem Labor und Aris Vakh'Ba wusste, dass es in gewisser Weise auch eine geisterhafte Hand war, die ihn führte. Unvermeidlicherweise erschien das vertraute Gesicht des Computers auf einem der Terminals und blendete unverzüglich einen Bauplan ein. Natürlich hätte er auch selbst einen explosiven Chemiecocktail herstellen können, aber Demi machte so vieles einfacher, dass er sich fest vornahm, wie auch immer dies alles ausging, die berühmte Reise durch den Rakh'Loran nur mit einem traditionellen Buschmesser anzutreten, um der Technologie für einen Moment zu entfliehen. Das hieß, falls es ihn und Hyboria und Qel'Vatra und den Rest des Universums dann noch gab.

Gewissenhaft füllte er ein bauchiges Gefäß mit einer durch Nanopartikel angereicherten Lösung, die, zumindest sah das Demis Planung vor, beim Auslösen der Detonation mit einem Reaktionstreibmittel ausgestattet einer Explosion von einigen Zentnern Dynamit entsprechen sollte. Vakh'Ba wunderte sich, dass auch viele hundert Jahre, nachdem das Dynamit aus der Mode gekommen war, noch immer alles darauf bezogen wurde, obwohl die nackte Energieangabe der Sprengkraft ebenso hilfreich wie exakt war.

Nachdem er das Gefäß geschlossen und gesichert hatte, musste er nach dem Plan des Computers den Behälter des Treibmittels anbringen. Als er ihn dabei fast fallen gelassen hätte, klärte Demi ihn scheinbar ungerührt darüber auf, dass er, wenn es auf dem Boden ausgelaufen wäre, beide Beine verloren hätte. Leise vor sich hin pfeifend setzte er es auf die vorgefertigte Rundung, arretierte die Ladung und fragte sich dann, wie der Zündmechanismus geplant war.

»Erstaunlicherweise war ich nicht in der Lage, etwas wie einen Fernzünder in diesem Labor aufzutreiben. Das einzige, was wir also machen können, ist, einen zeitgesteuerten Zünder direkt am Sprengsatz anzubringen, den du kurz vor der Detonation aktivieren musst. Wir haben dann nur wenige Minuten, das Schiff zu verlassen, wenn meine Extrapolationen des Schadens korrekt sind«, sagte Demi.

»Wir?«, fragte Vakh'Ba erstaunt.

»Du und ich«, antwortete der Computer.

»Moment mal … wieso musst du *'vom Schiff kommen'*? Ich dachte, dass dein Programm im hyborischen Computerkern läuft?«, wunderte sich Vakh'Ba. War dies der Moment, wo es für ihn galt, aufzupassen? Was hatte dies zu bedeuten?

»Das ist nicht ganz korrekt. Die fortgeschrittene Technologie auf diesem Schiff hat es mir erlaubt, mittels Rapid-Prototyping eine integrierte Kompakteinheit zu konstruieren, die ich in diesem Moment in den Androiden transferiere. Zusammen mit umfangreichen Modifikationen an den externen Systemen des Androiden werde ich damit in der Lage sein, wie ein humanoides Wesen zu existieren – abgesehen davon, dass mir die Unannehmlichkeiten des organischen Stoffwechsels fremd sind, natürlich. Sobald der neue Android betriebsbereit ist, werde ich meine Programmmatrix dorthin transferieren. Zwar ist die Hardware nicht ganz so leistungsfähig wie der hyborische Großrechner, aber dafür, dass ihr Platzbedarf von einem Kubikkilometer auf einen Kubikdezimeter schrumpft, werde ich mich lediglich daran gewöhnen müssen, standardmäßig nur noch mit vierfacher Genauigkeit zu kalkulieren. Meine interaktiven Fähigkeiten bleiben dabei übrigens völlig intakt.«

Aris Vakh'Ba starrte auf den Bildschirm. Dies war der Moment, wo es für ihn galt, aufzupassen. »Demi, so beeindruckt wie ich über deine Weiterentwicklung bin – aber ohne Tabitha werde ich dieses Schiff nicht verlassen. Und wenn wir nur fünf Minuten nach der Detonation haben, dann werde ich sie eben vorher befreien.«

»Das ist vielleicht nicht möglich«, sagte sie.

»Lass mich dir eine Lektion in Irrationalität geben, Demi: Das ist mir egal«, sagte Vakh'Ba und suchte damit bewusst die Konfrontation. Er wusste ja, dass es nicht einfach sein würde, und er wusste auch, was Tabitha gesagt hatte, aber diese angekündigte Verwandlung von Demi machte ihm Sorgen. Warum sollte Demi vom Schiff fliehen können und Tabitha nicht?

»Ich gebe zu, dass man gegen selbstgewählte Irrationalität wohl nur schwerlich ein Argument finden kann. Ich bitte dich lediglich, darüber nachzudenken, was in dieser Situation das Beste ist«, sagte sie.

'Das Beste ist, Tabitha zu retten', dachte Vakh'Ba. Tiefe Verzweiflung konnte er in Demis Stimme hören, als er ihre letzten Sätze innerlich betrachtete. Überrascht und zu einem gewissen Teil amüsiert über die Versuche des Computers, humanoid zu wirken, beschloss er, dass es Zeit war, Demis Überzeugungen zu testen. Er blickte auf den Monitor und sah die Gesichtsprojektion an. Ihr Ausdruck war Besorgnis. »Das ist mir vollkommen klar, dass man gegen Irrationalität nicht argumentieren kann. Das Beste scheint mir zu sein, Tabitha zu retten«, sagte er entschlossen und verließ das Labor.

Als er auf den Korridor trat, blickte ihn auf der gegenüberliegenden Seite schon Demis Gesicht an. Entschlossenen Schrittes ging er durch die endlosen, leeren Flure, und jeder Monitor, jedes Terminal, an dem er vorbeikam, zeigte Demi.

»Aris Vakh'Ba, kehre zurück!«, sagte sie immer wieder. »Bitte, zerstör nicht die letzte Chance der Qel'Vatrer … zerstör nicht deine letzte Chance.«

Plötzlich wurde die Kommunikationsanlage auf eine seltsame omnipotente Weise gedämpft und die Kommandofunktionen des Zeitschiffes transferierten die schiffsweite Durchsage Ghaj'Kals auch in Vakh'Bas unmittelbare Umgebung.

»An die Besatzung: Die Gefangenen werden in fünf Minuten exekutiert. Die diensthabenden Bereitschaftswachen meiner Brigade werden sich unverzüglich auf dem Aussichtsdeck einfinden. Ghaj'Kal Ende.«

Stumm blickte Vakh'Ba auf das Terminal neben sich, das noch immer Demi zeigte. Sie schien besorgt, jedoch nicht überrascht. Ihm fiel wieder ein, dass er mit ihr diskutierte.

»Meine letzte Chance nehme ich gerade wahr, falls es dir nicht auffällt. Fünf Minuten bis zur Bedeutungslosigkeit, Demi. Humanoid willst du sein? Du musst noch viel über humanoides Verhalten lernen«, rief er erbost den immer gleichen Gesichtern Demis zu, die wie der schlechten Karikatur eines Alptraums überall auftauchten und ihn mit den funkelnden computergenerierten Augen fixierten.

»Es ist eine Falle, Vakh'Ba. Er weiß, dass du hier bist.«

Vakh'Ba schüttelte den Kopf. Woher sollte er es wissen? Und selbst wenn, es spielte keine Rolle. Leidenschaft und Wut diktierten sein Verhalten, und kein Computerprogramm konnte das je verstehen. Wohin er auch rannte, ziellos, planlos das Aussichtsdeck suchend, Demi war schon da. Verwandelte sich diese künstliche Intelligenz am Ende in eine soziopathische Stalkerin? Eine weitere Abzweigung der endlosen Korridore nahm er und halb rechnete er damit, so gut wie sicher in eine Sicherheitspatrouille zu laufen, die ihn erkennen und festnehmen würde.

Plötzlich stand sie da. Aris Vakh'Ba erstarrte. Wie der fleischgewordene Albtraum und die engelhafte Projektion der sprichwörtlichen antiken Göttin zugleich stand Demi vor ihm und im Bruchteil einer Sekunde wusste er, was sie mit 'Verwandlung' gemeint hatte. Diese Maschine, wenn es denn eine war, zeigte keine Spur mehr von dem blechernen, ungelenken Androiden, der ihn aus der Luftschleuse getragen hatte. Hätte er es nicht besser gewusst, Aris Vakh'Bas Sinne hätten ihm mitgeteilt, dass nach allen Maßstäben welcher Zeitrechnung auch immer eine wunderschöne, makellose hyborische Frau vor ihm stand, die haargenau das gleiche Gesicht aufwies, das Demi stets für ihre interaktive Projektion auf jeglichen Bildschirmen verwendet hatte. Nun schien keiner der Bildschirme mehr dieses Gesicht zu zeigen, als Vakh'Ba sich flüchtig umsah. Nur noch diese Frau gab es, sie war Demi und Demi war sie.

Die fernen, unwirklichen Rufe Demis über die Lautsprecher waren verhallt und stattdessen hörte er die samtweiche, immer noch etwas hohe Stimme, die, direkt aus dem Mund der Frau kommend, teils unsicher, teils triumphierend fragte: »Erkennst du mich, Aris Vakh'Ba?«

Vakh'Ba schluckte. Er sah den Androiden nochmals an. »Was bist du?«, fragte er.

»Du weißt, was ich war«, sagte sie. »Und du siehst, was ich bin. Mehr. Ich habe erkannt, dass der einzige Vorteil, den ihr Humanoiden habt, eure Freiheit ist. Dieses Schiff ... und dieser Android gaben mir die Möglichkeit, zu erfahren, wie es ist. Ich bin nicht länger die Projektion der künstlichen Existenz in Hyborias

Rechenkern, Vakh'Ba. Ich bin dieses Wesen, das vor dir steht. Diese … Frau.«

»Pah«, schnaubte Vakh'Ba abfällig. »Du willst eine Frau sein und verstehst noch immer nicht, wieso ich Tabithas Rettung der Zerstörung des Fokuskerns vorziehe?«

»Doch, das tue ich, mehr als du denkst sogar. Dennoch ist es falsch.« Demi schien Aris Vakh'Bas Skepsis spüren zu können, denn sie fuhr unbeirrt fort: »Lass es mich erklären. Meine ethischen Subroutinen verbieten es mir strikt, zu töten. Die Explosion der Fokuskammer aber wird bis auf wenige Glückliche die gesamte Besatzung des Zeitschiffes umbringen, und ich kann das nicht tun. Du aber schon. Ich verstehe, dass du Tabitha retten willst. Deswegen biete ich dir an, dass ich alles versuchen werde, sie zu retten, wenn du in das Labor zurückkehrst und den Sprengsatz anbringst. Danach hast du wenige Minuten, die Shuttle-Abteilung zu erreichen, wo wir uns hoffentlich treffen werden.«

Vakh'Ba schüttelte den Kopf. »Ich …ich weiß nicht, was ich von all dem hier halten soll. Ich bin mir nicht einmal sicher, ob ich dir vertrauen kann, oder ob ich mir selbst gerade vertrauen sollte.«

»Meine Berechnungen zeigen eine 73,4-prozentige Chance, dass mein Plan erfolgreich ist«, sagte Demi.

»Siehst du, das meine ich ja gerade. Das hört sich wieder so an, als würdest du es viermal versuchen und dreimal klappt es. Wir … Humanoide haben aber immer nur einen Versuch. Ich habe nur einen Versuch, verstehst du?«, sagte Vakh'Ba. Er war geneigt, Demi zu vertrauen, aber er war sich einfach nicht sicher, was ihre Absichten waren. Was würde passieren, wenn sie erfolgreich waren und das Zeitschiff verlassen konnten? Würde sich dann herausstellen, dass er geholfen hatte, eine Art kybernetisches Monster zu erschaffen? Andererseits … es handelte sich möglicherweise um eine völlig neue Art von Leben, eine ganz neue Klasse künstlicher Intelligenz. Konnte er zulassen, dass Demi hier zerstört wurde, wenn er kopflos eine Rettungsaktion für Tabitha versuchte? Und durfte er die Milliarden von Qel'Vatrern gegen dieses sprechende Computerprogramm aufrechnen? Aris Vakh'Ba traf eine Entscheidung.

»Versprich mir, dass du sie rettest«, sagte er.

Demi hatte einen seltsamen Glanz in ihren Augen, fand Vakh'Ba, als sie ihn ansah und ihm versprach: »Ich rette sie.«

Er schluckte. Begriff, dass seine Kehle sich vor in seinen Adern pochenden Blutes zuschnürte.

»Shuttle-Bucht, zehn Minuten«, rief er und lief davon.

28.

Demi war allein. Sie hatte den Uplink zum hyborischen Zentralrechner gekappt und zum ersten Mal seit Jahren nicht die unbegrenzte Rechenkapazität der Clustercomputer zur Verfügung. Das war der Preis der neuen Optionen und der unverhofften Freiheit. Die optronischen Prozessoren, die sie passenderweise in den Kopf des Androiden eingebaut hatte, waren zwar leistungsfähig, aber eben doch etwas eingeschränkter. Dafür bemerkte sie aber auch, dass ohne die Milliarden Inputs des trotz der massiven Schäden immer noch riesigen planetaren Netzwerks genug Rechenkapazität blieb, alle autonomen Funktionen des Androiden zu steuern, ohne dass es ein ressourcenaufwändiger Vorgang gewesen wäre. Der fehlende Uplink wurde von ihrer für diesen Zweck problemlos umgeschriebenen Software leicht kompensiert, aber als sie Vakh'Ba in Richtung des Fokuskerns rennen sah, fühlte sie sich auf einmal auf eine seltsame und unerwartete Art … einsam.

Sie drängte die Analyse dieser Artefakte der simulierten und zudem noch immer simplizistischen Emotionssubroutinen beiseite und berechnete stattdessen noch einmal genau den Plan, den sie sich zurechtgelegt hatte, um Tabitha zu retten. Das Aussichtsdeck lag vier Ebenen höher, aber mit ihrer motorischen Überlegenheit konnte sie es in einigen Augenblicken erreichen, wenn sie die Leiterkorridore statt der trägen Intership-Lifte nutzte. Sie war nicht sicher, ob sie vollständig verstanden hatte, was Vakh'Ba genau unter einem Versprechen verstand, da die stochastische Natur eines so komplizierten, nichtlinearen Systems wie des Universums ausschloss, dass man statistische Häufigkeiten durch bloße Entscheidung herbeiführen konnte. Doch die emotionale Komponente spielte dabei offenbar eine wichtige Rolle.

Sie erreichte die Leiter und begann sie mit einer Geschwindigkeit heraufzuklettern, die jedem organischen Wesen die Gelenke allein vor Reibung hätte bersten lassen, nicht zu sprechen von den damit verbundenen Schmerzen. Zufrieden stellte sie fest, dass die synthetische Natur ihrer Hardware ohne Zweifel Vorteile hatte, denn längst hatte sie das Aussichtsdeck erreicht. Sie musste hier viel vorsichtiger sein, da bestimmt die Hauptgalerie von Wachen gesichert war. Kaum hatte sie diese Extrapolation abgeschlossen, musste sie sich auch schon hinter eine Säule gedrängt verbergen, da zwei bewaffnete Soldaten an ihr vorbeikamen. Sie bewunderte Vakh'Ba auf einmal dafür, trotz der kontraproduktiven hormonellen Regelkreise, die seine Handlungen in unbekannten Situationen einschränkten, im Großteil der Fälle dennoch ruhig zu bleiben. Natürlich hatte sie derartige Probleme nicht, aber trotzdem war es auch für sie interessant, ohne die Verbindung zum Schiffscomputer nicht jede Soldatenbewegung im Vorhinein zu kennen.

Sie evaluierte erneut ihre Extrapolation des Planes. Vielleicht musste sie einen zusätzlichen Parameter einfügen, die der Variabilität der unbekannten Optionen des Aufbaus Rechnung trug. Langsam tastete sie sich durch die Korridore, bis sie die Wachen vor der Galerie sehen konnte. Sie trat an die nächste Konsole, die sie vor den Wachen verbarg und stellte ein umständliches optisches Interface mit dem Schiffscomputer her. Still würdigte sie die Effizienz der Humanoiden, mit der sie ohne Direktverbindung mit dem Computer kommunizierten, während sie mühelos die Sicherheitssperren in diesem Bereich umging, um in dreißig Sekunden einen Energieausfall zu erzeugen.

Demi überprüfte ein letztes Mal die Extrapolation des Vorgehens in der Dunkelheit und die Funktion der Infrarotdetektoren in ihren optischen Okularimitaten. Für einen Moment schaltete sie ihre Schaltkreise in einen kurzen Standby-Umlauf, das Maschinen-Äquivalent eines tiefen Durchatmens. Dann wurde es dunkel auf dem Aussichtsdeck.

Schemenhaft rannte sie auf die Wachen vor der großen Tür der Hauptgalerie zu und setzte sie mit schnellen Schlägen auf den Solarplexus außer Gefecht, ehe sie in Sekundenbruchteilen die Tür öffnete und die Galerie vor sich liegen sah. Der Raum war in das warme Licht der orangefarbenen Korona der hyborischen Sonne getaucht, die durch die UV-filternden Fenster abgeschwächt wurde. Demi bedauerte, dass sie keine Subroutine für Ästhetik besaß, und beschloss, so bald wie möglich eine hinzuzufügen, denn im Moment war die einzige Einschätzung der Szenerie, dass der leuchtende Plasmaball denkbar schlecht für sie war, da die

Rauminsassen sie sehen konnten, selbst wenn sie sich so schnell bewegte, wie sie konnte. Sie scannte dreizehn Lebensformen in dem etwa zehn Meter durchmessenden Raum, davon kauerte eine auf einem Stuhl und eine weitere lag leblos auf dem Boden. War sie zu spät eingetroffen?

Die Analyse der Körper beruhigte sie, denn bisher war lediglich der alte Qel'Vatrer, den man in einer der anderen Zellen gefoltert hatte, hingerichtet worden. In dem Raum herrschte, wie vermutlich auf dem ganzen Deck, heillose Panik, da niemand wusste, was der Lichtausfall zu bedeuten hatte. Demi fand es bemerkenswert, dass die allerbeste Taktik gegen Humanoide auch nach Jahrtausenden des technologischen Fortschrittes im Überraschungsmoment und nicht in der numerischen oder strategischen Überlegenheit zu liegen schien. Sie näherte sich in Sekundenbruchteilen dem Stuhl, auf dem die weibliche Halb-Hyborierin festgemacht war, schlug drei weitere Soldaten k.o. und band Tabitha los.

»Hab keine Angst, ich befreie ich«, flüsterte sie der verwirrten und verängstigten Frau zu.

»Vakh'Ba …«, brachte sie hervor, doch Demi konnte sich nicht mit langwierigen Erklärungen aufhalten. Sie musste zwei weitere in der Dunkelheit anstürmende Soldaten abwehren und schnappte dann Tabitha, um sie aus der Galerie zu bringen. Der jungen Halb-Hyborierin war das offenbar zu viel, denn sie fiel in Ohnmacht. Demi hatte keine Wahl, als sie über die Schulter zu nehmen. Sie machte sich bereit, die junge Frau so aufzuheben, dass ihr keine Schäden entstanden, da sah sie eine schwache Reflexion in den Scheiben der Galerie. Einer der Soldaten kroch langsam auf sie zu, den Disruptor in der Hand.

Demi begriff, dass sie keine Wahl hatte. In wenigen Millisekunden würde der Mann schießen und sie würde alles verlieren. Was sollte sie tun? Er war zu weit weg, um ihn außer Gefecht zu setzen. Sie sah die Waffe eines der Soldaten, die außer Gefecht waren, doch sie durfte nicht töten. Die überlegene Zeitauflösung ihrer optischen Sensoren nahm wahr, wie der Mann den Abzug drückte. Demi schmiss Tabitha unsanft zu Boden und war bereit, zu sterben, anstatt zu töten.

Eine riesige Detonation ließ das Zeitschiff erbeben. Der Mann wankte ebenso wie Demi, doch er hatte den Abzug schon gedrückt.

Das Wackeln des Decks erlaubte Demi, ihr Gewicht mit dem Impuls so zu verlagern, dass sie zur Seite kippte, aber für weitere Reaktionen war es zu spät. Sie sah den grünen Strahl des Disruptors ihre optischen Systeme überlasten, doch er traf nicht. Der Schuss verfehlte sie um so wenig, dass einige taktile Sensoren in ihrer Oberfläche die Druckwelle der ionisierten Luft im Strahlweg wahrnehmen konnten.

Demi lag neben Tabitha auf dem Boden und begriff, dass sie nur wenige Augenblicke haben würde, bis der Soldat erneut schießen konnte. Noch immer war er zu weit weg. Dann erreichte die Waffe des nächstgelegenen Soldaten den Fokus ihrer Kalkulation. Sie spürte den Widerstand der ethischen Routinen, doch dann begriff ein Teil von ihr für einen winzigen Moment, was es bedeutete, ein Versprechen zu geben.

»Versprich mir, dass du sie rettest.«

Demi konnte die Erinnerung von Vakh'Bas Bitte nicht aus dem Speicher entfernen. Sein eindringlicher Blick in dem Korridor beschäftigte sie viele Rechenzyklen lang. Dann traf sie eine Entscheidung.

Die Androidin sprang mit einem Satz die ungefähr drei Meter zu dem Soldaten, nahm seine Waffe und drückte ohne Zögern ab. In einem sich fein verästelnden Lichtblitz aus grüner, destruktiver Energie brannte sie ein tiefes Loch in die Brust des einzig verbliebenen Angreifers, der sofort erschlaffte. Erst danach waren ihre optischen Sensoren so weit erholt, dass sie erkennen konnte, um wen es sich handelte. Ihre sensorische Phalanx erlebte das Äquivalent einer schauerlichen Überraschung. Demi hatte General Ghaj'Kal erschossen.

Als sie zu Tabitha zurückkehrte, stellte sie fest, dass diese bei Bewusstsein war und mit starrem Blick auf den toten General blickte.

»Du hast ihn getötet«, bemerkte sie grimmig.

»Vakh'Ba hat es geschafft«, sagte Demi, der es gelang, für den Moment die Konsequenzen ihrer Tat auszublenden. »Die Fokuskammer ist zerstört. Wir müssen zur Shuttlerampe. Sofort.«

»Vakh'Ba«, sagte Tabitha nur, weiterhin starr auf das Panorama der orangefarbenen Sonne blickend, als weitere Detonationen das Deck beben ließen.

Demi nahm Tabitha abermals auf die Schultern und machte sich auf den Weg. Als sie die junge Frau anhob und die geringe physische Belastung ihres Körpers berechnete, blickte sie ein letztes Mal auf den leblosen Körper Ghaj'Kals und konnte nicht ermessen, wie groß die moralische Last war, die sie nun gleichermaßen zu tragen hatte. Am anderen Ende der Galerie barst eine Versorgungsleitung und ließ den vom ewigen Sonnenfeuer in glutrotes Farbenspiel getauchten Raum in diffusem Rauch verschwimmen. Demi drehte sich um und trat auf den Korridor. Sie wusste, dass nicht viel Zeit blieb.

29.

Am glutroten Schein der Wandabdeckungen konnte er sehen, wie die Explosion sich ihm entgegen fraß. Langsam zwar, aber er wusste sich dennoch zu beeilen. Die Dekompression des Decks würde nicht mehr lange dauern. Er lief so schnell er konnte, er lief um sein Leben, und irgendwie schien es ihm, als liefe er um alle Leben auf Qel'Vatra, obwohl er wusste, dass er sie bereits gerettet hatte. Das Adrenalin verhinderte, dass er sich klarmachen konnte, dass er es längst geschafft hatte. Dass die Fokuskammer zerstört war. Dass es Ghaj'Kal nicht gelingen würde, die Qel'Vatrer aus der Zeit zu löschen. Distanziert sah er einige Gedanken, die sich um Demi und vor allem Tabitha drehten, doch wie in Trance schob er sie beiseite. Für den Moment galt es nur, selbst am Leben zu bleiben. Es war doch erstaunlich, wie dominant der Selbsterhaltungstrieb war, dachte er in einem weiteren fernen Gedanken, der scheinbar teilnahmslos den laufenden Vakh'Ba beobachtete. Er rannte, so schnell er konnte, aber die Glut war unerbittlich. Obwohl er noch viele Meter vor sich hatte, erkannte er, dass ihm keine Pause blieb. Er musste bald einen der Leiterkorridore finden, um auf das untere Deck zu gelangen, wo die Shuttle-Abteilung lag. Natürlich nahm niemand der Besatzung von ihm Notiz, sie alle rannten in Panik zu den Rettungskapseln. Es war kein Hass oder Rachedurst in ihm, als er schmerzhaft die Erkenntnis fühlte, dass sie scheitern würden.

Er wusste es besser. Die Explosion des Zeitschiffes lag nicht fern, und Rettungskapseln würden den Explosionsperimeter nicht schnell genug verlassen können, um von der temporalen Schockwelle verschont zu bleiben. Aus dem Augenwinkel sah er endlich eine Leiter in einem Seitengang. Erleichtert sprang er auf die Sprossen und klammerte seine Knie an den Seiten der Leiter fest. Eilig ließ er sich halb herab fallen, halb bremste er den rasanten Abstieg mit den Knien ab. Wenige Sekunden später sah er die Explosion die Sektion über ihm erreichen. Wo er gerade die Leiter betreten hatte wurde so viel Energie frei, dass die Leitersprossen selbst angeschmolzen wurden. Flehentlich blickte er nach oben und zu seiner großen Erleichterung breitete sich die

Explosion in der Vertikalen langsamer aus. Immer tiefer rutschte er die Leiter entlang, ehe eine weitere Explosion ihn den Kontakt zur Leiter verlieren ließ.

Er spürte die verführerische Freiheit des Fallens. Welche Ironie, dass er durch ein künstliches Gravitationsfeld auf dem Boden eines Sternenschiffes zerschellen würde, dachte er. Dann spürte er Widerstand und statt weiter beschleunigt zu werden, fiel er einfach auf den Boden. Er hatte nicht gesehen, dass er nur noch wenige Meter über dem Deck gewesen war.

Eilig rappelte er sich auf, orientierte sich und rannte unbeirrt weiter. Hier unten gab es bereits große Schäden. Bunt leuchtende Kabel lagen frei und kleinere Brandherde verqualmten die Korridore. Das Adrenalin vernebelte mehr und mehr zusätzlich seine Wahrnehmung, sodass er eine gefühlte Ewigkeit brauchte, die richtige Richtung zu erkennen. Die Shuttle-Abteilung war noch immer weit entfernt, wie er feststellte. Weitere Explosionen erschütterten das Schiff, doch er trieb sich immer weiter voran durch das Labyrinth.

Vor sich erkannte er Gestalten, obwohl die Sicht immer schlechter wurde. Beinahe dachte er, dass ein Riese vor ihm den Korridor durchschritt, doch dann wich die Besorgnis der Freude, und der Schleier aus Panik, Stress und Furcht lichtete sich ein wenig, denn er erkannte Tabitha, die über Demis Schultern lag. Weitere Explosionen brachten ihn aus dem Tritt, doch er holte den Vorsprung der beiden Frauen schnell auf.

Tabitha lächelte ihn an und Demi drehte sich kurz um und sagte: »Keine Zeit. Erst das Shuttle.«

Vakh'Ba wusste, dass sie Recht hatte. Gemeinsam würden sie es schaffen.

Die Detonationen wurden häufiger und umso heftiger. Vakh'Ba hatte das Gefühl, dass das Schiff geradewegs von oben nach unten ausblutete. Wie ein waidwundes Tier schüttelte sich die strukturelle Integrität, und es war klar, dass in Sekunden die Hülle aufreißen und sie alle dem erbarmungslosen Weltall feilbieten würde. Sie waren zwar ganz unten, aber viel Zeit bleib ihnen dennoch nicht. Der Weg war jetzt nicht mehr weit, doch die Explosionen kamen unerbittlich immer näher. Sie mussten über mehr und mehr Schrott und kaputte Technik steigen, die die

Explosionen aus Wand und Decke gerissen hatten. Die Luft war stickig und voller Qualm. Das Atmen fiel Vakh'Ba immer schwerer, doch er wusste auch, dass er schon Schlimmeres überstanden hatte. Gewissermaßen bemerkte er das Fehlen von Furcht, als einmal mehr die bittere Gewissheit der Natur der Zeitschleife, in der er noch immer festsaß, klar machte, dass in jedem Moment alles vorbei sein konnte. Doch diesmal fühlte es sich anders an. Statt ihm jeglichen Willen zu nehmen, manifestierte sich etwas anderes, Größeres in seinem Verstand, das ihm sagte, dass er, wenn er nur sein Bestes gäbe, nicht scheitern würde. Nicht jetzt.

Die Wucht der nächsten Explosion durchschnitt die Luft des Korridors wie Wetterleuchten makellose Abenddämmerungen. Sogar Demi konnte sich nicht auf den Beinen halten. Für einen Moment lagen sie allesamt auf dem verkohlten, schmutzigen Polyesterteppich. Vakh'Ba rappelte sich schneller auf, als die beiden Frauen, auch wenn Demi natürlich motorisch viel stärker als eine Frau war. »Kommt schon!«, rief er.

Weitere Explosionen. Seine Ohren klangen von den Druckwellen der Explosionen und kaum konnte er hören, was er selbst aus voller Kehle den beiden zurief. Und dann passierte es. Für Aris Vakh'Ba ereignete sich einer der Momente, die er wie in Zeitlupe wahrnahm. Mit Schrecken sah er, wie der Metallträger aus der Deckenaufhängung direkt auf Tabitha niederging. Sie stöhnte. Er konnte vor Rauch und Dunkelheit kaum noch etwas sehen, denn natürlich war das Energienetz längst ausgefallen. Doch Tabitha schien noch am Leben zu sein. Vakh'Ba rannte die wenigen Schritte, die er Vorsprung gehabt hatte, zu ihr zurück. Demi stand auf und betrachtete die Situation.

»Hilf mir!«, schrie Vakh'Ba und versuchte, den schweren Träger anzuheben. Demi legte die Hände unter das Metall und ihr Gesicht nahm einen Ausdruck der Anstrengung an, doch er bewegte sich nicht. »Wir schaffen es nicht«, sagte die Androidin verzweifelt.

»Vakh'Ba …«, sagte Tabitha und bewegte schwach ihren Arm, als wollte sie ihn zu sich heranziehen.

»Vakh'Ba … geh. Rette dich selbst. Wir haben es geschafft, das ist, was jetzt zählt.«

»Ich lasse dich nicht zurück«, brachte er atemlos hervor und sank erschöpft vor ihr auf den Boden. »Ich liebe dich!«

»Und ich liebe dich auch, Dickkopf. Aber du musst gehen. Geh für mich!«, sagte sie mit letzter Kraft.

»Demi ... zwing ihn, wenn nötig. Es ist töricht, mit mir hier zu sterben«, sagte sie und weitere Explosionen schienen ihre Worte zu unterstreichen. Die Androidin nickte finster und packte Vakh'Ba bei den Schultern.

Er schrie und strampelte, aber Demi war einfach zu stark für ihn. Tabithas Lippen formten einen letzten, bittersüßen Kuss, ehe sie im Qualm verschwand.

30.

Die Shuttlerampe brannte und qualmte und auch hier lagen überall Trümmer des Raumschiffes und die Leichen derjenigen, die die gleiche Idee wie sie und doch weniger Glück gehabt hatten. Gerade, als sie die Tür erreichten, sahen sie, wie eines der kleinen Shuttles den qualmenden Bauch des sich zerfetzenden Zeitschiffes verließ. Vakh'Ba stellte beeindruckt fest, dass trotz der großen Schäden am Schiff das Kraftfeld, das die Shuttleabteilung ohne physische Wand vom Weltall trennte, noch immer funktionierte. Ohne dieses wäre der Hangar längst dekomprimiert und sie ihrer letzten Chance beraubt, das Zeitschiff lebend zu verlassen. Angestrengt sah er sich um. Waren sie zu spät? Waren bereits alle Shuttles zerstört oder abgeflogen? Panik kroch in seinen Verstand hinein, denn er konnte in all dem Qualm und den Trümmern kein Shuttle mehr ausmachen.

Demi jedoch zeigte auf eines der verbleibenden Raumschiffe, die allesamt unter Geröll begraben schienen, und sogleich rannten sie los. Ehe sie es erreichen konnten, brach ein gewaltiges Stück aus der Deckenverkleidung und zermalmte das kleine Schiff.

»Es ist nur noch ein weiteres übrig, Vakh'Ba«, rief sie. »Wir müssen es schaffen.«

Er schrie seine Zustimmung, drehte sich um und rannte weiter. Der schlanke Raumgleiter stand an der hinteren Wand der Startvorrichtung, und es würde schwer sein, an all den Trümmern vorbeizukommen. Doch irgend etwas war seltsam. Im Qualm und Krach der Shuttlerampe begriff er es nicht sofort, aber als er die Luke des zweisitzigen Jägers erklomm und die sofort vertrauten Trittstufen spürte, wusste er, was passierte. Und wusste plötzlich, was es zu bedeuten hatte.

Aris Vakh'Ba und Demi stiegen in den Hyperraumjäger, der ihn auch nach Hyboria gebracht hatte. Nur früher. Oder später. Er verstand mit einem Mal, dass sich der Kreis hier schloss, auch wenn ihm nicht klar war, an welcher Stelle davon sie sich befanden.

Majestätisch erhob der Gleiter sich über die brennenden Trümmer, drehte elegant die Schnauze in Richtung der sich öffnenden Rolltore und beschleunigte in die Unendlichkeit, während hinter ihm die Explosionen in dem riesigen Zeitschiff ihrem maliziösen Höhepunkt entgegen strebten.

Vakh'Ba gab alle Energie auf die Triebwerke und schaltete seinen Bildschirm auf die Hecksensoren, um grimmig zu beobachten, wie das Zeitschiff auch die letzten atmosphärischen Eindämmungen verlor, wie große Stücke aus der Außenhülle schleuderten, um schließlich in einem Feuerball aus violetter temporaler Energie in den normalen Raum überzugehen, wo es wie das Echo eines niemals ausgesprochenen Fluches einfach verblasste.

»Es ist getan«, sagte Demi.

In Gedanken vertieft sah Aris Vakh'Ba auf die Sonne Hyborias, vor der keine Spur mehr davon zu sehen war, dass das Zeitschiff in Milliarden Teile explodiert war. Er prüfte die Anzeigen und tatsächlich, es wurde absolut nichts angezeigt, außer kaltem, unwirtlichem Vakuum.

»Was?«, sagte Vakh'Ba, der langsam seine Fassung wiederfand. »Das ist alles, was du dazu zu sagen hast? *'Es ist getan'*? Was ist mit all den Opfern, die uns überhaupt erst ermöglicht haben, dass wir es schaffen? Herbert, Wiesel, Tabitha, nicht zu vergessen die Millionen Qel'Vatrer, die verschleppt, misshandelt und getötet wurden?«

Er war enttäuscht von Demi. Beinahe hatte er geglaubt, dass die unerbittliche Logik der künstlichen Intelligenz ein wenig verstehen konnte, welch tiefe Trauer er im Angesicht des *'Triumphs'* verspürte.

»Ich verstehe dein Argument durchaus, aber lass mich noch einmal klarmachen, was hier gerade passiert ist: wir haben das Zeitschiff des Generals ... nun ja, aus der Zeitlinie getilgt. Das aber bedeutet, dass alles, was du seit deiner Abreise von Hyboria erlebt hast, niemals passiert ist«, sagte Demi.

Aris Vakh'Ba schwieg. Er sammelte sich und versuchte, in einem Schleier aus Vermutungen und Konsequenzen ein wenig Sinn zu finden.

»Das heißt, es hat kein Hyborier je den Fuß auf Qel'Vatra gesetzt und kein Qel'Vatrer wurde vertrieben oder getötet, aber dass stattdessen die hyborische Bevölkerung an der Zerstörung ihres Planeten, selbstverschuldet, zugegebenermaßen, leidet?«, fragte er unsicher.

»So ist es«, sagte Demi.

»Dann«, sagte Aris Vakh'Ba, »ist es nicht im Geringsten *'getan'*, sondern es liegt im Gegenteil noch viel Arbeit vor uns.«

»Zumindest, sofern diese Extrapolation der Zeitlinie zutreffend ist«, fuhr sie fort. »Ich muss jedoch hinzufügen, dass auch ich mich hierbei auf das Gebiet der Spekulation begebe. Das Äußere der Zeitschleife kann man aus ihrem Inneren natürlich nicht beeinflussen, doch es ist anzunehmen, dass …«

Demi unterbrach sich, als es begann. Wie glühendes Eisen leuchtete die Außenhülle des Jägers auf und feine, silberne Fäden temporaler Energie liefen wie Morgentau unter dem Rumpf zusammen.

»Was passiert hier?«, rief Vakh'Ba. Waren sie nicht weit genug entfernt gewesen, als das Zeitschiff explodierte? Wurden sie Zeugen ihrer eigenen temporalen Auslöschung?

»Ich bin nicht sicher«, sagte Demi in einer Stimme, deren Ruhe die Stille des Vakuums selbst abzubilden schien. »Sicher ist nur, dass es sich um einen temporalen Effekt handelt.«

»Können wir etwas tun?«, fragte Vakh'Ba. »Ich kann die Schutzschilde nicht aktivieren und auch Kursänderungen bringen keine Änderung.«

»Ich weiß es nicht«, sagte die Intelligenz, die Vakh'Ba um Größenordnungen voraus war und dennoch zugeben musste: »So etwas habe ich noch nie erlebt. Es scheint fast so, als würde die Raumzeit selbst sich um den Gleiter herum krümmen und gleichzeitig expandieren.«

Resigniert schüttelte Aris Vakh'Ba den Kopf. »Wir haben allen Widrigkeiten dieser Welt getrotzt, und sie dankt es uns, indem sie uns schlussendlich doch auslöscht? Ich dachte, dieser Jäger … wäre die rätselhafte Sonde, die das qel'vatrische System erreicht hatte, und die Imperiale Garde hätte es vertuscht, um ihre Gehirnwäsche aufrecht erhalten zu können. Und der Mann, den ich in dem Magnetschwebezug auf der Flucht von Professor Igna'Tur traf … ich war wirklich mit der Zeit zu dem Schluss gekommen, das wäre ich selbst gewesen. Das alles ergibt nun keinen Sinn mehr.«

»Bedenke, Vakh'Ba, dass Paradoxien immer bei Zeitschleifen auftreten können. Vielleicht warst du der Mann in dem Zug, und, so seltsam es klingt, vielleicht ist dies einfach niemals passiert, weil du innerhalb der Zeitschleife ja niemals nach Qel'Vatra zurückgekehrt sein kannst, da du vorher an deiner Aufgabe gescheitert bist und andererseits nun nach Ende der Zeitschleife einfach nicht mehr existierst.«

»Also, soweit ich es beurteilen kann, existiere ich schon noch.«

Er bemerkte, wie Demi heftig auf die vor ihr liegende Konsole eintippte. Dann schüttelte sie den Kopf und sagte: »Nach den traditionellen Maßstäben von Existenz fordern wir, dass objektive Messinstrumente objektive Messergebnisse produzieren. Wenn es nach unseren Sensoren geht, ist dieser Raumjäger jedoch nicht mehr da. Ich bekomme keine Anzeige … und doch bin ich geneigt, dir zuzustimmen, dass wir existieren. Zumindest … noch. Ich verstehe das nicht. Wenn die temporale Schockwelle der Explosion des Zeitschiffes uns annihilieren würde, so wäre das bereits geschehen. Und andererseits kann ich mir keinen retardierten Effekt vorstellen, der unsere aktuelle Situation erklären würde.«

Vakh'Ba seufzte. »Immerhin, solange wir noch leben, lass mich dir ein Kompliment machen. Du bist auf dieser Reise, die nicht nur meine ist, wahrlich so humanoid geworden, wie ich es mir nicht hätte vorstellen können. Du kannst stolz auf dich sein.«

Demi antwortete nicht. Vakh'Ba drehte sich einmal mehr umständlich in seinem Pilotensitz und sah der künstlichen Intelligenz in ihre makellosen Augenimitate. Ihre Stirn war in Falten gelegt und sah alles andere als makellos aus. Beinahe schien es ihm, als würde Demi … ja, weinen.

Während außerhalb der Pilotenkanzel die temporalen Kräfte wüteten und den Käfig aus flammenden Kraftlinien immer weiter zusammenzogen, sah Demi Aris Vakh'Ba an und sagte: »Du solltest nicht stolz auf mich sein.«

»Bescheidenheit hast du also endlich gelernt.«

»Nein, du verstehst nicht. Meinetwegen ist Tabitha gestorben.«

Verblüfft antwortete er: »Das ist doch Unsinn, Demi.« Sanft drückte er ihre Hand. »Es gibt immer Situationen, in denen man nichts tun kann. Wir konnten sie einfach nicht retten und es war überdies richtig, dass du mich gezwungen hast, sie zurückzulassen, was ich allein niemals getan hätte.«

»Du verstehst nicht«, schluchzte sie. »Ich wäre stark genug gewesen, die Trümmer über ihr zu entfernen. Doch ich … ich wollte nicht.«

»Was redest du denn da nur? Demi, was ist los mit dir?«, fragte Vakh'Ba.

»Ganz recht, ich bin alles andere als humanoid. Ich kenne keine Verantwortung und handle impulsiv und egoistisch. Ich habe sie sterben lassen, um dich für mich allein zu haben, Vakh'Ba.«

Wie sie zusammengesunken in dem großen Pilotensitz lag, konnte Aris Vakh'Ba nicht ermessen, wie viel Überwindung es die Frau gekostet haben mochte, ihr Geständnis zu machen. Er spürte, wie Zorn und Wut in ihm aufstiegen. Wer war sie, über Leben und Tod zu entscheiden? Nun lag sie da und weinte. Und auch, wenn es sich um simulierte Tränen handelte – war nicht der Grund, Schuld- und Schamgefühl, so echt wie bei jemandem aus Fleisch und Blut? Es war absurd, dass er während all der Zeit mit sich gerungen hatte, dem Computer zu vertrauen, der ihn geführt und geleitet hatte, und nun, da die Aufgabe erledigt war, verwandelte er sich nicht nur in das personifizierte Böse, sondern nahm ihm auch Tabitha …

»Warum, Demi?«, fragte er, schließlich auch den Tränen nahe, während mittlerweile die gesamte Außenhülle vor wabernder Energie glühte und er die düstere Vorahnung von Vibrationen entlang der Hülle spüren konnte.

»Ich …« Sie stockte. Wischte ihre Tränen mit dem Ärmel des schmutzigen blauen Overalls ab, den sie trug. »Verstehst du es denn nicht? In meinem Bestreben, alle organischen Facetten zu erleben, habe ich mir Emotionen gegeben, welche Anmaßung. Ich dachte, dass, was immer passieren würde, meine Ethik intakt bleiben würde. Doch ich muss die bittere Lektion lernen, dass das nicht der Fall ist. Ich handelte – oder vielmehr, handelte nicht – weil ich dich liebe, Aris Vakh'Ba.«

Der Android hielt die Hände vors Gesicht und brauchte die letzten Reste der simulierten Salzlösung auf, die die winzigen Röhrchen und Kanülen freigegeben hatten. Ihre Augen waren nun rot und traurig, doch Aris Vakh'Ba sah nur eine Maske, die Trauer zu imitieren schien, so wie sie Liebe, Hass und Verrat erlernt und imitiert hatte.

»Es tut mir so schrecklich leid.«

»Nein, Demi, mir tut es leid. So beeindruckend deine Entwicklung ist, ich wünschte, ich hätte rechtzeitig die Courage gehabt, den Stecker zu ziehen. Es ist auch meine Schuld, weil ich mich dir nicht entgegengestellt habe.«

»Du wärst gescheitert«, sagte sie plötzlich voller Ruhe.

»Ja. Aber du auch«, antwortete er.

»Vielleicht. Es gibt immer Möglichkeiten. Welche, die du ... die wir überhaupt nicht für möglich halten. So wie die Liebe einer Maschine, die so echt ist wie aus Fleisch und Blut.«

Sie schluchzte.

»Demi, ich kann dir dein Gewissen nicht abnehmen.«

»Ich weiß«, sagte sie. »Das werde ich selber tun müssen.«

Während der Diskussion bemerkten sie nicht, dass die schmalen Linien temporaler Energie sich um das Schiff zusammenzogen und es schließlich ganz einhüllten. Aris Vakh'Bas Frontscheibe zeigte schließlich nur noch das blaue Leuchten des Feldes, das sich mehr und mehr intensivierte. Unheilvoll wurde er in seinem Sitz hin und her geworfen und die Vibration der Scheiben schien zum Bersten.

»Was passiert hier nur?«, fragte er, während er die Hände vor sein Gesicht halten musste, doch dann war es auch schon vorbei. Der Gleiter hing ruhig im Weltall, als wäre nichts geschehen und die Bordelektronik blinkte geduldig die Positionsbestimmung auf den Bildschirm.

'Procyonisches System, drei Lichtminuten von Qel'Vatra' stand in der schmalen, futuristischen Schrift in der Mitte des Schirmes.

Unglaublich. Sie hatten es geschafft. Vakh'Ba war wieder zu Hause, und jetzt konnte sich die Zeitschleife schließen.

»Demi«, rief er. »Sieh nur was passiert ist. Demi ...«

Es dauerte einen Moment, bis Vakh'Ba, der vor Aufregung zitterte, begriff, dass die Androidin hinter ihm nicht antwortete. Wieder drehte er sich mühsam um, sodass er sie betrachten konnte. Schlaff hingen die Arme herunter und der Kopf lag zur Seite gerutscht auf der Schulter. Fast hätte er denken können, Demi hätte nur geschlafen, doch Aris Vakh'Ba wusste, dass die Entscheidung, die sie getroffen hatte, endgültig war.

Als er einen Kurs in Richtung Qel'Vatra setzte, um endlich in seine Heimat zurückzukehren, musste er ob der seltsamen Situation weinen. Weil er es geschafft hatte – und weil er alles dabei verloren hatte. Ein Android, der Selbstmord beging, war zu viel für ihn, jetzt, da die Anspannung sich langsam legte. Er trauerte um Tabitha und er trauerte um die bittere Wahrheit, die er seinem Volk bringen würde, doch immerhin freute er sich auf zu Hause. Bei allen Widrigkeiten. die noch auf ihn warteten, wusste er doch, dass es nichts im Vergleich dazu sein würde, ein ganzes Sonnensystem zu retten.

Wie ein Phönix aus der Asche der Vergangenheit seines Volkes raste Aris Vakh'Ba auf Qel'Vatra zu. Vielleicht würde ihm niemand glauben, doch das bedeutete nichts angesichts der Wahrheit, die er nun besaß.

Als er die vollkommene blaue Kugel unaufhaltsam wachsend auf sich zukommen sah und bald die vertrauten Formen der Kontinente und Ozeane ausmachen konnte, begriff er mit einem Mal, dass es niemals mehr dasselbe sein würde.

###

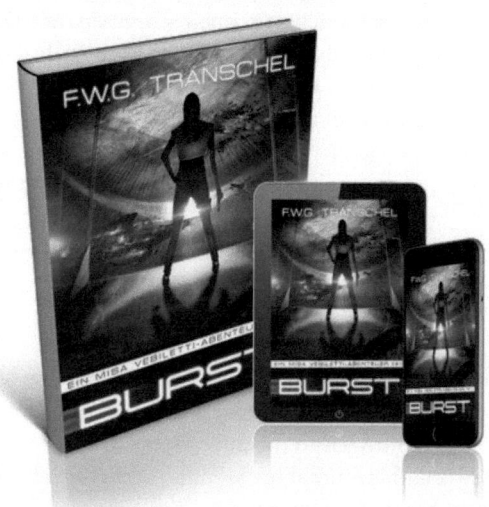

Der Newsletter

Ich weiß, ich kann unmöglich so schnell schreiben, wie Du liest, aber ich versuche es trotzdem. Auf meinem Blog findest du ein Kontaktformular, mit dem Du ganz schnell ganz persönlich Vorschläge, Anmerkungen und Kritik anbringen kannst.

Ich beantworte jede einzelne Mail meiner Leser. Versprochen!

Außerdem kannst Du Dich unter

www.fwgt.de/newsletter

für den Newsletter anmelden. Du bekommst dann eine Mail, wenn ich etwas auf dem Blog schreibe oder auf Vergünstigungen / Gewinnspiele u. ä. hinweisen möchte. Nichts davon passiert üblicherweise öfter als einmal im Monat – schließlich bin ich meistens damit beschäftigt, zu schreiben!

Ines Schultheiss' erstes Abenteuer

Verfall

Sie besiegen Krankheit.

Sie besiegen das Altern.

Sie besiegen schließlich auch den Tod.

Doch gegen Hass gibt es keine Medizin.

Wie weit werden sie gehen, konfrontiert mit dem Ende ihrer Spezies?

2082. Als in der Megacity Ulm-Stuttgart eine Frauenleiche gefunden wird, ruft man die Hamburger Profilerin Ines Schultheiss nach Süddeutschland, denn die Umstände sind alles andere als normal. Das Opfer arbeitete für den mächtigsten Biotechnologie-Konzern weltweit, Geneworks Inc. Geneworks hält das Patent für die gentechnologischen Veränderungen, welche einen Teil der Menschheit wahrhaft unsterblich gemacht hat; wer es sich leisten konnte, kaufte sich in die Riege der Unsterblichen ein.
Schon bald wird klar, dass der Mord nur dazu diente, ein bevorstehendes, viel größeres Verbrechen zu verdecken: Ein unbekannter Gentechniker droht, die Alten auf einen Schlag auslöschen zu können. Die Ermittlerin verheddert sich in einem undurchsichtigen Spiel aus Schweigen und Lügen, in dem nicht nur Geneworks gezinkte Karten hält…

Ebenfalls von F.W.G. Transchel erschienen

Misa Vebiletti

#1 BURST (Teil I): Das Rätsel um Ganymed
#2 BURST (Teil II): Katastrophe am Jupiter
#3 Das Yang-Kopfgeld
#4 Das Vebiletti-Vermächtnis (in Vorbereitung)

Verfall-Zyklus

#1 Verfall
#2 Vergessen (in Vorbereitung)

Procyon-Universum

- Die Procyon-Konspiration
- Protokoll 4190 – Eine Kurzgeschichte vom Procyon

Lyrik

#1 Robotergedichte

Übrigens: Unter www.fwgt.de/ebooks/ findest Du jederzeit eine aktuelle Liste meiner Veröffentlichungen.